Weg der Hoffnung

Margitta Raps

Weg der Hoffnung

Familiensaga aus dem Allgäu

Zweiter Band

EBERL MEDIEN

Die Handlung dieses Buches basiert auf historischen Überlieferungen, die zum Teil aus alten Chroniken und privaten Unterlagen stammen. Dabei sind Lebensdaten und Vorkommnisse nahezu authentisch, dagegen entsprangen die Lebensumstände und Schicksale der darin agierenden Personen der Fantasie der Autorin. Ähnlichkeiten mit verstorbenen wie lebenden Personen sind rein zufällig.

Der Leser erfährt vieles an Historischem aus Oberstdorf und seiner Umgebung, was ansonsten in Vergessenheit geraten wäre. Dadurch lässt sich nachvollziehen, wie unsere Vorfahren unsere geliebte Heimat zu dem gemacht haben, was sie heute ist: nämlich einer der schönsten Flecken dieser Erde.

ISBN 978-3-920269-69-6
1. Auflage 2016

raps.oberstdorf@t-online.de
Lektorat: Karin Haller, Stuttgart
Umschlaggestaltung: Hannes Raps, Oberstdorf
Gestaltung und Satz: Jürgen Kaufmann, Stuttgart
Druck und Bindung: Eberl Print GmbH, Immenstadt im Allgäu
Printed in Germany

Wer die Vergangenheit nicht kennt,
kann die Gegenwart auch nicht verstehen.
Wer die Gegenwart nicht versteht,
kann die Zukunft nicht gestalten.

(Hans-Friedrich Bergmann)

Tief ist der Brunnen
der Vergangenheit.

(Thomas Mann)

Anna, die wir schon im ersten Band „Abseits des Himmels" kennenlernen durften, besitzt ein sehr altes Buch, das sie von ihrer verstorbenen Schwiegermutter, Genovefa, geerbt hatte. Wenn sich Ereignisse im Ort, in der Umgebung oder in ihrer eigenen Familie zugetragen haben, hat sie diese seit über zehn Jahren ebenfalls dort aufgeschrieben. Anschließend legt sie das Buch immer wieder behutsam in die inzwischen wurmstichige und abgegriffene Holzschatulle, auf der noch schwach ein geschnitztes Edelweiß zu erkennen ist. Zur Sicherheit vor den Kindern verstaut sie diese im Gaade[1], unter der Tischwäsche in ihrem Schrank.

Für Anna war dieses Buch etwas ganz Besonderes, denn Uotz, ein Vorfahre, der um 1620 bei Pfarrer Frey lesen und schreiben gelernt hatte, hat dieses vor fast 300 Jahren begonnen, und seither wurde es stets von einer Generation an die nächste weitervererbt.

Ihre Altvorderen schrieben über die Entwicklung des Allgäus, die Lebensgeschichten und Schicksale von zehn Generationen, die von 1587 bis 1889 im südlichen Allgäu gelebt haben.

Zuallererst beschrieb Uotz, wie im späten 16. Jahrhundert gebürtige Oberstdorferinnen der Hexenverfolgung zum Opfer fielen. Später berichtete er über die Pestzeit, die Kriege und über die Willkür der Kirchenfürsten und des Adels, die unsagbares Leid über die Menschen gebracht haben. Dieses Buch handelt auch über eine von Sittlichkeit und Moral geprägten Zeit, in der Frauen noch sehr unterwürfig waren. Die daraus entstandenen Nöte, so auch bei Annas Familie selbst, ließen oftmals mit Schatten behaftete Familiengeheimnisse entstehen, die mehrere Generationen überdauerten. Anna

1 Schlafkammer

behütete dieses Buch wie einen wertvollen Schatz, weil ihre Vorfahren, wie in späterer Zeit auch ihre verehrte Schwiegermutter Genovefa, Ereignisse ihrer geliebten Heimat darin verewigt haben.

Als junges Mädchen las Anna zusammen mit ihr in diesem Buch und konnte sich gut in die damalige Zeit hineinversetzen. Doch so manches Mal erschauderte sie, was diese Menschen früher erdulden mussten.

***

Vier Geschlechterfolgen können wir im Normalfall
durch mündliche Überlieferung erfassen.
Weitere neun Generationen vermögen wir
aus den Kirchenbüchern zu entziffern.
Über noch ältere Vorfahren liefern uns vielleicht
Auszüge aus Archiven wie Steuerlisten,
Grund- und Feuerstättenverzeichnisse
noch einige Informationen,
und nur dadurch werden uns längst Vergessene
wieder in Erinnerung gebracht.
Schließlich fehlt uns von diesen Menschen selbst jede Spur,
nicht mal ihr Kreuz oder ihr Grabstein
ist von ihnen geblieben.
Ist wirklich nichts mehr von ihnen vorhanden
außer ihrem Namen, ihrem Geburts-, Heirats- oder Sterbedatum?
Nein, so ist es nicht!
Ihr Wesen und ihr Sein leben in deren
Kindern, Enkeln und Urenkeln weiter.
Denn keiner ist allein auf der Welt.
Alle sind miteinander verbunden
und hängen in ihrem Dasein und Tun von jenen ab,
die vor ihnen existiert haben.

Erster Teil

1903, Oberstdorf

An einem Frühjahrstag Anfang Mai 1903 stand Anna hinter dem Küchenfenster und sah schmunzelnd Michel und Ludwig zu, wie sie unter dem noch blattlosen Apfelbaum aus gesammelten Tannenzapfen einen kleinen Bauernhof bauten. Gleichzeitig konnte sie das fröhlichen Jauchzen und Lachen von Maria und Babett, ihrer beiden jüngsten Mädchen, von nebenan aus der Stube hören. Anna war dankbar und stolz auf ihre große Kinderschar und sah in dem Moment zufrieden zum Laufstall hinunter, in dem Johann, ihr Nesthäkchen, stand und ihr seine kleinen Ärmchen flehend entgegenstreckte. „Ich weiß Johann, du willst raus, aber ich habe jetzt keine Zeit. Und damit du mir nichts anstellst, bleibst du besser in deinem Käfig." Dabei lächelte sie ihren zehn Monate alten Buben liebevoll an. Dann wandte sie ihren Blick auf das Foto ihrer Schwiegereltern, das neben dem Kreuz im Christuswinkel hing und dachte: „Ja, Genovefa, ich weiß, du hättest dich mit mir zusammen so sehr über deine acht gesunden Enkelkinder gefreut. Ich bin mir sicher, dass du von dort oben", dabei sah Anna nach draußen zum blauen Himmel hinauf, „meine Kinder sehen kannst und auf sie aufpasst. Aus Dankbarkeit haben Otto und ich beschlossen, dass wir später eines unserer Kinder ins Kloster geben werden."

In dem Moment konnte sie Ottos nahende Schritte hören und wurde dadurch aus ihren Gedanken gerissen. Und schon rief er: „Anna! Anna! Kannst du mir im Stall helfen? Unsere Kuh, die Resl, es ist so weit, das Kälbchen will kommen, aber sie tut sich sehr schwer. Alleine schaffe ich es mit meinem kaputten Knie nicht, und der Josef ist bei seinem Freund, dem ‚Gieger'."

Anna sah ihren Mann sorgenvoll an und antwortete: „Ja, Otto, ich komme. Ich zieh mir nur eine andere Schürze und Schuhe an." Während sie das rot karierte Kissen von der Eckbank nahm und dies zu Johann in den Laufstall legte, fürchtete sie: „Hoffentlich schafft es unsere Kuh und auch das Kälbchen. Wie soll ich sonst meine

Kinder ernähren?" Dann beugte sie sich zum Holzlaufstall hinab und sagte: „So kleiner Mann, du bist jetzt lieb und versuchst ein wenig zu schlafen. Ich denke, deine große Schwester, die Vefa, wird gleich vom Einkaufen zurück sein." Als der Kleine das weiche Kissen neben sich spürte, kuschelte er seinen Kopf hinein, nahm seinen linken Mittel- und Ringfinger, wie er es immer tat, in seinen kleinen Mund und nuckelte daran. Und mit der anderen Hand zog er sein Schmusetuch vors Gesicht. „So ist es lieb, mein Kleiner." Während Anna vom Flur aus in die Stube blickte, sagte sie, ohne dort stehen zu bleiben: „Maria, schau ab und zu nach Johann, ich denke er wird gleich einschlafen. Ich will eurem Vater im Stall helfen."

Am Nachmittag war endlich nach großer Anstrengung das Kälbchen geboren. Die Kinder freuten sich besonders, dass es ein weibliches Kalb war. Denn Vater hatte angedeutet: „Wenn es ein kleiner Stier wird, werden wir ihn in ein paar Monaten zum Metzger bringen und Geld fürs Fleisch bekommen." Aber jetzt werden sie das Kalb aufziehen und es später als Milchkuh behalten.

Als Anna wieder in der Küche stand, versuchte sie, den zu fest geratenen Brotteig durchzukneten, bis ihr vor lauter Anstrengung ein paar Schweißperlen auf die Stirn traten. Nun fiel ihr auch noch eine Haarsträhne unter ihrem im Nacken zusammengebundenen Kopftuch hervor, ins Gesicht. Da ihre Hände voller Mehl waren, versuchte sie, die Haare mit ihrem rechten Unterarm zurückzustreichen. In diesem Augenblick konnte sie einen dumpfen Schlag aus ihrer Schlafkammer hören. Anna war so erschrocken, sie dachte, ihr Herz bliebe stehen. Sie befürchtete, es könnte ein Einbrecher am Werk sein. Ihre Gedanken überschlugen sich. „Was soll ich nur tun? Otto ist nicht da, und ich bin mit den Kindern alleine im Haus." Sie nahm, ohne weiter nachzudenken, den Schürhaken vom Ofen und lief mit rasendem Herzschlag und einem beklemmenden Gefühl in der Magengegend in den Flur hinaus. Ganz leise, auf Zehenspitzen, schlich sie durch die Stube. Mutig hielt sie den Schürhaken nach oben, zum Kampf bereit. Sie trat in die Schlafkammer und sah mit Verwunderung ihren

Zweitjüngsten, den Ludwig, wie er auf einem wackeligen Fußschemel vor ihrem Schrank stand. Er machte ein bekümmertes Gesicht und fühlte sich ertappt, dass ihm die Holzschatulle samt Buch aus den Händen auf den Boden geknallt ist. Anna schrie erschrocken: „Ludwig, was machst du da! Du hast an meinem Schrank nichts zu suchen." Er blickte betroffen auf die am Boden liegende und zersplitterte Holzschatulle. Dann erröteten seine Pausbäckchen und er stotterte: „Müetr, ich wollte doch nur, … dein Buch … anschauen."

Anna fasste ihren Lausbub mit festem Griff unter die Arme und stellte ihn unsanft auf den Boden. Dann hob sie das Buch auf und sah, dass ihm zum Glück nichts geschehen war. Aber das Holzkästchen hatte den Sturz nicht unbeschadet überlebt, und nun entdeckte sie zu ihrem Erstaunen einen doppelten Boden. Sie nahm das dünne Zwischenbrettchen heraus, und es kam ein zweites, ihr unbekanntes Buch zum Vorschein, das sich in einem schlechten Zustand befand. Sie schlug ihren Fund vorsichtig auf und sah sofort, dass man einige Seiten nur noch schwerlich, und andere die vermutlich durch Wasser beschädigt waren, gar nicht mehr entziffern könnte. Ihr vierjähriger sensibler Ludwig konnte spüren, was dieses Buch seiner Mutter bedeutete, und aus Schuldgefühlen heraus begann er bitterlich zu heulen.

Anna versuchte, ihn zu beruhigen und sagte, während sie ihn an der Schulter fasste: „Ludwig, hör zu, es war nicht recht, was du da angerichtet hast, denn du hast an unserem Schrank nichts zu suchen. Dort sind Vaters und meine Sachen, die nur uns etwas angehen. Bitte merk dir das ein für alle Mal. Aber nun ist es so, und ich hoffe, dass dein Vater das Holz wieder zusammenleimen kann." Dabei putzte sie ihm mit ihrer Schürze die Nase ab und meinte: „Nun schnäuz fest! Deine Neugierde hat vielleicht etwas Gutes gehabt, denn dadurch habe ich dieses zweite Buch erst entdeckt. Ich bin gespannt, was da alles drinsteht." Nun verzog Ludwig sein verweintes Gesicht zu einem zaghaften Grinsen und fragte verunsichert: „Müetr, wie lange war das Buch in der Kiste versteckt?"

„Keine Ahnung, ich weiß nicht einmal, ob deine Großmutter, die Genovefa, überhaupt etwas davon gewusst hat."

Als Anna an diesem Abend ihre Buben zu Bett brachte, wollte Ludwig unbedingt das Abendgebet vorsprechen und er begann: „Lieber Gott, mach mich fromm, dass Müetr in den Himmel kommt!" Anna sah ihn erstaunt an und verbesserte ihren Sprössling: „Ludwig, das hast du fein gesagt, aber es muss heißen: ‚Dass *ich* in den Himmel komm.'"

„Nein, Müetr, ich habe dir dein Buch kaputt gemacht, und deshalb darfst du in den Himmel kommen. Und außerdem will ich nicht in den Himmel kommen, weil ich nicht sterben will."

Anna gab ihm ein Bussi[2] auf die Stirn und sagte: „Gute Nacht, Ludwig, und träum was Schönes."

„Gell Müetr, isa Vaddr isch im Baschtle a Schenie. Als was hii und verboge isch, des bringt a widr hi."[3]

Erst zu späterer Stunde, als Anna noch immer in der Stube beim Stricken saß und ihre Kinder bereits schliefen, kam Otto müde aus seiner Schusterwerkstätte und setzte sich neben seine Frau auf die warme Ofenbank. Sie schenkte ihm eine Tasse Tee ein, und anschließend holte sie ihr Fundstück, das sie auf den Stubentisch gelegt hatte. „Schau, Otto, was ich heute gefunden habe. Die Schatulle vom Ahnenbuch ist kaputt gegangen, und dadurch habe ich einen doppelten Boden entdeckt." Sie nahm das zerfledderte und unansehnliche Schriftstück zwischen Daumen und Zeigefinger und streckte es ihrem Mann entgegen: „Hast du dieses alte Buch schon einmal gesehen?"

Anna war gespannt auf seine Antwort. Er hingegen sah das Buch zuerst verwundert an und überlegte: „Ja, dieses schmutzige Ding habe ich schon einmal gesehen, ich weiß nur nicht mehr wo. Ich muss nachdenken. Wo war das nur? Ja, jetzt fällt es mir wieder ein. Als mein Vater mit mir zusammen im Kleinen Walsertal war und

2 einen Kuss
3 „Gell Mutter, unser Vater ist im Basteln ein Genie. Alles was kaputt und verbogen ist, das kann er wieder reparieren."

eines unserer Kälbchen gegen diese Orgel getauscht hat.“ Dabei zeigte Otto mit seinem Kinn auf die lindgrüne mit Blumen verzierte Kirchenorgel, die das Prachtstück in der Stube war, und sprach weiter: „Als wir die Orgel in Riezlern aufgeladen hatten und gerade losfahren wollten, lief uns der dortige Pfarrer hinterher und rief: ‚Halt Ulrich, halt!‘ Er sagte, er wolle ihm dieses zerfledderte Buch für meine Mutter mitgeben, denn er habe gehört, sie interessiere sich für alte Schriften. Vater sah ihn verwundert an, als dieser ein vergilbtes altes Bündel Papier hochhob und in der anderen Hand ein zerknülltes Leinentuch hielt. Vorsichtig fragte er: ‚Hochwürden, was sind das für Zettel, und woher stammen sie?‘

‚Keine Ahnung‘, erwiderte der Pfarrer. ‚Die lagen schon immer oben auf dem Dachboden in einem uralten Wagen und wurden vermutlich vor unzähligen Jahren, wohl von einem meiner Vorgänger aufgrund von mündlichen Überlieferungen aufgeschrieben.‘ Er wusste, dass Mutter schon ein anderes derartiges Buch besaß und dachte sich, wenn es sie interessiere, dann könne sie auch dieses behalten. Der Pfarrer wickelte es wieder in das Leinentuch ein, Vater nahm das Bündel an sich, legte es hinten zu der Orgel in den Heuwagen und dankte dem Riezler Pfarrer mit folgenden Worten: ‚Ich werde es Genovefa mitbringen. Vergelt´s Gott, Hochwürden.‘

‚Gott behüte euch‘, sagte der Kirchenmann und machte uns mit seiner rechten Hand das Kreuzzeichen entgegen. Als wir nach langsamer Fahrt endlich daheim angekommen waren, lief uns meine Mutter schon gespannt entgegen. Noch bevor wir die Orgel abgeladen haben, übergab Vater ihr das Stoffbündel samt Inhalt und meinte, dies sei ein Geschenk vom Riezler Pfarrer. Ich weiß noch gut, wie verdutzt sie meinen Vater dabei ansah und fragte: ‚Ein Geschenk vom Pfarrer an mich?‘

‚Ja, es soll angeblich auch so ein Buch wie das von Uotz sein.‘

Mutter war erfreut und öffnete es voller Neugierde. Dann stellten sie fest, dass es sich in einem gar schlechten, ja in einem angeschimmelten und modrigen Zustand befand. Vater sah es an und meinte, es sei bestimmt einmal nass geworden. Mutter fand es sogar unappetitlich und trotzdem öffnete sie es vorsichtig, mit steifen Fingern. Vorne auf der Innenseite konnte sie eine Jahreszahl entziffern, ich glaube ‚1264' stand dort. Sie war total überrascht und sagte: ‚Das Buch ist ja noch viel älter als das unsere.' Aber sie hatte keine Zeit, sich damit zu beschäftigen. Ich kann mich noch gut daran erinnern. Tage später bat sie meinen Vater, ihr ein dünnes Holzbrettchen als sogenannten doppelten Boden in das Kästchen einzuziehen.

Als er damit fertig war, kaufte sie sich beim Stachus, dem Krämerladen, einen weinroten Samtstoff und fütterte damit das geschnitzte Bücherkästchen aus. Dort hinein legte sie zuerst das alte Buch, das vermutlich aufgrund der Erzählungen von Einwanderern aus dem Wallis geschrieben wurde. Dann setzte sie das bezogene Holzbrettchen darauf. Erst dann folgte das Buch von Uotz, in dem ihr beide so viele Stunden zusammen gelesen habt, hinein.

Mutter nahm sich immer wieder vor, das Walserbuch zu entziffern, aber die Schrift machte ihr größte Mühe, und mit der Zeit hat sie vermutlich nicht mehr daran gedacht und es vergessen."

Anna setzte sich wieder neben Otto und schlug das Buch auf.

Ganz hinten auf der letzten Seite erkannte sie auf Anhieb Uotz Schrift: „Schau, Otto, Uotz muss dieses Buch in jungen Jahren auch in seinen Händen gehabt haben."

„Wieso glaubst du zu wissen, dass er zu diesem Zeitpunkt noch jung gewesen sein soll?"

„Schau doch selbst, seine Schrift gleicht hier noch einem Schreibanfänger."

„Was schreibt er denn?", fragte Otto.

Anna begann ihm vorzulesen:

Ich sitze hier in Oberstdorf, an meinem alten Stubentisch, den ich von meinen Eltern übernommen habe, und denke an meine Kindheit und an meine Mutter namens Anna und an meine gute Großmutter Theres zurück. Die beiden unterhielten sich häufig in meiner Gegenwart über unsere Vorfahren, die vor mehreren Generationen, vermutlich Ende des 13. Jahrhunderts als Einwanderer vom Oberwallis ins Kleine Walsertal kamen, um sich dort eine neue Existenz, ihre spätere Heimat, aufzubauen.

Als ihre Häuser in Mittelberg bei einer großen Naturkatastrophe im Jahre 1570 von einer Lawine mit fortgerissen wurden und dabei sechs Menschen ums Leben kamen, siedelte Großmutter Theres mit ihrer Familie und anderen Betroffenen nach Gerstruben, einem Seitental, südlich von Oberstdorf um. Sie erbauten sich an einer von Lawinenabgängen sicheren Stelle ein neues Haus, um dort sesshaft zu werden.

Anna sah vom Buch auf und legte es zufrieden auf ihrem Schoß ab. „Otto, denk nur! Dieses Buch erzählt genauso von der heimischen Geschichte wie unseres, das Uotz mit der Hexenverfolgung im Jahre 1587 begann. Aber es ist sehr verblichen, sodass ich den mittleren Teil kaum mehr lesen kann. Ich denke, wenn du die Schatulle repariert hast, werde ich das Buch fürs Erste wieder dorthinein legen. Aber ich bin mir sicher, irgendwann nehme ich mir die Zeit und werde es entziffern; denn es erscheint mir wichtig zu wissen, was sich hier im Allgäu und im Kleinen Walsertal vor mehr als 400 Jahren zugetragen hat. Und vielleicht kann mir eine meiner Freundinnen, entweder Theresia oder Mathilde dabei helfen."

Otto unterdrückte ein Gähnen und nickte seiner Frau müde zu: „Ich vermute, meine Mutter hatte auch so ihre Schwierigkeiten beim Entziffern dieser Hieroglyphen. Komm, lass uns zu Bett gehen, morgen müssen wir beide früh raus."

Im Schlafzimmer über dem Doppelbett hing ein großes buntes Bild, auf dem ein kleines Mädchen ihren jüngeren Bruder liebevoll an der Hand über einen baufälligen Holzsteg führte. Hinter den beiden befand sich ein übermächtig großer, weißer Engel mit Flügeln, langer blonder Lockenpracht und Heiligenschein, der schützend seine Hände über die Kinder hielt. Dieses Bild schenkte Genovefa ihrer Schwiegertochter kurz vor ihrem Tod. Anna mochte dieses Bild im Gegensatz zu Otto, der es zu kitschig fand und nur seiner Frau zuliebe duldete.

An diesem Abend hatten sie sich auch nach siebzehn Ehejahren wieder unter dem Engelsbild in die Arme genommen und geliebt, bis sie benommen und erschöpft, eng aneinander geschmiegt hinter geschlossenen, grün karierten Vorhängen eingeschlafen waren. Als sich Otto gegen Morgen aus Annas Umarmung löste, blieb sie noch eine Weile im Bett liegen und träumte zutiefst befriedigt vor sich hin: „Womit habe ich verdient, von meinem zärtlichen Mann in unseren stürmischen Liebesnächten so sehr beglückt zu werden? Ich habe wahrhaft das größte Glück, was sich vermutlich jede Frau auf Erden wünscht. Und dafür will ich dankbar sein wie auch für meine acht gesunden Kinder." In dem Moment wurde sie jäh aus ihren Träumen gerissen und landete unsanft in der Realität. „Um Himmels willen, was haben wir getan? Vor lauter Verlangen nacheinander überkam es uns und wir haben nicht bedacht, dass ich wieder schwanger werden könnte. Ich will nur hoffen, dass ich in meinem Alter vor einer weiteren Schwangerschaft verschont bleibe."

Pfarrer Johannes Schiebel war drei Jahre in der Pfarrei Oberstdorf als Benefiziat in St. Maria Loretto tätig und hatte in dieser Zeit Ludwig, Babett und den Johann getauft. Anna bedauerte zutiefst, dass er 1904 als neuer Pfarrherr in die Nachbargemeinde nach Tiefenbach versetzt wurde. Schiebel war ein naturverbundener Mensch, und als er in seiner neuen Umgebung bei einem seiner alltäglichen Spaziergänge an der Klamm vorbeikam, in der sich der größte Quellfluss der Iller seit dem Abschmelzen der Eiszeit seinen Weg gebahnt hatte, war er tief beeindruckt. Dieses Wunder der Schöpfung hatten vermutlich schon die ersten Siedler in dieser Gegend entdeckt. Aber dieses Naturschauspiel flößte ihnen vor allem fürchterliche Angst ein. Schiebel hingegen erkannte gleich, dass diese dunkle Schlucht für den Fremdenverkehr ein förderliches Element werden könnte. Er veranlasste ein wagemutiges Unterfangen und holte für die Ausführung aus Italien 22 Männer unter Leitung von Johann Lucian aus Primiero und seinem Neffen Giovanni. Mit diesem waghalsigen Unternehmen machte er sich nicht nur Freunde in der Gegend.

Anna traf sich nach Längerem wieder einmal mit ihren beiden Freundinnen Mathilde Übelhör, mit Hausnamen Wolfgangars Mathilde genannt, die den aus Hinang stammenden Martin Vogler, genannt Marte, geheiratet hatte, und Theresia Hindelang, verheiratet mit Martin Waibel, zum Kaffee trinken. Als Anna ihnen von ihrer erneuten Schwangerschaft berichtete, lachte Theresia herzhaft. Anna war enttäuscht über die vermeintliche Boshaftigkeit ihrer Freundin: „Was gibt es da zu lachen? Wartet erst mal ab, bis ihr so lange verheiratet seid wie ich. Bis dahin werdet ihr möglicherweise auch noch etliche Kinder bekommen."

Mathilde versuchte Anna aufzuheitern: „Es war immer schon so, wo gehobelt wird, da fallen halt mal Späne. Hoffentlich war's wenigstens schön für dich."

„Jetzt hört aber auf! Warum kann ich mich heute mit euch nicht wie mit normalen Erwachsenen unterhalten?", raunzte Anna mit einer ungewöhnlichen Schärfe in der Stimme.

Nun erst stellte Theresia ihr schallendes Gelächter ein: „Nein, darüber habe ich nicht gelacht. Ich freue mich, weil wir Leidgenossinnen sind, denn auch mir steht eine fünfte Geburt bevor." In dem Augenblick sahen beide gleichzeitig Mathilde an, und Theresia fragte gerade heraus: „Und du? Was ist mit dir?"

„Oh nein, ich nicht, meine Verena ist gerade mal ein paar Monate alt, das wäre kaum möglich, weil ich ihr noch meine Brust gebe. Aber Marte und ich, wir wünschen uns bald ein zweites Kind, und es wäre schön, wenn es ein Bub werden würde."

Theresia winkte mit ihrer Hand ab: „Ach was, glaub mir, es ist nicht wichtig, was es ist. Denn als ich meinen Zweitgeborenen im Alter von acht Wochen verloren habe, war das so furchtbar für mich. Ich glaube etwas Schlimmeres, als ein eigenes Kind beerdigen zu müssen, kann einer Mutter nicht wiederfahren."

Anna sah Theresia mitleidsvoll an: „Das glaube ich auch, denn schon Genovefa, meine Schwiegermutter, und meine Mutter haben ihr Lebtag lang unter derartigen Verlusten gelitten. Vor Jahren schon hat mir Genovefa einmal erzählt: „Wenn man den Ehepartner verliert, ist das schlimm, aber er geht von der Seite. Wenn aber ein Kind stirbt, das ist etwas ganz Eigenes, denn es stirbt ein Teil von einem selbst, aus dem eigenen Herzen mit ihm."

„Deine Schwiegermutter war eine weise Frau", schwärmte Mathilde.

„Ja, das war sie, ich vermisse sie selbst heute nach fünfzehn Jahren immer noch."

Theresia nickte zustimmend: „Dieses Mal bin ich zuversichtlicher wegen der bevorstehenden Geburt und habe nicht mehr ganz so viel Angst wie bisher. Denn, sollte es unerwartet zu Komplikationen kommen, haben wir hier im Ort ein neues Kranken- und Armenhaus. Ich finde, das ist schon eine Beruhigung für uns Frauen."

Bei diesem Gedanken pflichteten Anna und Mathilde ihrer Freundin bei. Nun teilte Mathilde mit: „Neulich war d'r Marte mit mir vom Mutzentobel in Richtung Rappenseehütte unterwegs. Ich hatte fürchterliche Angst und mir wurde ganz schwindelig, über den ausgewaschenen Weg das Tobel zu überqueren. Zudem war von unten noch das Rauschen des Wassers zu hören."

„Du hast Höhenangst, das hätte ich nie von dir gedacht", war Theresia verwundert.

Mathilde nickte verlegen zurück: „Dann gestand ich Marte, dass ich da nicht rübergehen kann, weil es mir zu hoch sei. Denn falls ich da abrutschen würde, läge ich unten tot im Tobel. Stellt euch nur mal vor, er kam zurück, nahm meine Hand in die seine und sagte: „Dann schließe deine Augen und vertraue mir, ich führe dich hinüber."

Darüber musste alle drei gemeinsam lachen, und Anna fragte: „Und was hast du getan?"

„Ich habe meinem Marte blind vertraut, und er hatte recht, mit geschlossenen Augen war es einfacher für mich. Aber ich durfte nicht dran denken, wo ich war."

Anna und Theresia freuten sich und sagten: „Das war ein wunderbarer Liebesbeweis von dir."

Theresias fünftes Kind, die kleine Kreszentia, kam im August 1904 zur Welt.

Und Anna bekam ihr neuntes Kind, das Nesthäkchen, acht Wochen später am 17. Oktober 1904. Die Geburt verlief sehr rasch, und wie auch bei seinen Geschwistern war es eine Hausgeburt. Anna wünschte sich, dass dies hoffentlich das letzte Kind bleiben würde, und sie gab dem Neugeborenen den Namen Otto, nach seinem Vater.

Mathilde wurde bald darauf ebenfalls schwanger. Ihr zweites Mädchen namens Annele wurde im April 1905 geboren, dann 1906 Aloisia, 1908 Maria, und erst 1910 bekam sie ihr fünftes Kind, den lang ersehnten Stammhalter Hans.

Nach nur 320 Tagen hatten die fleißigen Arbeiter mit Sprengstoff die Klamm in Tiefenbach begehbar gemacht. Am Ende waren fast alle zufrieden, sowohl Pfarrer Schiebel selbst als auch seine bisherigen Kritiker.

Nun fand die Einweihung der beachtlich tiefen Schlucht in Tiefenbach statt, die Zwing genannt wurde (spätere Bezeichnung: Breitachklamm). Auch Otto ging mit seinen Kindern Josepha, Genovefa, Josef, Maria und dem Ludwig zur Eröffnung. Als ihn der Pfarrer mit den Kindern unter den anwesenden Festgästen entdeckte, fragte er mit besorgter Miene: „Wo ist denn dein Eheweib, die Anna?"

Otto verkündete voller Stolz: „Anna hat mir vor einem halben Jahr nochmals einen gesunden, kräftigen Buben geschenkt. Außerdem muss sie sich um Babett und Johann kümmern." Schiebel nickte erleichtert: „Herzlichen Glückwunsch auch an die Mutter, und richte Anna bitte einen recht lieben Gruß von mir aus. Ich werde euch heute Abend ins Nachtgebet einschließen."

„Vergelt's Gott, Hochwürden, darüber wird sich Anna freuen."

Die anwesenden Festgäste waren vom Zwing beeindruckt und sprachen von einem Wunderwerk der Natur. Diese gewaltige Klamm mit ihren steilen Schrattenkalkwänden der Helvetischen Kreide zog tatsächlich, wie der Pionier Pfarrer Schiebel frühzeitig vermutete, eine Menge interessierter Gäste an.

Am 13. März 1906, dem 85. Geburtstag des Prinzregenten Luitpold, zogen die Mitglieder des Schützenvereins, die der Feuerwehr und des vor fünf Jahren gegründeten Gebirgstrachtenvereins, der inzwischen um die 150 Mitglieder aufzuweisen hatte, und dem Katholischen Gesellenverein mit d´r Oberillertaler Musikgesellschaft, so hieß die Musikkapelle, gemeinsam zur Kirche und anschließend zu einem Frühschoppen in den Saal des Gasthauses zur Sonne. Dort wurde die Bevölkerung mit Bier und Würsten bewirtet, wobei die Kinder im Hotel Mohren gut versorgt waren. Der Herr Hofrat Dr. Reh wurde später nochmals persönlich vom Prinzregenten zur offiziellen Hoftafel ins Jagdhaus eingeladen.

Ludwig Hindelang fragte dabei: „Habt ihr schon gehört? Vor ein paar Wochen haben die Gendarmen am Bahnhof einen hoch angesehenen Walser wegen Wilddieberei verhaftet und ins Amtsgefängnis eingeliefert."

Marte Vogler war entrüstet, denn er war der Einzige, der noch nichts davon wusste und fragte, indem er weiterhin seine Tabakspfeife stopfte: „Wer war der Wilderer, kennt man ihn?"

Die Männerrunde blickte sich gegenseitig schmunzelnd zu, und schließlich sagte Ludwig: „Ich weiß es, aber den Namen darf ich nicht preisgeben." Wieder lachten alle. Nun mischte sich Thomas Vogler „dr Nenner" ein. „Die Gerichtsverhandlung war rasch vorbei, und der Walser ist schon verurteilt worden."

„Was hat er bekommen?"

„Dem Wilderer haben sie 15 Jahre Landesverbot aufgebrummt." Manch einer schüttelte darüber verwundert seinen Kopf.

Marte unterbrach: „Das ist noch gar nichts, die hiesige Ökonomswitwe Josepha Wolf wurde wegen Kurpfuscherei zu sechs Wochen Gefängnis verurteilt."

„Was sagst du da, die Wolfin sei im Gefängnis? Wenn einer von uns daheim krank war, dann sind wir meist zu ihr gegangen“, wunderte sich Otto.

„Ich weiß, sie hat wunderbare Heilkräfte, und keiner weiß so recht, warum sie verurteilt wurde“, entgegnete Marte, indem er seinen Maßkrug hochhob und einen kräftigen Schluck nahm, um umgehend bei der Bedienung einen neuen zu bestellen. Gleich danach sprach er weiter: „Aber regt euch nicht auf, die Wolfin ist schon wieder auf freiem Fuß, denn sie hat ihre Strafe inzwischen abgesessen. Aber ob ihr es glauben wollt oder nicht, die Kranken kommen jetzt sogar bis von Sonthofen herauf, und sie hat jetzt noch einen größeren Zulauf bekommen als vor ihrer Inhaftierung.“

„So ist es recht“, freuten sich die Stammtischbrüder.

Jetzt erst erzählte Martin Waibel mit vorwurfsvoller Stimme, der bisher nur zugehört hatte: „Wir Oberstdorfer sollten uns schämen, neulich waren unsere Rekruten in Sonthofen, und man sagt, sie haben sich ungebührlich benommen, was wiederum kein gutes Bild auf uns Einheimische hier oben nach außen wirft.“

„Warum, was sollen die getan haben?“, fragte Otto gut gelaunt.

Martin überlegte kurz und sagte schließlich: „Genau weiß ich es auch nicht, doch es kam so weit, dass etliche von ihnen ‚gesiebte Luft‘ atmen mussten. Aber stellt euch nur mal vor, die von unserer Musikkapelle holten die Rekruten später am ‚Törle‘ des Gefängnisses in Sonthofen wieder ab.“

Durch die inzwischen größere Anzahl von zugezogenen evangelischen Gemeindemitgliedern entfachte bei ihnen den Wunsch nach einer eigenen protestantischen Kirche, die inzwischen gebaut und fertig gestellt wurde.

Leo Huber, der langjährige Freund des Leo Dorn, dem Adlerkönig, saß mit am Tisch und erzählte so nebenbei: „Ich habe jetzt den Zuschlag als Bauleiter fürs neue Schulhaus in der Ludwigstraße bekommen. Nächsten Monat werden wir mit dem Bau beginnen. Wenn die Schule fertig ist, können alle Kinder in ein modernes

Gebäude an einem schönen Platz gleich neben den beiden Kirchen gehen."

„Wie geht's eigentlich dem Dorn in Hindelang?", versuchte Martin abzulenken.

„Er schreibt mir von Zeit zu Zeit, ich habe schon einen ganzen Packen Briefe von ihm daheim", sagte Huber.

„Was schreibt er denn?"

„Er hat regelmäßig Probleme mit Wilderern. Inzwischen hat er 41 Wilddiebe festnehmen und überführen können. Teilweise kam es zu harten Kämpfen und zu Schusswechseln zwischen ihm und den Wilderern. Aber er betonte immer wieder aufs Neue, dass er stolz sei, keinen von ihnen jemals getötet zu haben."

Max Speiser, der hiesige Oberjäger, unterbrach Leo. „Hat er dir auch geschrieben, wie viele Adler er inzwischen geschossen hat?"

„Ja, hat er, ich glaube er schrieb von etwa 60 Adlern. Aber du willst das doch nur wissen, weil du ihm knapp auf den Fersen bist. Wie viele hast du schon erlegt?"

„So weit wie der Dorn habe ich es noch nicht gebracht, aber immerhin habe ich auch schon 45 Adler geschossen."

Als Josef Huber sich von seinem Stuhl erhob, humpelte er und verzog schmerzhaft sein Gesicht. Da fragte Otto: „Josef, warum hinkst du, was ist geschehen?"

„Weißt du es noch gar nicht? Als es letzte Woche in der Werkstatt des Küfers Josef Anton Math gebrannt hat, radelte ich als alarmgebender Signalist barfuß durch den Ort. Dabei erlitt ich an beiden Füßen solche Blasen, dass ich zwei Tage nicht arbeiten konnte." So redeten die Männer bis spät in die Nacht hinein.

Fahnenweihe des Schützenvereins

Von der im Jahre 1557 gegründeten Schützengesellschaft Oberstdorf wurde einem bayerischen Kloster der Auftrag für eine neue Vereinsfahne erteilt. Von geschickten Nonnen wurde eine wunderschöne, wertvolle Vereinsfahne gestickt. Auf der cremefarbigen Seite ist die Ortschaft Oberstdorf samt ihrem hoch aufragenden schmalen Kirchturm inmitten der Häuser abgebildet. Und auf der grün hinterlegten Rückseite ist das Vereinszeichen, eine Gämse mit zwei überkreuzten Gewehren zu sehen. Im Juli 1906 fand die feierliche Fahnenweihe statt. Für die Vereinsmitglieder gab es vieles an Vorbereitungen zu treffen. Auch Martin Waibel, Otto mit seinem ältesten Sohn Josef und anderen Schützenkameraden wie Mathias Rueß, Hermann Vogler, Melchior Jauss, Karl Tauscher, Ludwig Hochfeichter und der Oberforstverwalter Hohenadl richteten schon freitags die Tanzbühne mit Tischen und Bänken her.

Am darauffolgenden Sonntag fand vormittags ein feierlicher Gottesdienst zur Fahnenweihe in der Pfarrkirche Oberstdorf unter Pfarrer und geistlichem Rat Alois Heinle statt. Die meisten anwesenden Gläubigen waren männlichen Geschlechts, da ihre Frauen nicht im Verein Mitglied waren und zudem daheim bei ihren Kindern und in der Küche gebraucht wurden. Der Dettlesverein[4] bei der Fahnenweihe war der Schützenverein aus Sonthofen „1500". Dieser Verein kam mit über 50 Mitgliedern und ihrem Schützenkönig zur Weihe. Sie überreichten als Dettlesgeschenk ein Fahnenband und einen Geldgrundstock zur Anschaffung einer eigenen Schützenkette, damit in Zukunft auch die Oberstdorfer ein Königsschießen abhalten und anschließend ihren eigenen Schützenkönig inthronisieren könnten.

Um zwei Uhr spielte bei schönstem Wetter die Musik auf. Anna hatte an diesem Tag auch endlich wieder einmal die Gelegenheit, auf ein Fest zu gehen, da Maria sich bereit erklärte, sich um ihre jüngeren Geschwister zu kümmern. Als Anna mit ihren beiden Mädchen, Josepha und Vefa, dort am Faltenbach angekommen waren, konnte Otto seine Lieben gleich inmitten der Menge entdecken. Als er seine Frau und seine beiden Töchter dort im schwarzen Mieder mit den Silbertalern und dem grauen, selbst genähten bodenlangen Rock und grüner Schürze stehen sah, war er sehr stolz auf seine Familie. Noch niemals bisher war ihm aufgefallen, wie erwachsen und hübsch seine Feela[5] inzwischen geworden sind. Als Otto so nachdenklich

4 Patenverein
5 Mädchen

dastand und sie beobachtete, trat plötzlich ein junger Mann strahlend neben seine älteste Tochter Josepha. Sie hatte sich besonders hübsch gemacht, denn sie trug keinen Hut, sondern ihr dickes, dunkles Haar hochgesteckt zu einem Kranz, und seitlich hatte sie eine Schützenscheibe gesteckt. Josepha lächelte den jungen Mann an, als würde sie ihn gut kennen. Otto ging daraufhin zu Anna hinüber, die im Gegensatz zu den Töchtern einen Trachtenhut mit Flaumfeder trug. Er fragte sie besorgt, wer der junge Mann neben Josepha sei. Sie lächelte zurück, dabei konnte er ihr Grübchen, das er früher so sehr an ihr geliebt hatte, zwischen ein paar kleinen Fältchen wieder entdecken. Hier in der Sonne wirkte ihre vom Heuen leicht gebräunte Haut frisch, und ihre blauen, leuchtenden Augen kamen noch mehr zur Geltung als sonst, was Anna jünger erscheinen ließ. Otto vergaß seine Frage, nahm seine Frau bei der Hand und zog sie mit sich auf den Tanzboden. Anna lächelte dabei verlegen und fragte: „Was ist, du willst doch nicht etwa tanzen? Wir haben doch noch niemals miteinander getanzt, nicht einmal an unserer eigenen Hochzeit."

„Das ist wohl wahr, aber in einem bestimmten Alter ist man nicht mehr so eitel, auch wenn unser Tanz nur ein Gewackel wird. Früher wäre mir so etwas peinlich gewesen, aber heute nicht mehr. Ich denke, die Leute um uns herum und auch du weißt von meiner Gehbehinderung durch mein kaputtes Knie. Ich brauche mich deshalb nicht mehr zu verstecken. Wer mich bisher deswegen nicht gemocht hat, der wird mich auch in Zukunft nicht mögen. Ich habe in meinem Leben vieles von dir gelernt – eins davon ist, wir müssen uns vor den anderen nicht verstellen, und das ist ein großes wunderbares Privileg des Alters."

„Du hast recht, Otto, Hauptsache das Tanzen macht uns beiden Freude."

„Übrigens, hast du den jungen Mann gesehen, und wie er unsere kleine Josepha angesehen hat?"

„Natürlich, ich bin ja nicht blind, seine Blicke sind auch mir nicht verborgen geblieben."

„Und wer ist der Kerl? Kennst du ihn?"

„Nicht direkt, aber Josepha hat mir schon öfters von einem Bernhard, der mit Nachnamen Graf heißt, vorgeschwärmt. Er sei Spengler und kommt aus Kirchheim."

„Was! Du hast davon gewusst und mir gegenüber kein Wort darüber erwähnt?"

„Otto, was gibt es da zu sagen? Unsere Große ist in zwei Monaten 18 Jahre alt. Lass sie machen, sie ist erwachsen und reif genug. Schließlich soll sie irgendwann einmal heiraten."

Otto wunderte sich, wie leicht Anna den ersten Freund ihrer Tochter nahm. Im Grunde war ihm klar, dass dies normal sei, und trotzdem spürte er, dass ihm seine Tochter nicht gleichgültig war.

An diesem Tag war Anna besonders gut gelaunt und sprühte vor Lebensfreunde. Mit ihr zusammen machte Otto das Tanzen viel Spaß. Die beiden hatten einen riesigen Durst und tranken zusammen aus einem Bierkrug. Anschließend kaufte Otto noch ein paar Bratwürste, die sie sich ebenfalls teilten.

Dort auf dem Fest traf Anna ihre beiden Freundinnen Theresia und Mathilde mit ihren Männern und sie erwähnte, dass sie vor Jahren ein sehr altes Buch gefunden hat und fragte, ob entweder Mathilde oder Theresia Lust hätten, ihr bei der Entzifferung der alten Schrift zu helfen. Theresia wehrte sofort ab, ohne weiter nachzufragen: „Nein, mit der Vergangenheit habe ich nichts am Hut, was wollt ihr nur mit dem alten Zeug?"

„Aber dort sind auch deine Vorfahren wie die Hindelangs und die Berktolds erwähnt", rechtfertigte sich Anna.

„Nein, nein, danke, macht nur, aber ohne mich."

Mathilde hingegen war begeistert und fragte sogleich: „Wann können wir damit anfangen? Ich jedenfalls freue mich, dass ich dir dabei helfen darf."

Anna grinste vergnügt: „Sobald du Zeit hast, denn ich verschiebe dies schon seit Jahren, und es wird bestimmt nicht einfach werden. Ich würde sagen, komm einfach am Abend, wenn Marte daheim bei den Kindern ist, vorbei, dann können wir beginnen. Aber ich hoffe wirklich, dass wir die Schrift überhaupt noch lesen können."

„Dann bis bald", entgegnete Mathilde hoch erfreut, und Theresia sagte nur kurz: „Dann macht mal, und das Wichtigste könnt ihr mir anschließend erzählen."

„Das versprechen wir", entgegnete Mathilde begeistert.

Erst spät am Abend gingen Otto, Anna und ihre beiden Töchter wieder heim.

Dort sagte Anna leicht beschwipst zu Otto: „Es war so ein schöner Tag. Warum gehen wir nicht öfters miteinander auf ein Tanzfest?"

Am nächsten Morgen erfuhren sie, dass ein italienischer Gastarbeiter von einem eigenen Landsmann beim Gütscher[6] erstochen wurde.

Im darauffolgenden Winter wurde das erste Königsschießen abgehalten, und Josef Fidel Huber errang als Erster die Königswürde in Oberstdorf und bekam als amtierender Schützenkönig die noch leere Kette umgehängt. Boshafte Mäuler spotteten und meinten: „Das ist doch keine Königskette, sondern ein windiger Hälsling." An diese Silberkette hatte Huber den ersten Taler spendiert, und in den darauffolgenden Jahren wuchs die Kette zu einer wertvollen würdigen und stattlichen Schützenkette heran.

Bald darauf kam Mathilde wie vereinbart zu Anna, um das geheimnisvolle Buch ihrer Vorfahren anzusehen, und hoffte inständig, dass auch Anna Zeit finden würde, mit ihr darin zu lesen.

Anna zündete vorsorglich ein paar Kerzen an, damit sie die verblichene Schrift besser sehen konnten. Dann ging sie ins Schlafzimmer, um das Buch zu holen, legte es auf den Stubentisch, und sie begannen mit der Entzifferung dieser geheimnisvollen Schriftstücke.

6 Rössler oder Kutscher

1263, Im Wallis

Mitte des 13. Jahrhunderts im Oberwallis in Naters, dem Hauptort des Zehnden (Bezirks) am Fuße des Simplonpasses, einem Bergbauerndorf mit sieben Hofstätten, einem Pfarrhof und daneben einem über hundert Jahre alten Turm, der als Gebetsstätte diente. Dort erbaute Anderl unterhalb eines kleinen Hügels auf einer frei daliegenden Wiese neben einem Bach für sich und seine junge Braut Agnes ein kleines Holzhäuschen. Dieses hatte einen bemerkenswert geräumigen Balkon und kam durch seine ausgeglichene Form besonders gut zur Geltung. Als er mit dem Bauen fast fertig war, führte er seine junge Braut zum Traualtar und danach heim in ihr gemeinsames, gemütliches, neues Haus, das zu dieser Zeit sein größter Stolz war.

Im Laufe ihre Ehe bekam Agnes ein Kind nach dem anderen. Sie wussten oft nicht, wie sie das Essen für alle beschaffen konnten.

Anderl hielt sich, wie die meisten seiner Nachbarn, überwiegend Ziegen, da diese an den steilen Hängen weniger anspruchsvoll als Kühe waren. Im Tal ums Haus herum standen überwiegend Eschen- und Wildkirschbäume. Jahre später, als seine ersten Söhne schon etwas über zehn Jahre alt waren, schickte Anderl diese im Herbst auf die Bäume, um dort das Laub für die Ziegen zu pflücken. Er glaubte wie viele andere auch: „Wenn die Ziegen über den Winter das Laub fressen, dann würden sie mehr Milch und Rahm geben." So pflanzten die Bauern aus Naters und Umgebung immer mehr Eschen als Ziegenfutter an. Mit der Zeit verwaldete und verbuschte ihr Tal mehr und mehr, und die Wiesen schwanden fast völlig. Ihre ohnehin wenigen Kühe bekamen nicht mehr genug zu fressen, und über den Winter konnten die Bauern ihre Kühe kaum mehr durchfüttern.

23 Jahre später im Frühherbst 1287 war Anderl bereits 45 Jahre und seine Ehefrau Agnes 42 Jahre alt. Trotz ihres hohen Alters gebar sie ihm einen weiteren Sohn, den Josephus, ihr 16. Kind.

Für Agnes war es in den letzten Jahren nicht immer leicht gewesen. Die meiste Zeit mussten ihre Kinder Hunger leiden, bekamen Krankheiten, und drei Buben und zwei ihrer Mädchen waren inzwischen gestorben. Martin, der Zweitälteste, dachte sich häufig: „Mutter hat sich in den letzten Jahren sehr verändert. Sie wirkt so traurig, und ich glaube, sie ist enttäuscht vom Leben. Ihr Kummer und ihr stilles Leiden hat sie so sehr geprägt. Sie ist zu uns Kindern so ungerecht und kaltherzig geworden. Ich weiß, ich sollte ihr verzeihen, und sie tut mir auch leid, denn jetzt musste sie schon wieder eine Schwangerschaft und eine schmerzvolle Geburt unter Lebensgefahr hinter sich bringen. Wenn sie gestorben wäre, was hätten wir dann getan? Ich will gar nicht daran denken. Und jetzt, da der Säugling gesund ist, müssen meine Geschwister und ich noch mehr arbeiten und das wenige, was wir zu essen haben, mit einem weiteren Fresser teilen. Ich will nicht, dass es in Zukunft so weitergeht, und wir hier im Elend versinken. Ich muss einen anderen Weg für mich finden."

Monate später kam zu allem Leid noch dazu, dass Martin mit seinen beiden Brüdern Anton und Kaspar, die wie er selbst um die 20 Jahre alt waren, nach Wimmis in die Nähe des Thunersees einberufen wurden, um gegen die Habsburger, unter der Leitung von Schultheiß Ulrich I von Bubenberg, für die Weissenburger im Berner Oberland in den Krieg zu ziehen. Während des Kampfes hatte die Truppe, in der sich auch Martin befand, nicht wenige Opfer zu beklagen, obwohl sie das Städtchen erobern konnten. Unglücklicherweise konnten sie die Burg, auf die es der Schultheiß abgesehen hatte, nicht besetzen. Daraufhin gab er seinen Leuten den Befehl, alle Lebensmittel, Tiere, Getränke und Kostbarkeiten aus dem Burgstädtchen mitzunehmen und alles Unbrauchbare zu zerstören. Martins Kameraden wüteten daraufhin fürchterlich, denn sie waren wegen der erlittenen Verluste ihrer Kameraden hasserfüllt. Martin überkam ein Schauder, wie menschenunwürdig seine eigenen Kameraden dort vorgingen. Einfach alles, was ihnen in die Hände fiel, stahlen sie, und selbst auf Bitten und Flehen der Bewohner verschonten sie niemanden. Alles, was sie nicht brauchen konnten, zündeten sie unter den Augen der armen Bewohner aus Wimmis an, sodass diese Menschen ihr ganzes Hab und Gut verloren haben. Aber Martin durfte und konnte sich auch nicht gegen den Befehl der Obrigkeiten zur Wehr setzten, denn dies wäre sein sicherer Tod gewesen.

Anschließend, nach Überwindung der Talsperre, zogen die angreifenden Berner Truppen weiter bis ins Niedersimmental.

Auf dem Heimweg von dieser blutigen und abscheulichen Schlacht waren Martin und Anton zutiefst niedergeschlagen, erschöpft, ausgezehrt und zugleich voller Schuldgefühle. Als sie von Weitem den Rauch aus dem Kamin ihres Elternhauses gegen den Himmel aufsteigen sahen, wurde ihnen angst und bang zumute. Die Sonne war kurz vor dem Untergehen, und der Neuschnee glitzerte im letzten Sonnenstrahl. Es war ihnen unmöglich, sich über die Heimkehr und das Wiedersehen mit der Familie zu freuen. Denn die beiden hatten die fürchterliche Nachricht zu überbringen, dass ihr Bruder Kaspar bei diesem brutalen Gemetzel gefallen war.

Als Mutter die beiden heimgekehrten Söhne so betrübt an der Haustüre stehen sah, stieg eine innere Ahnung in ihr hoch und sie schrie verzweifelt mit angsterfüllter Stimme: „Wo habt ihr Kaspar? Wo ist er? Ist er tot?“

Martin konnte seiner Mutter nicht in die Augen sehen. Sein Blick hing am Boden, wo er seinen krabbelnden zweitjüngsten Bruder entdeckte, der soeben aus dem Futternapf der Katze etwas Ekelerregendes in seinen Mund steckte. Martin nahm das zwar wahr, empfand es aber in diesem Augenblick als völlig unbedeutend. Dann nickte er und antwortete bedächtig: „Ja, Mutter, Kaspar ist tot, er hat es nicht geschafft.“

In ihrem ersten Schockzustand schrie sie ungehalten und vorwurfsvoll ihre erwachsenen Buben, den Martin und den Anton, an: „Warum habt ihr nicht auf ihn aufgepasst? Ihr wart schließlich die Älteren!“

In dem Moment kam ihr Vater, der Anderl, in die Stube gelaufen und fragte: „Kaspar ist tot? Es ist schlimm, dass es ihn erwischt hat und er so früh sterben musste. Aber was geschehen ist, ist geschehen, und wir können ihn nicht wieder lebendig machen. Wenigstens seid ihr beide unverletzt geblieben und wir haben Gottseidank noch mehrere Söhne, die uns bei der täglichen Arbeit helfen können. Bleib ruhig Weib, und denke, es war Gottes Wille, dass er so früh von uns gegangen ist. Deshalb werden wir jetzt gleich hier in der Stube für Kaspars Seele beten.“ Mutter zündete am Herdfeuer zwei Kerzen an, die eine stellte sie in den Herrgottswinkel bei der Eckbank vor den gekreuzigten Christus mit langem Haar und Leidens-

miene und die zweite mitten auf den abgenutzten alten Ahorntisch. Vater rief währenddessen die anderen Kinder zur Zusammenkunft in die Stube. Diese setzten sich um den großen alten Stubentisch, obwohl nicht alle einen eigenen Platz fanden und die drei Kleinsten auf dem Schoß ihrer älteren Schwestern sitzen mussten. Die Kinder spürten, dass etwas in der Luft lag, denn für einen kurzen Augenblick war es seltsam still geworden und keiner wagte, zu erwähnen, dass Martin und Anton wieder mit am Tisch saßen. Schließlich verkündete Vater, dass ihr Bruder Kaspar in der Schlacht für ihren Grafen als Held gestorben sei und deshalb nie wieder zurückkehren würde. Immer noch wagte keines der Kinder, zu klagen oder gar zu weinen. Anderl, sein Weib Agnes und die Kinder sahen auf die flackernde Kerze in der Mitte des Tisches und begannen gemeinsam den schmerzhaften Rosenkranz zu beten. Selbst die Kleinen murmelten irgendetwas Unverständliches mit. Als sie damit fertig waren, sagte Mutter schweren Herzens: „Wir haben auch heute kaum etwas zu essen. Vielleicht ist es gut für Kaspar, dass er in Zukunft keinen Hunger mehr leiden muss."

Trotz ihrer Trauer waren Martin wie auch Anton über dieses Verhalten fassungslos und enttäuscht zugleich. Ihre Eltern hatten in keiner Weise etwas über ihre Heimkehr erwähnt. Auch schien es ihnen, als denke ihr Vater nur daran, dass die Arbeit weitergehen würde. Und Mutter war ungerecht und machte ausgerechnet ihnen auch noch Vorwürfe, dass sie anstatt Kaspar überlebt hatten. Sie litten doch sowieso schon genug unter dem Verlust ihres Bruders und früherem Spielkameraden! Als die beiden anschließend wie gelähmt alleine in der Stube zurückblieben, vertraute Martin Anton an: „In den Krieg werde ich nie wieder ziehen. Lieber lasse ich mich daheim als Feigling abholen und hinrichten! Wir sollen unser Leben opfern? Und wofür? Damit die reichen Grafen ein noch feudaleres Leben führen können, und wir einfachen Bauern immer mehr ausbluten und hungern müssen? Unsere Herren reiten mit ihren Pferden als Ritter mit Rüstzeug durchs Land, und wir Kleinen, die ihren Kopf hinhalten, werden getötet? Kaspar wurde durch einen Speer schwer verwundet. Vielleicht hätte er das noch überleben können, aber er hatte keine Kraft mehr zu gehen, und auch wir hatten keine Möglichkeit, ihm zu helfen. Die Ritter galoppierten an ihren Verwundeten vorbei, aber kaum einer verschwen-

dete einen Blick auf die am Boden liegenden, blutenden und stöhnenden Bauern und Krieger. Es kümmert sie nicht, sie lassen unsere Männer zum Dank für den Einsatz einfach im Dreck liegen und krepieren."

„Ich weiß, Martin. Aber wenn der Befehl kommt, dann werden wir wieder gehen müssen. Ich kann dich zu gut verstehen, du bist zudem enttäuscht von unseren Eltern, mir geht es so ähnlich."

„Ich bin nicht nur enttäuscht, ich bin wütend! Da haben wir beide gerade noch diese fürchterlichen Kämpfe überlebt, kommen erschöpft, ausgehungert und traurig über Kaspars Tod heim und stellen fest, dass sich weder unser Vater noch unsere Mutter über unsere Heimkehr freuen. Auch Kaspars Tod? Hast du das Gefühl, dass sie ihn vermissen werden? Ich glaube, das interessiert die beiden weniger, als wenn ihnen im Stall eine Ziege verrecken würde."

Martin und Barbara

Seit der Rückkehr aus dem Krieg zog sich Martin immer mehr von seinen Eltern zurück. Aber keiner aus der Familie bemerkte etwas davon. Nach den sonntäglichen Gottesdiensten ging er meist mit seinen Freunden ins Wirtshaus. Dort lernte er Barbara kennen und verliebte sich in sie. Die beiden verabredeten sich von Zeit zu Zeit heimlich, an einem zwischen Naters und Barbaras Wohnort liegenden, kleinen idyllischen Bergsee. In der Natur fühlte sich Martin sowieso am wohlsten, und deshalb machten die beiden frisch Verliebten Spaziergänge durch den Wald oder um den See und konnten dabei wunderbar über Gott und die Welt miteinander reden.

An einem verregneten Sonntag im Mai, als Kaspar bereits ein Jahr tot war, kam Martin aus dem Wirtshaus heim und ging gleich direkt in die Stube. Mutter war mit Hilde und Maria, den beiden älteren Schwestern, bereits in der Küche, um Kochtöpfe und Geschirr abzuspülen. Vater lag auf der Ofenbank, um seinen alltäglichen kurzen Mittagsschlaf zu halten. „Vaddr[7], schläft du?", flüsterte Martin in der Stube.

„Nein, ich denke nach. Was gibt es denn?"

---

7 Vater

„Ich würde euch heute Nachmittag gerne jemanden vorstellen."

Anderl zog nachdenklich seine Stirn in Falten und sah seinen Sohn Martin fragend an: „Wen willst du uns vorstellen?"

„Ich habe im Nachbardorf eine wunderschöne Frau kennengelernt und ich hab sie schon gefragt, ob sie mich heiraten will."

„Bist du verrückt geworden? Was fällt dir ein, so eine Entscheidung ohne uns zu treffen?"

„Vaddr, wenn du sie gesehen hast, wirst du mich verstehen. Ich denke ständig bei Tag und bei Nacht nur noch an Barbara."

„Und was hat diese Schönheit an Mitgift vorzuweisen?"

Martin wurde ernst: „Ich weiß es nicht, ich glaube sie besitzt nicht viel."

„Das hört sich bedenklich an, aber wenn es dir so wichtig erscheint, dann soll sie um zwei Uhr kommen. Aber jetzt sei so gut und lass mir meine verdiente Mittagsruhe."

„Danke, Vaddr."

Martins Geschwister hatten dieses Gespräch mitangehört und lachten und tuschelten darüber, dass ihr Bruder eine Liebste hat. Kurz vor zwei Uhr, als sich die Regenwolken verzogen hatten, ging Martin hinunter zum Turm, in die Dorfmitte, um Barbara abzuholen. Sie saß mit geschlossenen Augen auf einem Holzbrett vor dem Turm in der Sonne. Als Martin sie so sitzen sah, blieb er stehen und betrachtete sie: „Was für eine wunderbare Frau sie doch ist. Sie sieht so gesund und zufrieden aus. Ihr krauses, langes Haar erschien ihm in der Sonne schwarz mit einem bläulichen Schimmer. Oh, wie habe ich es genossen, als ich es neulich einmal berühren durfte. Schon seltsam, dass sie eine viel dunklere Haut hat als die hiesigen Mädchen, die ich bisher kennengelernt habe." Nun fiel ihm zum ersten Mal auf, dass sie auch etwas hochstehende Wangenknochen und sehr schmale Schläfen hatte. Als er sie so musterte, musste sie wohl gefühlt haben, dass sie jemand beobachtete. Dann öffnete sie ihre dunkelbraunen Augen, legte eine Hand zum Schutz vor der Sonne davor und sah zu Martin: „Du bist schon da?", rief sie ihm voller Freude entgegen und sprang von ihrem Sitzplatz auf. Sie begrüßten sich mit einer freundlichen Umarmung.

Als er sie bei der Hand nehmen wollte, bemerkte er, dass sie leicht zitterte und ganz feuchte Hände hatte. „Was ist mit dir? Geht es dir nicht gut?"

„Doch, doch, ich bin nur aufgeregt, weil ich deine Eltern gleich kennenlernen werde."

„Das hab ich dir gar nicht angesehen, du wirktest so ruhig und zufrieden. Hab keine Angst. Ich bin ja bei dir."

Sie stellte trotz ihrer Aufregung fest, dass Martin heute mit seinen kurzen Bartstoppeln besonders gut aussah, erwähnte dies aber nicht. Martin sah ihren nachdenklichen Blick und entgegnete: „Ich muss dir gestehen, es wird bestimmt nicht leicht werden, denn mein Vater kann fürchterlich grimmig sein. Aber er meint es meist nicht so. Hingegen meine Mutter ist sehr bestimmend, und wir sollten tun, was sie von uns verlangt." Er zwang sich zu einem Lächeln, was ihm aber misslang. Dann erwiderte Barbara: „Das muss sie wohl auch bei so vielen ungezogenen Kindern, wie du eines bist."

„Barbara, sei wie du immer bist. Du wirst sehen, Sie werden dich bald mögen." Irgendwie hatte Martin selbst ein ungutes Gefühl, ob seine Eltern Barbara mit ihrem fremdartigen Aussehen überhaupt akzeptieren würden. Aber seine Bedenken durfte er sich in keiner Weise anmerken lassen.

„Danke, Martin. Du bist ein wunderbarer Mann", sie sah ihn dabei von der Seite aus an. Er zwinkerte ihr liebevoll mit einem schelmischen Lächeln, das sie so an ihm liebte, zu. Er fasste ihre Hand und sagte: „Komm, lass uns gehen, und es hinter uns bringen."

Als die beiden, Hand in Hand, den leichten Anstieg zum Haus hinaufgingen, konnte Martin die Köpfe seiner Geschwister hinter der Fensteröffnung sehen. Sie waren neugierig, was für eine Braut ihr Bruder ihnen ins Haus bringt. Als Martin hinaufblickte, duckten sie sich wie kleine Diebe, die etwas zu verbergen hatten. Beim Eintreten ins Haus machte sich Barbara das Kreuzzeichen auf die Stirn und sagte: „Oh, Herr Jesus, bitte steh mir bei."

Martin lächelte sie warmherzig an: „So schlimm wird es schon nicht werden." Während er dies sagte, öffnete er die Stubentüre.

Vater saß auf der Eckbank, nahm ein Stück Kautabak aus seiner Tasche, steckte ihn in den Mund und begann darauf herumzukauen. Mutter saß daneben auf ihrem alten Lehnstuhl und stopfte Socken.

„Dürfen wir reinkommen?" Mutter sah kurz von ihrer Arbeit auf und sagte: „Komm nur rein, Martin. Was gibt es?"

„Schau Mutter, ich habe Besuch mitgebracht." Seine Mutter war völlig erschrocken, sie hatte noch nie zuvor einen solch dunklen Menschenschlag gesehen. Deshalb klang ihre erste Frage weder nett noch freundlich: „Um Himmels willen, wen bringst du uns da ins Haus?" Sie konnte vor Schreck ihren Mund erst gar nicht mehr schließen. „Die sieht ja aus wie …!"

Martin war es peinlich. Er wusste in dieser Situation gar nicht, was er sagen sollte. Er sah Barbara an und deutete auf eine der Sitzgelegenheiten. Mit weichen Knien setzte sie sich auf den wackeligen Stuhl, der direkt vor ihr stand. Dann endlich begann Martin etwas zu sprechen:

„Ich will euch Barbara, meine zukünftige Braut, vorstellen. Wir haben vor, so bald als möglich zu heiraten."

Die Hausherrin hatte sich inzwischen wieder etwas gefangen: „So, so, ihr wollt heiraten. Wie lange kennt ihr euch denn schon?" Barbara wollte gerade antworten, da wendete sich Anderl an sie und stellte eine weitere Frage: „Was sagen denn deine Eltern dazu?"

„Mein Vater, meine Mutter, zwei meiner Geschwister und mehrere aus meinem Heimatort sind vor drei Jahren an einer schweren Krankheit gestorben. Aber mein älterer Bruder, drei kleinere Geschwister und ich hatten Glück und blieben vor dieser Seuche verschont."

Und schon sprach Martin weiter: „Vater, wenn ihr eure Zustimmung gebt, haben wir trotzdem noch ein Anliegen. Barbaras Bruder bewohnt mit seiner neu gegründeten Familie und Barbaras überlebenden Geschwistern den elterlichen Hof. Dort können wir nicht wohnen. Deshalb bitten wir euch, ob es möglich wäre, dass wir für eine bestimmte Zeit hier bei euch bleiben? Nur so lange, bis wir eine eigene Herdstätte gefunden haben."

Mutter sah Barbara direkt auf ihren Unterleib: „Warum wollt ihr denn so schnell heiraten? Es wird doch hoffentlich noch nichts unterwegs sein?"

„Nein, Mutter. Barbara und ich, wir haben uns gern und wollen so schnell als möglich zusammen sein."

„Wir bitten euch inständig, uns die Erlaubnis und den Segen für unsere Vermählung zu geben."

„Das müssen wir uns erst einmal überlegen. Wir dachten immer, wir verheiraten dich mit der Elsa, hier aus dem Dorf, und so haben wir es auch mit ihren Eltern besprochen. Und jetzt kommst du daher und bringst eine Wildfremde", kommentierte Vater grimmig.

Martin und auch Barbara waren sehr betrübt. Daraufhin entgegnete Martin: „Aber warum habt ihr mir nie etwas davon erzählt?"

„Wenn es Zeit wäre, hätten wir es schon gesagt." Die Eltern sahen sich direkt an, und Vater beendete das Gespräch: „Ich denke, das sollten wir uns gründlich überlegen, schlafen wir eine Nacht darüber." Dann zeigte er mit seiner Hand in Richtung Türe und sagte klar und deutlich: „Ihr könnt jetzt gehen. Reden wir in ein paar Tagen darüber."

Als die beiden enttäuscht das Haus verließen, hatte Barbara Tränen in den Augen, und Martin zog nur fragend seine Schultern nach oben. „Was sollte ich sonst sagen? So sind sie nun mal."

Barbara mit zitternder Stimme. „Liebst du Elsa?"

„Was fragst du da?"

Barbara erschrak selbst über ihre Frage und schämte sich deswegen.

Martin lenkte vom Thema ab: „Wirst sehen, vielleicht haben meine Eltern Einsicht, und es regelt sich von selbst."

Martin begleitete Barbara an diesem Tag den weiten Weg bis heim. Zum Abschied nahm er ihre schmalen Hände und schloss sie fast besitzergreifend in die seinen. „Barbara, hör zu, eins musst du wissen, ich meine es ernst mit dir." Sie sah ihm direkt in die Augen und konnte ein Flackern darin erkennen.

„Danke Martin, aber ich habe Angst, dass sie dich mit Elsa verheiraten und ich dich dann für immer verlieren werde."

Er schüttelte energisch seinen Kopf und sagte eindringlich: „Nein, das würde ich nicht zulassen. Sollte es so sein, dann werden wir beide einen Weg für uns finden."

Als Anderl am Abend mit seiner Frau alleine und er sicher war, dass ihn keines seiner Kinder hören konnte, sprach er zu Agnes: „Die Barbara ist so ein schönes Mädchen, so eine gut aussehende Frau habe ich zuvor noch niemals gesehen. Warum will sie gerade unseren armen Buben heiraten?

Sie könnte an jedem Finger einen Mann bekommen. Nein, ich denke, sie könnte jeden haben, den sie nur will."

„Aber Anderl, rede doch nicht so daher! Bist ja selbst ganz närrisch. Das Aussehen ist doch nebensächlich! Ich bin gespannt, ob sie eine gute Hausfrau sein wird. Aber stell dir vor, wenn die beiden Kinder bekommen. Glaubst du, die würden unserem Buben ähnlich sehen?" Er schüttelte zweifelnd seinen Kopf und winkte ab.

Anderl ließ es keine Ruhe, wer diese Frau war und warum sie ausgerechnet in seine Familie einheiraten wollte. Er ging zu einem Freund ins Nachbardorf hinüber, um sich über Barbaras Familie Erkundigungen einzuholen. Denn es war noch nicht zu spät, er hatte ja als Vater zur Eheschließung noch nicht zugestimmt.

„Anderl, du hast schon recht, es sind andere Menschen, als wir es sind. Man sagt hier im Dorf, Barbaras Vater stammte von den Sarazenern, einem Volksstamm ähnlich den Arabern, ab. Sie seien im 10. Jahrhundert bis nach St. Moritz vorgedrungen, eroberten immer wieder neue Teile der Schweiz und vermischten sich mit der heimischen Bevölkerung. Diesem Menschenschlag sieht man ihre Fremdartigkeit immer noch an. Wenn dein Sohn, der Martin, sie heiratet, könnten sie eines Tages dieses Land hier verlassen, denn Barbara hat Nomadenblut in sich von ihren Vorfahren, die seit Jahrhunderten herumziehen. Wird es ihnen in einem gewohnten Tal zu eng, packen sie Hab und Gut zusammen und ziehen weiter. Denn sie haben nie ein Heimatgefühl kennengelernt. Aber glaub mir, es sind rechtschaffene Leute. Ich denke, die Barbara ist eine fleißige Frau und wird mit anpacken können. Sie ist sehr begehrt bei den jungen Burschen hier im Dorf, und ich finde, Martin kann sich stolz schätzen, wenn er sie zur Frau bekommen würde."

Am nächsten Abend ließ Anderl seinen Sohn Martin zu sich in die Stube kommen. Die Geschwister schickte er mit seiner typischen Handbewegung hinaus. Nun sagte er: „Gut, Bub, hör zu, Mutter und ich haben es uns überlegt. Wenn du sie wirklich willst, nimm die Barbara zur Frau. Dann soll dein Bruder Anton eben die Elsa heiraten. Aber ich muss dir gleich sagen, hier im Haus kannst du mit ‚der' nur vorübergehend bleiben. Sollte ein Kind kommen, dann müsst ihr das Haus verlassen und euch eine eigene

Bleibe suchen. Zudem muss sie Mutter bei der Hausarbeit und mit den Kleinen helfen, damit sie sich ihr Essen auch verdient. Du weißt selbst, eine eigene Schlafkammer wird es für euch nicht geben. Ihr müsst das Zimmer mit deinen Geschwistern teilen. Ich denke, für Barbara wird es nicht leicht werden, und hoffe, dass deine Brüder ihretwegen keine Schwierigkeiten machen. Wenn es nicht geht, müsst ihr ausziehen oder du richtest euch über dem Stall eine Kammer her, in der ihr nächtigen könnt."

„Danke, Vaddr, das werde ich machen."

„So schnell braucht ihr keine eigene Kammer, zum Bauen ist im Winter immer noch Zeit."

Als Martin seiner jungen Braut die gute Nachricht, dass sie bald heiraten dürfen, überbrachte, wurde sie seltsam ruhig und schien bedrückt. Schließlich gestand sie: „Martin, seit ich bei deinen Eltern zu Besuch war, habe ich fürchterliche Angst dort einzuziehen. Ich glaube, die mögen mich nicht. Außerdem waren sie ganz und gar nicht freundlich zu mir. Zwischen deinen Eltern und deinen elf Geschwistern, da würde ich mich wie ein fremder Eindringling fühlen. Ich glaube, ich passe nicht in deine Familie. Ich weiß wirklich nicht, wie ich mich entscheiden soll." Während sie dies sagte, hatte sie wässrige Augen bekommen. Dann hob sie ihren Kopf und blickte Martin an. Da erst bemerkte sie, dass auch er auf sie herabblickte und sie nachdenklich musterte. Sein Gesicht war blass geworden. Sie sah ihn wehmütig an: „Martin, es tut mir so leid."

„War es wirklich so schlimm bei meinen Eltern? So schlimm, dass du dir nicht mehr sicher bist, ob du mich noch heiraten willst?"

Sie nickte mit ihrem Kopf und sagte: „Ja."

„Was heißt ja? War es so schlimm oder sagst du ja, weil du mich heiraten willst?"

Sie nahmen sich eine ganze Weile schweigend in die Arme. Dann besann sich Barbara anders. Sie spürte, wie sehr sie Martin liebte, und dass sie die schwere Last und die Unannehmlichkeiten aus Liebe zu ihm doch in Kauf nehmen wollte. Und sie hoffte inständig, dass am Ende doch noch alles gut werden würde.

Einen Tag vor der Hochzeit, als sie ihre wenigen Habseligkeiten daheim eingepackt hatte und Martin ihr behilflich war, ihre kleine Aussteuer aufs Maultier zu laden, sagte sie mit einem Strahlen im Gesicht zu ihm: „Ich bin so glücklich, dass ich mit dir zusammenwohnen darf, und ich werde mich dir zuliebe bemühen, mit deiner Mutter klarzukommen. Schließlich bin ich ja nicht auf den Mund gefallen und denke, ich werde mich zu wehren wissen."

Martin nahm sie dabei liebevoll in die Arme und küsste sie behutsam, dann versprach er: „Wirst sehen, mit meiner Mutter kann man schon auskommen."

Am nächsten Vormittag, an einem wunderschönen Sommertag im Juni, heiratete der zweitälteste Sohn von Anderl, der hochgewachsene, blonde Martin, seine bildhübsche, dunkelhäutige Barbara aus einem nahe gelegenen Nachbardorf. Sie gingen zusammen zum Steinturm in Naters, der neben dem Pfarrhof inmitten blühender Wildkirschbäume stand. Die wenigen Dorfbewohner, die geladen waren, konnten den Blick nicht von der jungen Braut lassen. Die weiblichen Gäste meinten: „Wie gut die beiden doch zusammenpassen, und was für ein schönes Paar sie sind." Doch die Männer sahen nur die schöne Braut mit ihren vollen Lippen an und waren fasziniert von ihrer Eleganz: „Sie wirkt viel interessanter, ganz anders als die hiesigen Frauen hier im Dorf." Ein Stammtischbruder von Martin sagte zu seinen Freunden, als er glaubte, sicher zu sein, dass ihn der Bräutigam nicht hören konnte: „Die Braut sieht rassig und hinreißend aus, ja, sie ist bestimmt im Bett …", aber diesen Satz sprach er nicht zu Ende, weil plötzlich Martin neben ihm stand und ihn strafend anblickte.

Am Abend nach der kleinen Feier, als sich Martin und Barbara von den Gästen in der Stube verabschieden wollten, stellte sich Agnes ihnen in den Weg und sagte: „Vater und ich haben als kleines Hochzeitsgeschenk noch eine Überraschung für euch. Heute braucht ihr nicht oben bei den Kindern schlafen. Ihr dürft zur Feier eurer Hochzeit alleine in Vaters und in meinem Bett beieinanderliegen."

Martin war völlig überrascht und freute sich über die Großzügigkeit seiner Mutter. Barbara indessen war es fürchterlich peinlich. Als sie in die

Runde blickte und sah, wie Martins Brüder sie angrinsten, spürte sie Röte auf ihren Wangen aufsteigen. Aber Martin zog schon seine junge Braut an der Hand hinter sich her ins Schlafzimmer seiner Eltern und verschloss die Türe vor aller Augen. Nun lehnte er sich gegen die Türe und sagte erleichtert zu seiner Braut: „So, nun haben wir das Schlimmste hinter uns."

Barbara stand ganz verwirrt neben der Bettstatt: „Und wir sollen hier im Bett deiner Eltern schlafen?"

„Ja, sieh nur, sie haben sogar den Ludwig mitsamt der geschnitzten Holzwiege mit hinaufgenommen. Das ist doch nett von ihnen, dann können wir uns ganz ungeniert lieben."

Barbara war der Gedanke peinlich, dass alle im Haus zu wissen glauben, was sie nun mit Martin hinter verschlossener Türe machen würde. Sie konnte das schon zuvor an den grinsenden Gesichtern von Anton und Jacobus sehen. Und die größeren Mädchen wie Hilde und Maria waren mächtig aufgeregt und neugierig, was nun geschehen würde.

Barbara zog ihren Brautumhang aus und legte ihn ordentlich auf den Hocker, der in der Ecke stand. Lediglich ihr neues Unterkleid behielt sie an. Dann schlich sie ins Bett und deckte sich mit dem frisch gefüllten Heusack zu.

Inzwischen zog sich Martin vollständig aus, warf seine Kleidung auf die Holztruhe neben dem Bett und kroch zu Barbara unter die Decke. Nun begann er sie leidenschaftlich zu küssen, bis er ihr das Unterkleid über den Kopf herunterstreifte. Die Kerze neben dem Bett flackerte unruhig hin und her. In ihrem Schein konnten sich die beiden zum ersten Mal nackt betrachten und sich so ganz nah in die Arme schließen. Genauso unruhig wie der Lichtschein flackerte, so fühlte sich Barbara in dem Moment.

„Martin, darf ich dich etwas fragen?"

„Sicherlich, du darfst mich alles fragen. Ich bin doch seit heute dein Ehegemahl."

„Wir sind beide noch so jung, ich meine, ein junger Mann wie du wird doch schon …? Ich meine du hast doch bestimmt schon mit einer Frau …?"

Sie konnte im Kerzenschein sehen, dass sich Martin am Kinn rieb und seine Zähne leuchteten auf, sodass er sie verschmitzt anlächelte:

„Oh, jetzt verstehe ich, was du mich fragen willst. Glaub mir, es ist besser, einer von uns beiden weiß, was wir hier miteinander tun."

Barbara bekam ganz große, fast schwarz leuchtende Augen, und Martin war es nicht entgangen, wie sehr seine unschuldige Frau über seine Antwort erschrocken war.

„Barbara, stört es dich etwa, dass ich nicht mehr unschuldig bin?" Sie stammelte unsicher: „Nein, nein, denk das nicht von mir. Ich bin ein wenig überrascht, weil ich immer geglaubt habe, auch du hast noch niemals …"

Er wandte sich ihr wieder zu und beobachtete sie eine Weile stillschweigend. Die Verlegenheit zwischen den beiden nahm noch mehr zu, bis die Luft fast zu zerspringen drohte. Dann brach Martin endlich das Schweigen.

„Du brauchst keine Angst zu haben. Vertraue mir."

Sie lächelte ihn nervös mit ihren vollen Lippen an. Er konnte ein Grübchen in ihrem Gesicht sehen, das ihm bisher niemals aufgefallen war. „Wenn du mich so ansiehst, machst du mich ganz verrückt. Dann kann ich für nichts garantieren." Nun folgte eine leidenschaftliche Hochzeitsnacht, in der Barbara ihre Jungfräulichkeit verlor. In dieser Nacht hätte weder Martin noch Barbara gedacht, dass ihnen ihre körperliche Vereinigung als Zeichen ihrer Liebe und Hingabe für längere Zeit nicht mehr vergönnt war.

Schon in der darauffolgenden Nacht musste das junge Paar auf Mutters Befehl hin Martins und Kaspars Bettgestell aus dem Bubenzimmer in die Mädchenkammer ganz hinten an die Wand bringen. Dort durften sie die beiden Betten zusammenschieben. Als Martin sich darüber bei seinem Vater beklagte: „Warum soll ich bei meinen Schwestern schlafen? Ich will lieber bei Anton und Jacobus in der Bubenkammer bleiben."

Da erklärte ihm Anderl: „Bub, du kannst auf keinen Fall mit deiner jungen Frau in die Schlafkammer zu deinen Brüdern ziehen. Denk doch nach! Wenn du mal später als Barbara ins Bett gehst oder du mal unterwegs sein wirst … Dann müsste deine reizvolle junge Frau alleine mit deinen Brüdern in der Kammer liegen. Nicht dass ich Anton, Jacobus oder gar unserem frommen Pius so etwas zutrauen würde, aber wie man sagt: Gelegenheit macht Diebe. So etwas werden Mutter und ich unter unserem

Dach niemals dulden. Außerdem, hättest du selbst überlegt, wärst du gleicher Meinung wie wir.“

Mehr als sich gegenseitig wärmen, leise streicheln und küssen war für die beiden trotz ihrer großen Sehnsucht nacheinander nicht möglich. Als Barbara eines Nachts spürte, dass Martin sie so sehr begehrte, flüsterte sie ihm ins Ohr: „Nein, Martin, versteh mich bitte recht, auch ich wünsche mir nichts mehr, als mit dir zusammen zu sein. Aber wir können uns doch nicht vor deinen Schwestern lieben! Sie könnten uns hören oder gar sehen. Das kann und will ich nicht. Es wäre mir peinlich, und ich würde mich morgen früh deswegen vor ihnen schämen.“

Schon bald spürte Barbara, dass es im Haushalt ihrer Schwiegereltern viel schlimmer war, als sie es sich in ihren schlimmsten Träumen vorgestellt hatte. Sie wurde schlechter als eine niedere Magd behandelt. Der einzige Grund, der sie durchhalten ließ und ihr ein wenig Zuversicht gab, war der Gedanke daran, dass sie wenigstens am Abend ihren geliebten Martin wiedersehen würde. Auch wenn es ihr nicht vergönnt war, mehr Zeit mit ihm allein zu verbringen.

Selbst wenn Martin mit seiner ganzen Familie am Tisch saß, wurde Barbara von ihrer Schwiegermutter herumschikaniert, um sie alle zu bedienen. Anschließend, wenn alle gegessen hatten, musste sie für sich in der Küche – was die anderen übrig ließen – essen. Danach half ihre Schwägerin Hilde beim Abwasch, und Barbara musste anschließend die Küche auf Knien hinausbürsten. Bis sie endlich mit der Hausarbeit fertig war, lagen Martin, seine Eltern und die Geschwister meist schon im Bett, um das wertvolle Kerzenlicht zu sparen.

Es waren nur wenige Augenblicke, in denen die strenge Agnes es zuließ, dass die beiden Jungverheirateten miteinander alleine sein konnten. Um dies zu verhindern, suchte sie krampfhaft für Barbara irgendeine Arbeit. Selbst Martin blieb dies nicht verborgen, und insgeheim ärgerte er sich über seine Mutter. Er nahm sich immer wieder vor, mit ihr darüber zu reden. Aber er wusste selbst am besten, dass er und Barbara hier im Haus nur als Gäste geduldet wurden. Ihm war die Antwort seiner Mutter bewusst: „Wenn es euch, nicht passt, dann könnt ihr jederzeit gehen.“ Und aus dieser

Furcht heraus verschob er die klärende Aussprache mit ihr. Er bewunderte und liebte seine tapfere Barbara immer mehr, weil sie sich bisher niemals bei ihm über die Gemeinheiten seiner Mutter beklagt hatte.

In einer warmen schwülen Vollmondnacht, als Martin den gleichmäßigen Atem seiner Schwestern hören konnte und wusste, dass sie schliefen, kroch er ganz nahe zu Barbara an den Rücken, legte ein Bein auf ihre Hüften und flüsterte ihr vorsichtig ins Ohr. „Barbara, ich halte es nicht mehr ohne dich aus, ich will dich, ich brauche dich jetzt. Ich liebe dich so sehr." Dies hatte sie schon längst befürchtet. Sie drehte sich leise, aber erschrocken zu ihm, sodass er ihr Gesicht im Mondschein sehen konnte. Sie schüttelte ihren Kopf. Dann nahm er sie bei der Hand und zog sie, nur mit ihrem Nachthemd bekleidet, aus der Schlafkammer die Treppe hinunter vors Haus. „Was hast du vor? Wo willst du hin?"

„Schau, ich habe meinen Umhang dabei, auf diesem können wir zusammen im Gras liegen. Wir gehen jetzt ein Stück vom Haus weg, damit ich endlich mit dir alleine sein kann. Glaub mir, für mich ist es auch kein gutes Gefühl, Hilde und Maria im Nachbarbett zu wissen, aber mein Körper verlangt so sehr nach dir, du bist meine Frau, und ich will dich haben. Wenn du jetzt nicht mitkommst, dann werde ich es oben vor Zeugen tun. Wir sind miteinander verheiratet, und es ist unser Recht, dass wir es tun. Bitte versteh doch, ich bin dein Mann und begehre dich so sehr."

„Oh ja, Martin, ich komme gerne mit dir, ich habe zu lange auf dich warten müssen", dabei kicherte sie fröhlich wie ein kleines Kind und lief an seiner Hand unter dem klaren Sternenhimmel vom Haus weg, bis er unterm Kirschbaum seinen Umhang ausbreitete und sie sich darauf auf dem warmen Boden ins Gras niederließen.

Als Martin in der Früh beim Morgenessen neben Hilde am Tisch saß, und Barbara ihm wie immer warme Milch in seine blecherne Suppenschüssel eingoss, lächelte sie ihn zum ersten Mal seit Langem wieder an. Er hatte ebenfalls einen verschmitzten Gesichtsausdruck, und seine widerspenstigen Haare standen ihm zu Berge. Barbara war froh, dass anscheinend weder Hilde noch Maria etwas von ihrem nächtlichen Ausflug mitbekommen hatten. Als sie Martin und Hilde nebeneinander beobachtete, bemerkte sie, dass Hilde mit ihrer Stupsnase und den Sommersprossen Martin von allen Geschwistern am ähnlichsten sah. Barbara und Hilde hatten sich inzwischen angefreundet und waren wie Verbündete. Denn auch Hilde wurde von ihrer Mutter nicht immer gerecht behandelt. Als Barbara so in ihren Gedanken versunken war, betrat Agnes, die Herrin des Hauses, den Raum und begann wie gewohnt ihre Schwiegertochter herumzukommandieren und ließ wieder kein gutes Haar an ihr. Als Martin dies mitanhören musste, tat sie ihm von Herzen leid. Gleich darauf ging er in den Stall und begann, mit Holzbrettern eine Kammer über dem Stall auszubauen. Denn er wollte in Zukunft, wenn schon nicht bei Tag, wenigstens in der Nacht mit seiner Frau das Lager teilen.

Barbara versuchte stets aufs Neue, mit ihrer Schwiegermutter auszukommen. Aber sie schaffte es nicht, sondern bekam immer mehr das Gefühl, selbst unfähig und nichts wert zu sein. Sie hatte bald keine Kraft mehr und weinte nachts im Bett, mit dem Rücken zu Martin gewandt, stumm vor sich hin. Als Martin sie so schluchzen hörte, fragte er: „Was ist mir dir?" Sie blieb so liegen und rückte nur ein Stück näher zu ihm hin.

„Martin, ich will dich nicht belasten, aber ich möchte weg von deiner Mutter. Ich habe gehört, dass Hildes Freund, der Daniel, in ein paar Wochen mit seinem Bruder und anderen Nachbarn von hier fortgehen. Könntest du dir vorstellen, dass wir uns ihnen anschließen und mit auswandern?" Er stützte sich auf seinen Ellbogen und sah sie erstaunt an: „Das Gleiche habe ich mich auch schon gefragt. Denn hier in der Gegend werden wir keine Möglichkeit haben, etwas für unsere Zukunft aufzubauen, denn der Boden gibt nichts mehr her. Aus den Nachbardörfern sind schon viele junge Leute fort in die Fremde, um dort ihr Glück zu suchen.

Wenn wir es wirklich wagen wollen, dürfen keine Zeit mehr verlieren, denn mit Daniel und den anderen zusammen auszuwandern, ist auf jeden Fall besser, als wenn wir beide alleine gehen würden. Ich beobachte schon lange, wie du unter meiner Mutter zu leiden hast." Er sah sie liebevoll an und sprach weiter: „Bald haben wir eine eigene Schlafkammer und können zusammenliegen, so oft wir wollen. Dann hoffe ich, dass du mir bald einen Sohn schenken wirst. Außerdem, wovon sollen wir denn hier leben? Ich habe keine rechte Arbeit, womit ich unser eigenes Geld verdienen könnte." Barbara drehte sich zu ihm um und strahlte ihren Mann selig an: „Martin, das heißt, du bist einverstanden und wir beide werden zusammen von hier fortgehen?"

„Ja, ich will mit dir zusammenbleiben, so lange wir leben. Denn ich liebe dich und weiß, so wie jetzt kannst du nicht mehr weitermachen. Dort in diesem entfernten Land wird es bestimmt besser für uns werden als hier."

„Martin, jetzt habe ich auch noch etwas, womit ich dir eine Freude machen kann. Hör zu, wenn alles gut geht, werden wir im Winter ein Kind bekommen."

Er setzte sich augenblicklich auf, denn er konnte es kaum glauben. Er sah seine Frau erstaunt an und fasste mit seiner Hand an Barbaras noch flachen Bauch. „Bist du sicher?"

„Ja, das bin ich. Denn ich war schon bei der Hebamme. Du weißt in der Nacht als wir …"

Eine Woche später an einem herrlichen Frühlingstag, als es am Abend schon etwas dämmerte, ging Martin etwas früher zur Mutter in die Küche, um alleine mit ihr zu reden. Als er den Hausflur betrat, konnte er gleich den vertrauten Küchengeruch von Mutters geliebten Kräutern und dem selbst gebackenen Brot, vermischt mit dem verbrannten Holz aus dem Grundofen, riechen. Er dachte etwas wehmütig: „Auch wenn ich froh bin, endlich von hier fortzukommen, werde ich trotzdem dieses Gewohnte wie den Geruch im Haus, meine Geschwister, meinen Vater und selbst meine herrische Mutter vermissen."

Er ließ sich in der Küche auf einem alten, wackeligen Stuhl, der bereits von Holzwürmern angefressen war, neben seiner Mutter nieder. Agnes sah ihn verwundert an: „Ach Martin, du bist es. Ich dachte, es sei Hilde. Sie wollte mir beim Kochen helfen. Was hast du, du siehst aus, als würde dich etwas bedrücken?"

„Nein, äh, doch. Es ist alles in Ordnung. Nur ich will …"

In dem Moment reichte ihm seine Mutter eine dicke Scheibe von noch warmem Schwarzbrot, auf das sie ihm etwas Butter geschmiert hatte:

„Pssst." Dabei legte sie ihren Zeigefinger vor den Mund: „Iss Bub, und genieße, sag aber den anderen nichts davon. Die Butter habe ich heute gegen Eier getauscht." Martin war mehr als erfreut, denn so ein Stück Brot mit Butter war für ihn das Höchste. Er ließ es sich trotz seiner Aufregung schmecken.

Als er den letzten Bissen hinuntergeschluckt hatte, sagte er ernsthaft: „Barbara ist schwanger."

Augenblicklich hörte auch sie zu kauen auf und blickte mit sorgenvollem und starrem Blick ihren Sohn an. Sie überkam eine leise Vorahnung, was Martin ihr gleich gestehen würde. „Ja, damit habe ich seit Monaten gerechnet. Das ist das Los von uns verheirateten Weibern."

„Ich weiß, Mutter. Aber Barbara und ich, wir freuen uns beide auf unser erstes Kind und wir wissen, dass wir hier bei euch in dem ohnehin zu kleinen Haus nicht bleiben können."

Sie nickte zustimmend „Was habt ihr vor, wo wirst du mit deinem Weib hingehen?"

Trotz der Wärme in der Küche lief ihm ein kalter Schauer über den Rücken, denn er wusste nicht, wie er es seiner Mutter beibringen sollte. Doch er nahm allen Mut zusammen und sprach weiter: „Mutter, hör zu, Barbara und ich haben uns überlegt, von hier fortzugehen. Sehr weit weg. Vielleicht brauchen wir ein paar Monate, bis wir gefunden haben, wo wir bleiben werden. Wir hoffen, dass wir, bis das Kind kommt, einen geeigneten Ort gefunden haben, an dem wir sesshaft werden und uns ein Haus erbauen können."

„Was heißt weit weg? Wo wollt ihr denn hin?"

„Wir werden auswandern, so wie es schon viele vor uns getan haben. Wohin genau, das wissen wir selbst noch nicht. Auf jeden Fall an einen Ort, an dem ich genügend Boden bewirtschaften kann, um meine Familie zu ernähren. Wir können hier nicht genug Getreide und Gemüse anbauen, und fürs Vieh reichen unsere wenigen Wiesen nicht mehr aus. Ich habe das Hungern und Leiden satt. Wir wollen uns irgendwo ein besseres Leben aufbauen. Wenn in ein paar Jahren meine Geschwister erwachsen sind und selbst Familien gründen wollen, wovon sollen wir dann alle leben? Ich weiß, Maria und den Pius habt ihr der Kirche versprochen, und sie werden

ins Kloster gehen. Aber das reicht trotzdem nicht aus." In dem Moment kam Vater Anderl zur Türe herein. „Habe ich recht gehört? Du und dein Weib wollt uns verlassen?"

„Ja, Vaddr, das ist wahr. Felix, Daniel und Ulrich werden von hier fortgehen, und wir werden uns ihnen anschließen. Vaddr, versteh doch. Die erdrückende Armut hier im Dorf, die ewigen Bauchschmerzen, die wir durch den ständigen Hunger erleiden müssen. Viele von uns sind dadurch schon krank geworden und gestorben. Wir müssen gehen, damit auch du und Mutter und vor allem die Kleinen hier ein besseres Leben führen können." Martin fiel es schwer, die richtigen Worte zu finden und seine Eltern von der Auswanderung zu überzeugen.

„Schau, Vaddr, hier gibt es über 60 Burgen, und zwischen den Geschlechtern Rudolf IV., Graf von Habsburg und König des Heiligen Römischen Reiches, und zwischen unseren Berner Adelsleuten kommt es ständig zu grausigen Fehden. Und uns arme Bauern, die nur arbeiten und ihren Frieden wollen, zwingen sie für ihre eigenen Zwecke zu den Feldzügen. Ich musste in den letzten Jahren schon zweimal wegen ihrer Habgier in die Schlacht ziehen und war gezwungen, unschuldigen armen Menschen Unrechtes anzutun. Ich selbst bin nur knapp dem Tod entronnen. Nun habe ich genug von diesem sinnlosen Töten und Sterben. Ich werde in keinen Krieger mehr ziehen, denn ich habe jetzt eine Familie, für die ich sorgen muss. Außerdem ist mir zu Ohren gekommen, dass es noch immer Feindseligkeiten zwischen den Bernern und den Habsburgern geben soll und die Konflikte nach wie vor ungelöst seien. Außerdem wissen wir noch nicht genau, was wir von Boniface de Challant, dem Bischof von Sitten, zu erwarten haben.

Wirst sehen, Vaddr, es wird für die edlen Ritter wieder zum Kampf mit Rüstzeug und glanzvollen, scharfen Schwertern kommen. Anton und ich werden wieder, wie alle heimischen Bauern unter 40 Jahren, mit einfachen Gabeln und Spießen losziehen müssen. Du wirst an mich denken. Es wird verwüstete Felder, gequälte Menschen und brennende Bauernhöfe geben."

Martins Eltern waren ungewöhnlich schweigsam und lauschten immer noch seinen Worten. Zwischendurch konnte Martin ein Nicken seines

Vaters und dann auch wieder von seiner Mutter sehen. Er hoffte, dass dies ein Zeichen der Einsicht war, und sprach weiter:

„Auch die fürchterlichen Naturkatastrophen, die uns von Zeit zu Zeit heimsuchen und Menschen sowie unsere Tiere töten, unsere Häuser wegreißen und selbst unsere Weideflächen verwüsten. Letztendlich, wenn wir alles das, was vernichtet war, in mühevoller Arbeit wieder aufgebaut haben, kommt schon die nächste Urgewalt der Natur und zerstört wieder alles von Neuem."

Vater nickte wieder zustimmend: „Ich weiß, du hast recht, Bub. Wenn ich so jung wäre wie du, ich glaube, ich würde auch von hier fortgehen. Mutter und ich, wir dürfen jetzt nicht an uns denken und euch im Wege stehen. Du bist alt genug und musst für dein Leben und für das deiner Familie entscheiden. Wenn es dein Wunsch ist, dann werden wir euch ziehen lassen. Unseren Segen habt ihr."

„Danke, Vater." Dabei nahm er seine Hand und drückte sie. „Vater, noch eins, was ich dir schon lange sagen wollte. Deine Generation ist nicht ganz unschuldig an unserer Misere. Nicht, dass ihr mich falsch versteht, ich meine damit nicht nur Mutter und dich, sondern die meisten Familien hier im Wallis haben zwischen 15 und 20 Kinder in die Welt gesetzt. Die wenigen Kinder, die davon überleben, sind noch zu viele, um alle von unserem wenigen Boden ernähren zu können."

Mutter erschrak bei dieser Aussage und legte ihre rechte Faust auf ihren Mund: „Bub, versündige dich nicht! Denn auch dein Weib ist guter Hoffnung. Wir wollen doch nicht etwa, dass ihr Kind stirbt."

„Ich weiß, Mutter, aber wenn die jetzt Halbwüchsigen in ein paar Jahren Kinder gebären, dann werdet ihr hier in unseren engen Bergdörfern zu wenig Platz haben. Dann werden immer mehr gezwungen, unsere Dörfer und ihre Heimat zu verlassen und den Lebensunterhalt woanders zu suchen. Außerdem haben uns die Landesfürsten belogen, sie haben uns Freiheit versprochen. Aber wir haben sie nie bekommen. Nun versuchen die Grafen von Montfort, uns, das arme Walliser Volk, zu sich nach Vorarlberg – und die Grafen von Rettenberg zusammen mit ihrem Freund, dem Bischof von Sitten, entweder ins Kleine Walsertal oder ins Tannberg

zu holen. Wenn wir zu ihnen kommen und ihr Land bewirtschaften, versprechen sie uns, dass wir freie Bürger sein werden."

Anderl sagte zu seinem Sohn: „Ich weiß, ich habe auch schon davon gehört. Wenn ihr Vertrauen habt, dann nehmt das Angebot der Grafen in ihrem fernen Land an, geht in die Fremde und versucht durch euren Fleiß, dort ein besseres Leben aufzubauen."

Mutter wurde bei dem Gedanken unruhig: „Aber Bub, wenn du weggehst, werden wir uns jemals wiedersehen? Wirst du uns irgendwann wieder besuchen kommen?"

Vater antwortete anstelle seiner: „Nein, Agnes, das geht nicht. Das ist zu weit entfernt für einen Besuch. Und wir selbst sind schon über 45 Jahre alt, wir können uns nicht mehr aufmachen, um den weiten Weg zurückzulegen. Ich denke, und da bin ich mir sicher, es wird ein Abschied für immer sein."

Martin glaubte, seine Mutter zum ersten Mal mit feuchten Augen zu sehen. Sie fragte dennoch weiter: „Wie lange werdet ihr auf der Wanderschaft unterwegs sein? Wird das Haus fertig, bevor die ihr Kind kriegt?" Selbst jetzt ärgerte sich Martin über seine Mutter: „Warum kann sie nicht einfach zu meiner Frau Barbara sagen? Aber jetzt lohnt es sich nicht mehr, Mutter zu widersprechen und dann vielleicht im Bösen auseinanderzugehen." Friedlich gestimmt antwortete Martin: „Das Kind wird voraussichtlich im Winter kommen. Deshalb dürfen wir keine Zeit mehr verlieren, denn es ist schon Ende April. Unser Plan wäre, noch bevor der Sommer vorbei ist, alle Berge und Pässe überquert zu haben. Dann im Herbst, bevor der kalte Winter Einzug hält, sollten wir irgendwo ein Plätzchen für unser Haus gefunden und so weit aufgebaut haben, dass wir dort wenigstens schon heizen können und ein Dach über dem Kopf haben. Ansonsten müssten wir uns eine vorübergehende Unterkunft suchen, über den Winter das notwendige Holz fällen und dann im darauffolgenden Frühjahr mit dem Hausbau beginnen.

Daniel, Ulrich, Felix und ich haben uns vorgenommen, dass wir entweder ins Silbertal oder ins Vorarlbergische gehen werden. Wer weiß, wo es uns gefällt und wir einen geeigneten Platz für unsere Familien finden. Auf jeden Fall wollen wir Naterser gemeinsam weggehen, uns nicht trennen, sondern miteinander eine Siedlung erbauen."

Mutter schaute ihren Sohn eine Weile schweigend an und fragte dann: „Martin, dich bedrückt doch noch etwas anderes?"

„Ja, Mutter, das stimmt – ich weiß nicht, wie ich es euch sagen soll. Aber meine Geschwister, die Hilde und der Michl, wollen unbedingt mitkommen. Hilde liebt Daniel, den Sohn unseres Nachbarn. Die beiden haben beschlossen, für immer zusammenzubleiben."

Mutter nickte drauf: „Das verstehe ich, denn Hilde ist ja alt genug mit ihren 20 Jahren. Außerdem habe ich noch Maria und Elisabeth, die mir inzwischen auch bei der Hausarbeit zur Seite gehen können. Aber den Michl lasse ich ungern fort. Er ist doch mit seinen gerade mal 15 Jahren noch nicht erwachsen genug, das selbst zu entscheiden."

Vater rief sogleich Michl und Hilde, in die Küche zu kommen. Den beiden war sofort klar, um was es sich handeln würde. Agnes sah ihren Sohn beim Eintreten nachdenklich an, und ihr wurde zum ersten Mal bewusst, dass sich ihr kleiner Michl inzwischen zu einem fast erwachsenen Mann entwickelt hatte. Er war für sein Alter schon sehr groß gewachsen, schlank und hatte ebenfalls hellblonde Haare wie sein älterer Bruder, der Martin. Dann wurde ihr Tonfall wieder strenger: „Michl, ist das wahr? Du willst fort von hier?"

„Ja, Müetr[8]*, ich will dich nicht belügen oder etwas beschönigen. Ich werde mit Martin gehen, sofern er mich mitnimmt."*

Sie sah ihn sehr kritisch an und sprach zu ihm:

„Michl, mein guter Bub. Ich würde es gerne sehen, wenn du bei uns bleiben würdest." Aber ihr war klar, Michl hing sehr an seinem älteren Bruder. Er verehrte und liebte ihn mehr als sie, seine Eltern. Michl kam schon seit Jahren mit seinen Problemen nicht zum Vater oder zu ihr, er ging immer gleich zu Martin, der sich stets Zeit für ihn genommen hat. Agnes wusste genau, alles gute Zureden nützte jetzt nichts mehr. Er hatte sich bereits entschieden. Nun nahm sie ihre typische mitleidsvolle Haltung ein, die ihre Kinder zu gut von ihr kannten:

---

8 Mutter

„Aber, Michl, das heißt, ihr wollt alle drei für immer von hier weggehen und uns hier im Alter alleine lassen?“

„Nein, Mutter, alleine lassen wir euch nicht, denn es sind noch acht Kinder bei euch. Anton und Jacobus sind 27 und 22 Jahre alt, und sie haben uns versprochen, dass sie euch in Zukunft bei der Arbeit helfen werden. Dafür bekommen sie ja auch wieder mehr Platz im Haus und genügend zu essen. Und wenn Anton die Elsa heiratet, dann kann sie als junge Hausfrau hier einziehen und euch beide versorgen.“

Vater hörte sich dies alles eine Weile an und beendete das Gespräch mit einer letzten Frage: „Wann wollt ihr aufbrechen?“

„Ich denke in den nächsten Tagen, wenn wir unsere wenigen Habseligkeiten zusammengepackt und die letzten Besorgungen für unsere Umsiedlung gemacht haben.“

Anderl ging mit Martin in die Werkstatt und schenkte ihm verschiedenes Handwerkszeug wie sein altes Beil, ein großes Messer, eine relativ gute Säge, einen Hammer, einen mit Eisen beschlagenen Spaten, eine Schaufel, eine Hacke, zwei hölzernen Rechen und eine Ahle, mit der sie Löcher ins Holz bohren könnten.

Martin besorgte anschließend Erbsen- und Bohnensamen, verschiedene Getreidesorten, welche er sich für den Ackerbau gut vorstellten konnte. Von einem Nachbarn konnte er eine Kuh, die Milch gab, ein Maultier, zwei Schafe und drei Hühner günstig erstehen. Im Heuschuppen fand er einen alten hölzernen Handwagen mit zwei Rädern. Daraufhin bat er seinen Vater: „Kann ich den Wagen haben? Da könnten wir einiges draufladen. Das wäre einfacher, als alles selbst zu tragen und unser Maultier zu überlasten.“

„Wenn du willst, kannst du ihn gerne haben, aber er ist in einem schlechten Zustand, du musst ihn zuvor noch reparieren. Denk dran, über die Berge wird es nicht leicht sein, so einen schweren Wagen zu ziehen.“

Hilde und Barbara wunderten sich, dass Mutter ihnen bei ihren Besorgungen und beim Dauerbrotbacken half. Als alles fertig war, schnürten sie die Lebensmittelsäcke zu Bündeln zusammen. Mutter lief nochmals ins Haus in die Räucherkammer, brachte ein riesengroßes Stück Geräuchertes heraus und sagte zu Hilde: „Das Fleisch ist lange haltbar. Hebt es als Notration auf, bis der Hunger so groß ist, dass ihr es fast nicht mehr ohne Essen aushalten könnt. Dann denkt an uns und lasst es euch schmecken. Ich werde in Gedanken bei euch vieren sein."

Zum Abschied schenkte sie ihnen noch ein paar ihrer Kochtöpfe: „Das ist alles, was ich euch noch mitgeben kann. Wenn ihr fort seid, brauche ich diese nicht mehr."

Die Haushaltsgegenstände wie Trinkschüsseln, Löffel, Teller und Kochtöpfe sowie auch die Lebensmittel trugen Hilde und Barbara auf ihrem Reaf[9] *auf dem Rücken. Barbara steckte sich noch ein paar gebrauchte Wickeltücher und Leinenstoffe ein, aus denen sie dann, wenn es so weit ist, Säuglingstücher machen konnte. Michl waren die Werkzeuge anvertraut, die sie zum Bau ihres neuen Hauses dringend gebrauchen konnten.*

Aufbruch ins Ungewisse

Im Jahre 1290, in den frühen Morgenstunden, nahm die Großfamilie zum letzten Mal gemeinsam ihr Morgenessen ein. Auch die Kinder, die daheimblieben, standen früh auf, um sich von ihren Geschwistern zu verabschieden.

Keiner am Tisch wagte auch nur ein Wort zu sagen. Als die Turmuhr sechsmal schlug, nickte Martin dem Michl, Hilde und Barbara zu und sagte: „Es ist so weit, wir müssen aufbrechen." Er ging in den Flur hinaus und band das größte Gepäckstück auf seinen Rücken. Michl, Hilde und Barbara folgten ihm, nahmen ihre Habseligkeiten und banden sie sich gegenseitig auf dem Rücken fest. Jeder von ihnen nahm noch einen dicken Mantel oder eine Decke für die kalten Nächte mit. Als Hilde das Federvieh in eine extra dafür gezimmerte Holzkiste stopfte, flatterten und gackerten diese aufgeregt. „Euch Hühner werden wir gut brauchen können, und ich hoffe, dass ihr uns jeden Tag ein Ei legen werdet."

---

9 Rückentragegestell aus Holz

Die Männer bepackten den Handkarren und das Maultier. Anschließend banden sie Berta, die Kuh, und die Ziegen an einen Strick, damit sie die Tiere abwechselnd führen konnten.

Der erwartete und traurige Moment des Abschiednehmens war nun näher gerückt. Insgeheim überlegte jeder, was er jetzt in der wichtigen Stunde des vermutlich endgültigen Abschieds von seinen geliebten Angehörigen noch sagen wollte. Martin umarmte als Erster seinen Vater, was allen sehr fremd vorkam und was er zuvor noch niemals getan hatte. Michl, Hilde und Barbara wiederholten das Gleiche, und Vater sagte mit bebender Stimme: „Lebt wohl, und passt auf euch auf. Und dir, Barbara, wünsche ich alles Gute für dein Buzele[10]*."*

Anschließend nahmen Martin und Michl auch Mutter in die Arme und drückten sie liebevoll zum Abschied. Dabei schluchzte sie bitterlich. Hilde reichte ihrer weinenden Mutter zurückhaltend die Hand, und gegen alle Erwartungen zog diese ihre Tochter an sich und küsste ihre Wange: „Ich denke, der Daniel wird gut für dich sorgen. Sag auch ihm Lebewohl von mir. Nun stand Barbara mit einer gewissen Distanz zum letzten Mal vor ihrer Schwiegermutter. Sie wussten beide nicht, wie sie sich voneinander verabschieden sollten. Dann begann die traurige Schwiegermutter zu sprechen: „Barbara, es war nicht immer recht von mir, wie ich mich verhalten habe, bitte verzeih mir. Heute weiß ich, dass du meinem Sohn eine gute Frau sein wirst. Bitte kümmere dich um meine drei Kinder, auch wenn sie schon fast erwachsen sind." Dabei sah sie mit feuchten Augen und zitterndem Kiefer zu Michl hinüber. „Sei gut zu ihnen, was ich leider nicht immer war." Sie zog Barbara an sich und gab ihr einen zaghaften Kuss auf eine Wange.

Im dicksten Nebel machte sich zuerst Martin, dann Barbara und in der Mitte Hilde auf den Weg, Michl hingegen war das Schlusslicht mit dem Wagen. Die gesamte Familie weinte. Selbst der Kleinste, der Ludwig auf Mutters Arm, der noch nichts verstand, fing an zu weinen.

Die vier Auswanderer schauten nochmals zurück, um die vom Nebel eingehüllten Umrisse ihrer Angehörigen und des Elternhauses wohl zum

---

10 Säugling

letzten Mal zu sehen, bevor sie über die Kuppe verschwanden. Dabei waren sie erstaunt, dass die winkende Familie immer noch stumm vor der Türe stand und ihnen nachblickte.

In der Dorfmitte vor dem Turm hatten sie sich mit den anderen Auswanderern verabredet. Es waren Daniel und sein Bruder Ulrich, Felix mit seiner Frau Sabina und ihren drei Kindern, dem 14-jährigen Lorenz, der 11-jährigen Paulina und der 7-jährigen Balbina, die herzzerreißend weinte, weil sie ihre Katze zurücklassen musste. Hilde war erleichtert, als sie Daniels Gestalt in einer gewissen Entfernung unter dem blühenden Kirschbaum entdeckte. Sie hatte schon befürchtet, er könnte vielleicht einen Rückzieher machen, und sie dann mit ihren Brüdern alleine ziehen müsste. Letztendlich waren sie eine Gruppe von sieben Erwachsenen und vier Kindern.

Nachdem sich die Nebelschwaden aufgelöst hatten, wurde es doch noch ein wunderschöner Frühlingstag. Bevor sie über eine höhere Graskuppel gehen mussten, blieb die gesamte Gruppe nochmals stumm stehen, und alle blickten ein letztes Mal zurück in ihr geliebtes Tal, in dem sie aufgewachsen waren und ihre Kindheit verbrachten. Der Ort war von hohen Bergen mit ihren weißen Schneehauben umrandet. Es umfing sie eine gewisse Wehmut und die bange Frage, ob die Gegend, wo sie vermutlich in ein paar Monaten ankommen würden, auch so prächtig und wunderschön sein würde. Daniel sprach aus, was die meisten dachten: „Martin glaubst du, dort, wo wir hingehen, wird es auch solch markante Berge geben?“

Er schüttelte schweigsam seinen Kopf und antwortete ehrlich: „Ich habe keine Ahnung, Daniel.“

Sabina machte „Psst!“, lauschte und legte ihren Finger vor ihren Mund:

„Seid einmal leise und hört zu, die Vögel singen in den schönsten Tönen ein Abschiedslied für uns.“

Die ersten beiden Tage der Reise waren noch relativ unproblematisch und von wenigen Hindernissen beeinträchtigt, da Martin diese Wegstrecke schon von der Heimkehr aus dem vergangenen Krieg kannte. In den folgenden Tagen gestaltete sich die Gegend immer fremder, und es wurde zunehmend schwieriger, voranzukommen. Mal war eine steile Schlucht, dann wieder ein reißender Bach zu überqueren.

Felix' Kinder litten am meisten unter den Strapazen und fingen mehr und mehr zu jammern an. Hilde hatte selbst ein ungutes Gefühl und sagte besorgt zu Barbara: „Hoffentlich halten die Kleinen durch, nicht dass wir wegen ihnen abbrechen müssen oder sie uns zum Klotz am Bein werden."

Barbara blieb ganz ruhig und antwortete: „Ich denke, jeder von uns wird irgendwann an seine Grenzen kommen, an denen er nicht mehr weiter kann. Wir sollten immer so gehen, dass die Schwächeren unter uns mithalten können."

„Ja, da muss ich dir recht geben, ansonsten wird es keiner von uns schaffen, und es käme zu Spannungen und Auseinandersetzungen zwischen uns."

Auf dem Weg durch die steilen und endlosen Täler und Wälder ließ Martin seine Frau nicht aus den Augen. Sie war bereits im vierten Monat schwanger. Er bewunderte sie, da sie keinerlei Anzeichen von Müdigkeit zeigte, wie er es von seiner Mutter aus den letzten Schwangerschaften gewohnt war. Aber wahrscheinlich ist es doch besser, wenn eine junge Frau ihre Kinder bekommt. Auf diesem Fußmarsch ging Martin so einiges durch den Kopf: „Ich ärgerte mich stets, wenn Mutter wieder schwanger war. Aber jetzt bei Barbara, da freue ich mich wahrhaftig auf mein erstes Kind."

Michl war unermüdlich, er war in einem Alter, in dem junge Burschen oft nicht wissen, wohin mit ihren Kräften. Aber er war auch sehr zuvorkommend Paulina und Balbina gegenüber. Nichts wurde ihm zu viel, und Martin hörte nie ein böses Wort oder gar eine Widerrede von ihm.

Am liebsten rastete die Gruppe an kleinen Bächen, alle tranken daraus und befüllten ihre Lederbeutel mit frischem Quellwasser. Sie pflückten Beeren, wilde Früchte und aßen das trockene Brot dazu. Nach besonders anstrengenden Etappen genehmigten sie sich ein wenig Speck, den ihnen Mutter als Wegration zugesteckt hatte. Die Männer schoben und zogen den Karren, und wenn die Wegstrecke zu anstrengend wurde, durfte sich schon mal eines der Mädchen daraufsetzen. So zügig, wie sie geplant hatten, kamen sie nicht voran; denn auch ihre Tiere zeigten ihre Grenzen und zwangen sie, häufiger Pausen einzulegen. In der dritten Woche kamen sie an einem wunderschön gelegenen See mit smaragdgrünem Wasser vorbei, der sich inmitten einer lieblichen grünen Landschaft befand. Michl fragte: „Ist das das große Meer?“

Martin musste lachen und antwortete seinem wissbegierigen Bruder: „Nein, das Meer ist noch viel größter, das ist der Lago Maggiore.“

„Können wir hier unsere Häuser erbauen? Ich finde, es wäre ein wunderschöner Ort, um zu bleiben, und wir hätten bestimmt immer genug Wasser zum Trinken.“

Martin sah Barbara an, und beide schmunzelten: „Nein, Michl, hier können wir nicht bleiben. Wir wollen doch in ein Gebirgstal, so wie wir es von daheim gewöhnt sind. Denn erst dort werden wir sicherer vor Landstreichern und Dieben sein. Außerdem haben die Vögte des Rudolf von Habsburg hier einen schlechten Ruf. Lass uns weiterziehen, bis wir das Passende für uns gefunden haben.“

Als sie Bellinzona, eine größere Stadt am Ende des Sees, hinter sich gelassen hatten, gingen sie durchs Valle Mesolcina in Richtung St.-Bernadino-Pass hinauf.

Felix' jüngste Tochter, die Balbina, hatte große Mühe mitzukommen und fiel immer mehr zurück, sodass alle etwas langsamer tun mussten. Da bot Martin an: „Kommt, lass Balbina wieder auf den Wagen sitzen. Ich denke, dann kommen wir wesentlich schneller voran.“ Da ärgerte sich Lorenz über seine beiden Schwestern, weil die gesamte Gruppe ihretwegen nicht so recht vorwärtskam. Seine Mutter Sabina bat ihn um mehr Verständnis, da Balbina ja schließlich die Jüngste von allen wäre.

Als Barbara und Martin alleine schon ein gutes Stück voraus waren, lächelte Barbara. „Paulina mit ihrem goldblonden Haar und ihrer Stupsname wird bestimmt später, wenn sie erwachsen ist, eine bildhübsche junge Frau werden. Da könnte der Michl sie doch heiraten.“ Über diesen Gedanken musste selbst Martin schmunzeln.

Eines Abends, als sie über zehn Stunden in der nebelverhangenen Gegend gelaufen waren, konnte Barbara sich kaum mehr bewegen und legte ihre Hände auf ihre Flanken. Sie stöhnte heute zum ersten Mal: „Oh, mein Rücken! Der tut so weh, und meine Füße sind ganz geschwollen und schmerzen.“

„Das glaube ich dir gern, du musst ja auch das Kind in deinem Bauch mittragen", entgegnete Martin ihr liebevoll.

Vor lauter Müdigkeit schliefen sie trotz des Kälteeinbruches auf dem Naturboden schnell ein. Gegen morgen schlüpfte Martin zu Barbara unter die Decke, um sich gegenseitig zu wärmen. Dabei liebten sie sich zärtlich und leise, sodass die anderen von ihren nicht geweckt wurden. Im Morgengrauen, als sich die Nebelschwaden lichteten, konnten sie die Umrisse von Bergen, die sie zuvor noch niemals gesehen hatten, erkennen. Als dann die Sonne über den mit Neuschnee überzuckerten Bergen aufging, war dies ein überwältigender Anblick für alle. „Sind das die Alpen?", fragte Michl neugierig.

„Ja, das sind die Alpenkämme. Ich denke, wir müssen heute ziemlich hoch hinauf. Hoffentlich kommen wir nicht in den Schnee." An diesem Morgen umwickelten sie ihre Füße mit Lederlumpen, um sie vor der Kälte zu schützen.

Bald schon erreichten sie die Schneefallgrenze. Barbara war entzückt und sagte begeistert zu Martin: „Hier ist es herrlich. Ich finde, die gefrorenen Bäche sehen wie kristallglitzernde Sterne aus." Martin nahm seine Frau in die Arme und küsste sie vor aller Augen auf ihren Mund: „Ich bin so stolz auf dich, wie viel Kraft du hast."

Auf dem schmalen Pfad, der sich in engen Serpentinen zur Passhöhe des St.-Bernadino-Passes hinaufführte, stolperte die 7-jährige Balbina unerwartet und rutschte den Abhang hinunter. Felix und Martin rannten den steilen Grashang zu ihr hinab. Sie lag regungslos mit geschlossenen Augen da. Felix kniete sich neben seine Tochter auf den Boden und schob seine Handfläche zum Schutz unter ihren Kopf, während er mit der anderen Hand am Hals ihren verlangsamten Pulsschlag spürte. Inzwischen zog Martin seine Rückentrage aus. Sabina rief besorgt von oben hinab: „Felix! Was ist mit Balbina? Wie geht es ihr?"

Felix zog vorsichtig seine Hand unter Balbinas Kopf hervor und sah, dass sie voller hellrotem Blut war. Er hob ihren Kopf ein wenig höher, und auch Martin konnte sehen, wie durch ihre blonden Haare Blut sickerte. Sie hatte ihre Augen immer noch geschlossen. „Felix, wir müssen sie hinauf auf den Weg tragen und dann ihre Wunde verbinden, damit die Blu-

tung aufhört. Für heute müssen wir eine Rast einlegen. So können wir mit Balbina nicht weitergehen." Als Barbara die Kopfverletzung sah, riss sie von einem Leinenstoff ein längeres Stück herunter, verband Balbinas Platzwunde und sagte: „Wir müssen die Kleine in den Schatten bringen. Aber geht vorsichtig mit ihr um."

Am Abend schlug Balbina ihre Augen auf und fragte: „Was ist los? Warum schaut ihr mich alle so komisch an?" Und gerade dann musste sie sich übergeben. Schon am nächsten Morgen zog die gesamte Gruppe weiter. Vorsichtshalber legten sie Balbina auf den Wagen, damit sie sich nicht anstrengen musste.

Als sie durchs Rheintal kamen, war der Himmel voller dunkler Wolken. Martin und Daniel waren sich sicher, dass sich hier am Himmel ein fürchterliches Gewitter zusammenbraute. „Lasst uns schnell einen trockenen Unterstellplatz suchen, damit wir nicht nass werden." Barbara war bange zumute: „Hoffentlich wird das Gewitter nicht gar zu schlimm." Sie brachten auch die Tiere in Sicherheit und banden sie an die umstehenden Bäume. Doch vom Rheintal her setzte ein starker Föhnsturm ein, der die Regenwolken vertrieb. Die Gruppe war froh, einem gefürchteten Unwetter entkommen zu sein.

Als sie durchs nächste Dorf kamen, stellten sie fest, dass sich der Baustil in den Städten und Dörfern immer mehr veränderte. In Davos hatten die Häuser mit Steinen beschwerte Holzdächer, genannt Låndrtäächer[11], und es waren nur noch kleine Balkone zu sehen, anders als sie es von daheim gewohnt waren. Daniel als Handwerker vermutete: „Das ist interessant, die Steine sollen verhindern, dass der Wind und der Schnee das Dach herunterreißen kann. Das haben wir in unserer Heimat nicht gebraucht, da unsere Dächer aus Granitplatten bestanden, denen der Wind nichts anhaben konnte."

Inzwischen hatte sich Balbina wieder einigermaßen erholt, auch wenn sie manchmal über Kopfschmerzen klagte. Nach weiteren anstrengenden Tagen im Gebirge kamen sie in eine flachere Gegend mit ebenen Feldern

11 Dach mit Legschindeln gedeckt

und Äckern, die sie so noch niemals zuvor gesehen hatten. Daniel sagte zu Hilde: „Schau, hier wird Roggen oder Gerste angebaut. Ich denke, wir sollten Samen davon mitnehmen, damit wir selbst dieses Getreide anbauen können." Sie füllten ihre inzwischen leer gegessenen Stoffsäcke damit auf.

So gingen sie Tag für Tag weiter und kamen durch Klosters, das Gargellental und durch Schruns.

Barbara

Barbara kam verunsichert hinter ihrem Mann her: „Martin, ich mache mir Sorgen, ich kann seit Tagen keine Kindsbewegung mehr spüren. Dennoch hoffe ich, dass es dem Kind gut geht. Erst viel später begann sie, über starke Schmerzen im Unterleib zu klagen, die bis in den Rücken nach hinten zogen. Sabina erschrak, als ihr Barbara dies erzählte: „Aber das sind doch Wehen, du bist doch gerade erst im 6. Monat. Das wäre viel zu früh für das Kind."

Am Abend lag Barbara auf dem weichen Grasboden auf einer warmen Decke. Aber sie konnte nicht einschlafen, denn sie spürte weiterhin alle paar Minuten diese fürchterlichen, ziehenden Schmerzen im Unterleib, und dabei wurde ihr Bauch erschreckend hart. Sie flüsterte: „Martin, wo bist du? Ich glaube Sabina hatte recht. Ich habe einen starken Druck nach unten. Ich denke, das Kind wird kommen." Martin erschrak, denn er hatte gehofft, dass die Schmerzen von selbst wieder vergingen. Dabei versuchte er ruhig zu bleiben, während er ihre Hand fest in die seine nahm.

„Soll ich Sabina wecken?"

„Ja, bitte, hol sie schnell. Ich weiß nicht, was werden soll. Es ist doch noch viel zu klein. Ich befürchte, das Kind wird es nicht schaffen."

Als Sabina herbeieilte und Barbara untersuchen wollte, konnte sie bereits das Köpfchen sehen, und schon war das blau verfärbte, tote Mädchen da. „Es ist bestimmt schon vor Tagen gestorben", vermutete Sabina. Martin schossen Tränen in den Augen und hoffte: „Wenn wenigstens Barbara dies einigermaßen gut übersteht, dann will ich trotzdem zufrieden sein."

Nun fragte Barbara mit geschwächter Stimme: „Was ist mit meinem Kind?"

Sabina schüttelte ihren Kopf und sagte: „Barbara, du musst jetzt tapfer sein, deine Tochter war zu schwach und noch zu klein. Sie hat es nicht überlebt." Dann beschwindelte sie Barbara: „Ich konnte deinem Kind gerade noch das Kreuzzeichen auf die Stirn machen, bevor es gestorben ist." Barbara fragte nicht weiter nach und wollte ihr dies vermutlich selbst glauben.

Martin hatte sich inzwischen abgewandt, um für einen Augenblick alleine zu sein – da kam ihm Sabina hinterher und bat ihn: „Felix möchte die Kleine gleich hier beerdigen, nicht dass wir wilde Tiere anlocken." Martin gab mit einem stummen Kopfnicken seine Zustimmung, während Barbara vor sich hinlallte: „Martin, Martin, wo bist du?"

„Barbara, ich bin hier, sei ganz ruhig", dabei setzte er sich zu ihr hinab auf die Decke. Sie fragte mit zaghafter Stimme: „Kannst du dich noch an den Abend erinnern, als du mich aus meinem Bett in den Wald geführt hast?" Dabei konnte er durch den hell erleuchteten Mondschein ein schwaches Lächeln in ihrem Gesicht erkennen. Und Martin antwortete ihr: „Oh ja, natürlich weiß ich das noch. Du hattest solche Sehnsucht nach mir und warst so unersättlich und voller Leidenschaft, ganz anders als zuvor in unserer Hochzeitsnacht. Es ist, als wäre es erst gestern gewesen. Diesen wundervollen Abend mit dir werde ich niemals vergessen." Er lächelte liebevoll zurück. „Das war der schönste Abend in meinem Leben."

„Martin, pass auf dich auf", sagte sie. Nach diesen Worten wurde ihr Körper eigenartig schlaff und ihr Kopf fiel ein wenig zur Seite. Martin legte sich zu seiner Frau, und so lagen sie eine ganze Weile, bis plötzlich die kleine Balbina aus einem fürchterlichen Traum erwachte und brüllte: „Müetr, Müetr, wo bist du? Ich habe Angst."

Von ihrem Geschrei wurden alle aufgeweckt, nur Barbara rührte sich nicht. Martin schüttelte seine Frau ganz sanft: „Barbara, wach auf!" Aber sie rührte sich nicht mehr. Ihre sonst so dunkle Gesichtsfarbe erschien fahl, sie sah ganz grau aus, und ihr Herz hatte aufgehört zu schlagen. Er schüttelte sie und rief: „Barbara, hör zu, ich wollte dir immer sagen, dass es mir leid tut, wie dich meine Mutter behandelt hat. Verzeih mir, dass ich nicht schon viel früher mit dir zusammen fortgegangen bin!" Dann schloss er mit seiner Hand ihre Augen, in die er immer so gerne geblickte hatte, legte seinen Kopf auf ihren Brustkorb und weinte leise vor sich hin. Nach einer Weile stand er auf und sah zum Himmel: „Lieber Gott, warum hast du mir das Liebste, was ich je hatte, nach so kurzer Zeit schon wieder genommen? Wir haben doch nie etwas Unrechtes getan." Seine Stimme wurde immer lauter: „Warum? Herr Jesus, warum hast du mir das angetan?" Nun wurde seine Stimme wieder leise, als würde er mit sich selbst reden:

„Ich flehe dich an, steh mir bei und sag mir, wie ich ohne Barbara weiterleben soll." Nun kam Hilde dazu, und Martin lehnte sich eine Weile an ihrer Schulter an.

Danach stand er, ohne ein weiteres Wort zu sagen, auf, nahm seine Schaufel in die Hand und ging zu Felix hinüber, um mit ihm gemeinsam ein Grab zu schaufeln. Sie legten zuerst Barbara und dann seine Tochter, die er nie kennenlernen durfte, ihrer Mutter in die Arme. Hilde ging ebenfalls an das offene Grab ihrer Schwägerin und schüttete einen kleinen Beutel mit dunklem Inhalt ins Grab hinein. Danach beteten sie zusammen das:

„Sei gegrüßt, o Königin, Mutter der Barmherzigkeit; unser Leben, unsere Wonne und unsere Hoffnung, sei gegrüßt! Zu dir rufen wir, verbannte Kinder Evas; zu dir seufzen wir trauernd und weinend in diesem Tal der Tränen. Wohlan denn, unsre Fürsprecherin, wende deine barmherzigen Augen uns zu, und nach diesem Leben in der Fremde zeige uns Jesus, die gebenedeite Frucht deines Leibes. O gütige, o milde, so süße Jungfrau Maria, steh Barbara und uns bei."

Nun schaufelte Martin zusammen mit Felix das Grab mit der dunklen schweren Erde wieder zu.

Am nächsten Morgen wollte Martin von seiner Schwester Hilde wissen: „Was war das, was du in Barbaras Grab gestreut hast?"

Ich habe mir von daheim ein wenig Heimaterde mitgenommen, falls ich Heimweh bekomme. Aber mir tat Barbara so leid, dass wir sie hier in der Fremde zurücklassen müssen. Dann dachte ich mir, ich gebe ihr wenigstens ein wenig von unserer Heimaterde mit ins Grab. Das war das Einzige und auch das Letzte was ich ihr von uns mitgeben konnte."

„Ich danke dir Hilde, darüber hätte sich Barbara bestimmt gefreut."

Nun ging Martin voller Schmerz noch mal alleine ans Grab seiner Frau zurück. Erst jetzt, als es richtig hell wurde, konnte er sehen, dass er sie auf einer kleinen Anhöhe unter einem Ahornbaum mit einer traumhaft schönen Aussicht aufs Tal begraben hatte. An diesem Ort hätte es Barbara bestimmt gefallen, wenn auch nicht als Grabstätte für sie und unser gemeinsames Kind.

Danach band er auch noch die wenigen Gegenstände, die Barbara in den letzten Tagen getragen hatte, sich selbst mit auf den Rücken.

Auf dem weiteren Fußmarsch dachte er ständig an seine geliebte Frau. An die schönen Stunden, die sie in den zwei Jahren miteinander verbringen durften. Manchmal lächelte er stumm vor sich hin, drehte sich um und glaubte, sie liefe wie gewohnt hinter ihm her. Doch dann wurde ihm schnell bewusst, dass sie nicht mehr da war und nie wieder mit ihm zusammensein würde. Wieder versuchte er, sich selbst zu trösten: „Es gehört zu den möglichen Begebenheiten, dass eine Frau im Kindsbett stirbt und ihren Mann als Witwer alleine zurücklässt. Er fühlte sich so einsam und verlassen, als wäre ihm ein Stück aus seinem Herzen herausgerissen worden. Als er so weiter vor sich hintrottete, versuchte er, nicht mehr an Barbara zu denken, aber immer wieder sah er vor seinem inneren Auge ihr Gesicht, als sie tot vor ihm lag. Niemals wird Barbaras Bruder, der daheim im Wallis lebt, mitbekommen, dass seine Schwester gestorben ist. Ebenso wird Mutter in ein paar Monaten denken, dass sie inzwischen Großmutter geworden sei, aber auch sie wird dieses Schicksal ihrer Schwiegertochter nicht erfahren.

Nun schlug das Wetter um, und es regnete tagelang. Die Gruppe hatte Glück, dass sie in Dalaas eine günstige Herberge für alle gefunden hatten. Dort durften sie in einem Heuschuppen nächtigen. Hilde war es egal, dass sie hier im Heu auf dem Boden schlafen mussten, sie war froh, wenigstens ein Dach über dem Kopf zu wissen und im Trockenen zu sein. Erst nach einer Woche Zwangspause konnten sie Dalaas wieder verlassen.

Sie stiegen gleich am Morgen weiter in die Berge hinauf. Diesmal ging es nach Osten der Morgensonne entgegen. Zuerst überquerten sie ein Geröllfeld, dann ging der Weg durch ein enges Tal, einer Felswand entlang bis in eine Klamm. Sie befürchteten schon, dass sie den Handwagen nicht mehr lange mit sich führen könnten, denn der Weg wurde immer schmäler. Die Männer mussten aufpassen, dass der Wagen nicht vom Weg abkam und den steilen Abhang hinunterstürzte. Aber sie hatten Glück, es war gerade noch mal gut gegangen. Nach einem weiteren Wegstück kamen sie durch einen ungewohnten Lärchenwald, und das helle Grün der Nadeln leuchtete in der Sonne auf. Dieses Waldstück war erfüllt vom Rauschen eines Wasserfalles, der sich anschließend in einen Bach ergoss. Sie füllten ihre Trinkbehälter mit dem frischen glasklaren Bergwasser auf. An diesem Abend wurden nicht mehr viele Worte gewechselt, und jeder legte sich schweigsam - aber dennoch froh, den Tag unbeschadet überstanden zu haben – zur Ruhe.

Der verlassene Einsiedlerhof

Eines Nachmittags kamen die Auswanderer an einem weit abgelegenen Einsiedlerhof vorbei und sie konnten schon von Weitem sehen, wie verwahrlost er war. Martin und Daniel klopften an der Haustüre, um den Bauern um etwas Essbares zu bitten. Aber es rührte sich niemand. Martin hatte ein ungutes Gefühl: „Ich glaube, hier stimmt etwas nicht." Daniel öffnete behutsam die Haustüre, und schon schlug ihnen ein abscheulicher Verwesungsgeruch entgegen. Er schlich vorsichtig hinein. „Hallo, ist da jemand?", rief er. Aber es rührte sich immer noch nichts. Inzwischen ging Felix mit Michl nebenan in den Stall. Die beiden sahen sofort, dass hier schon länger nicht mehr ausgemistet wurde. Dort lag ein totes Kalb auf dem Boden, und daneben stand hilflos vermutlich das Muttertier. Hinten in der Ecke wälzte sich ein Schwein im tiefsten Dreck. Beide Tiere waren abgemagert und in einem elenden Zustand. Oben in der Scheune war Heu, das Michl gleich der Kuh zum Fressen vorwarf. Inzwischen sahen sich Martin und Daniel im Wohnhaus weiter um. Die Küche war vollkommen verdreckt, auf dem einfachen Küchentisch stand wirr das Geschirr herum und in den Tellern waren ekelerregende, verschimmelte Essensreste zu sehen. Martin und Daniel schlichen mit einer fürchterlichen Vorahnung die Holztreppe hinauf ins Obergeschoss. Als die beiden den dortigen Raum betraten, summten Hunderte von dicken aufgeschreckten Fleischfliegen um Daniel und Martin herum. Der Anblick, der sich ihnen bot, war grauenvoll. Es lagen die Überreste von halb verwesten, menschlichen Körpern in den Betten. Als die beiden so reglos dastanden, beruhigten sich die Fliegen und setzen sich zurück auf die Toten. Martin sah ins Gesicht eines kleinen

Mädchens und konnte krabbelnde Maden in Augen und Ohren entdecken. Ihm wurde dabei richtig übel, und sein Magen zog sich krampfhaft zusammen. Die beiden hielten sich wegen des fürchterlichen Gestanks und zum Schutz vor den aufsässigen Fliegen die Ärmel vor den Mund, bis Martin bat: „Komm lass uns verschwinden. Nicht, dass wir uns noch anstecken." Draußen vor der Haustüre im Hof blieben sie kurz stehen und holten erst einmal tief Luft. Dann vermutete Daniel: „Die sind bestimmt an der Pest oder an einer anderen ansteckenden Seuche gestorben." Genaueres wollten sie nicht darüber wissen und flüchteten in den Stall zu den anderen hinüber. Als sie Felix von den verstorbenen Eltern mit ihren fünf Kindern erzählten, traf dieser sofort eine Entscheidung: „Wir werden die Kuh und das Schwein mitnehmen. Helft mir, wir müssen sie anbinden."

Michl sah Felix verdutzt an: „Wir können doch die Tiere nicht so einfach stehlen?"

„Wir stehlen sie ja nicht, wir nehmen sie nur mit. Denn ohne unsere Hilfe würden die Tiere elendiglich eingehen. Ich hoffe, wir können sie wieder aufpäppeln, sodass sie überleben. Somit helfen wir den Tieren, und die Tiere helfen uns dafür." In aller Eile verließen sie diesen fürchterlichen Ort und brachen zusammen mit den soeben aus dem Stall geführten Tieren auf. Martin lief inzwischen geradewegs ins Nachbardorf und teilte dem dortigen Pfarrer mit, was sie auf dem Bauernhof für einen fürchterlichen Fund gemacht hatten. Der vertrauenswürdige Pfarrer versprach Martin, sich um die Beerdigung der Verstorbenen zu kümmern. Anschließend lief er schnellen Schrittes seinen Geschwistern und Freunden hinterher. Kurz bevor sie einen Aussichtspunkt auf einer Bergkuppe erreichten, holte er sie ein. Die Gesichter seiner Mitreisenden strahlten vor Begeisterung über diese Landschaft. Martin deutete mit seinem Zeigefinger ins weit entfernte Tal und sagte: „Seht ihr die Lichtung dort unten? Dort müssen wir heute noch hin."

Paulina war außer sich: „Was, so weit müssen wir heute noch gehen?"

„Glaub mir, wenn wir erst mal den steileren Abstieg durch den Mischwald hinter uns haben, dann wird die Straße breiter, und es wird nicht mehr so anstrengend sein."

Kurz bevor sie die Landstraße erreichten, konnten sie vor einer Weggabelung Stimmen hören und waren äußerst gespannt, was für Leute sie hier in der Wildnis antreffen würden. Hilde befürchtete, dass es sich um Landstreicher oder Diebe handeln könnte. Aber schon fünf Minuten später hatten sie die Gewissheit, dass es sich bei dieser kleinen Gruppe ebenfalls um Auswanderer aus dem Wallis handelte.

Schon am selben Abend saßen sie gemütlich mit ihren Landsleuten am Lagerfeuer. Zur Feier des Tages kochten Hilde und Sabina Bohneneintopf mit ein wenig Geräuchertem. Sie unterhielten sich, lachten und sangen gemeinsam Heimatlieder aus dem fernen Wallis. Am nächsten Morgen fragte Leo, der Älteste der fünfzehn Dazugestoßenen hoffend: „Felix, habt ihr was dagegen, wenn wir uns euch anschließen? Keine Sorge, nur so lange, bis wir dann einen anderen Weg einschlagen. Wir würden selbstverständlich hinter euch bleiben, damit wir euch nicht stören."

Felix sah ihn überrascht an und antwortete: „Warte einen Moment." Er ging zu Martin, Daniel und Ulrich, um sich mit ihnen zusammen zu beraten. Keiner hatte etwas dagegen, und die Kinder freuten sich über neue Spielkameraden.

An diesem Sommertag brannte die Sonne unnatürlich heiß vom Himmel herab, sodass die Gruppe während der Mittagszeit im Schatten einer Felswand einen angenehmen Platz für eine längere Rast aufgesucht hatte. Trotz der Müdigkeit gingen die Kinder an den in der Nähe liegenden Bach, um ihre heiß gelaufenen und wunden Füße zu baden. Die Erwachsenen wunderten sich, woher die Jüngeren diese Energie hernahmen und sich nicht ausruhten.

Als Hilde und Daniel entspannt nebeneinander dalagen und den lachenden Kindern und den singenden Vögeln zuhörten, sagte Daniel: „Ich denke, wir werden bald ankommen. Wie wäre es, wenn wir dann für uns auch ein eigenes Haus bauen und selbst Kinder bekommen?"

„Daniel! Soll das ein Heiratsantrag sein?"

„Ich vermute, so etwas Ähnliches wird es schon sein", dabei mussten beide fürchterlich lachen.

Felix sah währenddessen zu seinen spielenden Kindern hinüber und sagte sorgenvoll zu Martin „Ich habe größte Bedenken, lange werden meine

Kinder nicht mehr durchhalten können. Jeden Abend fallen sie vor lauter Hunger und Erschöpfung in einen tiefen, fast unnatürlichen Schlaf. Manchmal weiß ich nicht, wie ich weiterhin das tägliche Essen für uns auftreiben soll.“

Martin antwortete ihm: „Ich glaube, Hilde hat für alle Notfälle noch ein Stück Geräuchertes von unserer Mutter dabei. Außerdem dürfen wir uns unsere Sorgen nicht anmerken lassen. Denn wenn die Frauen das mitbekommen, dann übertragen sie die Angst auf die Kinder. Sei zuversichtlich, denn ich glaube, wenn nichts dazwischenkommt, werden wir es in ungefähr zwei Wochen geschafft haben.“

Rosa, die Unbekannte

Als sie am nächsten Nachmittag vor Stuben eine Anhöhe hinaufgingen, sah Martin schattige Umrisse einer weiblichen Gestalt auf sich zukommen, mit einem blauen Umhang, der ihn an die heilige Jungfrau Maria erinnerte. Sie war ungewöhnlich groß, gertenschlank, und als sie sich gegenüberstanden, konnte er in ihr ebenmäßiges Gesicht blicken. Mit ihren dunkelblauen Augen wirkte sie auf ihn so unschuldig und rein, fast madonnenhaft. Sie trug ihr dunkelblondes wallendes Haar offen, das ihr bei jedem Schritt locker über die Schulter wippte. Martin war beeindruckt und blieb wie angewurzelt vor ihr stehen. Ihr musste es so ähnlich ergangen sein, denn beide sahen sich eine ganze Weile wie in Trance in die Augen, und es schien, als würde die Zeit stehen bleiben. Bis Michl seinen großen Bruder wieder auf die Erde zurückholte, indem er ihm zurief: „Was ist Martin? So komm doch, wir müssen noch ins nächste Dorf, bevor es dunkel wird.“ Martin und diese Schönheit erschraken darüber. Dann unterbrach Martin das Schweigen und stammelte, obwohl er es eigentlich selbst wusste: „Junge Frau, könnt Ihr mir vielleicht sagen, wie weit es noch bis zum nächsten Dorf ist?“

Sie lächelte ihn mit ihren strahlenden Augen an und antwortete: „Gar nicht mehr weit, vielleicht fünf Minuten. Ihr müsst nur noch das kleine Stück bis auf die Kuppel gehen und euch dann links halten. Von dort könnt ihr schon die Kirchturmspitze von Stuben sehen. Ich komme gleich nach, will nur noch dort hinten im Weiher Wasser holen.“

Als sich Martin wieder einigermaßen gefangen hatte und seinem Bruder folgte, dachte er sich: „Diese Frau, wie sie mich ansah. Ihre Schönheit hält jedem Vergleich mit den Frauen, die ich jemals gesehen habe, stand. Nur meine Barbara war mit ihren großen, dunklen Augen und den schwarzen Haaren noch hübscher. Ja, sie war durch ihre Sarazenen-Vorfahren etwas ganz Besonderes." Und wieder dachte er schmerzlich an seine verstorbene Frau, die er so sehr vermisste.

Als sie in der einfachen Herberge angekommen waren, beschlossen die Männer: „Hier werden wir uns ein paar Tage umsehen und uns überlegen, ob wir hier bleiben oder weiter bis ins Breitachtal ins Kleine Walsertal gehen sollen."

Lorenz atmete zufrieden auf: „Ich will hier bleiben, dann wären wir endlich am Ziel."

„Gut, dass dich keiner nach deiner Meinung fragt", sagte Felix gut gelaunt mit einem lachenden Gesicht, indem er seinem Sohn den Hut ins Gesicht schupste.

Am nächsten Morgen in aller Herrgottsfrüh wachte Martin als Erster auf, weil er wieder an seine verstorbene Frau dachte. Beim Grübeln kam ihm dieses wundersame Geschöpf vom Vortag in den Sinn. Gedanken gingen ihm durch den Kopf: „Was bin ich nur für ein schlechter Mann. Wie komme ich dazu, so bald nach Barbaras Sterben schon wieder eine andere Frau so zu begehren, wie ich es heute Nacht im Traum getan habe?" Er bekam derartige Schuldgefühle, als würde er Barbara betrügen, und konnte nicht mehr im Lager liegen bleiben, sondern begab sich vors Haus.

Die ersten Sonnenstrahlen blitzten über dem ihm unbekannten Berg auf. Dabei fiel ihm der kleine See ein, den er am Tag zuvor gesehen hatte. Er nahm seinen frischen Umhang in die Hand und lief an den Weiher. Dort zog er sich völlig nackt aus und rannte ins eiskalte Wasser hinein, um sich zu erfrischen. Trotz der Kälte wusch er sich ab und tauchte mit seinem ganzen Körper, samt Kopf, unter, sodass auch seine Haare nass wurden. Statt sich abzutrocknen, legte er sich in die wärmende Morgensonne. Als er im grünen Gras inmitten der weißen Gänseblümchen auf seinem Rücken in der Sonne lag, musste er schon wieder an die junge Frau denken. Er wunderte sich, dass es in dieser einfachen Gegend so eine bildhübsche

Frau gab, und wollte zu gerne wissen, ob sie wohl verheiratet oder einem Mann versprochen war. Plötzlich erschrak er, als er wahrnahm, dass sich die Sonne durch einen Schatten verfinsterte. Erschrocken öffnete er seine Augen. Wer stand da? Es dauerte kurz, bis sich seine Augen an das helle Licht gewöhnt hatten. Er dachte zuerst, er träume. Plötzlich traf es ihn wie ein Blitz – es war kein Traum. Vor ihm stand leibhaftig diese Unbekannte vom Tag zuvor. Er setzte sich schlagartig auf und spürte, wie sein Herz zu rasen begann und sein Atem schneller wurde. Sofort zog er seinen Umhang unter seinem Körper hervor und bedeckte damit sein Geschlecht. Er brachte kein Wort hervor. Doch dann begann er erneut zu stammeln: „Guten Morgen, junge Frau, warum seid ihr schon so früh auf den Beinen? Konntet ihr auch nicht schlafen?"

„Doch, aber ich liebe es, den Sonnenaufgang und die Ruhe zu genießen. Außerdem habe ich hier auch gebadet. Das machen nicht viele, den meisten Menschen ist das Wasser zu kalt. Ich bin Rosa", dabei reichte sie Martin zur Begrüßung ihre zarte Hand entgegen.

„Rosa, wie eine Rose? Der Name klingt schön."

„Ich komme aus dem Wallis wie ihr und wohnte dort unter dem Berg Monte Rosa. Daher dieser Name."

„Ich bin Martin. Aber Rosa, der Vergleich mit einer Rose würde mir für euren Namen besser gefallen."

Er konnte sehen, wie sich ihr Gesicht leicht rötete und ihre Lippen so natürlich lächelten. Ihr blauer Umhang klaffte am Hals etwas auseinander und er konnte ein wenig in ihren Ausschnitt blicken. Was hätte er in diesem Moment dafür gegeben, sie nackt zu sehen. Er begehrte diese verführerische Erscheinung mehr, als er gerade Schuldgefühle seiner verstorbenen Frau gegenüber verspürte. Nun sprach die junge Frau weiter.

„Meinen Sie Rose wegen der Dornen?"

„Das kann ich noch nicht beurteilen, dafür kenne ich euch noch nicht gut genug." Dabei schlüpfte Martin noch sitzend in seine Hose und stand anschließend auf, um auf gleicher Höhe wie Rosa zu sein. Die beiden sahen sich einen kurzen Augenblick an, und schon überkam es ihn. Er beugte sich spontan zu ihr hinab und küsste ihre warmen, feuchten Lippen, ohne darüber nachzudenken. Gleich löste er sich wieder von ihr und murmelte

verlegen in ihr Haar: „Bitte verzeihen Sie, so etwa ist sonst nicht meine Art. Ich weiß selbst nicht, was mit mir los ist. Es ist einfach über mich gekommen."

Sie spürte seine Verlegenheit und lenkte ab: „Es tut mir leid, dass ich dich geweckt habe. Darf ich mich eine Weile zu dir in die Sonne setzen?"

„Selbstverständlich", er bot ihr den Platz auf seinem Tuch an und setzte sich neben Rosa ins Gras.

Sie fasste Mut und fragte scheu: „Die junge Frau, die bei euch ist. Ist sie deine Frau?"

Martin gingen Gedanken durch den Kopf: „Sie meint Hilde. Jetzt muss ich ihr wohl gestehen, dass ich erst kürzlich Witwer geworden bin. Was wird sie von mir denken, weil ich doch um Barbara trauern müsste, und ich sie trotzdem so gierig geküsst habe?"

„Martin, was ist, warum antwortest du mir nicht auf meine Frage? Ist sie deine Frau?"

„Nein, äh, Hilde ist meine Schwester. Wir kommen auch aus dem Wallis und wollen wahrscheinlich weiter ins Breitachtal, um dort ein neues Leben zu beginnen."

„Das ist ja ein Zufall, dorthin wollten mein Mann und ich im letzten Jahr auch gehen." Martin schoss es durch den Kopf: „Klar hat sie einen Mann, das hätte ich mir ja gleich denken können."

Aber sie sprach gleich weiter. „Hier in Stuben haben wir beide eine fürchterliche fiebrige Krankheit bekommen. Mein Mann war viel älter als ich und war von den Strapazen der Wanderschaft schon sehr geschwächt. Als wir dachten, es sei überstanden, bekam er einen Rückschlag und eine Lungenentzündung dazu. Das Fieber stieg immer mehr und mehr, bis er im Delirium fantasierte. Zwei Tage später ist er dann gestorben. Unsere Freunde waren inzwischen ohne uns weitergezogen. Ich vermute, sie hatten Angst, wir könnten sie anstecken. Seitdem lebe ich hier als Magd auf einem Bauernhof, um wenigsten etwas zu essen und ein Dach über dem Kopf zu haben. Ich wäre gerne weitergezogen, aber alleine, ohne meinen Mann, kann ich weder in Vorarlberg noch anderswo selbst ein Haus bauen. Hier in der Gegend haben sich schon mehrere arme Leute vom Wallis angesiedelt, es ist nicht schlecht hier. Aber viele Auswanderer wollen in die noch freien, hoch gelegenen Gebiete bis zuhinterst in die Alpentäler, um diese zu besiedeln. Auch den Adeligen ist viel daran gelegen, dort ihre Leute zu wissen."

Martin unterbrach die junge Frau erfreut: „Hör zu, falls wir weiterziehen, kannst du gerne mit uns kommen, wenn du möchtest."

Sie sah Martin entgeistert an. „Das würdet ihr tun? Mich, eine Fremde, mit euch nehmen?"

„Ja, ich würde mich freuen, und die anderen haben vermutlich auch nichts dagegen. Ich will aber ehrlich zu dir sein. Vor einigen Wochen ist mir meine schwangere Frau gestorben. Wir mussten vom Wallis fort. Manchmal denke ich, ob sie noch leben würde, wenn wir daheim geblieben wären. Aber wir wären dort nicht glücklich geworden." Als Rosa Martin so traurig sah, nahm sie ihn stillschweigend in ihre Arme und versuchte ihn zu trösten. Er lehnte sich an ihre Schulter an und spürte, wie er feuchte Augen bekam. Nach einer Weile flüsterte sie ihm liebevoll ins Ohr: „Ich weiß, wie du dich fühlst, aber schau, du hast noch deine Schwester und wirst mit deinen Freunden weiterziehen. Ich bin gerührt und dankbar für dein Angebot. Ich werde es mir ernsthaft überlegen und gebe dir noch heute Abend Bescheid."

Danach lief sie in Richtung Dorf zurück. Oben auf der Hügelkuppel drehte sie sich nochmals zu Martin um und winkte ihm freundlich, mit einem sanften Lächeln, zu.

Martin und seine Freunde beschlossen einstimmig, ins Breitachtal weiterzuziehen, was sie umgehend Sabina und Hilde mitteilten. „Wir haben gehört, dort sei noch wenig besiedelt, und wir werden genügend Platz für uns finden. Auch für später, für unsere Nachkommen, wird es dort über mehrere Generationen genügend Boden zu bewirtschaften geben."

Martin war tagsüber unruhig und gespannt, wie Rosa sich entscheiden würde. Er beschloss, weder Hilde noch seinen Freunden etwas über sie zu erwähnen. Irgendwie fürchtete er sich davor, dass vor allem seine Schwester ihm Vorhaltungen machen und kein Verständnis hätte, dass er sich so bald nach Barbaras Tod wieder verlieben würde. Denn Hilde und Barbara hatten sich lieb gewonnen, fast als wären sie leibliche Schwestern gewesen.

Hilde war über den Verlust der Schwägerin noch sehr betrübt und vermisste ihre Leidensgenossin und engste Vertraute immer noch sehr.

Martin und Rosa hatten nicht vereinbart, wo sie sich am Abend treffen würden, aber beiden war ohne viele Worte klar, dass es am Weiher sein würde. Martin stand vor dem Gewässer und warf wieder und wieder flache Steine hinein. Er beobachtete, wie oft sie von der Wasseroberfläche hochsprangen, wie sich dadurch im Wasser Ringe bildeten, die größer und größer wurden, bis sie sich mit dem ganzen See vereint hatten.

Plötzlich konnte er Schritte hinter sich hören. Er drehte sich rasch um und tatsächlich, Rosa kam auf ihn zugelaufen. Er stand erwartungsvoll da und fragte: „Wie hast du dich entschieden?“

„Martin, wenn ich euch keine Umstände mache, nehme ich dein großzügiges Angebot gerne an.“

Martin freute sich: „Das heißt, du wirst mit uns kommen?“

„Ja, aber ich hoffe, dass deine Schwester und die anderen nichts dagegen haben.“

„Ich denke nicht. Vor allem Hilde wird mir gehorchen.“

„Martin, ich möchte nicht aufdringlich erscheinen, aber es ist mir außerordentlich wichtig, von hier wegzukommen. Eigentlich ist der Bauer, bei dem ich arbeite, recht freundlich zu mir. Aber wenn er getrunken hat, fürchte ich mich sehr. Neulich, als ihm mein Essen nicht geschmeckt hat, nahm er die noch heiße Pfanne und hat sie nach mir geworfen. Zum Glück hat sie mich nur unten am Bein getroffen. Schau her, es ist zwar schon gut verheilt, aber die Narbe wird bestimmt für immer bleiben.“

Martin sah sie voller Mitleid an.

Sie erzählte weiter: „Ich wäre damals so gerne mit meinem Mann zusammen weitergezogen, aber es war uns nicht vergönnt. Ich will ehrlich zu dir sein, als ich gerade mal 17 Jahre alt war, hat mich mein Vater vor vollendete Tatsachen gestellt und mich mit seinem Freund Luis gegen meinen Willen verheiratet. Mein Ehemann war über 20 Jahre älter als ich und schon zweimal verwitwet. Ein älteres Kräuterweiblein hatte Mitleid mit mir, sodass sie mir kurz vor meiner Hochzeitsnacht unauffällig ein Päckchen mit folgenden Worten zusteckte: „Mädchen, mit so einem viel älteren Mann wirst du es nicht immer leicht haben. Nimm die getrockne-

ten Teeblüten an dich. Sei aber vorsichtig, damit dein Mann nichts davon mitbekommt. Wenn du sie zu Tee kochst und früh genug trinkst, kannst du ein unerwünschtes Kind loswerden und dein Blutfluss wird dadurch herbeigeführt. Ich wusste gar nicht, was sie damit gemeint hatte, und verstaute die Kräuter in meiner Truhe, wonach ich sie schnell vergessen hatte.

Mit der Zeit spürte ich, dass ich es gar nicht so schlecht getroffen hatte. Denn Luis war ein sehr fürsorglicher Mann. Nein, das trifft ihn nicht richtig. Er war eine Seele von Mensch und las mir meine Wünsche von den Augen ab. Mir zuliebe ließ er sogar seine erwachsenen Kinder im Wallis zurück, um mit mir alleine einen Neuanfang in einem fernen Land zu wagen."

„Hattet ihr Kinder?"

Rosa sah traurig ins Wasser und ihre Wangen röteten sich dabei. Dann begann sie ganz leise und verlegen, sodass Martin sie kaum verstehen konnte:

„Nein, mein Mann hatte schon vor unserer Hochzeit eine schwere Kriegsverletzung. Wir konnten niemals zusammenkommen, wie es sonst Ehepaare tun. Für ihn war es nicht mehr möglich, Kinder zu zeugen. Dies belastete unsere Ehe mehr, als du dir vorstellen kannst. Deshalb hat er mich eher wie eine Tochter geliebt."

„Wusste dein Vater von der Kriegsverletzung?"

„Oh ja, mein Vater hat es gewusst. Er war schließlich im Kampf dabei, als ihre Feinde das Schwert gegen Luis erhoben und seine Männlichkeit zerstörten. Trotz allem habe ich Luis geliebt. Aber jetzt will ich nicht weiter von mir erzählen. Wann werdet ihr weiterziehen?"

„Wenn ich die Wolken betrachte, wird es morgen vermutlich regnen. Wir werden diesen Tag nutzen und hier unsere restlichen Besorgungen machen. Außerdem müssen wir unser Schwein gegen ein weiteres Maultier tauschen. Voraussichtlich werden wir übermorgen früh aufbrechen. Ich will die Neuigkeit, dass du uns begleitest, gleich heute Abend Hilde und meinem jüngeren Bruder, dem Michl, erzählen. Wenn du möchtest, kannst du ja später in unserer Herberge vorbeikommen, dann werde ich dich meinen Freunden vorstellen."

Somit verabschiedeten sich die beiden, und Rosa fügte hinzu, als sie sich bereits umgedreht hatte: „Ich danke dir herzlich, dass ich mit euch kommen darf und wünsche mir, dass meine Anwesenheit für deine Schwester auch in Ordnung geht.“

Als Martin alleine zurück in die Unterkunft ging, war ihm unbehaglich zumute. Er wusste gar nicht, wie er die Neuigkeit seinen Geschwistern beibringen sollte. Als Hilde ihren Bruder vor der Eingangstüre stehen sah, fragte sie ihn geradeheraus: „Martin, was ist mit dir? Nach deinem verzweifelten Gesichtsausdruck zu urteilen, ist dir gerade ein Geist erschienen?“

Dabei lächelte sie ihren Bruder erwartungsvoll an.

„Kann schon sein, so etwas Ähnliches ist mir wirklich widerfahren.“

„Nun erzähl schon, ich bin gespannt.“

„Hilde, hör zu, ich will nicht lange um den heißen Brei herumreden.“ Gerade da kam auch Michl um die Ecke gelaufen und gesellte sich zu den beiden. Schließlich sprach Martin weiter: „Hört zu, ich will jetzt keine Widerrede von euch hören. Ich habe vorgestern eine Frau kennengelernt.“ Hilde sah verwundert ihren jüngeren Bruder an, und beide waren gespannt, was er ihnen zu erzählen hatte.

„Nun schaut nicht so dumm. Ich will euch mitteilen, dass diese Frau, die ich getroffen habe, es hier nicht leicht hat. Aus diesem Grunde habe ich sie gefragt, ob sie sich uns anschließen will und mit uns zusammen ins Breitachtal weiterziehen möchte.“

Michl sah seinen älteren Bruder erstaunt an: „Aber was heißt hier keine Widerrede? Es ist doch gar nichts dabei, wenn wir ihr den Gefallen tun können und uns eine weitere Frau begleiten wird.“ Michl sah von Martin zu Hilde hinüber. „Oder hast du etwas dagegen, wenn du Verstärkung bekommst?“

„Nein, warum sollte ich? Oder hat mein großer Bruder etwa Hintergedanken, warum er sie mitnehmen will?“, sagte sie patzig.

„Hilde jetzt hör aber auf“, schrie er lauter, als er es vorhatte. „Nein, natürlich nicht, sie ist verzweifelt und ich will ihr helfen, von hier wegzukommen.“

Hilde überlegte weiter: „Und wenn wir dann angekommen sind, wo wird sie wohnen? Kann sie sich selbst ein Haus bauen? Bei uns wird sie auf keinen Fall einziehen, das sage ich dir gleich."

„Hilde, hör zu, ich weiß es noch nicht – sie ist sehr nett, lassen wir es einfach darauf ankommen."

„Martin, mir gefällt dein Unterton nicht. Ich glaube, du hast sie gern. Bitte tue das Barbara nicht an, es wäre ihr gegenüber nicht recht."

„Was heißt hier recht, wie lange muss ein Mann alleine bleiben, wenn ihm seine Frau gestorben ist?"

„Siehst du, ich habe gleich gedacht, dass mehr hinter der Sache steckt als nur ein freundlicher Hilfsdienst."

Michl, der Jüngere, ärgerte sich nun auch über seine Schwester: „Hilde, er hat recht! Jetzt hör aber auf! Wir kennen die junge Frau doch gar nicht. Also urteile nicht, bevor du sie kennengelernt hast."

Nach diesem angespannten Gespräch setzte sich Michl zu Daniel und Ulrich in die Schenke dazu. Als sie ausgelassen beieinander saßen, ging die Türe auf, und Rosa betrat den dämmrigen Raum. Michl erkannte sie sofort wieder. Sie war die Frau, die Martin neulich so angestarrt hatte, sodass er alles um sich herum vergaß. Mehr zu sich als zu seinen beiden Begleitern murmelte Michl: „Himmel, was für ein bildhübsches Weib, und die wird mit uns kommen!"

Daniel, sein zukünftiger Schwager, schüttelte ihn am Arm und meinte: „Michl, was hast du, wirst doch nicht etwa verrückt werden?"

Er grinste vergnügt: „Ich verrückt, das würde euch so passen. Diese Frau dort, schaut sie nur an, ich denke, sie wird uns auf dem weiteren Weg begleiten."

Nun konnten die drei hören, wie sich die Fremde beim Wirt nach Martin erkundigte. Michl frohlockte: „Seht ihr, ich kann so etwas spüren."

Michl ging auf die junge Frau zu und bat sie mit zu Ulrich und Daniel an den Tisch: „Ich werde inzwischen meinen Bruder holen."

Rosa setzte sich dankbar, aber unsicher auf die harte Eckbank neben ihre Landsmänner: „Darf ich mich vorstellen? Mein Name ist Rosa, ich komme auch aus der Schweiz. Martin hat mir angeboten, dass ich euch bis ins Breitachtal begleiten darf. Ich werde alles versuchen, damit ich euch nicht zur Last falle."

„Martin hat uns noch gar nichts davon erzählt, aber von mir aus kannst du gerne mit uns kommen", sagte Daniel.

Ulrich nickte: „Ich habe auch nichts dagegen einzuwenden."

In diesem Augenblick betrat Martin zusammen mit seinen Geschwistern den Gastraum und gingen sogleich zu Rosa, Daniel und Ulrich an den großen Tisch. „Grüß Gott, Rosa, schön, dass du gekommen bist. Wie ich sehe, hast du schon Bekanntschaft mit meinen Freunden geschlossen." Dann errötete Martin ein wenig und sprach mit unsicherer Stimme weiter: „Rosa, darf ich dir meine Schwester Hilde vorstellen?"

Rosa reichte Hilde freundlich ihre Hand zur Begrüßung. Diese zögerte ein wenig und gab ihr gezwungenermaßen ebenfalls ihre Rechte zum Händedruck. Martin kannte seine Schwester mehr als genau. Er konnte deutlich Hildes Feindseligkeit Rosa gegenüber wahrnehmen. Hingegen vor seinen Freunden war er stolz, dass ausgerechnet er dieses liebreizende Geschöpf vorstellen durfte.

Er versuchte das Beste aus dieser Situation zu machen und sah dabei Hilde hoffnungsvoll an: „Ihr werdet sehen, bald werdet ihr die beste Freundinnen sein."

Seine Schwester blitzte ihn mit ihren Augen zornig an.

Als die Männer zu später Stunde immer noch in gemütlicher Runde beieinandersaßen, und Rosa sowie Hilde die Herrenrunde bereits verlassen hatten, sagte Michl mit schelmischen Gesichtsausdruck zu Martin. „Wenn Blicke töten könnten, dann wärst du vorhin tot umgefallen."

Ulrich lächelte, während er seinen Bruder Daniel musterte: „Ja, ich habe Hildes Blick auch gesehen. Mein lieber Bruder, nimm dich bloß vor deiner Zukünftigen in Acht." Dann sah er Martin fragend an: „Mich würde nur eins interessieren, was hast du nur an dir, dass du immer die schönsten Frauen kriegst?" Darüber verfielen die Männer in heiteres Gelächter.

***

Am darauffolgenden Tag regnete es wie vorausgesehen von morgens bis abends. Michl konnte die Unruhe seines Bruders spüren, da er Rosa nirgendwo entdecken konnte. „Mach dir keine Sorgen, wirst sehen, morgen früh wird sie voll beladen vor der Türe stehen und auf dich warten."

In der Nacht konnte Martin nicht einschlafen. Wie ein Gedankenkarussell drehte es sich in seinem Kopf, und er wälzte sich unruhig auf seinem Lager hin und her. Er wusste selbst nicht, was er hoffen sollte. Auf der einen Seite wünschte er sich inständig, Rosa wiederzusehen, und dass sie an seiner Seite mit ins Breitachtal ziehen würde. Auf der anderen Seite war er innerlich zerrissen. Er fürchtete sich vor seinen eigenen Gefühlen, sich so schnell wieder zu verlieben. Vielleicht wäre es für seinen Seelenfrieden besser, wenn er Rosa nie wieder sehen und sie so schnell wie möglich vergessen würde. Er stand in aller Herrgottsfrühe auf, sah zur Schenke hinüber, und tatsächlich, Michl hatte recht behalten. Da stand Rosa vor dem Tor mit ihren geringen Habseligkeiten, geschnürt zu einem Bündel, zum Aufbruch in eine ungewisse Zukunft bereit. Er ging mit ihr zusammen in den Gastraum, und sie bestellten sich zum Morgenessen einen kräftigen Haferbrei. Seine Geschwister und Freunde waren an diesem Morgen etwas länger liegen geblieben. Als sie endlich die Herberge verließen, stand die Sonne schon etwas höher am Himmel und vergoldete mit ihren Strahlen die sichtbaren Berggipfel. Martin empfand große Freude an diesem wundervollen Morgen und genoss jede Felszinne, die ihm heute vorkamen, als leuchteten sie aus allen Winkeln der Berge. Er konnte die Landschaft mit ihren Bäumen, Sträuchern, saftigen grünen Wiesen, die vielzähligen klaren Gebirgsbäche, die bunte Blumenpracht mit aller Vielfalt und Schönheit wieder wahrnehmen, ganz anders als in den vergangenen Wochen.

Einige mitreisende Frauen waren wenig erfreut, als sie erfuhren, dass die bildhübsche Rosa sie begleiten würde. Felix' Frau Sabina äußerte gegenüber Hilde eine Vermutung: „Wirst sehen, die Rosa verdreht mit ihren himmelblauen Augen unseren Männern den Kopf. Hoffentlich gibt es ihretwegen keine Streitigkeiten unter uns."

Hilde sichtlich besorgt: „Glaubst du, sie ist eine … und will nur …?"

„Es wäre doch möglich, warum kommt sie so einfach mit? Sie kennt doch niemanden von uns. Ich rate dir auf jeden Fall, lass deinen Daniel nicht aus den Augen, bis wir wissen, warum sie uns begleitet."

So vergingen wieder Tage, bis sie endlich auf dem Weg zum Arlbergpass angekommen waren. Dort bogen sie nach links in Richtung Flexenpass ab, der auf etwas über 1700 Höhenmetern lag. Seit Rosa die Gruppe begleitete, konnte Martin eine seltsame, bisher ungekannte Spannung zwischen einigen von ihnen wahrnehmen. Er hatte den Verdacht, dass Hilde und Sabina etwas dagegen hatten, wenn er sich mit Rosa unterhielt oder gar neben ihr herlief. Eine von den beiden gesellte sich meist unauffällig dazu. Dieses seltsame Verhalten war für ihn schleierhaft. Er machte sich Gedanken: „Ob Rosa die Abneigung seiner Schwester wohl auch wahrnehmen würde?"

Am darauffolgenden Tag ihrer Reise kamen sie zu einem reißenden Bach. Die Suche nach einer Brücke oder einer Furt blieb ohne Erfolg. Deshalb machten sie sich daran, den Bach einzeln zu überqueren.

Martin bemerkte, wie sich etliche schwer taten, über den unruhigen Bach zu kommen. Deshalb blieb er im Bachbett auf einem Stein stehen, reichte jedem einzeln seine Hand, damit alle trocken übers Wasser kamen. Als er Rosas Hand in die seine nahm, spürte er ihre zarten, weichen Hände und beobachtete sie genau. Sie war kein bisschen schüchtern ihm gegenüber und hielt seinem Blick stand. Martin bewunderte ihren Mut und ihr Aussehen zugleich und dachte ständig an sie: „Was für ein strahlendes Wesen sie trotz ihrer schweren Schicksalsschläge geblieben ist. Und ihre Augen! Wenn sie mich so ansieht – ich glaube, sie verzaubert mich. Ich weiß nicht, wie es weitergehen soll … Ich begehre diese Frau so sehr, was würde ich geben, um nur eine Nacht bei ihr zu liegen." Plötzlich stand Rosa hinter ihm und riss ihn aus seinen anregenden Gedanken. Sie blickte den Berg hinauf: „Wie weit ist es noch auf diesem schroffen Weg?"

Martin zeigte mit seinem Zeigefinger weit nach oben: „Siehst du Rosa, dort hinauf müssen wir, dann haben wir das Anstrengendste für heute geschafft. Dort werden wir einen Ruheplatz für die Nacht suchen. Mor-

gen werden wir auf der anderen Seite wieder hinunter ins Tal gehen. Ich glaube, dass wir bald in Warth ankommen werden."

Rosa freute sich über diese gute Nachricht und begann zu lächeln. „Komm, lass uns abkürzen, gehen wir ein Stück gerade hinauf."

In diesem Moment mischte sich Hilde ärgerlich mit hochrotem Kopf ins Gespräch ein und sah Rosa an: „Das geht nicht! Du siehst du doch selbst. Daniel kann den Wagen nicht allein dort hinaufziehen!" Sie wandte ihr Gesicht Martin zu: „Du glaubst doch nicht, dass du Daniel so einfach im Stich lassen kannst. Du bleibst hier bei uns, und wir werden wie immer alle gemeinsam die flachen Serpentinen nach oben gehen."

Michl konnte seine Schwester selbst hinten ungewöhnlich laut schreien hören und kam sogleich seinem großen Bruder zu Hilfe geeilt: „Martin, geht nur, wenn es euch Freude macht. Ich bleibe hier bei Daniel und helfe ihm." Er drückte sofort seiner Schwester den Kälberstrick, an dem er die Kuh geführt hatte in die Hand und sagte: „Wir müssen doch zusammenhalten, so haben wir es uns daheim gegenseitig versprochen."

Ohne Umschweife verließ Rosa mit einem lächelnden Gesichtsausdruck den Weg, nahm den steileren Pfad und kletterte wie eine Bergziege hinauf. Martin stieg ihr im gleichen Tempo hinterher. Hilde dagegen verdrehte genervt in Richtung Sabina ihre Augen. Bald war von Martin und Rosa nichts mehr zu sehen. „Die sind bestimmt schon oben angekommen. Was die wohl tun, während sie auf uns warten?", empörte sich Sabina.

Martin und Rosa waren seit der Abreise in Stuben zum ersten Mal alleine. Die junge Frau setzte sich dicht neben Martin auf eine Baumwurzel. Er reichte ihr seinen Trinkbehälter. Dabei legte er seinen Kopf schief und beobachtete sie neugierig.

Sie nahm einen kräftigen Schluck und wischte sich anschließend mit ihrem Ärmel das verschüttete Wasser vom Kinn.

„Danke, nun trink auch du etwas", dabei reichte sie ihm seinen Wasserballon zurück.

„Ist es schlimm für dich? Ich meine, mit meiner Gruppe zusammen zu sein?" Er verzog dabei sein Gesicht zu einem verlegenen Lächeln.

„Schlimm? Nein, so will ich es nicht ausdrücken. Aber ich habe bemerkt, dass meine Anwesenheit deiner Schwester nicht angenehm ist. Zudem fühle

ich mich unsicher und habe auch ein wenig Angst, wo genau wir hingehen und ob ich dort wieder eine gleichwertige Arbeit für mich finden werde. Ich will ja niemandem zur Last fallen."

„Du wirst niemandem zur Last fallen. Ich bin mir bewusst, es ist noch zu früh, aber ich wünsche mir, dass du immer bei uns bleibst, obwohl es eine Reise ins Ungewisse ist."

Er sah sie zuversichtlich an und strich ihr eine Haarsträhne, die sich aus ihrem Knoten gelöst hatte, aus dem Gesicht hinters Ohr. „Darf ich dich etwas sehr Persönliches fragen?"

„Frag mich, was du willst. Wenn es mir möglich ist, will ich dir ehrlich antworten."

„Als du mir gesagt hast, dass du und dein Mann nicht … Nein ich muss anders fragen, hattest du nie mit deinem Mann …? Dies geht mir seit unserem letzten Gespräch nicht mehr aus dem Kopf."

Sie sah ihn traurig an und begann mit bebender Stimme zu sprechen: „Ich will versuchen, dir ehrlich und offen zu antworten, obwohl es mir nicht leicht fällt." Sie besann sich einen kurzen Moment und strich sich noch mal selbst die Haarsträhne hinters Ohr. „Wenn ich auch mit meinem Mann körperlich nicht zusammen sein konnte, dann heißt das nicht, dass ich noch nie mit einem Mann geschlafen habe."

Er sah sie entgeistert an: „Was soll das heißen? Hast du während deiner Ehe mit anderen Männern verkehrt?"

Ihr Gesicht wurde feuerrot, sie wendete ihren Blick von ihm ab und sah verlegen auf ihren braunen Rock hinunter: „Ja, so war es."

Er sah sie erschüttert und zugleich enttäuscht von der Seite her an: „So etwas hätte ich nie von dir gedacht. Ich habe noch nie bei einer verheirateten Frau gelegen."

Rosa konnte seine Enttäuschung spüren. „Es war zu Beginn auch nicht schön für mich. Aber mein Mann bestimmte es so. Er hat mir einmal im Monat seinen ältesten Sohn, den Rupert, geschickt."

„Was hat dein Mann getan?"

„Ja, du hast mich schon verstanden. Rupert sollte mir, anstelle seiner, ein Kind machen, das trotz allem von seinem Fleisch und Blut abstammt."

Martin schüttelte ungläubig seinen Kopf, als er dies hörte: „Und du hast das zugelassen?"

„Aber versteh doch, für Luis, meinen verstorbenen Mann war es auch nicht leicht, seinen Sohn in meinem Bett zu wissen. Aber er hat es doch aus lauter Liebe zu mir getan!"

„Und, ging sein Plan auf, wurdest du schwanger? Wo ist das Kind?"

„Ja, gleich beim ersten Mal ist es passiert. Ich war so verzweifelt, denn nicht wenige wussten davon, dass Luis zeugungsunfähig war. Ich wäre in der Stadt durch eine Schwangerschaft als Ehebrecherin verrufen worden. Ich hätte mich vor allem vor meinem Vater so sehr dafür geschämt. Aus Verzweiflung trank ich den Tee, den mir die Kräuterfrau heimlich an meinem Hochzeitstag zugesteckt hatte."

„Hast du dein Kind dadurch verloren?"

„Ja, schon nach ein paar Stunden bekam ich fürchterliche Krämpfe, und eine schmerzhafte Blutung setzte ein." Sie schluchzte und flüsterte kaum hörbar weiter: „Ich habe mein Kind getötet." Bei diesen Worten weinte sie bitterlich und ihr Kinn zitterte dabei. Martin nahm sie verständnisvoll in seine Arme und küsste ihr aufs samtweiche Haar. Sie konnte seinen gleichmäßigen Atem in ihren Haaren wahrnehmen, und die Kraft, die er ausstrahlte, beruhigte sie etwas, dann sprach sie gequält weiter:

„Es ist noch nicht vorbei. Inzwischen hatte sich Rupert, der nicht viel älter war als ich, in mich verliebt. Von da an kam er nicht mehr nur auf Anweisung seines Vaters zu mir, sondern auch heimlich, wenn wir beide sicher waren, alleine zu sein. Aber mein Mann war nicht blind, ihm ist mit der Zeit die Zuneigung, die sich zwischen Rupert und mir entwickelt hat, nicht verborgen geblieben."

„Du sagtest, die Zuneigung zwischen euch? Hast du seinen Sohn etwa auch geliebt?"

„Ich glaube, am Anfang habe ich ihn sogar gehasst, für das was er tat. Doch mit der Zeit …?" Sie überlegte eine Weile, sah dann Martin an: „Doch, ich glaube schon, dass es eine Art von Liebe war."

„Unsere Situation wurde bald unerträglich, und es war weder für meinen Mann noch für mich möglich, zusammen mit Rupert unter einem Dach weiterzuleben. Wir hatten uns doch vor Gott und der Kirche ver-

sprochen, dass wir zusammenbleiben, bis dass der Tod uns scheidet. Deshalb wollten wir beide unsere Ehe retten und haben beschlossen, von dort fortzugehen. Vor ein paar Wochen kamen Auswanderer vom Wallis in Stuben vorbei, die Rupert kannten. Sie erzählten mir, dass er inzwischen auch geheiratet hat, und seine Frau bald ihr zweites Kind bekommen wird.“

„Wie geht es dir dabei, wirst du ihn jemals vergessen können?“

„Ich weiß es nicht, aber eins ist gewiss, es ist für immer vorbei. Es ist doch seltsam, dass man zwei Männer gleichzeitig lieben kann. Ob du es mir glaubst oder nicht, ich liebte Luis, meinen fürsorglichen Ehegatten, ebenso wie seinen leidenschaftlichen Sohn Rupert.“ Sie sah ehrfürchtig zum blauen Himmel hinauf und sprach empfindsam weiter: „Ja, das ist wahr, beide liebte ich gleichermaßen, nur auf eine andere Weise.“

Plötzlich besann sich Martin und unterbrach sie beim Weitererzählen. „Es tut mir wirklich leid, aber jetzt müssen wir uns beeilen, sonst kommen Hilde und Sabina auf falsche Gedanken. Ich verspreche dir, wir werden dieses Gespräch in den nächsten Tagen fortführen. Bis dahin würde mich freuen, wenn du in deinem Herzen auch ein kleines Plätzchen für mich freimachen könntest. Er sah sie hoffnungsvoll an und bat: „Bitte denk darüber nach.“ Er nahm sie an der Hand und zog sie vom Boden hoch zum Stehen und verlangte: „Würdest du bitte Holz sammeln, damit wir ein Feuer anzünden können? Ich habe vorhin ganz in der Nähe einen Hasen im hohen Gras sitzen gesehen, vielleicht kann ich etwas Essbares für uns auftreiben.“ Als die anderen schließlich auch oben angekommen waren, freuten sie sich, dass bereits ein abgezogener Hasenbraten auf einem Spieß über dem Feuer brutzelte.

Die Tiere mussten noch vor dem Abendessen getränkt und gefüttert werden. Anschließend banden Michl und Daniel sie an umstehende Bäume, damit sie nicht weglaufen konnten. Rosa hatte in der Zwischenzeit noch einige Steinpilze gefunden, die sie in dem Kochtopf, den Hilde ihr reichte, mit einer schmackhaften Soße zubereitete. Dieses Abendessen war eine besondere Köstlichkeit. Selbst die kleine Paulina stellte fest: „Das war aber ein guter Weihnachtsbraten“, und leckte dabei ihren verschmierten Mund genüsslich ab.

Martin setzte sich ein wenig abseits seiner Freunde, was er seit Barbaras Tod, von Zeit zu Zeit, immer wieder getan hat.

Die anderen hielten sich noch eine Weile vor dem Lagerfeuer auf, um sich von den Strapazen des Tages zu erholen. Martin musste über einiges nachdenken und schenkte den Worten seiner Freunde kaum Aufmerksamkeit. Ihre Fachgespräche handelten wie meist von der neuen Heimat, der dortigen Viehzucht, ihren Plänen mit dem Getreideanbau und dem üblichen Gerede.

Am nächsten Morgen traten sie den Abstieg vom Flexenpass ins Tal an. Martin ging eine Weile hinter Rosa her. Er beobachtete erfreut, wie die Sonne auf ihr Haar fiel, das in der Morgensonne strahlend leuchtete. Plötzlich war ein Schmerzensschrei von Sabina zu hören: „Au!" Martin lief zurück. Sabina hatte sich versehentlich an einem Felsvorsprung ihr Knie aufgeschlagen. Gleich befürchteten sie, dass sie erneut eine Zwangspause einlegen müssten. Doch Rosa eilte sofort mit ihrer Leinentasche, die sie stets bei sich trug, herbei. Sie hatte eine selbst gemachte, schmerzstillende Salbe dabei. Nachdem sie Sabina sorgfältig einen Verband angelegt hatte, konnte die Verletzte entgegen aller Vermutungen weitergehen. Diese Tat bot Rosa die Möglichkeit, sich zu bewähren, worüber sich vor allem Martin freute. Er sah die vielen Kräuter und Salben in ihrem Gepäck und fragte verwundert: „Wo hast du die Kunst des Heilens gelernt, wer war dein Lehrmeister?"

„Von meinem verstorbenen Mann, er war Bader, von ihm habe ich vieles abgeschaut. Den meisten Menschen konnte er helfen, nur sich selbst und seinen ersten Ehefrauen nicht."

Auf einmal krachte der Holzkarren ein Stück tiefer und begann beängstigend zu knarren. Martin und seine Geschwister hofften inständig, dass er die Wegstrecke bis ins Breitachtal noch durchhalten würde, bevor er endgültig zusammenbrach. Nach einer weiteren schwierigen Wegpassage, um einen Gebirgsstock herum, führte der Weg in Richtung Warth hinunter. Dort gab es eine Herberge, in der sie günstig für eine Nacht bleiben konnten.

In diesem Bauerndorf waren die Gehöfte durchwegs wieder aus Holz gebaut. Zwischen den grünen Bäumen und dem saftigen Gras entdeckten sie eine Quelle und einen kleinen Teich. „Hier ist ein wunderschöner Ort zum Verweilen", fand Hilde.

Am nächsten Tag schafften es die Kinder und die Frauen nur mit größter Mühe, die steile Anhöhe auf den Hochtannbergpass hinaufzukommen. Nach all der Anstrengung verharrten sie dort eine Weile und nahmen nochmals all ihre Kräfte zusammen, um den allerletzten Anstieg zum Hochalppass hinauf zu bewältigen. Die Aussicht von dort oben war atemberaubend. Im Osten zeigten sich viele unbekannte Berggipfel. Michl vermutete: „Das sind bestimmt die Allgäuer Berge."

Ein Berg mit einem mächtigen Plateau erregte besondere Aufmerksamkeit in der Gruppe. „Das muss wohl der Hohe Nifer[12] sein", vermutete Martin nachdenklich. „Wieso kennst du diesen Berg?", wunderte sich Michl.

„Die Fußgruppe, die uns gestern entgegengekommen ist, hat ihn mir beschrieben. Jetzt bin ich mir sicher, dass wir bald am Ziel sind und wir noch heute unsere neue Heimat erblicken werden. Seht ihr, wir haben hier einen Ort entdeckt, der ebenfalls wie im Wallis daheim von wunderschönen Bergen, allerdings ein bisschen kleineren, umgeben ist."

„Ja, da hast du recht, das wird jetzt unser ‚kleines Wallisertal' sein", antwortete Michl strahlend.

Sie gingen müde und dennoch zufrieden vom Hochalppass am Großen Widderstein vorbei, in Richtung Baad hinab. Bei diesem vermutlich letzten Abstieg sagte Martin zu Hilde: „Über vier Monate haben wir gebraucht, um vom Oberwallis bis ins Breitachtal zu kommen. Wie würde sich Barbara heute mit uns freuen." In diesem Glücksmoment konnte er spüren, wie sehr er seine verstorbene Frau Barbara vermisste. Hilde war zufrieden und traurig gleichzeitig, als sie zu ihrem Bruder sagte: „Außer deiner armen Barbara haben es alle geschafft. Selbst die Kinder, der Maulesel, die Kuh, die Rinder, die Ziegen und selbst das gackernde Federvieh haben diese beschwerliche Wegstrecke überstanden. Wir sollten froh sein, dass wir keinen Wegelagerern und Dieben zum Opfer gefallen sind und niemand von uns verunglückt oder gar an einer Seuche verstorben ist."

12 heute Ifen

Martin nickte nachdenklich Hilde zu und sagte: „Selbst der alte voll beladene Handwagen hat die Strapaze mehr oder weniger gut überstanden."

Martin wiederholte still: „Nur Barbara und das Kind nicht."

1908, Anna

Anna war erleichtert, dass die Walliser nun endlich nach ihren Strapazen gut im Walsertal angekommen waren, und sagte zu ihrer Freundin Mathilde, während sie sich am Stuhl nach hinten streckte und räkelte, um ihren Rücken zu entlasten: „Meine liebe Mathilde, ich meine, jetzt machen wir fürs Erste einmal Schluss. Wir müssen das alles erst einmal auf uns wirken lassen."

Mathilde nickte Anna einverstanden zu. „Ja, das tun wir. Auf jeden Fall wissen wir nun, dass unsere Vorfahren ihre Wurzeln im Wallis und später im Kleinen Walsertal haben. Aber trotzdem bitte ich dich, dass wir doch hoffentlich bald weiterlesen."

„Aber selbstverständlich, ich bin ja froh, wenn du mir dabei hilfst."

Beiden war klar geworden, dass es keine Selbstverständlichkeit ist, glücklich und zufrieden leben zu dürfen. „Wenn es dir recht ist, und mich die Kinder entbehren können, werde ich wieder zu dir kommen."

„Gerne, ich freue mich darauf." Die beiden verabschiedeten sich, und Mathilde lief in stockdunkler Nacht zu sich heim ins Wolfgang Haus, wie es genannt wurde.

Als Anna an diesem Abend in ihrem Bett lag, war sie vor dem Einschlafen dankbar für das Leben, das sie bisher hatte. Und sie hoffte und wünschte für ihre Familie und sich selbst, dass sie bis in alle Ewigkeit hier im Allgäu, in Ruhe, in Frieden und ohne Naturkatastrophen leben könnten.

Um die Jahrhundertwende entstanden in Oberstdorf, vor allem am südlichen Ortsrand, größere moderne Hotels und Fremdenheime. Dadurch war das bisher wenig bekannte und bäuerliche Dorf zu einem aufstrebenden Fremdenverkehrsort geworden, und sie konnten bald 1900 Sommerfrischler willkommen heißen. Der

Verkehrs- und Kurverein Oberstdorf e.V.[13], der zur Verbesserung von Fremdenverkehrseinrichtungen gegründet wurde, war rege und brachte zum ersten Mal einen Prospekt im Dreifarbendruck heraus. Er richtete auch die Höllwiesenwege, die Alleen am Freibergsee und den Öschlesweg her. Daneben die Wege in der Rubinger Oy, im Oybele und in der Zimmeroy. Außerdem trieben sie die Erweiterung des Sonnenbades am Moorweiher voran. Ebenso gab es zum ersten Mal eine Blumenschmuckprämierung an Eigentümer, die ihre Häuser besonders schön geschmückt hatten. Auch Gästeehrungen wurden eingeführt, die viele Zuschauer anlockten, weil dort auch ein Promenadenkonzert stattfand.

Gegen eine Gebühr von 15 Mark pro Monat konnten die Gäste nun eine eigene Fischereikarte erwerben, wofür sie ihren Fischfang behalten durften, anstatt wie bisher, dass sie ihre Beute lebend abgegeben mussten.

Fünf Jahre nachdem Theresia ihr fünftes Kind geboren hatte, bekam sie noch mal eine Tochter, das kleine Mariele. Anna besuchte ihre Freundin und brachte ihr zum Wiise[14] ein paar neue Windeln und ein Wickeltuch mit. Theresia war glücklich über ihr bezauberndes Buzele, das ganz dunkle Haare mit zarten goldblonden Strähnen hatte. Doch schon bald veränderte sich die Haarfarbe, und Mariele bekam einen blonden Lockenkopf. Die Kleine hatte ein sonniges Wesen, und wer sie sah, verliebte sich in sie. Selbst die älteren Geschwister, vor allem die Brüder, verwöhnten die Kleine sehr.

1909, Wilderer

Im Rappenalptal fand eine regelrechte Treibjagd auf Wilderer statt, die vermutlich schon zum wiederholten Male ein Schmaltier erschossen hatten. Als die beiden Jäger, der Johann Stanger und Seraphin Berktold, am Abend heimwärts liefen, konnten sie zwei Schüsse hören. Daraufhin blieben sie über Nacht dort im Tal und wollten den

13 der heutige Verschönerungsverein
14 zur Geburt gratulieren und beschenken

vermutlichen Wilderern auflauern. In den frühen Morgenstunden, als es noch fast dunkel war, konnten sie jemanden hören, der leise aus dem Gebüsch in Richtung Weg schlich. Stanger schrie mit seiner kräftigen Stimme: „Bleib stehen, sonst schießen wir!" Aber der Wilderer reagierte nicht und floh weiter hinauf in Richtung Schrofenpass. Der Jäger verließ den Weg und rannte, so schnell er konnte, den Hang hinauf, um dem Wilddieb von oben herab den Weg abzuschneiden und ihn hoffentlich auf frischer Tat zu stellen. Plötzlich stellte er fest, dass es zwei Wilderer waren, einer der Flüchtenden blieb abrupt stehen und wandte sich dem Jagdaufseher zu. Dieser konnte wegen der Morgendämmerung nur die schattigen Umrisse erkennen und vermutete in einem Bruchteil von Sekunden: „Der Wilderer schießt auf mich." In vermeintlicher Notwehr erschoss der Jäger den 19-jährigen Hermann Moosbrugger von Au aus dem Bregenzerwald, der ein erlegtes Schmaltier über seine Schultern zum Abtransport getragen hatte. Der zweite Wilderer wurde von den beiden Jägern festgenommen, nach Oberstdorf gebracht und den Gendarmen übergeben. Nun stellte sich heraus, dass nicht die beiden jungen Männer, sondern der Vater des Getöteten bereits am Abend zuvor, das Wild erlegt hatte. Dieser schickte die beiden Buben dorthin, um das Wildbret nach Hause zu holen. Der Sohn hatte kein Gewehr bei sich, er war unbewaffnet. Der tote Moosbrugger war der älteste Sohn einer bettelarmen und kinderreichen Familie. Das Sterben des Buben war ein furchtbarer Irrtum und eine Tragödie für alle Beteiligten. Die beiden Jäger bekamen mehrere Drohbriefe aus dem Bregenzerwald, in denen es hieß, dass sie sich nie mehr in die Nähe der Grenze aufhalten sollten, denn der Tod von Hermann würde gerächt werden. Als Seraphin wieder einmal im Rappenalptal vor der Alphütte Haldenwang Brotzeit machte, wurde ein Schuss auf ihn abgegeben, der ihn nur knapp verfehlte. Seit diesem Tag ging keiner der beiden Jäger jemals mehr dorthin auf die Jagd. Acht Jahre später wurde Johann Stanger durch einen angeblichen Selbstschuss in Kornau getötet und in einem Stacheldraht tot aufgefunden. Seraphin, der zweite Jäger des Prinzregenten Luitpold, kam 24 Jahre später, mit 66 Jahren, auf seltsame Weise ums Leben, als er daheim von seiner Bååne[15] gestürzt war. Dieses Ereignis beunruhigte die Oberstdorfer Bevölkerung zutiefst. Denn es gab darüber einiges zu spekulieren. Ob es hier einen Zusammenhang zwischen dem erschossenen Moosbrugger und den beiden hiesigen Todesfällen gab, konnte nie nachgewiesen werden. Vielleicht hatten diese Geschehnisse auch gar nichts miteinander zu tun und waren nur unglückliche Unfälle.

Die Jugend im Dorf errichtete in fleißiger Zusammenarbeit oben an der Halde eine Sprungschanze. Im Februar 1910 wurde der erste Wettkampf durchgeführt. Der beste Teilnehmer erreichte beim Springen eine verblüffende Höchstweite von 22 Metern. Als Josef und Michel über diesen Erfolg begeistert heimkamen und ihrem Vater dieses grandiose Ergebnis mitteilten, erwiderte dieser: „Das ist ja eine Sensation, wenn ein Mensch 22 Meter weit fliegen kann." Sein zweitjüngster Bub Johann war neidisch auf seine beiden Brüder, da er nicht dabei sein durfte und stattdessen zum Kommunionsunterricht gehen musste.

Im April konnten Anna und Otto das strahlende Gesicht ihres Erstkommunikanten Johann sehen, wie er sich mit seinen Klassenkameraden zusammen vor dem Pfarrhaus zu einem feierlichen Zug zur Kirche versammelte. Auch Johann empfing an diesem Tag seine erste hl. Kommunion. Er trug einen grauen Anzug, den vor ihm schon seine drei Brüder, Josef, Michel und Ludwig getragen haben. Nur Johann war schmäler und größer. Deshalb musste Anna die Hose etwas enger und mit einem falschen Besatz etwas länger machen.

Zum Essen wünschte er sich von seiner Mutter Fleischküchle mit Kartoffelsalat. An diesem Tag war auch Josephas Freund Bernhard eingeladen. Nach dem Festtagsessen zog dieser sich mit Otto für einen Augenblick zurück und bat seinen zukünftigen Schwiegervater um die Hand seiner Tochter Josepha. Otto fragte interessiert: „Und

15 Heuboden

wovon werdet ihr leben, bekommst du beim Spengler Mayer genug Lohn, um eine Familie zu ernähren?"

Bernhard antwortete stolz, als hätte er auf diese Frage gehofft: „Selbstverständlich, denn ich habe im letzten Monat meine Meisterprüfung abgelegt, und somit ist mein Lohn auch ein Meisterlohn, es wird Josepha an nichts mangeln."

„Gut, dann sollst du meine Tochter bekommen. Aber ich rate dir, sei gut zu ihr."

Anschließend kamen die beiden wieder in die Stube zurück, und Bernhard nickte seiner jungen Braut strahlend zu. Nun gaben die beiden Jungverliebten ihren Heiratstermin, den sie bereits heimlich auf den 17. Mai festgelegt hatten, der Familie bekannt.

Sie hatten vor, irgendwann auf das Grundstück, neben ihrem elterlichen Anwesen Hs. Nr. 303, ein Haus für sich zu bauen, wofür sie im Rathaus schon um eine Baugenehmigung ersuchten. Doch als die beiden Kinder, der Franz und wieder eine kleine Genovefa geboren waren, entschieden sie sich um, und Bernhard zog mit seiner Familie an seinen Heimatort nach Kirchheim zurück. Anna war sehr traurig, denn sie vermisste ihre älteste Tochter und ihre beiden Enkelkinder sehr. Auch Otto vertraute Anna an: „Es ist alles anders geworden als früher. Wir sind jetzt ein aufstrebender Fremdenverkehrsort geworden, und eine große Anzahl junger Menschen versucht hier, Arbeit zu finden. Wir benötigen ja auch wegen der zahlreichen Gäste viel mehr Leute, und eben nicht mehr nur überwiegend Bauern und Landwirte, sondern auch Gastronomen und Hoteliers mit Köchinnen, Bedienungen, Hausmeister und Dienstmägde sowie Handwerker und Bauarbeiter. Es wäre doch schön gewesen, wenn Bernhard und Josepha hier Fuß gefasst hätten. Aber nun kommen anstatt ihrer, fremde, kapitalkräftige Unternehmer und verwirklichen sich hier ihre Träume. Sie bauen sich auf den Böden unserer Bauern, in dieser wunderschönen Gegend eine neue Existenz auf."

„Aber Otto, die hiesigen Bauern sind selbst schuld, wenn sie ihre wertvollen Böden des Geldes wegen an Fremde verkaufen." Anna bedauerte Josephas Weggehen ebenfalls, entgegnete ihrem Mann trotz allem: „Aber es ist ihre Entscheidung. Und was sollen wir als Eltern dagegen machen, wenn unsere Tochter der Liebe wegen nach Kirchheim ziehen will? Der Bernhard ist ein pflichtbewusster junger Mann und wird nun daheim in den Betrieb seines schwer erkrankten Vaters einsteigen. Es ist seine Chance, dass er sich dort als Spenglermeister selbstständig machen kann."

Otto atmete tief durch: „Ja, Anna ich weiß, wenn unser Ludwig nicht den Wunsch geäußert hätte, einmal das Schusterhandwerk zu erlernen, dann würde ich ihn zu Josepha nach Kirchheim schicken, um dort bei seinem eigenen Schwager in die Lehre zu gehen."

„Jetzt warte erst mal ab, wenn entweder unser Johann oder Otto alt genug sind, dann wird vielleicht einer von ihnen später einmal nach Kirchheim gehen, und das Handwerk des Spenglers und Dachdeckers lernen."

In den darauffolgenden Jahren bedauerte Anna ständig, dass sie ihre beiden Enkelkinder, den Franz und die kleine Genovefa, kaum zu Gesicht bekam.

Als wieder ein Jahr durchs Land zog, errichtete die Gemeinde Oberstdorf ihrem hochverehrten Regenten Luitpold aus Dankbarkeit ein Denkmal. Der Bildhauer und Metallgießer Abt aus Mindelheim fertigte dieses kupfergetriebene Standbild, das den Prinzregenten überlebensgroß als Jäger darstellt, nach einem Gemälde des Malers Defregger.

Der kapitalkräftige Karl Richter war mit seiner Familie aus Landshut zugezogen und wurde Besitzer der Brauerei, vom Hotel Sonne und den beiden Gasthäusern Zum Hirsch und Zur Traube. Der Forstmeister Wolfgang Hohenadl erbaute sich das Hubertushaus. Als der Buchdruckermeister Andreas Hofmann und der Konditormeister Gustav Stempfle als sogenannte Zugereiste die beiden Feela aus den alten Oberstdorfer Geschlechtern der Familien Schraudolph und Gschwender heirateten, sorgte dies am Anfang für Missstimmung unter einigen Hiesigen. Aber die Liebe spielte auch zu dieser Zeit eine große Rolle, da nun mit dem neuen Wirtschaftszweig auch neues Blut nach Oberstdorf kam. Auch Gäste verliebten sich in so manches der jungen gut aussehenden Mädchen, die es trotz der Schwierigkeit durch den Dialekt und die Rauheit der Oberstdorfer Mentalität ehelichten und sich hier ein neues Leben aufbauten.

Am 9. Mai 1912 kam es durch Dauerregen zu einer starken Schneeschmelze in den Bergen, und dies führte in der Folge zu Überschwemmungen. Die Stillach trat überm Renksteg aus dem Bachbett und lief zur Hälfte über die Scheibenwiesen in Richtung Loretto und durch die grüne Gasse. Die sintflutartigen Regenfälle hielten weiter bis Mitte Juni an und rissen nahezu alle Brücken und Talwege mit sich fort. Die Trettach, der Faltenbach, der Oybach, Dietersbach, Traufbach, Rappenbach, Schlappolder- und Söllerbach ließen keinen einzigen Steg mehr stehen. Der Bau der Mühlenbrücke und Wehr beim Oybele dauerte bis in den darauffolgenden Januar. Während dieser Zeit floss kein Wasser zur Mühle. Darüber hinaus war ein Großteil der Heuernte vernichtet, und der Wiesengrund auf Jahre hinaus entwertet. Im Juli lag der Schnee sogar noch bis am Rossbichl, aber es sollte noch schlimmer kommen. Denn im Herbst musste das Vieh sogar acht Tage vor dem Scheid wegen der Futternot und erneuten Schneefällen aus den Bergen geholt werden. Aus München holte man ein Eisenbahn-Pionier-Bataillon, um die durch das Wetter bedingten notwendigsten Ausbesserungsarbeiten vorzunehmen. Vielleicht mitbedingt durch den erhöhten Wasserstand war der Oberstdorfer Johann Mathies Huber mit 23 Jahren im Freibergsee ertrunken.

Am 12. Dezember 1912 verstarb Prinzregent Luitpold von Bayern. Sein Sohn Ludwig III. setzte als sein Nachfolger die Jagdtradition in Oberstdorf bis ins Jahre 1918 fort. Die Tochter Prinzessin Wiltrud, verehelichte Herzogin von Urach, lebte über Jahre hier im Königlichen Jagdhaus. Ihr wurde später, weil sie bei der hiesigen Bevölkerung sehr beliebt war, und um die enge Beziehung der Wittelsbacher zu den Oberstdorfern noch deutlicher zu machen, die Ehrenbürgerwürde verliehen.

Seit 20 Jahren gab es einen Industriebetrieb, nämlich die Baumwollspinn- und Weberei. Diese Fabrik bot über hundert Männern und Frauen Arbeit. Durch die Eisenbahn und die Fabrik waren Beamte und Arbeiter ins Bauerndorf gekommen. Seitdem hatte sich die Einwohnerzahl verdoppelt. Zu dieser Zeit florierte das Handwerk wie niemals zuvor, denn in den letzten 30 Jahren wurden hier über 100 neue Häuser gebaut, und das Ortsbild hatte sich dementsprechend verändert. Es entstanden auch schöne Privatvillen, Berghütten und Ausflugslokale. Auch das Moorbad und die Badeanstalt am Freibergsee wurden beliebte Freizeiteinrichtungen für Gäste und Einheimische.

Johann in Oberau

Max Schraudolf, „dr Hieslar", bewohnte zusammen mit seiner Ehefrau Rosele in der Oberau, bei Spielmannsau, sein eigenes landwirtschaftliches Anwesen, und über die Sommermonate war er dort als Senn und Hirte tätig. Auch das riesengroße Jagdgebiet im Traufbachtal, das von Gruben über Gerstruben bis in die Spielmannsau und Oberau, mitsamt dem Gebiet des Kegelkopfes, reichte, hatte er zusammen mit Hans Vogler „Käspeler", der in Gruben wohnte, seit Jahr und Tag von verschiedenen Eigentümern und Bauern gepachtet und das Wild dort gehegt und gepflegt. Eines Tages wurde Schraudolf vor Gericht geladen, weil ihm sein Geißrecht oben in den Binden (unterm Schmalhorn bei Mädele), aberkannt werden sollte. Dies bedeutete ihm aber viel, und er wollte es unter allen Umständen behalten. Er war ein sehr gläubiger Mann und schwor: „Vater im Himmel, wenn ich den Prozess gewinne und mein Geißrecht dort oben behalten darf, dann werde ich dir aus Dankbarkeit hinten in der Oberau eine kleine Kapelle erbauen."

Erst in der dritten Instanz vor Gericht in Berlin konnte er den Prozess schließlich gewinnen, weil er eine alte Urkunde vorweisen konnte, mit der er tatsächlich dieses Recht nachwies. Schraudolf erbaute daraufhin in vielen mühevollen Arbeitsstunden in der Nähe seines Anwesens eine Kapelle und löste damit dem Herrn und sich selbst gegenüber sein Versprechen ein. Max kam aber in größte Schwierigkeiten, als sein Freund und bisheriger Mitpächter Hans Vogler seinen Jagdanteil später aufgab. Max Schraudolf konnte die Kosten kaum mehr alleine tragen und hatte sich dadurch finanziell weit übernommen, bis es schließlich zur Neuverpachtung kam. Der Oberjäger Speiser hatte im Auftrag seines Jagdherrn, des Barons von Heyl, die bisherige Jagdpacht von Max Schraudolf weit überboten und somit das begehrte Jagdrevier von den ungefähr neun Bauern und Verpächtern zur Pacht erstanden.

Max Schraudolf hingegen isch vrganted[16], und sein gesamter bisheriger Besitz samt seiner Kapelle fiel in die Konkursmasse und gehörte ab diesem Zeitpunkt zum Besitztum des Baron Heyl. Max Speiser hatte jetzt als Oberjäger und Verwalter das Sagen über Schraudolfs ehemaliges Jagdgebiet und seines privaten Besitztums. Schraudolf wurde dort zwar weiterhin geduldet und durfte die Alpe Oberau als Weide mit den Kühen bewirtschaften, unterstand nun aber dem Oberjäger Speiser.

Als Annas Büe[17] Johann gerade 10 Jahre alt war, wurde er über den Sommer als Hiertebieble[18] zum Max Schraudolf nach Oberau hinten ins Spielmannsauer Tal geschickt, um mit ihm zusammen aufs Vieh aufzupassen. Dort ging es Johann nicht schlecht. Er hatte genug zu essen und bekam jeden Tag einen halben Liter Milch. Otto und Anna waren froh darüber, denn er war inzwischen ein kleiner Vielfraß geworden, und sie hatten schließlich selbst kaum genug zu essen. In diesem Sommer stiftete Schraudolf den Johann an: „Wenn du für mich an meiner Khappl[19] die Glocke runterholst, dann bekommst du von mir eine nagelneue Lederhose geschenkt."

„Aber Max, was willst du mit der Glocke tun?"

16 war Pleite
17 Bub/Junge
18 Hirtenjunge
19 Kapelle

„Ich möchte sie nach Loretto stiften."

„Ja, Max, ich werde dir die Glocke holen, will aber zuvor noch den Oberjäger Speiser fragen, ob er auch damit einverstanden ist."

„Auf keinen Fall! Niemand darf davon etwas erfahren, verstehst du?", drohte Schraudolf dem Buben.

Das Glöcklein hängt heute noch hinten in der Kapelle in Oberau, und ob Johann jemals eine Lederhose bekommen hat, ist niemals bekannt geworden. Auch seinen Eltern gegenüber hat der Bub kein Sterbenswörtchen davon erwähnt.

***

Es machte den Anschein, als würde nun Maria, die drittälteste Tochter von Anna und Otto, bald flügge werden. Denn sie verliebte sich schon mit 17 Jahren in den 21-jährigen Seppi Geiger. Anna war in der Erziehung ihrer Töchter großzügiger, aber Otto passte dies ganz und gar nicht: „Anna bedenke, unsere kleine Maria hat schon einen festen Freund. Ich kann dich gar nicht verstehen, warum du ihr das nicht ausredest." Nachdenklich sah Anna auf ihre Hand hinab und mit der anderen fuhr sie sich über ihren Handrücken. „Wie soll ich als Mutter meiner Tochter den Geliebten ausreden? Gönn ihr doch das Glück mit Seppi. Er ist doch ein rechtschaffener junger Mann. Denk an uns in jungen Jahren zurück. Wenn Genovefa dir damals …" Er winkte ab. „Ich weiß ja, du hast recht. Aber sie ist noch so jung und kindlich. Wenn es Vefa oder gar Josef wäre, könnte ich es verstehen, für die wäre es an der Zeit."

„Otto, so ist es halt mal. Wenn der Zeitpunkt da ist, und die oder der Richtige kommt, dann werden auch die beiden sich verlieben."

Die ersten Tage des Jahres 1914 waren prächtige kalte Wintertage, und der Schnee türmte sich auf den Hausdächern, dass so mancher Feriengast fürchtete, die Häuser würden von den weißen Schneemassen erdrückt. Das Kirchdach sah mit seiner weißen Haube gewaltig aus. Endlich hörte es zu schneien auf. Der Himmel riss auf, und die

Temperatur sank auf minus neun Grad. Trotz eisiger Kälte glitten Skifahrer überall durchs Gelände, und eine mächtige Menschentraube wanderte zwischen den aufgetürmten Schneewänden auf den Straßen zur erst vor etlichen Jahren errichteten Sprungschanze an den Halden, um ein interessantes Skispringen anzusehen.

Am Abend hielt der Volkstrachtenverein im Gasthof Zum Hirschen seinen alljährlichen Faschingsball mit Theateraufführung und Schuhplattler-Auftritten ab. Anna und Otto verzichteten in diesem Jahr zugunsten ihrer Jugend darauf und erlaubten ihnen, ausnahmsweise alleine dorthin zu gehen. Als Seppi Maria abholte, fragte er Otto: „Wie lange darf Maria auf dem Ball bleiben, damit ich weiß, wann ich sie wieder heimbringen soll?" Otto empfand die Frage des jungen Mannes sehr lobenswert und erwiderte, indem er Maria selbst ansprach: „Es scheint, als sei Seppi ein pflichtbewusster junger Mann. Ich denke, ich mache heute eine Ausnahme, aber um Mitternacht bist du spätestens daheim." Maria freute sich so sehr, dass sie ihrem Vater aus Dankbarkeit stürmisch um den Hals fiel. Otto löste sich von ihr und erwiderte: „Ist schon gut, Maria, aber lass dich von den Gendarmen nicht erwischen." Als sie sich auf der Straße vom Haus entfernten und der Schnee unter ihren Füßen knirschte, drehte sich Seppi nochmals um und rief freudig zurück: „Hab keine Sorge, ich, als ihr Begleiter, bin doch schon volljährig."

Neugierig presste Anna ihre Stirn ans Küchenfenster und sah den beiden zustimmend nach, denn sie gönnte ihnen ihr Glück. Josef und Vefa stürmten als Bettler verkleidet die Treppe herunter. Vefa rief verärgert: „Sag bloß, die beiden sind schon fort? Ich dachte die warten auf uns."

Anna kam aus der Küche dazu und versuchte ihre Tochter zu besänftigen: „Vefa, lass sie doch gehen. Ich denke, die haben sich viel zu erzählen und wollen vielleicht lieber alleine sein." Da Otto immer noch den Türgriff in der Hand hielt, öffnete er noch mal die Haustüre und sagte zu seinen Kindern: „Geht den beiden rasch nach, und macht euch auch einen schönen Abend. Und du, Josef, trink nicht zu viel und hab ein wachsames Auge auf deine Schwestern."

„Ja, ist schon gut Vater."

Als Anna mit Otto und ihren fünf Jüngsten, Michel, Ludwig, Babette, Johann und Otto in der Stube beim Kartenspielen beieinandersaßen, stellte Anna fest: „Es ist seltsam leer, wenn die anderen nicht daheim sind."

Am nächsten Morgen, beim Frühstück, fragte Otto seinen Sohn Josef gespannt: „Wie war es gestern auf dem Faschingsball?"

„Es war gut. In zwei Wochen veranstalten die vom katholischen Gesellenverein ein Strohschießen, und die vom Schützenverein hoffen auf eine rege Besucherzahl. Übrigens, der Martin lässt dich recht schön grüßen und hofft, dass du auch daran teilnehmen wirst."

„Ja, das ist doch selbstverständlich, endlich kann ich wieder einmal schießen. Und was gibt es sonst noch Neues zu berichten?"

„Im Frühjahr soll vom Trettachhotel bis zum Marktplatz ein Schubkarrenrennen mit Hindernissen stattfinden. An dem werde ich auch teilnehmen, denn als Siegerpreis gibt es ein Fahrrad."

Otto unterbrach Josef: „Das ist doch unwichtig! Ich will wissen, wie haben sich deine Schwestern benommen?"

„Keine Ahnung, die Maria hing bloß mit dem Seppi zusammen."

„Was heißt ‚hing zusammen', was haben sie getan?"

„Nichts, die haben halt eng umschlungen miteinander getanzt", lächelte Josef verschmitzt.

„Sonst nichts?", fragte Otto gespannt.

„Klar, zu später Stunde haben einige Pärchen gschmused[20]. Aber das ist doch egal."

Otto bereute schon, dass er Maria bis Mitternacht Ausgang gegeben hatte.

„Und Vefa?"

„Ach ja, die Vefa, ich glaube die hat jetzt auch einen Freund."

Otto sah seinen Sohn besorgt an: „Was sagst du da, wer ist es?"

Josef musste lachen: „Was ist das hier eigentlich, werde ich jetzt etwa ausgefragt? Ich bin doch kein Spitzel, frag deine Töchter doch selbst."

---

20 schmusen

„Das werde ich tun, darauf kannst du dich verlassen."

In diesem Augenblick kamen die beiden vergnügt singend die Treppe heruntergesprungen.

Otto machte eine ernste Miene und brummelte: „Jetzt setzt euch hin, ich muss mit euch reden."

Maria war verwundert: „Warum bist du denn noch nicht in der Werkstatt?"

„Gleich, die Schuhe können warten. Ihr beide vielleicht nicht. Ich muss euch jungen Fräulein leider einiges erklären. Erstens: Es schickt sich nicht, wenn ihr euch an Buben heranmacht. Die müssen um euch werben – und nicht umgekehrt. Zweitens: Passt bloß auf, ich will nicht, dass eine von euch mit einem ledigen Kind heimkommt. Drittens: Ihr dürft nicht …" In dem Moment betrat Anna die Küche: „Was ist denn hier für eine Versammlung?"

Josef lachte seine Mutter spitzbübisch an: „Vater hält Vefa und Maria eine dringend notwendige Moralpredigt. Aber das ist eh zu spät für die beiden."

„Josef, halt´s Maul! Du Verräter", entgegnete Maria ihrem Bruder in scharfem Tonfall und sprach schon weiter. „Grad du hast es nötig! Du …"

Anna mischte sich wieder ein: „Wisst ihr was? Ihr Männer geht jetzt raus. Ich denke, das besprechen wir Frauen unter uns."

Josef stand sofort auf und war dankbar, nicht weiter ausgefragt zu werden. Denn weil er zu viel Bier getrunken hatte, wusste er nicht einmal mehr, wie er heim ins Bett gekommen war. Als Letztes konnte er sich nur noch an die bezaubernde Tochter eines Frankfurter Fabrikanten erinnern, die mit ihren Eltern im Gasthof Zum Hirschen zu einem Erholungsaufenthalt abgestiegen war. Dieses Mädchen war kaum älter als er selbst und hieß Christina. In Gedanken sah er sie vor sich: „Wie zauberhaft sie aussah, mit ihren ebenmäßigen strahlend weißen Zähnen, ihren roten Lippen, so rot wie Kirschen, und ihr blondes Haar, das über ihre schmalen Schultern hinabwallte." Josef bedauerte, dass er sie vermutlich nie wieder sehen würde. Denn sie hatte ihm gesagt, dass sie schon morgen wieder abreisen würde.

Währenddessen sprach Anna mit ihren Töchtern: „Ihr müsst wissen, euer Vater meint es nur gut mit euch. Denn seine Mutter, die Genovefa, bekam als junge unverheiratete Frau ein lediges Kind, und der Kerl ließ sie einfach sitzen. Das war ganz schlimm für eure Großmutter. Sie hat sich ihr Lebtag lang dafür geschämt und brachte es erst kurz vor ihrem Tod fertig, ihr lang gehütetes Geheimnis eurem Vater und mir zu offenbaren. Wenn ihr wollt, kann ich euch später ihren Abschiedsbrief zum Lesen geben."

„Aber dann hat Vater ja noch einen Bruder oder eine Schwester?", fragte Vefa interessiert.

„Nein, leider ist der kleine Anton gleich nach der schweren Geburt gestorben, und ich glaube, darüber kam Genovefa nie hinweg."

Die Mädchen sahen ihre Mutter verwundert an: „Du hast bisher stets nur Gutes über Großmutter erzählt. Wir dachten fast, sie sei eine Art Heilige gewesen."

„Glaubt mir, für mich war sie das auch. Sie war eine weise Frau, die niemals jemanden verurteilt hätte. Dabei vermute ich fast, ihre Jugendsünde hat sie zu der interessanten Frau gemacht, die sie später für uns war", bei dieser Aussage lächelte Anna nachdenklich. Und deshalb macht sich euer Vater verständlicherweise Sorgen um euch. Er möchte euch warnen, dass ihr aufpasst, und euch nichts Derartiges widerfährt."

Nun unterbrach Maria: „Mutter, habe keine Sorge, der Seppi und ich wollen sowieso heiraten, sobald ihr eure Zustimmung gebt, und wir eine passende Wohnung für uns gefunden haben."

„Aber Kind, du bist doch erst in drei Jahren volljährig."

„Ich weiß, aber mit eurer Unterschrift könnten wir heiraten, sobald ich 18 Jahre alt bin. So haben es Seppi und ich gestern entschieden. Bitte, bitte Mutter. Sprich du mit Vater", flehte Maria.

Anna war sprachlos, und schon wurde sie von Vefa unterbrochen: „Mutter, ich habe mich in Eduard verliebt."

„Wer zum Kuckuck ist Eduard?"

„Der Eberle, hinten vom Schwand, ich glaube, du kennst seine Mutter."

„Gebt mir ein paar Tage Zeit, ich muss das alles erst einmal verdauen, und nun geht an eure Arbeit."

„Danke, Mutter." Und schon flüchteten die beiden mit einem strahlenden Gesichtsausdruck aus der Küche hinaus.

Von da an kamen Feriengäste nicht mehr nur in Hotels unter, sondern auch etliche Einheimische vermieteten in der Hochsaison das eine oder andere private Zimmer in ihrer eigenen Wohnung bzw. im eigenen Haus. So musste Annas Jugend auch näher zusammenrücken, denn auch sie richteten im ersten Obergeschoss ein Gästezimmer her. Für die Kinder blieb im Sommer entweder der Schuppen hinterm Haus, oder sie mussten in der Feele- bzw. in der Bubenkammer übernachten. Darüber waren sie nur mäßig erfreut, aber mit den zusätzlichen Geldeinnahmen konnte sich die Familie doch etwas mehr leisten. Maria ärgerte sich, als Vefa und Babett ihr gegenüber äußerten, dass sie froh seien, wenn sie bald ausziehen würde.

„So schnell kriegt ihr mich nicht los." Sie hatte recht, so auf die Schnelle und ohne Beziehungen konnte man als junges Paar kaum eine bezahlbare Wohnung finden. Denn die meisten Vermieter bevorzugten jetzt das lukrativere Geschäft mit der Gästevermietung.

Im Winter herrschte ein reges Treiben auf den Rodelbahnen hinab von der Seealpe, von der Gaisalpe, vom Bergkristall und am Karatsbichl. Von den Rösslern wurden Schlittenfahrten nach Birgsau, Einödsbach, Schwand, ins Kleine Walsertal, über Tiefenbach nach Obermaiselstein und Fischen angeboten, und für die Fußgänger wurde gesorgt, indem sicher begehbare Wege hergerichtet wurden.

Die Häuser, in denen ein Zimmer frei war, durften ein Hinweisschild im Fenster mit folgenden Worten anbringen: „Zimmer zu vermieten". Doch wenn Zimmersuchende ankamen, machten sie nicht selten die Erfahrung, dass trotz des Schildes alle Zimmer belegt waren. Verärgert zogen die Gäste weiter und machten dieselbe Erfahrung in anderen Häusern. Dieser Umstand führte zu Unfrieden und schlechter Stimmung in der Dorfgemeinschaft und nicht zuletzt auch unter d' Fremde, wie die Gäste bezeichnet wurden.

Die Rappenseehütte wurde in diesem Jahr erst am 24. Juni, am Tag des heiligen Johannes des Täufers, geöffnet, die Bewirtung lag wieder in den Händen des Gastwirtes Mayer von der Birgsau. Johann wünschte sich zum Namenstag nichts sehnlicher, als dass er mit seinen Brüdern zusammen eine Bergtour zur Rappenseehütte machen durfte. Sein Vater meinte: „Das ist aber ein seltsames Namenstagsgeschenk, aber wenn es dir so viel bedeutet, und deine Brüder mitgehen, dann habe ich nichts dagegen. Ich kann deinen Wunsch gut verstehen und würde am liebsten auch mitkommen, aber habe mich inzwischen damit abgefunden, dass ich so eine Bergtour mit meinem kaputten Knie niemals mehr schaffen werde.“ Anna sah ihren Mann mitfühlend an: „Otto, geh halt mal zum Dr. Reh, und lass dich untersuchen, ich finde du humpelst in letzter Zeit schlechter daher. Hast du denn Schmerzen? Du klagst nie.“

„Ja, mein Knie tut in letzter Zeit fast ständig weh, vor allem, wenn das Wetter umschlägt, manchmal weiß ich mir keinen Rat. Aber was nützt da alles Klagen, und was sollen die Ärzte schon tun? Ich hab höllische Angst, dass sie mir mein Bein abschneiden.“

Josef, als ältester Bruder, hatte sich bereit erklärt, Johann diesen seltsamen Wunsch zu erfüllen. Selbst die Brüder Michel, Ludwig – und zum ersten Mal der Jüngste, der Otto, der inzwischen auch schon 10 Jahre alt geworden war – durften mit auf die Rappenseehütte hinaufsteigen. Anna rief Josef und Michel noch hinterher: „Passt auf die Kleinen auf, und lauft nicht zu schnell, damit der Otto mitkommt und weiterhin Freude an den Bergen hat. Nicht dass ihr ihn vergrämt, und ihm das Bergsteigen für allemal verleidet.“

Als es bereits dämmerte, und Annas Buben noch nicht von der Bergtour heimgekehrt waren, machte sie sich inzwischen große Sorgen. Aber als sie kurze Zeit später die fröhlichen Gesichter ihrer Heimkehrer sah, freute sie sich mit ihnen. Ludwig brachte seiner Mutter Arnikablüten mit, von denen er wusste, wie gerne sie die Blütenköpfe den Sommer über in Alkohol ansetzte, damit sie später mit der Tinktur Vaters Knie einreiben konnte. Otto hingegen brachte eine Alpenrose mit, die Mutter freudig in ihre graue Tonvase in den

Herrgottswinkel neben das Bild von Genovefa und Ulrich stellte. Johann schwärmte inzwischen seinem Vater vor, wie schön es dort oben in den Bergen sei. Dann bedankte er sich bei seinen Brüdern, dass sie ihm auf der Rappenseehütte zum Namenstag ein großes Skiwasser bezahlt hatten.

Zweiter Teil

Wir lernen aus Erfahrung, dass die Menschen
nicht aus Erfahrungen lernen.

(George Bernard Shaw)

Der Erste Weltkrieg 1914–1918

Von Jahr zu Jahr wuchs die Gästeanzahl in Oberstdorf stetig an, sodass der Ort als ein aufstrebender Kurort galt. Der Zustrom betraf nicht nur Gäste aus dem eigenen Land, sondern auch aus dem Ausland beehrten Fremde den inzwischen hoch angesehenen Ort mit ihren Besuchen.

Am 28. Juni 1914 kam die erschütternde Trauernachricht, dass das österreich-ungarische Thronfolgerpaar Erzherzog Franz Ferdinand sowie dessen Gemahlin Sophie, die Erzherzogin von Heuberg, in Sarajewo durch Schüsse aus einem Revolver getötet wurden.

Auch bei den Oberstdorfer Bürgern löste diese Mitteilung tiefes Entsetzen und Empörung aus. Die allgemeine Meinung herrschte vor, dass diese Tat nicht ungesühnt bleiben dürfe, aber an einen Krieg dachte zu diesem Zeitpunkt noch niemand.

Am Stammtisch, auf den Straßen, ja überall konnte man Einheimische und Kurgäste aufgeregt über eine drohende Kriegsgefahr sprechen hören. Selbst vier Wochen darauf waren die meisten noch der Meinung, dass der Konflikt zwischen Österreich und Serbien nur diese beiden Staaten etwas anginge. Doch nichtsdestotrotz, was sich in der Welt abspielte, traf man die Oberstdorfer Kurgäste unverändert auf den vielzähligen, schönen Wanderwegen, um die herrliche Gegend an den warmen Sommertagen zu genießen. Und auch die Einheimischen selbst, ob Jung oder Alt, gingen wie gewohnt fleißig ihrer Arbeit nach und glaubten weiterhin hoffnungsvoll an eine friedliche Zukunft.

Das änderte sich erst, als die Männer, die ehemals im k.u.k.-Heer dienten, wie Albert Schwendinger, Hans Lucian und Eduard Bußjäger, der auf der Alpe Bierenwang als Hirte tätig war, von einem Boten zur Einberufung abgeholt wurden. Damit war es jedem bis hinein ins hinterste Tal klar geworden, dass sich die Habsburgermonarchie Österreich-Ungarn im Krieg befand. Für das bayerische Volk platzte mit einem Mal die Illusion, dass dieser Krieg sie nichts anginge, und die Zeit des allseits erhofften Friedens steuerte nun einem unglückseligen Ende zu.

Kurze Zeit später befanden sich außer Österreich-Ungarn weitere Mittelmächte, darunter auch das deutsche Kaiserreich, im Krieg gegen die verbündeten Länder wie Serbien, Russland, Frankreich und Großbritannien, die Entente-Staaten bzw. Alliierte genannt wurden. Weitere Länder traten im Laufe der nächsten Zeit noch in den Krieg mit ein. Der Ausbruch des Ersten Weltkrieges war nicht mehr aufzuhalten.

Auch in Oberstdorf wurde die Glocke geläutet, und die Menschen versammelten sich auf dem Marktplatz um die Linde. Otto und Anna machten sich Sorgen, denn wenn die Glocke die Bürger zusammenrief, hatte dies meist nichts Gutes zu bedeuten. Bürgermeister Fritz Gschwender stand auf der Erhöhung und rief den Einwohnern zu: „Hiermit muss ich euch bekannt machen: Kriegserklärung an Russland! Mobilmachung gegen Frankreich! Alle wehrpflichtigen Männer müssen einrücken."

Die bucklige Huberin schrie mit erhobener Faust dazwischen: „Gibt es schon wieder Krieg? Habt ihr denn gar nichts aus dem letzten gelernt?"

Ein anderer rief mit Zorn entbrannter Stimme: „Was mischen wir uns da überhaupt ein? Lasst das doch die Österreicher mit den Serben selber klären."

Durchwegs sah man ernste Gesichter, und die Stimmung im Dorf war zutiefst betrübt. Manch einer befürchtete, dass der bevorstehende Krieg wohl der grausamste werden und alle vergangenen Krieg darin übertreffen könnte.

Vom Rathaus aus wurden alle wehrpflichtigen Männer, die als Hirten auf den Alpen beschäftigt waren, verständigt – so auch Stanislaus Speiser auf der Alpe Söller, Ludwig Kaiserswerth auf der Alpe Hintertaufersberg, Hans Kennerknecht auf der Alpe Breitengehren. Zu diesem Zeitpunkt ahnte noch niemand, dass diese drei Alphirten ihre Heimat nie wieder sehen würden.

Der Hochwürdige Pfarrer Alois Heinle hielt am Vormittag des Abmarsches der Rekruten in der überfüllten Pfarrkirche die Abschiedspredigt für seine fortziehenden Pfarrbuben. Zu Annas größtem Kummer wurde auch gleich ihr ältester Sohn Josef ins Infanterie-Regiment eingezogen. Anschließend an diesen Gottesdienst sprach Bürgermeister Fritz Gschwender auf dem Marktplatz ergreifende Abschiedsworte zu den scheidenden Männern, „die nun Gut und Blut für ihre Heimat und ihr Vaterland opfern müssen", wie er es nannte. Dabei musste er mehrmals schlucken und konnte kaum mehr weitersprechen. Im Anschluss daran wurde von den einberufenen Männern vor dem Gasthof Zum Hirschen Aufstellung gehalten. Ganz vorne an der Spitze waren die Tambours Michael Berktold und Hans Lacher. Unter lautem Trommelwirbel bewegte sich der Zug von kraftvollen jungen Männern dem Bahnhof zu.

Noch waren die Straßen dicht gefüllt von der Bevölkerung. Jeder wollte Abschied von den jungen Oberstdorfern nehmen, und kaum ein Auge blieb dabei trocken. Manch eine Mutter winkte ihrem einzigen Buben nach, und etliche junge Mägde schwenkten ihre weißen Stofftaschentücher ihrem heimlichen Verehrer und Freund zu.

Gleichzeitig versuchten die anwesenden Kurgäste fluchtartig, den Ferienort zu verlassen, um nach Hause zu reisen. Am Bahnhof herrschte trotz der zusätzlich eingesetzten Sonderzüge ein aufgeregtes Gedränge, denn alle wollten auf einmal fort. Die Koffer der abreisenden Feriengäste wurden nicht mehr befördert, sodass die Bahnhofshallen bis zur Decke mit aufgestapeltem Reisegepäck gefüllt waren. Erst wenn der Bahnverkehr sich wieder normalisiert hätte, würde ihnen ihr Gepäck zugestellt werden.

Die Züge unterstanden bereits der Militärverwaltung, und bei den meisten Fahrten hängte man noch einen weiteren Waggon für die Rekruten, die in den Krieg eingezogen wurden, an.

So mancher von Josefs Kameraden war zu diesem Zeitpunkt noch so zuversichtlich, dass man ab und zu am Bahnhof einzelne Freudenjauchzer von den Abreisenden hören konnte. Einige von ihnen bestiegen an diesem Tag überhaupt zum ersten Mal einen Zug. Als Anna ihrem Sohn Josef zum Abschied zuwinkte, wunderte sie sich über die doch zahlreichen, strahlenden Gesichter und dachte: „Es macht den Eindruck, als würde der Abschied den meisten jungen Rekruten nicht allzu schwerfallen. Aber ich glaube, ihnen ist die Lage, in die sie sich begeben müssen, gar nicht bewusst. Sie betrachten im Augenblick den Krieg aus der großen Entfernung als ein Abenteuer."

Die Huberin rief mit ihrer schrillen Stimme und dennoch stolz dem fahrenden Zug hinterher: „Die Russen werden Augen machen, wenn sie all unsere starken Männer ankommen sehen."

Theresia kam von hinten angelaufen, um ebenfalls ihrem Buben Kaspar nachzuwinken. Als der Zug außer Sichtweite und nur noch schwarzer Qualm und Ruß zu erkennen war, sagte Anna zu Theresia: „Ich glaube, wir zurückbleibenden Mütter leiden mehr als unsere Söhne selbst. Es ist ein Segen für sie, dass sie noch so jung sind und den Krieg dadurch unbeschwerter als wir betrachten. Sie fahren in eine ungewisse Zukunft und wissen nicht, ob sie dem Tode oder dem Sieg entgegengehen. Manch einer von ihnen wird sein Zuhause vielleicht nie mehr wiedersehen." Anna machte eine kurze Pause und schluckte: „Nie mehr die Mutter, die Ehefrau oder Freunde. Nicht mehr die Umgebung mit allem, was für sie unsere Heimat ausgemacht hat. Das alles, was uns hier so selbstverständlich und friedlich erscheint. Das werden unsere Buben bestimmt bald fürchterlich vermissen." Theresia nahm ihre Freundin in den Arm, und beide weinten hemmungslos. Schließlich löste sich Theresia von ihrer Freundin und sagte: „Anna, so friedlich und heil, wie es dir erscheint, ist die Welt hier auch nicht. Ich habe große Sorgen mit Mariele und bin ständig mit ihr beim Doktor. Er weiß auch nicht genau, was sie hat, sie sitzt viel rum und bekommt kaum Luft. Er vermutet, ihr Herz …"

„Wie furchtbar! Das arme Kind. Was kann man tun?", fragte Anna.

„Der Hausarzt Doktor Reh und auch die Ärzte im Krankenhaus meinen, wir können gar nichts für Mariele tun."

„Wenn ich euch irgendwie helfen kann, scheut euch nicht und lasst es mich wissen."

„Danke, Anna, jetzt muss ich aber rasch zu Mariele heim."

Erst jetzt fiel Anna auf, welch reges Treiben auf dem Bahnsteig herrschte und wie viele Menschen mit ihren Koffern und Leiterwagen ihrer Vermieter herumstanden. Wenn ein Zug abgefertigt war, wurde das Kassenhäuschen erneut geöffnet, und der Ansturm, um Fahrkarten zu lösen, begann aufs Neue. Die Gäste versuchten verzweifelt, sich ein Billet für den nächsten Zug zu ergattern. Aber auf Annas Heimweg waren die Straßen im Ort wie ausgestorben.

Gleich in den ersten vier Wochen des Krieges musste der hiesige Lehrer mit insgesamt 300 weiteren Oberstdorfern einrücken, und der „Schrecken eines Weltkrieges" rückte immer näher. Die Schüler der älteren Jahrgänge wurden dringend daheim in der Landwirtschaft, ob im Stall oder auf dem Feld, gebraucht und konnten somit aus Zeitgründen die Schule sowieso nicht mehr besuchen.

Zur Abwehr von Spionage und Gefangennahme von Deserteuren wurden am Grenzübergang, an der Walserschanze, Grenzposten mit scharf geladenen Gewehren aufgestellt. Sie mussten auch Patrouillengänge nach Schrattenwang, Söller- und zur Sesselalpe ausführen. In der Birgsau, der Spielmannsau und im Oytal befanden sich ebenfalls Posten. Die Nachtwache im Ort selbst musste auf vier Mann erhöht werden, welche turnusgemäß nach Hausnummern vom Bürgermeister dazu angefordert wurden. Doch schon acht Wochen später wurde der Dienst wieder alleinig vom früheren Nachtwächter ausgeführt, da die Bevölkerung wegen Männermangel zu geschwächt war.

Bald trafen die ersten heiß ersehnten Feldpostbriefe ein, deren Inhalt von denen daheim interessiert gelesen wurde. Von Lothringen und Belgien kamen Siegesmeldungen, aber diesen freudvollen Botschaften mengten sich auch Namen von gefallenen Männern bei. Es verging kaum eine Woche, in der nicht einer Familie die traurige Nachricht überbracht wurde: „Folgender Held ist auf dem Felde der Ehre fürs Vaterland gefallen".

Als nach ein paar Wochen die ersten Wirren überstanden und durch den Krieg bedingt Auslandsurlaube nicht möglich waren, kamen wieder Gäste in Oberstdorf an, und es herrschte im Ort ein zufriedenstellender Fremdenverkehrsbetrieb. Durch die Lebensmittelknappheit und der daraus entstandenen Rationierung kam es jedoch häufig zu Schwierigkeiten, da die Lebensmittelversorgung der ortsansässigen Bevölkerung Vorrang vor den Fremden hatte. Es kam zu Hamsterkäufen auch unter den Gästen, die sich meist mehr leisten konnten als die einheimische Bevölkerung.

Jeden Sonntag fanden am Faltenbach bei der Hütte vom Schützenverein Schießübungen für junge Burschen im Alter zwischen 16 und 20 Jahren statt, um gezielt Anweisungen für die Handhabung mit Waffen zu bekommen. Auch Michel, Ludwig sowie Marias Freund Seppi Geiger nahmen an diesen Schießübungen selbstverständlich teil. Dort wurden schon Ende September erste Vermutungen laut, die eine lange Kriegsdauer voraussagten. Der 1. Schützenmeister Magnus Haas erwähnte: „Nicht nur im Krieg sterben die Leute, denn die Tochter vom Schneider Geiger, die 22-jährige Maria, sei vorgestern im Zuchthaus gestorben."

Seppi fragte völlig ahnunglos: „Was sagst du da, die Maria soll im Zuchthaus gestorben sein? Sie war meine Cousine. Aber ihre Eltern haben uns gar nicht informiert. Warum bloß, was hat sie verbrochen, warum hat man das arme Ding eingesperrt?" Keiner am Tisch wusste etwas Näheres darüber. Selbst ihre Eltern wollten nach der Beerdigung nicht darüber reden.

Am darauffolgenden Morgen erzählte Michel während des Morgenessens in der Stube der Familie: „Über den Kriegsbeginn herrscht im Verein bei einigen Mitgliedern die Meinung vor, dass das Habsburgerreich in letzter Zeit ganz schön ins Wanken geraten war und sich vermutlich in absehbarer Zeit aufgelöst hätte. Nur der Thronfolger des heutigen Kaisers Franz Joseph, der jetzt ermordete Erzherzog Franz Ferdinand, sei noch in der Lage gewesen, diese Auflösung der Habsburgermonarchie zu verhindern. Und so manches Land hätte bestimmt Interesse daran gehabt, dass der österreichische Thronfolger schnellstmöglich verschwindet." Als Ludwig den nachdenklichen Gesichtsausdruck seines Vater sah, mischte er sich ebenfalls ein: „Vaddr, manche denken sogar, dieses abscheuliche Attentat sei ein Komplott von Verschwörern gewesen und von langer Hand vorbereitet gewesen. Russland könnte womöglich deshalb die erste Macht gewesen sein, die ihre schützende Hand über die serbische Regierung gehalten hat."

„Und die im Verein glauben jetzt, dadurch wäre Serbiens Rückgrat wieder gestärkt worden?", fragte Otto mit ernster Miene seine Buben.

„Ja, Vaddr", dabei nickten Michel und Ludwig gleichzeitig ihrem Vater zu. „Und so begann womöglich der ganze Schlamassel, und die verbündeten Länder, darunter Russland, haben mit der Mobilmachung für den Krieg begonnen, der sich zunächst gegen Österreich-Ungarn und dann auch gegen uns richtet", sagte Michel sichtlich verärgert.

„Dass unser Kaiser daraufhin Frankreich den Krieg erklärt hat, macht das Ganze noch viel schlimmer", bedauerte Otto zutiefst.

Noch kam es den Leuten im Ort vor, als hätte es noch niemals zuvor eine so starke Armee mit so viel Selbstbewusstsein und Siegeswillen gegen den Feind gegeben als ihre eigene Armee. In den ersten Wochen nach Kriegsbeginn hatten ihre deutschen Truppen durchwegs große Erfolge zu verzeichnen. Fast jeder Deutsche war auf sein eigenes Land stolzer als jemals zuvor. Die aussichtlose Lage durch die Übermacht der Feinde wurde in keiner Weise beachtet, denn die patriotische Parole lautete: „Auf eine deutsche Granate würden fünf feindliche antworten. Und dennoch werden unsere starken Kämpfer diesen standhalten."

Durch die zunächst erfolgreichen und zuversichtlichen Kriegsnachrichten wurde während der ersten Monate die euphorische Stimmung aufrechterhalten. Dem deutschen Volk war das tatsächliche Ergebnis der im September stattgefundenen Schlacht an der Marne von der Obrigkeit verschwiegen worden, da sie befürchtete, dass die geplanten Kriegsanleihen vermutlich darunter leiden könnten.

Im Oktober 1914 wurde eine 13 Mann starke Landsturm-Riege für Männer bis zum 45. Lebensjahr gebildet, zu der auch Mathildes Mann, Marte Vogler, erscheinen musste.

Das Rote Kreuz in Oberstdorf spendete einen Beitrag von 4700 Mark und sandte Verbandstoffe an die Hauptkasse. Ebenso leistete die Gemeinde Oberstdorf sowie Schöllang einen stattlichen Geldbeitrag.

Kemptner Herren des deutsch-österreichischen Alpenvereins machten sich noch Ende Oktober zum Teil mit Skiern ausgerüstet auf, um auf der Rappensee- und der Kemptner Hütte wollene Decken für verwundete Soldaten in den Lazaretten zu holen und zur Verfügung zu stellen. Im Dezember 1914 trafen die ersten Verwundeten ein, die im Oberstdorfer Krankenhaus untergebracht wurden. Der Nahrungsmittelfabrikant Gustav Stempfle stellte für Lazarette und Kliniken über 1200 Pakete Zwieback und 300 Dosen Zwiebackmehl für Kraftsuppen zur Verfügung.

Maria und Seppi

Anfang Dezember des ersten Kriegsjahres hatten sich Seppi und Maria neben ihrem Elternhaus beim Vogler „Schwerzgar" eine Zweizimmerwohnung mit kleiner Küche angesehen. Die Wohnung war nett, hatte aber einen kleinen Nachteil, sie befand sich im Dachgeschoss, sodass die Betten nur in der Schräge aufgestellt werden konnten. Maria sagte trotzdem zu ihrer Mutter: „Ich bitte dich, kannst du bei Dorle ein gutes Wort für uns einlegen? Denn Seppi und ich hoffen sehr, dass wir diese Wohnung bekommen. Denn fürs Erste, selbst mit einem Kind, würde sie uns noch genügen." Seppi nickte dazu und bemerkte ein wenig nüchtern: „Weißt was, Maria, dann könnten wir ja gleich an Weihnachten heiraten."

Maria lachte vergnügt und stupste ihm auf die Schulter: „Pah, war das ein romantischer Heiratsantrag, damit hast du dich selbst übertroffen. Jetzt wünsche ich mir noch sehnlicher, dass wir die Wohnung bekommen. An mir soll es nicht liegen, ich habe meine Aussteuer beieinander. Denn in den letzten Jahren habe ich zu Weihnachten und zum Namenstag stets etwas zu meinem sechsteiligen Besteck bekommen. Und meine Bett- und Tischwäsche habe ich bei den Schulschwestern selbst genäht und sogar mit meinem Monogrammen MK bestickt." Er dagegen lächelte verschmitzt und zwinkerte ihr liebevoll mit einem Auge zu. Als Dorle wenig später vor ihrer Haustüre Maria zufällig traf, sagte sie: „Weißt was, du und der Seppi, ihr könnt meine Wohnung mieten, aber nur unter der Bedingung, dass ihr die Zimmer vor eurem Einzug selbst herrichtet." Als Maria dies am Abend Seppi verkündete, war die Freude riesengroß. Er nahm Maria in seine starken Arme, wirbelte sie durch die Luft und küsste sie ungeniert im Beisein seiner zukünftigen Schwiegereltern. Anna fand dies zwar befremdlich und sah daraufhin gespannt zu Otto. Dabei konnte sie verwundert feststellen, dass auch er sich für die beiden Jungverliebten freute. Dann blickte Maria ihre Mutter erwartungsvoll an:

„Ich hätte so gerne auch eine schöne Hochzeit wie Josepha damals. So richtig mit allem Drum und Dran, ein schönes langes dunkles Kleid mit Schleier, einer Hochzeitskutsche, gutem Essen, Kuchen und viel Tanz."

„Kind, jetzt ist Krieg, das ist eine ganz andere Zeit."

Anna wunderte sich, weil die beiden jungen Leute so viele Pläne für ihre gemeinsame Zukunft schmiedeten und keiner von ihnen überhaupt nur einen Gedanken an Seppis eventuelle Einberufung verlor, obwohl Seppi derselbe Jahrgang wie Josef war, der bereits eingezogen worden war. Trotzdem genoss es Anna, ihre Tochter mit ihrem zarten, schmalen Gesicht so glücklich strahlen zu sehen.

Allmählich hatte der Stellungskrieg mit dem Anlegen von Schützengräben begonnen. Mit wehmütigen Gefühlen, aber auch mit der Hoffnung, im kommenden Jahr bestimmt als Sieger heimzukehren, verbrachten die deutschen Soldaten die Weihnachtsfeiertage im kalten feindlichen Land an der Front.

Durch die Opferbereitschaft der Oberstdorfer Einwohner konnte zu Weihnachten jedem ihrer Krieger ein Paket mit Lebensmitteln, Wäsche und Tabak übersandt werden.

Aus Polen trafen die ersten 40 verwundeten Soldaten ein, die im Oberstdorfer Krankenhaus versorgt wurden. Später wurden für deren Krankenpflege zwölf Klosterfrauen von Dillingen angefordert. Den verwundeten Soldaten zu Ehren führte die Oberstdorfer Theatergruppe das Stück „Der Schmied am Wegscheid" auf, wobei Annas Sohn Michel eine Nebenrolle bekam.

Ende 1914 musste das in Oberstdorf gegründete Elite-Skiläufer- und Bergsteiger-Schneeschuh-Bataillon, unter ihnen auch viele einheimische Söhne, in die Vogesen, ins Kurland oder in die Karpaten dem Feind entgegenziehen.

Wie Anna schon befürchtete, kam ebenfalls Seppis Stellungsbefehl. Als Maria davon erfuhr, weinte sie sich an seiner starken Schulter aus und flüsterte ihm zu: „Wie soll ich es nur so lange ohne dich aushalten? Ich glaube, das schaffe ich nicht."

„Maria, ich bin doch bald wieder da."

„Ich will dich aber ständig bei mir haben, sonst bin ich traurig."

„Worüber denn?"

„Seppi, ich liebe dich mit jeder Faser meines Herzens. Du bist dann so weit fort, dass ich dich nicht mehr berühren und nicht mehr mit dir reden kann. Ich finde es furchtbar um jede Stunde, in der ich Angst um dich habe und in der ich nicht mit dir zusammen sein kann. Und schade um jeden Weg, den ich ohne dich gehen muss." Sie war selbst erstaunt über ihre eigenen Worte, die so aus ihr heraussprudelten.

Seppi war gerührt und versuchte seine kleine zarte Freundin zu trösten: „Maria, glaub mir, mir geht es so ähnlich. Denn jede Nacht, in der wir nicht nebeneinander einschlafen und jeden Morgen, den wir nicht beieinander aufwachen, sind auch für mich verlorene Tage. Aber wirst sehen, in ein paar Monaten bin ich wieder bei dir. Dann werden wir halt nicht an Weihnachten, sondern im darauffolgenden Frühjahr an Ostern heiraten. Und glaub mir, dann werden wir unser Leben erst recht genießen." Dabei klopfte er ihr beruhigend auf die Schulter: „Wirst sehen, alles wird gut."

Am Tag, als es Abschied nehmen hieß, hatte Seppi wie meist einen fröhlichen und lockeren Spruch auf Lager: „Maria, lass deinen Kopf nicht hängen, denn ich bin zuversichtlich, dass wir uns bald wiedersehen. Und dann will ich kein buckliges Weib vor den Traualtar führen." Er nahm seine Zukünftige in die Arme und küsste sie leidenschaftlich. Sie wollte etwas Nettes zu ihm sagen, senkte aber nur ihren Blick zum Boden, damit er ihre brennenden Tränen nicht sehen konnte, und flüsterte nur: „Pfietti[21], Seppi."

Auf dem Heimweg zündete Maria in der Kirche eine Kerze an und betete: „Bitte, bitte lieber Gott nimm mir den Seppi nicht, lass ihn wieder gesund zu mir heimkehren."

Zehn junge Oberstdorfer Soldaten waren in den ersten fünf Monaten des Krieges gefallen: Ludwig Kaiserswerth mit 26 J., Franz Xaver Brutscher 23 J. von Kornau, Hans Kennerknecht 25 J., Karl Kellner,

21 Auf Wiedersehen

Heinrich Thannheimer „Hansjörglars Josefe Büe“ 25 J. von Kornau, Karl Käufler „Neasslars Petre Büe“ 26 J. von Birgsau, Ludwig Müller „Ablars Zille“ 25 J., Willibald Hutter 27 J., Stanislaus Speiser 29 J. von Kornau, Michael Berktold 29 J., und Johann Luzian wurde vermisst.

Inzwischen waren aus fast allen Familien entweder der Ehemann, ein Sohn oder Bruder einberufen, und alle befürchteten, dass sie selbst eines Tages die tragische Todesnachricht ereilen könnte und ihr Verwandter nie wieder heimkehren würde. Dies waren nicht einfach nur Namen, sondern hinter jedem gefallenen Soldaten steckte das Schicksal einer ganzen Familie.

Mitte Februar zog der Winter nochmals mit heftigem Schneegestöber ins Land, und die Kälte drang fühlbar bis ins Hausinnere. Der Wasserkessel in Annas Küche dampfte, sodass die Fensterscheiben davon beschlagen waren. Maria stand träumend davor, malte mit ihrem Zeigefinger ein Herz aufs Glas und dachte an ihren Liebsten, der weit fort war und sicherlich draußen an der Front vor Kälte frieren würde. Auf einmal sah sie eine dunkle weibliche Gestalt aufs Haus zueilen, und schon öffnete diese das Gartentürchen. Nun spürte Maria eine tiefsitzende Angst – wie niemals zuvor in ihrem Leben – in sich aufsteigen. Eine fürchterliche Ahnung beschlich sie: „Was ist mit Seppi?“ Diese Gestalt war seine Mutter Monika. Im selben Moment klopfte es zaghaft an der Haustüre, und Anna öffnete indessen. Maria konnte nur ein Gemurmel vernehmen und ein leises „Oh, Gott!“ ihrer Mutter. Maria traute sich nicht in den Flur hinaus, denn ihre Beine versagten und ihr Herz klopfte bis zum Hals. Sie setzte sich auf den wackeligen Schemel, der zufällig neben ihr stand. In dem Augenblick hörte sie ihre Mutter sagen: „Komm, Monika wir gehen in die Küche, da ist es wärmer.“ Und schon kamen die beiden Mütter mit versteinerter Miene in die Küche. Ganz klein und gebeugt stand Seppis Mutter vor ihr. Anna versuchte, ruhig zu bleiben und sagte: „Monika, setzt dich erst mal auf die Küchenbank, ich mach uns was Warmes zu trinken.“

Maria sah Monika, ohne zu grüßen, fragend an: „Sag schon! Ist er tot?“

Monikas Kinn begann zu zittern, sie konnte nichts erwidern, sondern nickte nur stumm und brach erneut in Tränen aus.

Maria fragte mit bleichem Gesicht: „Wann und wie ist er gestorben? Ist er erfroren?“

Nun schenkte Anna den heißen Kräutertee ein. Monika nippte daran und sagte schließlich: „Kurz nachdem Seppi von der Grundausbildung ins Ausland musste, ist er am 29. Januar 1915 bei Friese gefallen.“

„Er ist gefallen, das heißt die haben meinen Seppi erschossen? Wo liegt Friese?“

„Kind, glaub mir, ich hab das in der Aufregung vergessen, aber es steht daheim im Brief“, stammelte Monika.

Anna stellte sich dazu, legte ihrer armen Tochter mitfühlend ihre Hand auf die Schulter und sagte: „Wenn du möchtest, lassen wir dich für einen Moment alleine.“ Maria schüttelte stumm ihren Kopf, schnäuzte tief in ihr Stofftuch und stammelte dann: „Mutter, hast du gehört, Seppi kommt nicht mehr! Mein Brautkleid hängt oben im Schrank, und es wird nie eine Hochzeit geben.“ Es war fürchterlich für Maria, denn sie war weder seine Witwe noch hatte sie ein Grab, an dem sie um ihren Geliebten trauern könnte. Das Einzige, was ihr von Seppi geblieben war, waren die Erinnerungen und das Foto, das er ihr zum Abschied geschenkt hatte. Anna sah ins Gesicht ihrer Tochter und empfand großes Mitgefühl für sie. Denn sie selbst hatte im Laufe ihres Lebens schon viele Menschen sterben und Hinterbliebene trauern sehen. Sie konnte sich an damals, als ihre Mutter so früh gestorben war, an ihren Bruder Michi erinnern, wie er geschrien und getobt hat, als der Sarg zugenagelt wurde. Und auch dieses Mal: Ihre Tochter erlitt großen Schmerz, und ihre Verzweiflung war ihr anzusehen. Noch lange konnte Anna durch die dünnen Wände in so mancher Nacht das Weinen von Maria hören. Sie hatte ihre erste und einzige Liebe verloren, und die Erinnerung an Seppi schmerzte sie ihr Lebtag lang. Nach Jahren vertraute sie ihrer Mutter an: „Glaub mir, die Zeit heilt nicht alle Wunden, sie lehrt uns nur, mit dem Verlust zu leben. Was bleibt, sind die Erinnerungen an einen wundervollen Menschen."

Eine Woche später kam ein Brief von Seppi, der bereits über drei Wochen alt war.

Liebste Maria,

schon über eine Woche habe ich dir nicht mehr schreiben können. Ich hoffe, dass du in Sicherheit bist und rede mir ein, dass ich es in mir spüren würde, wenn es anders wäre. Ich habe kaum etwas mitzuteilen. Der Sinn steht mir nicht danach, denn Worte scheinen für diesen Krieg nicht auszureichen. Aber du, meine geliebte Maria, sollst wissen, dass ich körperlich gesund und in Gedanken stets bei dir bin. Ich brauche nur meine Augen zu schließen, um dich vor mir zu sehen. Du kannst dir nicht vorstellen, wie ermutigend du für mich bist.

Ich sage mir, jetzt ist wieder ein Tag vorüber, der mich näher an meine Rückkehr zu dir bringt.

Dein dich liebender Seppi

Maria konnte dies nicht begreifen und begann zu schreien: „Warum? Warum nur! Er wollte doch zu mir zurückkehren." Anna hörte unten in der Stube die Worte ihrer Tochter und war sich bewusst, dass es für Maria besser sein würde, wenn sie ihre Trauer ausleben durfte. Als sie später die Treppe hochschlich, um nach Maria zu sehen, war diese wohl inzwischen vor Erschöpfung vom Weinen und Schluchzen, mit diesem letzten Brief in der Hand, auf dem Bett liegend eingeschlafen.

Dieser Erste Weltkrieg mit seinen endlosen Materialschlachten veränderte das Bild vom Krieg. Die Realität an der Front hatte mit Vorstellungen eines heldenhaften Kampfes kaum mehr etwas zu tun.

Der Schützengrabenalltag und die erbitterten Stellungskämpfe dämpften die anfängliche Kriegsbegeisterung rasch. Und die Grabenkämpfe nahmen immer mehr an Heftigkeit zu. Dieser Krieg brachte eine bis dahin weitgehend unbekannte, moderne Kriegstechnik mit sich. Zum ersten Mal gab es einen Luftkrieg, einen U-Boot-Krieg und einen Gaskrieg.

Das Töten und die Gewalttaten durch die kriegsführenden Länder steigerten sich bis zur grausamsten Rücksichtslosigkeit.

In den Feldküchen ging es immer knapper zu, und die Fressrationen für die Pferde wurden kleiner bemessen. Selbst an der Ausgabe für Bekleidung wurde gespart. Die Spendensendungen aus der Heimat, die den kämpfenden Männern so viel Freude bereiteten und viel Hunger gestillt hatten, ließen mehr und mehr nach. Dies alles war nicht förderlich für die Stimmung und Kameradschaft unter der Kampfeinheit.

Die vielen Schrecken des Krieges nahmen kein Ende, und Schlachten wie in Verdun brachten eine lange Kriegsdauer mit sich.

Für die Landwirtschaft in der Heimat wurde die Zeit immer schlechter, denn es wurden regelmäßig Heu- und Viehablieferungen bestimmt. Alle 3 Monate wurde auf den Bauernhöfen eine Viehzählung zur Kontrolle des Viehbestandes vorgenommen.

Zeitgleich wurden im Allgäu erstmals Lebensmittelmarken ausgegeben: Pro Person und Tag konnte man entweder 200 g Mehl oder 268 g Brot kaufen. Aus Lebensmittelknappheit begann man, das Brotmehl mit 40 Prozent Kartoffelmehl zu vermischen. Die Herstellung von Weißbrot wurde vollständig verboten. Der Butterpreis stieg an, und der Bierpreis verteuerte sich zur allgemeinen Unzufriedenheit. Ein treffender Spruch ging durchs Dorf: „Wer hamstert, der kommt ins Zuchthaus, wer nicht hamstert, gehört ins Narrenhaus, wer aber nach seinen Marken leben will, der kommt ins Leichenhaus." Von da an wurde das Leben in der Heimat noch bescheidener. Da die meisten Bauern wie auch Lehrer durch den „Ruf des Kaisers" eingezogen waren, herrschte überall Mangel an Arbeitskräften. Die Schüler der höheren Klassen mussten noch mehr daheim in der

Landwirtschaft und bei der Heuernte mithelfen. Deshalb fand der Schulunterricht nur sehr eingeschränkt statt.

Drei Monate, nachdem Marias Bräutigam gefallen war, kam nun der Stellungsbefehl für Annas zweitältesten Sohn, den Michel. Anna war verzweifelt und hatte gleichzeitig eine Bitte an ihren Mann: „Der Josef und der Seppi haben, bevor sie in den Krieg gezogen sind, ein Bild von sich machen lassen. Bitte lass den Michel auch zum Königlich Bayerischen Hofphotographen Heimhuber gehen."

„Aber Anna, was das Bild wieder kosten wird! Wäre es nicht gescheiter, wir würden Essen dafür kaufen?"

„Nein, Otto, dann koche ich morgen halt etwas Einfaches."

„Noch einfacher, geht das überhaupt?"

„Wirst schon sehen, was ich euch dafür auf den Tisch zaubern werde. Aber bitte, ich will unbedingt von meinen Buben, die fortmüssen, wenigstens ein Foto haben. Damit ich es in den Herrgottswinkel stellen kann."

„Von mir aus", entgegnete Otto, öffnete seinen Geldbeutel und legt 2 RM auf den Tisch: „Ich hoffe inständig, dass der Krieg bald vorüber sein wird, nicht wegen des Geldes", dabei lächelte er seine Anna liebevoll an, „sondern damit der Ludwig, der Johann und unser Kleinster, der Otto, wenigsten von dem grausigen Krieg verschont bleiben." Am Tag bevor Michel einrücken musste, ging er zum Bader, um sich seine Haare noch kürzer schneiden zu lassen. Anschließend zog er seine Uniform an, und Anna begleitete ihn zum Fotografen. Wie er so dastand, mit den Metallknöpfen an der neuen Uniform und dem Gewehr, das er sich locker über die Schulter gehängt hatte! Anna fand, er sah stattlicher aus als sein Bruder Josef im letzten Jahr. Der Heimhuber rückte ihm seine Mütze etwas schräger, und dann musste er sich stocksteif hinstellen, damit das Bild nicht verwackelte.

Am nächsten Morgen fuhr Michel mit weiteren Rekruten in der Eisenbahn nach Kempten, und bereits von dort schrieb er seinen ersten Brief heim: „Wir werden vermutlich schon in ein paar Tagen nach Flandern geschickt. Über die genaue Ortsbezeichnung konnten sie uns noch keine Auskunft geben, denn bis wir dort sind, werden sich die Frontlinien vermutlich verlagern. Wochen später kam im Dorf die Nachricht an, dass in Langemarck in Flandern, dort wo sich zu diesem Zeitpunkt Michel vermutlich aufhalten könnte, viele deutsche Infanteristen gefallen seien. Anna machte sich daraufhin noch mehr Sorgen um Michel. Erst nach vierzehn Tagen kam Feldpost von ihm, in der er schrieb:

„Die Luft hier ist sehr bleihaltig, und nur mit Gottes Hilfe hab ich Glück gehabt. Wenn der Herr mich weiterhin beschützt, werde ich hoffentlich bald wieder heimkommen."

Anna war erstmals wieder etwas beruhigt und trotzdem sagte sie zu Otto: „Ich bin so froh, dass Michel diese ersten Kämpfe überlebt hat. Aber was ist mit seinem Bruder Josef, warum schreibt der Bub uns nicht? Glaubst du er lebt noch?"

„Wenn er könnte, würde er schreiben, da bin ich mir sicher. Anna, man weiß aber auch nicht, wie viele Briefe nicht durchkommen oder verloren gehen."

Im Frühjahr 1915 wurde das bisherige „Schneeschuh-Bataillon" auf „das dritte Jägerregiment" umbenannt. Alle trugen zur Erkennung ein grünes „S" am Kragen.

Auf die Kriegserklärung Italiens an Österreich-Ungarn hin wurde das Alpenkorps mit einer 26 000 Mann starken Einheit, die zur Hälfte aus bayerischen Männern bestand, in die österreichischen Dolomiten entsandt, um Österreich-Ungarn gegen Italien zu unterstützen. Denn ab dem 23. Mai 1915 befanden sich das deutsche Kaiserreich und Österreich-Ungarn mit ihren Welschen Nachbarn im Krieg. In den Dolomiten mussten sich nun die an Berge gewohnten Männer vom Jägerregiment als Kämpfer für ihr Vaterland bewähren. Als Johann und Otto einmal auf dem Nebelhorn im Gras sitzend Brotzeit machten, konnten sie aus weiter Entfernung Kanonendonner hören. Verwundert erzählten sie diese Beobachtung am Abend ihrem Vater, der vermutete, dass dieser Schall bestimmt vom Stilfser

Joch, von den Frontkämpfen her, zu hören war. Möglich wäre dies, weil der Wind vermutlich von Süden kam.

Im August gingen 120 Soldaten zu einer Gebirgsübung über das Allgäuer Hochgebirge, den Heilbronner Weg. Zwei Wochen später fiel dort bereits der erste Schnee. Dennoch kamen nochmals Soldaten, wobei in der Gegend der Mädelegabel ein Übungsgefecht stattfand. Im November erfolgten die ersten Einquartierungen von 280 Mann im Ort, die zum Schneeschuhlauf oben auf Obermädele oder beim Rappensee ausgebildet wurden.

Um der Möglichkeit von Spionage vorzubeugen, wurde der Verkauf von Reisebüchern und Routenkarten vom Generalkommando strengsten verboten.

Am 11. September 1915 war Theresias fröhliche 6-jährige Tochter, das kleine Mariele, die so liebreizend mit ihrem blonden Lockenköpfchen aussah und durch ihr fröhliches sonniges Wesen alle Menschenherzen für sich gewinnen konnte, am frühen Morgen an Herzversagen gestorben. Theresia konnte sich, nachdem ihr schon elf Jahre zuvor Ludwig mit nur zwei Monaten gestorben war, lange nicht von diesem Trauerfall erholen. In erster Zeit verfiel sie fast in eine Schwermut, wobei ihr weder Martin, die Kinder noch ihre Freundinnen Anna oder Mathilde helfen konnten. Anna versuchte es mehrmals durch gutes Zureden: „Theresia, das Leben muss für dich auch ohne Mariele irgendwie weitergehen." Doch sie erntete dafür nur einen versteinerten und verständnislosen Blick. „Weitergehen? Dann sag mir bitte wie!"

„Du darfst nicht immerfort an deinem Schicksal hadern und dir selbst Vorwürfe machen. Du solltest versuchen, ihren Tod anzunehmen – schon deiner restlichen Familie und dir selbst zuliebe."

„Anna, du hast gut reden. Wie soll ich das denn machen?"

„Liebe Theresia", dabei fasste sie ihr schutzgebend an die Schulter. „Ich finde keine passenden Worte, und dennoch möchte ich dir als deine Freundin einen gut gemeinten Ratschlag geben. Versuch einmal nicht die Frauen zu betrachten, denen es im Moment vielleicht besser geht als dir, sondern denke an diejenigen, die noch mehr Leid zu ertragen haben als du." Doch Anna spürte ganz tief, dass keine Worte dieser Welt ihrer Freundin in ihrem großen Schmerz Trost zu spenden vermochten. Erst als die alleinstehende unverheiratete Schwester von Urban Tauscher, „Pfister" genannt, mit ihrer Tochter Resa zur Sommerfrische ein Gästezimmer in Theresias Heim bewohnte, lachte sie zum ersten Mal wieder mit einem Kind. Denn Resa war aufgeweckt, hatte stets einen lustigen Spruch auf Lager und erinnerte sie an ihr verstorbenes Mariele. Resas Mutter war andauernd alleine auf Achse und ließ das Kind in der Oststraße bei ihrer Vermieterfamilie Waibel zurück. Die Kleine war den ganzen Tag über mit Theresia zusammen, und Martin war froh, dass sie sich mit dem Kind prächtig verstand. Im Herbst, als Frau Tauscher wieder abreisen wollte, bat Resa beim Abschiednehmen: „Bitte, Mama, ich will nicht zurück in die Stadt. Ich möchte hier bei Theresia bleiben."

„Aber das geht doch nicht, Kind." Dabei sah sie fragend Martin, den Hausherrn an. Sein Blick fiel auf seine Frau, die soeben mit einem Korb voll Wäsche vom Dorfbach zurückkam. Er wusste, dass sie Resa in ihr Herz geschlossen hatte und ihr die Stunde des Abschiednehmens schwerfiel. Er befürchtete, dass sie sich daraufhin wieder zurückziehen würde. Nun konnte er auch ihre körperliche Anspannung sehen, denn sie biss ihre Zähne zusammen und umklammerte die Henkel des Wäschekorbes so fest, dass ihre Handknochen und Sehnen hervortraten. Vorsichtig fragte er, während sie den Korb auf den Boden abstellte: „Theresia, das Mädchen würde gerne bei uns bleiben, was meinst du dazu, hättest du etwas dagegen?"

Theresia sah die junge Mutter ungläubig an: „Aber Frau Tauscher, Resa ist doch ihr Kind. Sie können sie doch nicht einfach …"

„Doch, doch, wenn Resa es auch will, und es ihnen nicht zu viel wird, habe ich nichts dagegen." Theresia sah hoffend und zugleich hin und her gerissen zu ihrem Mann hinüber und äußerte: „Ich würde mich auf jeden Fall freuen, wenn sie bleibt. Martin was meinst du dazu?"

„Mir kann es nur recht sein, denn sie hat nach Marieles Tod wieder Leben in unser trauerndes Heim gebracht. Von mir aus darf sie für immer bei uns bleiben.

Zudem ist sie ein aufgewecktes und fleißiges Kind. Joseph Anton und Kreszentia, meine beiden eigenen, würden sie vermutlich auch vermissen. Denn sie ist inzwischen wie eine Art Schwester für unsere Kinder geworden." Und so war es beschlossen, und alle waren mit der Entscheidung zufrieden. Resa blieb für immer in Oberstdorf und wurde von Theresias Familie mit aufgezogen.

In den vier Kriegsjahren wurden in der Pfarrkirche immer wieder Soldatengottesdienste abgehalten.

Beim Huber kam es zu einem Diebstahl, wobei Wäsche im Wert von 200 Mark gestohlen wurde. Vom Dieb fehlte jede Spur. Dieser Fall war besonders bedauerlich, denn die Familie hatte sechs Kinder zu ernähren, und in dieser schweren Zeit konnte die Wäsche kaum aus eigenen Mitteln wieder beschafft werden.

Im zweiten Kriegsjahr 1915 waren außer dem 23-jährigen Geiger Seppi noch weitere zehn Oberstdorfer gefallen:

Josef Esterer 36 J., Josef Schmid „Bieblers Büe" von Kornau 30 J., Karl Mayr „Fabrik Fischers Karle" 26 J., Thimothäus Geiger 31 J., Hans Math „Maths Josefe Büe" 24 J., Willibald Müller, Lehrer, 29 J., Max Friederich „Drogeriesohn" 21 J., Fritz Fischer „Henslers Josefe Büe" 26 J. und August Hofer 34 J.

Als Anna wieder einmal an der Anschlagtafel am Marktplatz stand und mit bangendem Herzen die Liste der verstorbenen Allgäuer Soldaten von oben nach unten durchsah, kam ihre Freundin Theresia von hinten angelaufen und sagte: „Anna, ich hab schon geschaut, zum Glück stehen weder mein Ältester, der Kaspar, noch einer deiner beiden Buben auf der Liste." Anna fiel ein Stein von Herzen, und sie fasste sich erleichtert an die Brust: „Da bin ich aber froh."

„Ja, wir Mütter sind heilfroh, wenn von unseren Buben keiner auf der Liste steht", entgegnete Theresia.

Anna sprach weiter: „Und trotzdem bleibt in uns immer ein bedrückendes Gefühl zurück. Denn wir wissen gar nicht, wie lange die Post hierher unterwegs war und ob nicht schon am nächsten Tag der Name von unseren eigenen Angehörigen dort stehen wird."

Theresia pflichtete ihr traurig nickend bei: „Ja, das stimmt. Wenn wir schon vom Sterben sprechen: Hast du auch schon gehört, dass gestern der Adlerkönig Leo Dorn, der früher hier gelebt hat und dann in Hindelang Oberjäger beim Prinzregenten Luitpold war, am 6. November im Alter von 80 Jahren gestorben ist?"

„Nein, das wusste ich nicht, werde es aber gleich nachher Otto erzählen, denn so viel ich weiß, war der Dorn auch Mitglied hier im Schützenverein, und Otto hat ihn gut gekannt. Ich vermute, dass unsere Männer vom Schützenverein mit ihrer Vereinsfahne und einer größeren Abordnung zu seiner Beisetzung nach Hindelang fahren werden."

Um den Nachschub sicherzustellen, wurde 1916, in Fischen, ein Ersatzbataillon aufgestellt. Von einem Gebirgspatrouillenzug unter dem Kommando von Hauptmann Eugen Oertel, einem erfahrenen Münchner Alpinisten, wurden Übungen mit Schneeschuhen abgehalten. Die Skiausbildung fand in den hiesigen Bergen statt und oblag den Oberstdorfer Berg- und Skiführern.

Diese Gebirgstruppen brachten auch Leben in die oberen Allgäuer Berge. Die Alpenvereinshütten wurden zum Teil zu Stützpunkten für die Bergsteiger und Skiläufer in ihren feldgrauen Uniformen. Die gutmütigen Mulis[22] trugen für die Kampftruppen den Nachschub wie Lebensmittel und Ausrüstungsgegenstände in die Berghütten, an die Orte der Gefechtsausbildungen.

Josef freute sich von ganzen Herzen auf seinen ersten, lang ersehnten Fronturlaub in die Heimat. Mit seinem bescheidenen Gepäck

22 Esel/Maultiere

marschierte er zum Kompaniechef, um den Urlaubsschein und eine Fahrkarte zu holen. In Peronne am Bahnhof traf er zufällig seine ehemaligen Freunde Rupert Berktold, Otto Rees und Franz Kaufmann. Rupert erzählte, dass er soeben, gleich in der Nähe hinterm Bahnhof, in einem kleinen Häuschen in der Entlausungsanstalt war. Da entgegnete Rees ihm verschmitzt: „Ich hatte zum Glück einen vortrefflichen Sanitäter, der jeden von uns mit seiner grauen, übel riechenden Salbe gegen Flöhe und Läuse versorgt hat. Deshalb ist es für mich nicht unbedingt nötig, mich vor dem Urlaub entlausen zu lassen." Alle vier lachten darüber und stiegen freudig in den Zug ein, der sie über St. Quertin und Aachen nach Köln brachte. Nach ihrer längeren Frontdienstzeit kamen ihnen die sauberen Bahnhöfe, die ordentlich gekleideten Frauen und die überall gesprochene Muttersprache fast seltsam vor.

Von Köln aus ging die Fahrt weiter im D-Zug, den herrlichen Rhein entlang bis nach Mainz. Von dort aus ging es weiter nach München und dann ins grüne Allgäu. Als sie das feiste, weidende Vieh, die sauberen Bauernhöfe im Gegensatz zu den verschmutzten Häusern in Frankreich sahen, erschien ihnen ihre Heimat noch schöner als in ihrer Erinnerung. Schon von Fischen aus konnten sie im Morgennebel die Sonne, die soeben die Mädelegabelgruppe durchbrach, hell leuchten sehen. Als Josef daheim zur Tür hereinschritt, war die Freude riesengroß, und Anna drückte ihren Ältesten dankbar und glücklich an sich.

Am selben Abend saß die ganze Familie beieinander und war gespannt, was Josef zu berichten hatte. Aber er fragte nur über das Leben daheim nach. Nach einer Weile sagte sein Vater Otto: „Bub, jetzt erzähl schon, wie ist es dir so weit fort von daheim in der Fremde ergangen?"

„Ich weiß gar nicht, wo ich anfangen soll. Es war einfach nur schrecklich." Dabei sah er seinen sechs Jahre jüngeren Bruder Ludwig direkt an: „Du kannst nur froh sein, wenn sie dich nicht auch noch holen."

„Aber erzähl wenigstens, hattest du Heimweh und hast du uns vermisst?", fragte Anna dazwischen.

Ihr Sohn überlegte, nickte kaum sichtbar und fing zu erzählen an: „Schon als ich im Zug saß, und wir uns immer weiter von euch, unseren bekannten Kirchtürmen, Bauernhöfen, Bergen und Wiesen entfernten, waren alle sehr schweigsam. Da kamen vermutlich selbst den Härtesten unter uns wehmütige, ja heimatliche Gefühle. Als wir durch unsere bayrischen Dörfer und Städte fuhren, putzten sich nicht wenige verstohlen ihre Nase. Nach ewig langer Fahrt, selbst in der Nacht, hielt der Zug öfters auf freier Strecke an und die Lichter wurden gelöscht. Solche Maßnahmen ließen uns ahnen, dass wir die Kampfzone bald erreichen würden. Dann hieß das Kommando: ‚Aussteigen!' Wir packten unser Gepäck so schnell wie möglich zusammen. Auf einer schmutzigen Landstraße neben dem Bahnhof wurde Aufstellung gehalten. So warteten wir ganze zwei Stunden, bis die Sanitäter und die Kocheinheit alles zusammengepackt hatten. Als manch einem von uns vom langen Stehen in der heißen Sonne schon übel wurde, lautete endlich das Kommando: ‚Abmarsch'. Und so marschierten wir auf fremdem Boden Stunde um Stunde durch unbekannte Ortschaften dem Feind entgegen. Von den dortigen Bewohnern wurden wir mit hasserfüllten Blicken gemustert. Lauter Kanonendonner grollte, und weiße Wolken waren am Horizont zu sehen. Ein paar Mal mussten wir uns im Straßengraben in Deckung vor Fliegern bringen. Auch das Geräusch von Granateneinschlägen war ein untrügliches Anzeichen auf ein baldiges Zusammentreffen mit dem Feind." Josef überlegte, was er noch berichten könnte. Aber schon wurde er von seinem jüngeren Bruder Johann ungeduldig zum Weitererzählen gedrängt: „Jetzt mach es nicht so spannend. Erzähl uns, hast du den Feind gesehen?"

„Ja, das war mein erstes Gefecht. Die Sanitäter richteten in den Verbandplätzen ihr Verbandsmaterial her. Dann hieß es: Gefechtsbereit! – laden! – sichern! Ein jeder von uns prüfte nochmals seine Waffe. Ich schnallte mir meinen Ledergürtel enger und setzte mir meinen Helm gerade. Und so stürmten wir zusammen los. In dem Moment brachte man uns die ersten vor Schmerz aufstöhnenden Verwundeten entgegen, denen das frische rote Blut durch ihre Jacken, Hosen und Stiefel sickerte. Da erst wurde uns richtig klar, was der Krieg für uns einfache Soldaten bedeuten kann.

Durch das Pferdegetrampel der nahenden Kavallerie, dem Feldgeschrei von uns stürmenden Soldaten in den ersten Kampf, im Geheul von Granaten, dem Lärm vom Kanonendonner und der Gewehre war ich nicht mehr in der Lage zu denken.

Erst viel später, als es bereits dämmerte, flaute allmählich das Gefecht von beiden Seiten ab, und wir durften uns zurückziehen und in Sicherheit hinter Häuser verschanzen. Nachdem wir die umliegenden Verwundeten an die Verbandplätze getragen hatten, wurde mir erst richtig bewusst, dass manch einer, der an diesem Tag sein Leben lassen musste, noch vor wenigen Tagen daheim war, und nun in fremde Erde gebettet würde. Denn der inzwischen aufgehende Vollmond leuchtete geisterhaft auf Tausende von gefallenen Soldaten.

Wir zogen uns zurück, der Feldkessel dampfte bereits und wir bekamen ein dürftiges Nachtmahl, damit wir unseren ersten Hunger ein wenig stillen konnten. Vor dem Einschlafen unter offenem Himmel hielt ich kurz Andacht im Gebet mit dem Herrgott, denn ich wusste nicht, ob der nächste Tag mein letzter sein würde. Manch einer meiner Kameraden schrie im Schlaf laut auf, und andere träumten wohl von ihren Frauen, ihren Kindern, von der sonnigen Heimat, dem Gebirge oder mancher vom Getreidefeld im Flachland. Ich lag trotz meiner Müdigkeit lange wach, sah denselben Mond an, wie ihr vermutlich daheim, und meine Gedanken kreisten um die gefallenen oder verwundeten Kameraden. Und so werde ich vermutlich meine erste Schlacht niemals vergessen." Dann sah Josef seine Eltern und Geschwister an, die allesamt gespannt mit am Tisch saßen und ihm zugehört hatten. „Jetzt ist aber genug, denn ich bin nicht heimgekommen, damit ich euch nur vom grauenvollen Krieg erzähle."

Josef hatte vierzehn erholsame Tage daheim, die für ihn allzu schnell vorübergingen. Dann musste er wieder packen und wehmütig wieder fortziehen.

Als Johann mit vierzehn Jahren aus der Schule kam, ging er auf Anraten seiner Eltern nach Kirchheim zu seiner 28-jährigen Schwester Josepha. Ihr Mann Bernhard führte dort inzwischen eine gut gehende eigene Spenglerei. Er war einverstanden, dass Johann bei ihnen wohnen und gleichzeitig bei ihm in die Lehre gehen könnte. Anna war zunächst erleichtert, denn die meisten jungen Leute wurden erst in den Krieg eingezogen, wenn sie ihre Lehre abgeschlossen hatten. Nun wäre fürs Erste wenigstens Johann verschont geblieben. Ludwig dagegen war inzwischen sechzehn Jahre alt und würde seine Gesellenprüfung als Schuster bald abschließen. Otto versuchte, seiner Frau Mut zuzusprechen: „Wirst sehen, den Ludwig nehmen die nicht, weil er für sein Alter noch viel zu schmächtig und zu klein ist."

„Glaubst du wirklich?", fragte sie ernsthaft.

„Auf jeden Fall wollen wir es hoffen", antwortete Otto zuversichtlich.

Die Zahl der Oberstdorfer Gefallenen stieg immer mehr, denn im Jahr 1916 waren es wieder 17 junge Männer aus folgenden Familien:

Wilhelm Berktold, Fritz Geiger, Martin Witsch „Wendeles Hanse Büe" 21 J., Stefan Thannheimer „Hansjörglars Josefe Büe" von Kornau, Michel Titscher „Michelars Antone Büe" 20 J., Wilhelm Schratt „Jochum Ludwige Büe" 20 J., Andreas Witsch „Schuchtars Andreas" 35 J., Franz Xaver Schmid „Lumpeslars Büe" von Jauchen 28 J., Wilhelm Blattner, Gustav Leising, Spediteur, Leo Geißler „Altstädter", Ludwig Käufler „Flore Hanse Büe" von Reute, Franz Sales Bader „Jacheme Ludwige Feele Ma", Hugo Heim „Goldarbeiters Büe" 30 J., Ludwig Braxmair „Braxmair Fronze Büe" 24 J., Josef Hofer „Lorenze Büe" von Kornau 20 J., und Anton Jahn.

Da das Essen immer knapper wurde, forderte man Gäste, die sich länger als vier Wochen im Dorf aufhielten, auf, binnen einer Woche abzureisen. Ansonsten mussten sie mit Entzug ihrer Lebensmittelkarten rechnen. Eine Folge davon war, dass der Schwarzhandel zu blühen begann, und die Preise ins Uferlose stiegen.

Für schwere Arbeiten fehlten die Männer, dafür mussten die Frauen einspringen. Das Überleben wurde von Tag zu Tag mühevoller. Selbst die Kirchenglocken blieben nicht verschont. Am 18. Juni versammelte sich eine große, neugierige Einwohnerschar auf dem Marktplatz, um zu sehen, wie die Kirchenglocken an dicken Seilen vom Kirchturm herabgelassen und anschließend zwangsabgeliefert wurden. Anna war froh darüber, dass für die größte Glocke eine Ausnahme galt und diese im Turm der Pfarrkirche verbleiben durfte. Ansonsten hätte sie in Zukunft die Uhrzeit schätzen oder nach dem Sonnenstand gehen müssen.

Ludwig

Kurz nach der Jahreswende von 1916 auf 1917 kam der längst gefürchtete Musterungsbescheid für Ludwig. Anna hoffte inbrünstig, dass Otto mit seiner Vermutung recht behielt und dass sie ihren zarten, körperlich noch sehr kindlichen Buben zurückstellten, bevor sie ihn jetzt schon in den Krieg schickten. Doch am Abend, als er von der Musterung aus Sonthofen zurückkam, sah Anna an seiner Körperhaltung mit den hochgezogenen Schultern und dem zum Boden gesenkten ernsten Gesichtsausdruck, dass er für tauglich befunden worden war und bald fortgehen musste.

Anna fragte ihren Sohn: „War keine Aussicht, dass sie dich zurückstellen?“

„Nein, Mutter, ein Offizier hat gegen Anraten des Arztes gesagt, der Kaiser bräuchte jeden Mann.“

Eine Woche später, Ende Januar, am Tag nach Ludwigs 19. Geburtstag, hatte er etwas Wäsche, von seinen Schwestern warme, selbst gestrickte Socken, Handschuhe und ein Stirnband in seinen Rucksack gepackt. Viel war es nicht, was er mitnahm. Anna gab ihm noch einen Stift und einen Block mit, damit er ihnen so oft wie möglich schreiben konnte. Als sich Anna ein weiteres Mal von einem ihrer Buben verabschiedete, nahm sie ihn fest in ihre Arme und weinte bittere Tränen. Ihr fiel nichts ein, was sie ihm zum Trost sagen könnte. Der Abschied ließ sich nicht mehr länger hinausschieben, denn der Schaffner pfiff in seine schrille Pfeife, und die Lokomotive begann zu dampfen und zu keuchen. Der Zug würde gleich losfahren. Auch Ludwig selbst, dem Vater und den Geschwistern fiel das Abschiednehmen unendlich schwer. Er winkte nochmals aus dem fahrenden Zug zurück, und das letzte Bild, das Anna von ihrem Ludwig sah, verschwamm im Schleier ihrer Tränen. Dann sah sie nur noch weiße Wolken über dem dunklen, entfernten Zug aufsteigen.

Auf dem Heimweg dachte sie: „Jetzt, wo mein dritter Sohn für uns in den Krieg ziehen muss, wird die Gefahr, dass einem von ihnen etwas passiert, immer größer. Ich weiß nicht, ob ich es ertragen könnte, wenn einer meiner Buben nicht mehr heimkommen würde."

Ludwigs Grundausbildung in Kempten war in kurzer Zeit abgeschlossen. Am Abend, bevor er mit seinen Kameraden in den Krieg abrücken musste, gab es ungewöhnlicherweise für jeden einen Krug Bier. Ludwig hatte zuvor kaum Alkohol getrunken, und dieser stieg ihm sofort in den Kopf. Da griff er zu Block und Stift und schrieb nochmals einen Abschiedsbrief heim. Zum Schluss legte er ein Foto von seiner Kompanie bei.

Als Georg, der Postbote, im größten Schneegestöber dahergestapft kam, war der kleine Otto gerade hinter dem Haus und baute mit seinem Freund, dem Holzhey, einen Schneemann. Georg war in Zeitverzug und händigte ihm ausnahmsweise die Post mit folgenden Worten aus: „Otto, lauf und bring den Brief deinen Eltern, aber vergiss es nicht."

„Oh nein, das vergesse ich bestimmt nicht", dabei drehte er den Brief um und schaute auf den Absender. „Müetr[23] wartet schon sehnsüchtig auf Post." Und schon lief der Bub ums Haus herum zur Mut-

23 Mutter

ter, die mit ihrer großen Schneeschaufel einen schmalen Fußweg ans Haus freiräumte. „Lüege Müetr[24], der Ludwig hat einen ganz dicken Brief geschrieben." Anna öffnete noch im Freien das Kuvert, während sie ins Haus zurücklief. Dort auf dem Bild befanden sich elf junge Soldaten in ihrer Uniform, und dieses Mal trug Ludwig keinen Stahlhelm wie beim Abschied, sondern eine Militärschildkappe. Neben ihnen stand aufrecht und stramm ein Offizier im mittleren Alter. Otto, ihr neugieriger Sohn, sah das Bild mit an und sagte: „Schade, dass ich erst dreizehn bin, sonst dürfte ich auch so eine schöne Uniform anziehen und in den Krieg gehen und schießen."

Anna schimpfte mit ihm: „Sei froh, dass du noch so jung bist, weißt ja gar nicht, was du da sagst."

Der frierende kleine Otto ging ärgerlich zu seinem Freund hinaus und hatte keine Lust mehr, weiter im kalten Schnee zu buddeln, weil seine Handschuhe und Hosen völlig durchnässt waren. Die beiden Buben liefen zu Holzheys heim und spielten dort Buijazl-üff[25] und hatten es lustig.

Anna hingegen setzte sich mit ihrem Mantel daheim in den Flur und hielt das Bild, das Ludwig geschickt hatte, eine ganze Weile in der Hand und betrachtete es. Dann sagte sie nachdenklich zu ihrem Mann, der inzwischen auch aus der Werkstatt dazugekommen war: „Schau mal, wie ernst die jungen Männer dreinblicken. Es steht ihnen die blanke Angst im Gesicht. Hoffentlich ist der Offizier gut zu ihnen und achtet auf sie."

Otto nahm ihr mit zitternder Hand das Foto weg und stellte es zu den anderen drei Bildern, auf denen einzeln Josef, Michel und Ludwig abgebildet waren, in die Stube in den Herrgottswinkel.

Anna war sehr traurig und vertraute ihrem Mann an: „Es ist schon seltsam, heute kam mir zum ersten Mal in meinem Leben der Gedanke, dass ich womöglich deshalb so gerne im Buch meiner Vorfahren stöbere und in unserer Vergangenheit wühle, weil ich viel-

24 Schau Mutter
25 Geschicklichkeitsspiel, als Hanswurst am Boden liegend

leicht Angst habe, nach vorne zu blicken. Kann so etwas möglich sein?"

Otto überlegte eine Weile, dann sah er wieder die Bilder an, und sein Blick fiel auf das darüberhängende Bild seiner verstorbenen Eltern: „Ich glaube, meine Mutter Genovefa hätte bestimmt gesagt, dass so etwas möglich ist. Aber vermutlich hätte sie auch gesagt, dass wir im Hier und Jetzt leben sollen. Denn was nützt es, wenn wir nur zurückblicken? Genauso wenig hilfreich ist es, wenn wir uns jetzt schon zu sehr hineinversetzen, was alles an Fürchterlichem geschehen könnte. Natürlich habe ich genauso Angst um unsere Buben wie du. Aber wir müssen versuchen, heute zu leben, und können nur abwarten und auf Gott vertrauen."

Anna lächelte ihren Mann dankbar an: „Ja, wir können wirklich nichts tun, als warten und für unsere Buben beten. Gleich morgen will ich in die Kirche gehen und dort drei Kerzen für sie anzünden."

Das Kriegsjahr 1917 war für alle, auch für Otto und Anna mit Familie, eine Zeit der großen Entbehrungen und des Hungers. Als Hauptnahrungsmittel galt inzwischen Kohlgemüse, Kartoffeln, selbst eingeweckte Marmelade, Dörrgemüse, Kunsthonig und Kaffee-Ersatz, der vom Geschmack her einem vertrockneten Schnupftabak ähnelte. Milch war inzwischen sehr kostbar geworden, das Brot wurde rarer, und durch das beigemischte Kartoffelmehl schmeckt es gar nicht mehr. Fleisch gab es pro Monat nur 1 ½ Pfund. Stundenlang stand Anna vor den Geschäften herum, um mit ihren Lebensmittelkarten auf die Abgabe von einem Pfund Butter, 100 Gramm Käse, Makkaroni, Mehl, Zucker oder Grieß zu hoffen.

Den Bauern selbst ging es insgesamt ein wenig besser, weil sie mit Butter oder Käse ein wenig Handel treiben konnten. Auch der Luxusartikel Tabak war sehr begehrt, und wer diesen nicht besorgen konnte, rauchte schon mal getrocknetes Laub, Heu, Lindenblüten oder sonstige Kräuter.

Das feste harte Geld aus edlem Metall verschwand zusehends mehr und mehr, weil es für Kriegszwecke eingeschmolzen und durch Papiergeld ersetzt werden musste. Zu der Not kam wieder ein Ablieferungsbefehl für das Braunvieh, Heu, Kleider, Zinnteller und sogar für Bierkrugdeckel. Worüber sich vor allem auch die Männer wie Otto und Martin am Stammtisch ärgerten.

1917 waren wieder 18 junge Oberstdorfer Soldaten gefallen:

Alois Mahler „Fronze Lieses Fehls Ma“, Alois Brechter „Restaurationswirts Botte Barbele Büe“, Ruppert Berktold „Bertese Andrease Büe“, Johann Stumm „Stumme Büe“ von Kornau, Hugo Ortlieb „Wittelsbacher Hofs Büe“ 18 J., Johannes Titscher „Michelars Josefe Hans“ 24 J., Theodor Heim, Alois Witsch, Martin Müller, Alois Schraudolf „Hislars Schnieder“ 47 J., Josef Brutscher „Schiebelars Büe“, Ludwig Fügenschuh, Thaddäus Schugg „Beschles Martines Büe“, Franz Schratt „Botte Hanse Büe“, Johann Hitz „Hitze Büe“, Eduard Bußjäger 40 J., Anton Hofer 19 J. und Thimothäus Math 28 J.

Sie waren überwiegend in Saarburg, Luneville, Brigmont, Arras, Verdun, an der Somme, in Galizien, Italien, Polen, Rumänien in den Karpaten an der Front, in Lazaretten oder in der Gefangenschaft gestorben. Dreizehn Männer erlagen nach ihrer Rückkehr daheim ihren schweren Verwundungen.

Als Anna wieder die Liste der Verstorbenen durchgesehen hatte, fragte sie wie fast jeden Tag: „Otto, was meinst du, wie lange wird der Krieg noch dauern?“

„Anna, ich weiß es nicht. Keiner weiß es.“

„Ich bete häufig: ‚Oh Herr, lass den Krieg endlich bald vorbei sein. Er muss aufhören. Mach, dass unsere Buben, der Johann und der Otto nicht auch noch fort müssen. Und lass die drei, die fort sind, wieder gesund heimkommen.‘“

An einem Sonntagnachmittag, Mitte Dezember, ging Otto mit seinen Skiern alleine los, um im eigenen Wald, am Breitenberg, einen Christbaum für seine Familie zu holen. Im Herbst hatte er schon mit Anna eine wild gewachsene, schmale Fichte ausgewählt, die mit ihren gleichmäßigen Ästen prächtig dastand. Anna sagte noch in Vorfreude: „Dieses Bäumchen passt genau in unsere Stubenecke, wirst sehen, so einen schönen Christbaum hatten wir bisher noch nie." Von Jahr zu Jahr fiel es Otto schwerer, mit seinem schmerzenden Bein auf Skiern im tiefen Schnee vorwärtszukommen. Und in diesem Jahr musste er auch noch auf die Unterstützung seiner großen Buben verzichten. Als er an die Stelle kam, an der das ausgesuchte Bäumchen stand, war nur noch ein frisch abgesägter Baumstumpf zu sehen. Von dort führte eine frische Skispur direkt ins Tal hinab. Otto sägte, ohne weiterzusuchen, die nächststehende Fichte um und fuhr mit dieser verärgert der Spur nach. Zu seinem Entsetzen führte diese direkt zum Scheunentor eines ihm gut bekannten Bauernhofes. Da hatte ihm der Franz doch tatsächlich seine schönste Tanne aus seinem Wald gestohlen! Aber um des Friedens willen schwieg Otto über den Vorfall. Anna war zuerst sehr enttäuscht, denn noch niemals zuvor hatten sie so einen verkrüppelten Weihnachtsbaum. Schließlich entschied sie aber: „Dieser Baum passt genau zu uns, denn warum müssen immer die schönsten Bäume sterben, und dies nur wegen der sechs Wochen vom Heiligen Abend bis zu Lichtmess? Da hast du recht damit getan, einen anderen, gut gewachsenen Baum stehen zu lassen, denn diesen hier hätten wir im Sommer sowieso umsägen müssen."

Anna ging am Heiligen Abend mit ihrem Nachwuchs Vefa, Maria, Babett, Johann und dem jüngsten Sohn Otto zusammen in die Kirche. Der Gottesdienst war, wie zu erwarten war, relativ gut besucht. Auf der rechten Seite, wo die Frauen normalerweise in Oberstdorf saßen, war es brechend voll. Doch auf der Männerseite waren die Gläubigen spärlich vertreten. Denn die meisten gesunden Männer im Alter von 18 bis Mitte 40 Jahren waren alle im Krieg. Der Messner hatte, wie schon in den letzten Jahren, die Kirche wieder wunderschön geschmückt, indem er rechts und links vorne neben dem Altar zwei große Fichten aufgestellt und mit Strohsternen und Lametta versehen hatte. Die Kirche war durch die brennenden Kerzen feierlich beleuchtet. Aber die Predigt mit anschließender Ansprache durch den Pfarrer Johann Baptist Witzigmann war sehr traurig gestaltet. Er gedachte der bisher gefallenen Soldaten und derer, die an diesem Abend weit entfernt ihrer Heimat, in einem fremden, kalten Land, ohne ihre Lieben dieses Weihnachtsfest begehen müssen. Er war sich sicher, dass sie an diesem heutigen Abend gedanklich stark mit ihren Angehörigen verbunden seien. Denn auch diese Männer, Buben und Verwandten wären lieber hier und würden mit allen zusammen die Heilige Messen feiern. Ein Schluchzen und Rascheln war von den Gläubigen zu hören, und einige kramten in den Taschen nach Schnupftüchern, um sich die Nase zu schnäuzen. Die meisten Frauen waren in Schwarz als Zeichen der Trauer gekleidet. Als Anna anschließend vor der Kirche auf dem Marktplatz unter dem großen Tannenbaum Theresia und Mathilde traf, wünschten sie sich gegenseitig frohe Weihnachten. Mathildes Augen leuchteten voller Freude, als sie ihren Freundinnen mitteilte, dass ihr schönstes Weihnachtsgeschenk ihr Mann sei.

„Wie meinst du das?“, fragte Theresia verwundert.

„Ja, Marte stand gestern plötzlich neben mir in der Küche, denn er hat unerwartet einen zehntägigen Heimaturlaub bewilligt bekommen.“

„Das ist ja wunderbar. Und wie geht es ihm?“, wollte Anna wissen.

„Ich denke, soweit ganz gut, obwohl er ziemlich erschöpft und ein wenig deprimiert wirkt. Aber ich werde ihn schon wieder aufpäppeln.“ Marte wurde bereits vor drei Jahren als einer der ersten Männer von Oberstdorf, im Alter von 41 Jahren, eingezogen.

Mathilde, Theresia sowie Anna waren dankbar, dass sie im Vergleich zu vielen anderen Familien noch das Glück hatten, bisher mit Ausnahme Marias Bräutigams keine Todesnachricht eines näheren Angehörigen bekommen zu haben. Ganz im Gegenteil, Theresia bekam Weihnachtspost von Kaspar, ihrem Ältesten. Und Anna von Josef, der schon länger nicht mehr geschrieben hatte, sowie auch von Michel und Ludwig. So redeten sie voller Hoffnung, bis Mathildes ungeduldiger 7-jähriger Hans seine Mutter am Mantel zog und jammerte: „Müetr, ich will heim, ich muss doch schauen, ob das Christkind schon da war."

„Gut, dass du uns daran erinnerst, wir müssen auch schleunigst heim und nachschauen", sagte Anna zu dem aufgeregten Buben und strich ihm mit ihrer Hand übers feine blonde Kinderhaar. Theresia ging es endlich seit etlichen Monaten nach Marieles Sterben wieder etwas besser, und sie rief Mathilde gut gelaunt hinterher: „Wir sind gespannt, ob du in neun Monaten wieder ein Kind bekommst!"

„Hah, hah! Ihr habt gut lachen, ihr habt eure Männer ständig bei euch. Ich jedenfalls freue mich auf Marte."

Als Anna mit ihrer Kinderschar daheim war, holte sie in der Stube die drei Fotos von Josef, Michel und Ludwig. Diese stellte sie mit einer brennenden Kerze auf dem Küchenbüffet ab. Inzwischen setzten sich alle an den Küchentisch, sprachen zusammen ein Tischgebet und baten: „Lieber Gott, mach, dass es dem Josef, dem Michel und dem Ludwig auch so gut ergeht wie uns heute."

Dann gab es für jeden ein paar Weißwürste mit süßem Senf und Kartoffelsalat. Anschließend durften die Kinder in die Stube, dort wo Otto während des Kirchenbesuchs seiner Familie den Christbaum aufgestellt und geschmückt hatte. Jedes von den Kindern bekam ein kleines Päckchen mit meist Selbstgenähtem oder Selbstgestricktem von der Mutter, die an diesem Abend sehr ruhig und nachdenklich war; denn sie vermisste ihre drei Großen.

Anna nahm den Brief von Josef, ihrem Ältesten, zur Hand und las gespannt:

Geliebte Eltern,

hoffentlich seid ihr alle wohlauf.

Ich bin seit meinem Heimaturlaub wieder in Kampfgebieten, wo aufregende und grauenvolle Grabenkämpfe stattfanden. Aber am schlimmsten war es in Frankreich, in Verdun. Ich lernte fremde Länder, Städte, Landschaften und Menschen kennen. Die Kameradschaft zu Gleichgesinnten und Leidensgenossen ist tief. Wir haben, um uns abzulenken, Heimatlieder gesungen, und ich habe dabei an euch daheim gedacht. Die Texte handeln von wilden Bächen, von grünen Wiesen, von bunten Blumen, steilen Felsen und romantischen, stillen, dunkelgrünen Bergseen. Da standen selbst mir so manchmal Tränen in den Augen, und ich fühlte, wie ich Heimweh bekam. Ich weiß nicht mal, ob Ludwig oder gar Johann auch schon irgendwo an der Front kämpfen müssen. Ich wünsche es ihnen jedenfalls nicht. Ich sehne mich nach der ruhigen Arbeit in der Werkstatt, den Kühen im Stall, dem heimeligen Winter daheim bei euch vor dem warmen Kachelofen und s´Muckele gemütlich schnurrend auf meinem Bauch.

Ich wünsche euch gesegnete Weihnachten und hoffe, euch bald gesund zu sehen.

Es grüßt euch
euer Josef

Zu späterer Stunde spielten Ludwig, Johann und Otto zusammen Karten, Schlisselspringe und Fingerhäggle, wer von ihnen der Stärkste sei, bis sie müde zu Bett gingen.

Am 15. Januar des neuen Jahres 1918 wurde der Gebirgspatrouillenzug nach zweijährigem Aufenthalt von Fischen nach Oberstdorf verlegt. Die Württembergische Gebirgs-Artillerie beschoss zu Schießübungszwecken das Gebirge am Rubihorn mit der Bachtelrinne, die Sonnenköpfe und den Entschenkopf. Die Einheimischen befürchteten, dass sich die Berge durch dieses wahllose Draufballern eines Tages mit Murenabgängen und Felsabbrüchen rächen könnten.

Endlich kam ein Lebenszeichen in Form eines Briefes von Michel.

Geliebte Mutter, lieber Vater,

mir geht es den Umständen entsprechend gut, wenn man das überhaupt vom Krieg aus schreiben kann. Der Krieg ist grauenvoll! Die kalten Nächte unter freiem Himmel. Wir liegen in schlammigen Schützengräben in unserer feuchten Uniform herum, und unsere knurrenden Magen sind kaum mehr zu ertragen. Und dann die

Aufschreie und das Stöhnen meiner Kameraden, wenn sie schlecht geträumt haben! Das ist unbeschreiblich. Nur der Gedanke, dass es einen Gott gibt, hält mich am Leben.

Es grüßt euch
euer Sohn Michel

Doch in der Heimat ging das Leben seinen gewohnten Weg. So kam im Sommer 1918 König Friedrich August III. von Sachsen zur Erholung nach Oberstdorf und stieg mit Bergführer Franz Schraudolph aus Einödsbach auf die Mädelegabel hinauf. Schon Wochen später wurde er von Dresdner Soldatenräten zur Abdankung aufgefordert, was er mit folgenden Worten tat: „Dann macht euren Dreck doch alleine“. Auch König Wilhelm II. hatte Tage zuvor abgedankt und war ins holländische Exil geflohen.

Die Ernte von Gerste, Hafer und Kartoffeln fiel spärlich aus, da es im Juni wieder zu Hochwasser und Überschwemmungen kam. Außerdem wurden die wenigen Kartoffeln, die noch übrig waren, auf den Äckern von Hungernden gestohlen.

In der Endphase kam es immer wieder zu feindlichen Angriffen mit Panzerwagen gegen die Deutschen, sodass ihnen eine Stellung nach der anderen verloren ging, und es erfolgte an allen deutschen Fronten der Rückzug.

So wurde auch in Oberstdorf bekannt, dass die Lage Deutschlands erschütternd sei.

Im September 1918 wurde Anna aus ihrem tiefsten Schlaf gerissen. Eine seltsame innere Unruhe beschlich sie, und dabei hämmerte ihr Herzschlag bis zum Halse.

„Was ist mit dir?“, fragte Otto besorgt, der auch von Annas Schrei aufgeschreckt wurde.

„Ich weiß nicht, ich habe wohl schlecht geträumt, der … hat nach mir gerufen.“ Sie wollte Otto nicht beunruhigen und sagte: „Nein, ist schon gut, es war nichts.“

Aber sie konnte nicht wieder einschlafen, denn sie hatte geträumt, dass Ludwig nach ihr gerufen hatte. Dies war wohl die Stunde, in der ihr Bub gestorben war. Auch am Morgen bemerkte sie, dass die Stubenuhr zur gleichen Zeit stehen geblieben war.

Zwei Wochen später kam Bürgermeister Fritz Geschwender und klingelte ungeduldig an ihrer Haustüre. Anna vermutete zuerst, dass jemand schon so früh am Morgen etwas aus der Schuhmacherwerkstatt bräuchte. Der Bürgermeister, ein hagerer Mann mit strohblondem Haar, stand vor ihr, machte ein düsteres Gesicht und sagte den gefürchteten Satz: „Anna, dein Ludwig ist in Frankreich für sein Vaterland den Heldentod gestorben." Anna war wie gelähmt, sie konnte nichts darauf erwidern. Ihre Beine versagten, und sie konnte sich gerade noch auf der untersten Treppenstufe niederlassen, während er sie am Oberarm festhielt, um sie zu stützen: „Geht´s Anna? Ist dein Mann auch daheim?" Anna murmelte nickend: „Er ist im Stall." Dabei zeigte sie, mit letzter Kraft, die Richtung. Gschwender rief ihr zu, während er zum Stall hinauslief: „Bleib hier sitzen, ich komme gleich mit Otto zurück."

Als Anna Ottos Gesichtsausdruck sah, wusste sie sofort, dass der Bürgermeister es ihm bereits mitgeteilt hatte, und schon sprach der Gschwender weiter: „Ludwig wird schon seit zehn Tagen, seit dem 30. September nach den Kämpfen in Montigny vermisst. Er war dort als Soldat beim 15. Bayerischen Infanterie-Regiment in der 10. Kompanie."

„Vermisst? Sagst du? Dann besteht ja die Möglichkeit, dass er noch lebt?"

„Nein, leider nicht", entgegnete Gschwender: „Denn ich habe erst heute Nachricht bekommen, in der es heißt: „Ein Kamerad aus derselben Kompanie hat gesehen, wie euer Bub durch eine Granate getötet wurde."

Otto wollte wissen: „Werden wir Ludwigs Leichnam bekommen, um ihn hier bei uns im Familiengrab beisetzen zu können?"

Der Bürgermeister verneinte mit einem Kopfschütteln. „Nein, die Granate muss euren Buben wohl schlimm zugerichtet haben." Bei diesen Worten musste selbst der Bürgermeister mehrmals schlucken. Otto wischte sich mit seinen Fingern über seine Wangen, vermutlich um sich seine feuchten Augen abzuwischen.

Anna sagte mit monotoner Stimmlage: „Unser Ludwig ist tot." Sie sah ihn vor sich und versuchte zu spüren, wie er ihr beim Abschied den Arm um die Schulter gelegt hatte und selbst noch glaubte, dass er bald wieder daheim sein würde. Sie konnte es in diesem Augenblick noch gar nicht begreifen, dass ihr 19-jähriger Bub Ludwig nie mehr heimkommen würde. Keiner wusste mehr, etwas zu sagen.

Nun verabschiedete sich Gschwender, weil er anschließend noch zwei weiteren Familien dieselbe traurige Nachricht zu überbringen hatte.

Anna und Otto gingen miteinander in die Stube. Gedankenverloren sah sie zum Fenster hinaus und sagte: „Unser armer Ludwig, der stets so sensibel war, musste im Krieg sterben." Dies brach Anna fast das Herz, sie dachte zurück, wie er damals ihre Schatulle auf den Boden fallen ließ und wie sehr er danach gelitten hatte. Ja, er war etwas Besonderes, auch wenn er für einen Buben manchmal zu empfindsam wirkte.

Am selben Nachmittag kam der Hochwürdige Pfarrer Johann Baptist Witzigmann, um zu fragen, ob er bei der Trauerandacht für Ludwig und seine gefallenen Kameraden aus dem Ort etwas hervorheben solle. Otto schüttelte energisch den Kopf: „Nein, das wollen wir nicht. Unser Bub war für uns etwas ganz Besonderes, aber nichts, was die Allgemeinheit etwas angeht. Und ich denke, der Ludwig würde es auch so wollen."

Anna konnte gar nichts erwidern und weinte stumm vor sich hin.

Witzigmann tröstete sie: „Ihr dürft nicht verzweifeln. In der Bibel steht das Gleichnis, in dem die Jünger in einem Boot saßen und Jesus auf dem Wasser wandern sahen. Christus forderte darin Petrus auf, das Boot zu verlassen und zu ihm zu kommen. Gleichsam ermutige ich euch beide, eure Ängste und Nöte, die euch im Augenblick der Trauer plagen, über Bord zu werfen und auszusteigen, um mit Vertrauen in den Glauben an den Sohn Gottes, das für euch im Moment für unmöglich Gehaltene, in Zuversicht auf ein Wiedersehen mit Ludwig im Paradies zu erwarten. Darum betet für Ludwig, sein Seelenheil und für die, die ihn getötet haben."

Als Mathilde am darauffolgenden Tag von Ludwigs Tod erfuhr, ließ sie alle Arbeit liegen und ging sogleich zu ihrer Freundin, um ihr beizustehen. Als sie Anna am Stubentisch vor Ludwigs Bild sitzen sah, fragte sie: „Anna, wie geht es dir? Kann ich etwas für dich tun?"

Anna schüttelte verbittert ihren Kopf und zeigte aufs Foto: „Schau, ich habe alle drei Buben, den Josef, den Michel und den Ludwig zum Fotograf geschickt, damit ich ein Bild von ihnen habe. Und nun ist das Bild von Ludwig das Einzige, was mir von ihm geblieben ist. Trotz seiner Uniform sieht er doch wie ein Kind aus. Die Augen zeigen doch Angst, findest du nicht auch?"

Sie gab Mathilde das Bild von Ludwig in die Hand. Dort stand er aufrecht, aber unsicher in seiner neuen, feldgrauen, Infanteristen-Uniform, mit Gürtel und dunklen Stiefeln, die ihm bis zu den Knien hinaufreichten. Auf dem Kopf trug er den Spitzhelm, auf dem Rücken hatte er einen großen Rucksack, und sein Gewehr trug er mit einem Lederriemen über seine linke Schulter gebunden. Mathilde sah das Foto eine ganze Weile an und versuchte etwas zu sagen: „Anna, du hast recht, hier auf dem Bild sieht Ludwig mit seinem kleinen Grübchen am Kinn tatsächlich noch sehr jung aus. Seine 19 Jahre sieht man ihm wirklich nicht an." Damit gab sie ihr das Bild in die Hand zurück.

Anna vertraute sich Mathilde an: „Ich will ganz ehrlich zu dir sein, mir geht es nicht gut. Ich habe Ludwig verloren, und mir ist klar, ich bin nicht die einzige Mutter, die durch diesen mörderischen Krieg ein Kind verloren hat. Es wird in nächster Zeit auch nicht einfach für uns, denn wir haben den Krieg verloren. Aber wenn ich daran denke, was Uotz im 17. Jahrhundert in das Buch meiner Vorfahren geschrieben hat. Stell dir vor, er hat damals zuerst seine geliebte Frau, sein Töchterlein Magdalena, seine Zwillingsschwestern Maria und

Ursi und seinen Vater Jakob durch die Pest verloren und kurz zuvor seinen Bruder Christoph, der im Schwedenkrieg gefallen ist. Und schließlich haben die Schweden ihm auch noch das Haus angezündet. Ich weiß nicht, ob ich das alles überleben würde.“ Annas Augen brannten von den Tränen, und trotzdem sagte sie: „Manche Generationen trifft es schon arg, und deshalb will ich nicht klagen. Ich muss trotz allem dankbar sein, dass Josef, der an der Westfront war, einer der wenigen Glücklichen ist, der überlebt hat und heil aus dem Krieg heimgekehrt ist. Und dass der Michel auch kürzlich erst geschrieben hat. Wenn mich die Trauer zu sehr überkommt, dann ziehe ich mich zurück und vertraue mich dem Herrgott an.“

„Anna, ich kann dich gut verstehen, ich lebe auch in ständiger Angst um meinen Mann, den Marte, denn er ist auch noch nicht zurückgekommen.“

Anna sinnierte weiter, tupfte dabei mit ihrem Taschentuch unter ihren Augen herum und fragte: „Als Ludwig seinen Rucksack packte und fortmusste, glaubst du, dass er gedacht hat, nie mehr heimzukommen? Oder meinst du, er hatte solche Gedanken gar nicht zugelassen?“

„Ich weiß nicht“, entgegnete Mathilde ihrer Freundin aufrichtig. „Ludwig musste häufig abends im Stall seinem Vater helfen und, wenn nötig, hat er für ihn das Heu vom Heustock heruntergebracht, weil dieser sich mit seinem Bein immer schwerer tat. Und anschließend sind der Ludwig und ich häufig noch eine Weile unter dem alten Apfelbaum vor unserem Haus gesessen und haben miteinander geredet. Diese Gespräche haben wir beide stets genossen. Ja, wie oft sind der Ludwig und ich dort gesessen, mein armer Bub und ich. Und jetzt ist alles vorbei.“ Anna konnte es nicht verhindern, und die Tränen liefen ihr wieder übers Gesicht hinab.

Schon bald darauf kam es zum endgültigen Zusammenbruch, doch die Generäle redeten immer noch von einem ehrenvollen Untergang der Deutschen.

Pfarrer Heinle sprach in seinem Gedenkgottesdienst, bevor er die Namen der Gefallenen verlas: „Was in diesen vier Kriegsjahren an Heldentaten geleistet wurde, wird vermutlich niemals bekannt werden. Und was an Tragik, furchtbaren Entbehrungen, Hungersnöten von den vielen als Opfer gebracht wurde, und was für ein stilles Leiden auch in den Lazaretten zu verzeichnen ist, dies alles wird wohl keine Feder der Welt jemals imstande sein, zu schildern."

Als Anna diese Worte hörte, dachte sie: „Da hat der Pfarrer wohl recht. Dennoch werde ich versuchen, so viel wie mir möglich ist, aufzuschreiben, damit unsere Nachwelt später darüber Zeugnis ablegen kann."

Und schon begann der Pfarrer die Namen der in diesem letzten Kriegsjahr 1918 verstorbenen Oberstdorfer vorzulesen. „Gefallen sind:

Josef Huber „Jearglars Josefe Cloudese Büe" 39 J., Ludwig Schmid 23 J., Ludwig Schädler „Hanses Karles Büe" 22 J., Johann Waldmann 19 J., Franz Jäger 19 J., Ludwig Math 24 J., Jakob Schleich, Bahnmeister, Max Tauscher „Bertese Hanse Büe" 22 J., Michl Bechteler von Kornau 38 J., Thaddäus Berktold „Berdese Eduarde Büe" 24 J., Max Schratt „Schuster Petere Max" 24 J., Josef Berktold „Kadease Berdese Büe", Josef Berktold „Michele Berdese Büe" 33 J., Anton Tauscher „Schwandwirts Büe" 37 J., Josef Anton Zengerle 42 J., Anton Jäger „Geagels Minikuse Büe" 21 J., Urban Berktold „Gerstrubers Josefe Büe" 21 J., Fritz Tauscher „Baders Tauschers Fritz" 30 J., Franz Jochum „Urchars Büe" von Ringang 20 J., Anton Neidhard, Thomas Geißler „dr Altstädter" 23 J., und der letzte Verstorbene war Ludwig Kling „Büüre Otto'ne Büe" mit seinen 19 Jahren."

Als Anna nach dem Gottesdienst mit rot verweinten Augen aus der Kirche kam und sich nach ihrem Mann umsah, kamen etliche Frauen auf sie zu, um ihr Beileid über den Tod von Ludwig auszudrücken: „Treascht Gott s'Leid"[26]. Als Senzi Schwarz, eine Jahr-

26 Tröste Gott dein Leid

gängerin von Ludwig, auch mit verquollenen Augen auf sie zukam, sagte sie: „Anna, es tut mir unendlich leid, dein Ludwig war so ein feiner Mensch. Früher, als ich nach der Schule heimlief, kam mir oft der kräftige Alois entgegen und riss mir meine Zopfschleife aus den Haaren. Da hat mir Ludwig so manches Mal geholfen und mich anschließend getröstet. Ich hatte ihn wirklich gern, und beim letzten Maitanz haben wir miteinander getanzt. Ich glaube, er hat mich auch gemocht. Anna nahm die Senzi stillschweigend in ihre Arme und versuchte sie zu trösten. Aber es gelang ihr nicht, sie antwortete nur: „Er wird nie mehr wiederkommen."

Senzi sah Anna traurig an: „Glaub mir, ich werde den Ludwig sehr vermissen."

„Danke, Senzi, ich auch."

Als Anna ihren Mann auf dem Marktplatz nirgends entdecken konnte, lief sie ganz langsam die lange gerade Weststraße hinab und drehte sich mehrmals nach ihm um. Denn sie wunderte sich, er konnte mit seinen Krücken doch kaum schneller sein als sie selbst.

Gleich beim Öffnen der Haustüre rief sie: „Otto, ich bin daaah."

Aus der Küche hallte eine unerwartete Stimme zurück: „Mutter, ich auuuch."

Sie behielt ihren Mantel und die Schuhe an und lief erleichtert ihrem heimgekehrten Sohn Michel entgegen. Er war inzwischen dürr und mager geworden und wirkte in seiner Uniform und den zerzausten dunkelblonden Haaren viel größer, als sie ihn in Erinnerung hatte. Hinkend kam er auf seine Mutter zugelaufen, und die beiden nahmen sich in die Arme und drückten sich herzlich.

Mit ihren wasserblauen Augen sah sie ihren Buben prüfend an. „Wie geht es dir, was ist mit deinem Bein geschehen, du hinkst ja?"

„Nicht der Rede wert. Nur ein Streifschuss, es wird wieder heilen."

„Ist Vater schon von der Kirche zurück?"

„Ja, ich war auch beim Gottesdienst und habe erst dort erfahren, dass Ludwig tot ist. Und anschießend bin ich sofort mit Vater heimgegangen. Du standst zwischen so vielen geschwätzigen Weibern, das hätte ich nach dieser traurigen Mitteilung nicht ertragen. Ich wollte nur so schnell wie möglich heim."

„Michel, setzt dich, ich mach dir etwas zu essen, währenddessen kannst du mir berichten, wie es dir erging."

„Mutter, es war furchtbar, viel schlimmer, als du es dir jemals vorstellen kannst. Glaub mir, was im Krieg alles geschieht, dafür gibt es keine Worte. Das Unrecht und die Brutalität des Krieges! Was die betroffenen Männer mitmachen und alles mitansehen mussten." Er schluckte und machte eine kurze Pause, bevor er weitersprach. „Dies alles werden wir vermutlich zeitlebens nicht mehr aus unseren Köpfen bringen. Und zuletzt war ich in einem verlausten Lazarett in einem Gefangenenlager. Die Schindereien und Demütigungen der Wärter dort, die keinen Widerspruch von uns duldeten! Mutter, bitte sei mir nicht böse, aber ich will und kann im Moment nicht weiter darüber reden, vielleicht später einmal."

„Ist schon gut, mein Junge. Ich mach dir jetzt erst einmal eine deftige Hühnersuppe mit viel Fleisch, damit du wieder zu Kräften kommst."

Während er die Suppe hastig löffelte, sagte er: „Zuletzt habe ich mich übers Elsass, den Schwarzwald und den Bodensee auf den Heimweg nach Oberstdorf gemacht."

„Wo hast du denn dein Gepäck, damit ich das noch Brauchbare waschen kann?"

Ich hatte nichts mehr bei mir, außer was ich am Leib trage, denn bei der letzten Schlacht habe ich alles verloren und auch später nicht mehr gefunden.

Nach der großen Kriegsniederlage 1918 musste Kaiser Wilhelm II. auf seinen Thron verzichten, und General Ludendorff erhielt seinen Abschied.

Dann brach in München die Revolution durch die einfache Bevölkerung aus. Sie drängte an die Macht, und es kam zum völligen Umsturz. Eine neue Regierung, bestehend aus einfachen Soldaten-, Arbeiter- und Bauernräten, wurde gegründet.

Somit endete von heute auf morgen die mehr als siebenhundertjährige Regentschaft der Wittelsbacher in Bayern. Der Sohn des in Oberstdorf so hochverehrten Prinzregenten Luitpold, König Ludwig III. wurde abgesetzt und floh vor den revolutionären Münchner Soldatenräten nach Schloss Anif bei Salzburg. Die Monarchie gehörte nun der Vergangenheit an.

Anstelle König Ludwigs III. übernahm Kurt Eisner der USPD die provisorische Leitung der bayerischen Regierung und wurde zugleich Ministerpräsident. Bayern wurde daraufhin zum Freistaat erklärt.

Nachkriegszeit

Als Anna erfuhr, dass nun endgültig der Krieg vorbei war, klagte sie bei ihrem Mann: „Warum nur musste unser Ludwig noch so kurz vor Ende des Krieg einrücken? Ausgerechnet in den letzten Monaten hat ihn der König noch geholt. Ich habe so für Ludwig gehofft, dass der Krieg vorher aus wäre."

Auch Otto haderte: „Und was hat das alles gebracht? Nicht nur die Monarchie ist vorbei, sondern auch das liebe Geld ist nichts mehr wert."

„Otto, wir haben vor Jahren beschlossen, eines unserer Kinder später ins Kloster zu geben. Insgeheim dachte ich, der Ludwig sei so brav und fromm, und ich hatte geplant, zu fragen ob er den christlichen Weg einschlagen möchte. Aber nun ist er tot, und im Nachhinein habe ich von Senzi Schwarz erfahren, dass er schon heimlich Blicke auf Mädchen, das heißt auf sie, geworfen hatte. Ich wäre dir dankbar, wenn wir unser gegenseitiges Versprechen aufheben und keines unserer Kinder ins Kloster schicken." Otto sah seine Frau erstaunt und zugleich erleichtert an: „Anna, ich habe denselben Gedanken auch schon gehabt und bin jetzt froh, dass du es ausgesprochen hast. Ich wüsste nicht, ob ein Leben im Kloster für Maria, Babett oder Otto infrage käme."

„Es erstaunt mich immer wieder von Neuem, dass wir beide häufig dieselben Gedanken haben", sagte Anna zaghaft und lächelte seit Ludwigs Tod ihrem Mann zum ersten Mal wieder zu.

Die Oberstdorfer spürten zum Glück nicht allzu viel vom Wirrwarr, der sich im deutschen Reich abspielte. Trotzdem wurde im November 1918 auch in Sonthofen ein Arbeiter- und Soldatenrat gegründet. Ein Bote kam nach Oberstdorf herauf und verkündete auf dem Marktplatz, dass es ihre größte Aufgabe sei, das Leben und Eigentum der Bevölkerung zu schützen und unter allen Umständen die Grenzen aufrechtzuerhalten. Dort am Marktplatz traf Anna zunächst Mathilde, die heilfroh war, dass ihr Marte wieder gesund und unversehrt heimgekehrt war. Auch Theresia gesellte sich zu den beiden und erzählte, dass Kaspar vor ein paar Tagen heimgekommen sei und in seiner Uniform mit den glänzenden Knöpfen doch irgendwie prächtig aussah.

Anna vertraute ihren Freundinnen an: „Ich mache mir Sorgen um Michel. Ich weiß nicht, was er alles mitmachen musste. Er hat sich so verändert, seit er wieder da ist. Ich weiß gar nicht recht, wie ich es schildern soll. Manchmal kommt er mir so still vor, als würde er dauernd nachdenken, und häufig ist er am Beten. Dabei geht er auch jeden Morgen zur Frühmesse und mindestens einmal wöchentlich zur Beichte. Otto und ich wollten früher, dass eines unserer Kinder irgendwann ins Kloster geht. Aber manchmal habe ich den Eindruck, dass sich Michel selbst mit diesem Gedanken trägt. Wenn ich ihn wegen des Krieges anspreche, kommen nur einzelne Wortfetzen und Andeutungen über Schützengräben und die eskalierten Gasangriffe. Diese hätten ihm die Luft zum Atmen genommen, und etliche seiner Kameraden wären dadurch erblindet. Ich wollte zuerst, dass er über das Erlebte mit mir spricht und hoffte, es würde ihm Erleichterung bringen. Aber dann murmelt er meist: ‚Lass gut sein, es ist eh vorbei. Ich will nicht mehr darüber reden.' Josef hingegen hat mir vieles vom Krieg erzählt. Mir kommt es manchmal vor, als ob Michel zwar äußerlich, bis auf seine Fleischwunde am Bein, unversehrt geblieben ist, aber in seinem Inneren durch den Krieg viele Schockerlebnisse und seelische Wunden erlitten hat."

Mathilde bestätigte dies: „Das kann schon sein, denn Marte hat mir auch erzählt, dass Männer dort zum Teil schlimmer als Tiere krepiert seien.“

Der Erste Weltkrieg wurde von 1914 bis 1918 in Europa, Afrika, dem Nahen Osten und Asien geführt. Es war bis dahin der größte Krieg in der Geschichte. Insgesamt standen rund 70 Millionen Soldaten unter Waffen.

In diesen vier Jahren Krieg hatte es weltweit vermutlich mehr als 16 Millionen Tote und 20 Millionen Verwundete gegeben. Niemals zuvor gab es so viel Elend und ein solches Ausmaß an Zerstörung. Die wirtschaftlichen Beziehungen waren zerrüttet und die Staaten hoch verschuldet.

Aus Oberstdorf zogen 604 Männer in den Krieg. Davon sind 118 junge Männer von den blutigen Schlachtfeldern überwiegend aus Frankreich und vom Falzarego-Pass, am Grenzverlauf zwischen Österreich und Italien, nicht mehr heimgekehrt. Theodor Heim war als Schiffskoch bis nach Brasilien gekommen, und Johann Raps aus Reichenbach wurde als erster Allgäuer zur Marine geschickt und kam bis zum Ärmelkanal.

Endlich, am 11. November 1918, wurde in Compiégne/Frankreich der Waffenstillstand unterzeichnet, der den Sieg für die verbündeten alliierten Staaten bedeutete.

Ob nun am Ende die Deutschen den Krieg gewonnen oder ob sie ihn verloren haben, danach fragte in Oberstdorf niemand mehr. Die Hauptsache war, dass ihre lieben Angehörigen, soweit sie noch am Leben waren, endlich heimkehren würden.

Erst im Mai 1920 ist der bis dahin tot geglaubte Sepp, Sohn des Müllers, unverhofft in die Heimat zurückgekehrt. Er war schon gleich zu Beginn des Krieges ins Feld eingezogen worden. Seine Angehörigen hatten seit 1914 kein einziges Lebenszeichen mehr erhalten. Er kam über Port Said mit dem Zug aus Sibirien zurück. Am Bahnhof traf er zufällig seine ältere Schwester, die er um Auskunft über seine Familie fragen wollte. Die 6-jährige Gefangenschaft hatte dem armen Sepp jedoch so übel mitgespielt, dass er von seiner eigenen Schwester nicht mehr erkannt worden war. Der Heimkehrer schilderte, dass er mindestens vierzigmal in seine Heimat geschrieben habe, aber niemand hatte je eine Nachricht von ihm erhalten.

Nachdem ihre Kinder aus dem Gröbsten heraus waren und der Krieg vorbei war, plante Mathilde, zu Anna zu gehen, um sie in ihrer Trauer etwas abzulenken.

Anna schlug selbst vor: „Mathilde, lass uns doch ein Stück im Buch weiterlesen, denn ich denke, auf den folgenden Seiten wird geschildert, wie viel Arbeit der Martin und seine Familie mit dem Aufbau ihrer neuen Siedlung im Kleinen Walsertal hatten."

„Gerne, Anna, wenn du möchtest – ich jedenfalls habe die Zeit eingeplant", erwiderte Mathilde erfreut.

Anna versuchte zu lächeln: „Komm, Mathilde, hier ist das Buch, jetzt lesen wir weiter."

1290, Neubeginn im Kleinen Walsertal

Ende August 1290 kamen die Einwanderer, 34 Personen an der Zahl aus dem Wallis, an einem wunderschönen Spätsommertag hier im heutigen Kleinen Walsertal an. Beim letzten Abstieg, bevor sie Baad erreichten, sangen sie gemeinsam ein fröhliches Lied aus der Heimat.

Die Einheimischen sahen die Gruppe schon von Weitem kommen und hörten ihren fremdartigen Gesang. Zwei große Wachhunde liefen ihnen kläffend entgegen, und einer von ihnen sprang Paulina von der Seite aus an. Das Kind hatte sich fürchterlich erschreckt und lief gleich weinend zu seiner Mutter an die Hand. Einige neugierige Dorfbewohner schauten verstohlen hinter ihren Fensteröffnungen hervor. Andere wiederum kamen vors Haus und musterten die Neuankömmlinge misstrauisch, wie ein älterer Bauer, der damit beschäftigt war, sein frisch gemähtes Heu zu wenden. Er lehnte sich auf seine Gabel, um interessiert die singende Gruppe zu beobachten.

Felix erblickte eine klein gewachsene, rothaarige Frau im mittleren Alter mit ihrem auffallend blassen Buben, wie sie mit einer Wasserkelle das klare Wasser aus einem kleinen Bach in ihren Holzeimer schöpfte. Dabei unterbrach sie Felix: „Gute Frau, könnt ihr uns sagen, ob es hier irgendwo eine günstige Herberge für eine Nacht gibt?"

Sie schüttelte ihren Kopf und zeigte mit der Hand in Richtung Norden, wobei sie nach Felix´ Empfinden ein unverständliches Kauderwelsch sprach. Bei dem Anblick des Buben bekam er Mitleid und dachte sich: „Die arme Frau, ihr Kleiner ist eines der Kinder, die später als Dorftrottel enden werden." Nun stieß auch Ulrich zu den beiden. Dieser erfasste sofort, was die rothaarige Frau, die nicht unbedingt eine Schönheit war, Felix sagen wollte.

Er wiederholte, was er verstanden hatte: „Sie meint, wir sollen auf dem Weg weiter nach Norden gehen, dort sind lawinensichere Plätze, an denen wir unsere Siedlung erbauen können." Ulrich bedankte sich bei der Frau und meinte zu Felix: „Das ist doch schon mal etwas. Also lasst uns den Rest unserer langen Reise auch noch gehen."

Kurz nach Baad kamen sie an einem größeren Bauernhaus vorbei, das vermutlich ein Gasthof war. Dort klopfte Daniel an die Haustüre. Der Wirt öffnete und begrüßte die Walliser freundschaftlich: „Für so viele Leute habe ich keinen Platz, aber wenn ihr eng zusammenrückt, könnt ihr bei mir, und eure Freunde bei meinem Bruder im Nachbarhaus nächtigen." Und schon führte er Daniel, gefolgt von Hilde, Martin und Felix einen düsteren Gang entlang, bis sie hinten zu drei Kammern kamen, in denen jeweils einige Strohsäcke auf dem Boden verteilt lagen. „Wenn euch das reicht, könnt ihr hier eine Weile bleiben."

„Das wäre mehr als genug! Denn wir sind nicht verwöhnt, wir haben in letzter Zeit schon schlechter gewohnt als hier bei euch", entgegnete Hilde dankbar.

Am Abend saßen Felix, Daniel und Ulrich im Gasthof in einer Nische an einem Tisch beieinander. Trotz ihrer Geldknappheit genehmigten sie sich jeder zur Feier des Tages einen Branntwein. Als Martin mit Michl sich zu ihnen gesellten, fragte Michl seinen älteren Bruder: „Kann ich auch einen Schnaps haben?"

Daniel antwortete schneller, als Martin überlegen konnte: „Natürlich bezahlt dir dein Bruder heute deinen ersten Branntwein. Schon aus Dankbarkeit, weil du dich während der ganzen Wanderschaft wirklich gut benommen hast und vor allem für deine Unterstützung, den schwer beladenen Wagen anstatt seiner auf den Flexenpass hinaufzuziehen." Die Männerrunde lachte über Daniels Worte. Aber er sprach ruhig weiter: „Gell, Martin, das war wirklich ein feiner Zug von Michl, dann konntest du mit deiner neuen Freundin alleine abhauen."

Martin begriff sofort, dass ihn Daniel mit diesem Wort auf den Arm nehmen wollte, und lachte über diesen Spott: „Ihr habt recht, das war es mir wert." Er sah lachend zum Wirt hinüber und rief: „Zwei Schnäpse, bitte. Einen für meinen Bruder und einen für mich. Aber Daniel, ob ich dir meine Schwester zur Frau gebe, das werde ich mir noch gründlich überlegen müssen." Und wieder kam es zu schallendem Gelächter. Als Hilde, Rosa und Sabina in der Nebenkammer die freudige Stimmung hören konnten, waren auch sie zufrieden und glücklich, endlich am Ziel angelangt zu sein.

Am nächsten Morgen gingen Felix, Martin, Daniel und Ulrich früh los, um geeignete Bauplätze zu suchen. Diese sollten flach, sonnig, in der Nähe von fließendem Wasser und vor allem lawinensicher sein. Bei ihrer Inspektion kam ihnen das Kleine Walsertal wie eine lang gezogene, schmale Landzunge vor, an deren Seiten rechts und links steile Berge hinaufragten. Ungefähr in der Mitte des Tales fanden sie ihrer Meinung nach einen idealen Platz unweit von Baad entfernt. Felix war kritischer als seine Freunde, denn er begutachtete und untersuchte Grund und Boden länger als die anderen. Schließlich befand er dann auch: „Hier werden wir bauen, es ist genug Platz für uns alle da. Selbst wenn unsere Kinder groß sind, können sie in der Nähe von unseren Häusern ihre eigene Hofstatt errichten."

Sie waren übereinstimmend der Meinung, einen guten Standort für ihre neue Heimat nun endlich gefunden zu haben, und vor allem waren sie froh, dass sie aus dem Wallis den langen beschwerlichen Weg zusammen durchgestanden hatten und nun hier beieinander für sich ihre eigene kleine Siedlung erbauen könnten.

Durch den Boten des Grafen zu Rettenberg, Vogt Lechner, wurde den Neuankömmlingen auf die Hand versprochen, dass sie inmitten des Kleinen Walsertales ihre Häuser wie geplant errichten dürften. Darüber hinaus könnten sie dort als freie Bürger leben, wären also keine Leibeigene. Als Gegenleistung für ihr Wohnrecht und die Möglichkeit zur Bewirtschaftung des Landes müssten die Einwanderer eine jährliche Gabe in Form eines Laibs Käse an den Grafen von Rettenberg bezahlen. Außerdem müssten sich die jungen Männer verpflichten, im Kriegsfall mit ihren Speeren und Gabeln die „Grafschaft zu Rettenberg" mit zu verteidigen. Diese letzte Forderung passte Martin zuerst ganz und gar nicht. Aber die Grafen versprachen als Ausgleich, dass sie dadurch unter ihrem Schutz stehen würden. Nach längerem Zögern sah das Martin ein und stimmte schließlich zu. Denn es könnte irgendwann dazu kommen, dass sie auf den Schutz der Grafen angewiesen wären.

Eine klare Androhung der Grafen von Rettenberg lautete: „Wenn sich einer der Einwanderer etwas zu Schulden kommen lässt, wird dieser sofort des Landes verwiesen und umgehend zurück ins Tannberg geschickt."

Die Männer machten sich voller Eifer an die Arbeit und schlugen das Bauholz fürs erste Haus. Sie bedauerten, dass sie es nicht, wie es sonst üblich war, über einen gewissen Zeitraum trocknen konnten. Aber es war schon Anfang September, und die Zeit lief ihnen davon. Bis zum ersten Schnee sollte mindestens ein Haus fast fertig sein.

Inzwischen mähten Hilde, Rosa und Sabina zusammen mit Balbina und Paulina die steilen Grashänge und trockneten das Heu, damit sie über den Winter wenigstens fürs Vieh genug Futter hatten. Die Hühner legten fast jeden zweiten Tag ein Ei, darüber freuten sich Michl und Lorenz ganz besonders. Aber sie hatten Angst, dass ein Fuchs ihre Hühner stehlen würde. Aus diesem Grund bastelten die Buben gemeinsam einen ganz passablen Hühnerstall. Schon einen Vollmond später schlüpften kleine, gelbe Küken aus den Eiern, die sie ihnen zum Brüten gelassen hatten. Als Bal-

bina diese sah rief sie entzückt: „Müetr, schau wie flauschig und weich die Biibele[27] sind. Trotzdem fehlt mir Schnurri, mein Kätzchen. Dieses Jahr wünsche ich mir vom Christkind, dass es mir meinen Schnurri herbringt."

Jerg, der Wirt, war sehr gastfreundlich. Er berechnete nicht viel für die Übernachtungen in seiner bescheidenen Behausung und bot ihnen wie selbstverständlich an: „Wenn ihr wollt, könnt ihr hier wohnen bleiben, bis euer erstes Haus fertig ist." Dafür boten Hilde und Rosa dankbar an, ihm als Gegenleistung in der Gaststube und bei der Küchenarbeit unentgeltlich mitzuhelfen.

Bei der täglichen Arbeit stellte Hilde bald fest, dass Rosa entgegen ihrer Vermutung doch eine liebenswerte und fleißige Frau war, mit der sie gut auskam. Vor allem bestand keine Gefahr, dass sie sich an ihren Daniel heranmachte. Mit der Zeit konnte sie ihren Bruder Martin doch ein wenig verstehen, der sich anscheinend – mehr als ihm bewusst war – in Rosa verliebt hatte.

Schon bald, als die Männer mit dem Holzen und dem Hausbau zugange waren, stellten sie fest, dass sie zu wenig Handwerkszeug besaßen. Sie mussten unbedingt bei einem Schmied sich eine weitere Breit- und Spaltaxt, ein Sabing[28], um das Holz zu ziehen, einen Räppler, um es zu schälen, sowie einen Hammer besorgen. Auch zum Mähen brauchten sie eine Sense und eine Sichel. Als Jerg, der hilfsbereite Gastwirt, das hörte, bot er ihnen an, sie über den Hochtannberg ins Rappenalptal und anschließend nach Oberstdorf hinunterzuführen. „Dort findet ein allseits beliebter und bekannter Markt statt. Da könnt ihr alles bekommen, was ihr für euren Bau und den Hausstand brauchen werdet."

„Wir sollen schon wieder über den Hochtannberg gehen? Ich dachte, das haben wir hinter uns", antwortete Michl dem Wirt etwas vorlaut. Dieser musste darüber lachen. „Hör zu, Michl, es gibt noch einen anderen Weg. Der ist zwar etwas steiler, dafür aber auch kürzer. Er geht über den 2000 Höhenmeter hohen Fiderepass, dann von dort auf der anderen Seite hin-

27 Küken
28 Werkzeug mit Hebelwirkung zum Bewegen von Baumstämmen

unter nach Warmatsgund und anschließend einen langen, relativ flachen Weg nach Oberstdorf."

Jerg hielt wie versprochen sein Wort und begleitete Ulrich, Felix, Daniel, Hilde und Lorenz über den Fiderepass nach Oberstdorf. Die allgemeine Meinung war: „Lieber wollen wir den kürzeren und anstrengenderen Weg gehen, da wir das Laufen ja gewöhnt sind. Gleichzeitig lernen wir für die Zukunft den Weg kennen, wenn wir die heilige Messe in der nächstgelegenen Pfarrkirche in Oberstdorf besuchen wollen."

Als die Marktbesucher aufgebrochen waren, rief Sabina ihrem Mann hinterher: „Vergesst nicht, was Rosa und ich euch aufgetragen haben! Auch die notwendigen Lebensmittel brauchen wir dringend. Nicht, dass ihr das ganze Geld nur für Handwerkszeug ausgebt."

Währenddessen verbrachte Martin zusammen mit Sabina und ihren beiden Mädchen den Vormittag über auf der Baustelle. Rosa war inzwischen alleine in den Wald gegangen, um weitere Heilkräuter wie Huflattich, Spasmuskraut, Gänseblümchen, Fingerhut, die gefährlichen Tollkirschen und viele andere Pflanzen, die inzwischen zur Neige gingen, zu suchen. Anschließend wollte sie diese zum Trocknen auslegen. Die Arnikablüten, die sie gepflückt hatte, zupfte sie von den Stielen ab und übergoss die Blüten mit Alkohol, um bei Gelenksverstauchungen etwas zum Einreiben zu haben. Auch die heilsamen gelben Johanniskrautblüten wollte sie am nächsten Tag, wenn Hilde ihr vom Markt das bestellte Sonnenblumenöl mitgebracht hatte, damit ansetzen und in die Sonne stellen, bis es sich rot verfärbt. Dann ist es so weit, dass man es durch ein Leinentuch seihen und in kleine Fläschchen abfüllen kann. Sie hatte an diesem Tag besonders viel Johanniskraut gepflückt, sodass sie auch etliche Blüten für Tee trocknen konnte, der eine heilende Wirkung gegen seelische Nöte versprach. Nachmittags ging Sabina mit ihren Kindern in den inzwischen von Rosa und ihr angelegten kleinen Gewürzgarten. Sie nahmen sich vor, dort weiter zu jäten, damit sie am nächsten Tag die vom Markt mitgebrachten Samen für Gemüse wie Bohnen, Erbsen, Linsen, Mohrrüben, Krautköpfe sowie verschiedene Küchengewürze wie Salbei, Melisse, Lorbeeren, Minze, Majoran entweder gleich – oder dann im Frühjahr – in den Boden einsetzen könnten. Auch Rosa hatte verschiedene Pflanzen bestellt, die ihr wichtig erschienen, wie Ringelblumen, Kamille und Lavendel für die Herstellung von Salben.

Mittags kam Martin hungrig zu Rosa ins Gasthaus und hoffte, dass er dort etwas zu essen bekommen würde. Er sah Rosa von hinten in der Küche stehen, wie sie sich mit ihren Teemischungen beschäftigte. Dann hörte er sie schluchzen und wunderte sich: „Was ist mir dir? Du weinst ja.“ Dabei wischte sie sich erschrocken mit ihren Fingerspitzen ihr verweintes Gesicht ab. „Ich weiß nicht, was mit mir los ist. Ich bin doch dankbar, dass ich hier bei euch sein darf. Und trotzdem bin ich traurig, weil ich soeben an meine verstorbene Mutter und an meine Geschwister gedacht habe. Früher als Kind bekamen wir von Mutter zum Namenstag ein weich gekochtes Ei. Es kommt dir vielleicht albern vor, aber weil ich heute Namenstag habe, kamen die Erinnerungen und der Gedanke, dass ich meine Geschwister wahrscheinlich nie wiedersehen werde in mir hoch, und das macht mich eben traurig.“ Dabei sank Rosa schluchzend in Martins Arme. Er war sehr einfühlsam, setzte sich, zog sie auf seinen Schoß und wiegte sie sanft wie ein Baby hin und her. Dann flüsterte er ihr liebevoll ins Ohr: „Du bist nicht alleine, ich bin bei dir“, dabei strich er ihr mit seiner Hand übers samtweiche Haar. Sie hatte sich in ihrer Verzweiflung völlig vergessen und weinte sich an seiner Schulter aus. Plötzlich wurde sich Rosa ihres Verhaltens bewusst und erschrak darüber: „Ich darf mich vor Martin nicht so gehen lassen, eine gute Frau klagt nie“, schoss es ihr durch den Kopf. Sie setzte sich abrupt aufrecht hin und wischte sich verlegen mit ihrem Hemdsärmel die wässrigen Augen trocken. Nun sah sie den nassen Fleck ihrer vergossenen Tränen auf Martins Hemd. Schnell wollte sie sich erheben: „Ich weiß gar nicht, was über mich gekommen ist. Es tut mir leid, nun habe ich auch noch dein Hemd nass gemacht, ich …“ Er ließ sie nicht aussprechen, sondern zog sie an sich und küsste sie wie damals am Weiher, als sie sich gerade erst kennengelernt hatten.

Beide brauchten eine Weile, bis sie sich wieder gefasst hatten. Dann nahm Martin Rosas Kinn sanft in seine Hand und hob ihr Gesicht nach oben, sodass sie ihm direkt in seine Augen sehen musste. „Es war in letzter

Zeit zu viel für dich, leg dich eine Weile hin und versuche zu schlafen, das wird dir gut tun."

Er brachte Rosa in ihre Kammer, und sie legte sich in die Bettstatt auf ihren Strohsack. Als er wieder hinausgehen wollte, flehte sie: „Martin, bitte bleib bei mir, ich will jetzt nicht alleine sein. Nicht wie du denkst. Ich habe außer mit Rupert noch nie mit einem anderen Mann geschlafen, habe aber durch die Ehe mit Luis, meinem verstorbenen Mann, die Erfahrung gemacht, dass ein Gefühl von tiefer Vertrautheit zwischen Mann und Frau mehr sein kann als die körperliche Vereinigung."

Er legte sich, ohne ihr zu antworten, neben sie in die enge Bettstatt, ergriff vorsichtig ihre Hand, und so schliefen sie tatsächlich sanft nebeneinander ein.

Als Rosa nach einer ganzen Weile wieder aufwachte, bemerkte sie, dass Martin noch immer neben ihr lag und sie ansah. „Ich glaube, ich habe geschlafen."

„Das stimmt", dabei nickte er ihr liebevoll zu. „Du hast mindestens eine Stunde geschlafen. Geht es dir jetzt wenigstens besser?"

„Ja, ich glaube schon. Danke, dass du geblieben bist."

Dann sprach Martin: „Ich wünsche dir alles Gute zu deinem Namenstag, und habe inzwischen bei den Hühnern extra für dich ein besonders großes Ei bestellt."

Rosa lächelte ihn dankbar an und küsste ihn zärtlich auf seinen Mund.

Er liebkoste Rosa und tastete vorsichtig mit gespreizten Fingern über ihren Körper. Sie begannen gegenseitig ein zärtliches Spiel miteinander. Dabei steigerte sich ihre Lust immer mehr. Beiden war klar, was jetzt gleich geschehen würde, war nicht mehr aufzuhalten, so sehr begehrten sie sich. Martin bestimmte den Rhythmus, und Rosa vergaß alles um sich herum und ließ ihn gewähren. Sie fasste mit beiden Händen um seine Taille und zog ihn näher zu sich heran. Dabei küsste und streichelte er sie leidenschaftlich vom Hals den ganzen Körper hinab, bis sie gleichzeitig zum Höhepunkt kamen. Er lag erschöpft und schwer auf ihr. Rosa war froh, dass sie sein Herz so stark klopfen spürte, sonst hätte sie geglaubt, er wäre tot.

Nun strich er ihr liebevoll mit seiner Hand über ihre Wange und sagte nachdenklich zu Rosa. „Ich denke, es war zu früh, denn wir waren noch nicht beim Pfarrer in Oberstdorf, um uns trauen zu lassen."

„Heißt das, du willst mich heiraten?", fragte Rosa erstaunt.

„Ja, das will ich." Er sah Rosa liebevoll an und sprach weiter: „Du hast sicher schon bemerkt, viel habe ich dir als Frau nicht zu bieten. Wenn du ja sagst, dann werde ich wenigstens versuchen, dass du immer ein Dach über dem Kopf und genug zu essen hast."

Rosa lächelte zurück und sagte: „Du musst mir nichts versprechen, was du vielleicht nicht halten kannst. Ich würde dich auch so heiraten, weil du eben bist, wie du bist."

Am nächsten Abend kehrten Martins Geschwister und seine Freunde vom Markt wieder wohlbehalten zurück. Als Rosa sie von Weitem kommen sah, lief sie ihnen erwartungsvoll entgegen. Sie hoffte, dass sie alles was sie ihnen aufgetragen hatte, besorgen konnten. Als Hilde Rosa kommen sah, rief sie ihr voller Freude entgegen: „Ich habe alles bekommen, was du dir gewünscht hast. Und schau, hier auf meinem Reaf[29] *habe ich noch eine große gusseiserne Pfanne und einen Feuerstein, um unsere Spanlampe anzünden zu können. Der Markt war wirklich beeindruckend, so viele Menschen auf einem Haufen, so etwas habe ich noch nie zuvor erlebt. Auf dem Markt gab es einfach alles, was du dir nur vorstellen kannst. Es lohnt sich wirklich, Oberstdorf zu sehen. Es liegt so ruhig und friedlich, geschützt von den ringsum stehenden Bergen in einem wunderbar geborgenen Talkessel. Und auf dem Weg dorthin haben wir eine Vielfalt von Blumen gesehen. Schau, ich hab dir ein paar Alpenrosen mitgebracht. Nächstes Mal musst du unbedingt mit uns kommen."*

Felix berichtete währenddessen Martin aufgeregt: „Stell dir vor, wenn wir über den Fiderepass zum Warmatsgund gehen, findet schon in der Faistenoy, an der Stelle, wo der Warmatsgundbach in die Stillach fließt, ein reger Handel statt. Das heißt für uns, wir müssen nicht immer den weiten Weg bis ganz ins Dorf nach Oberstdorf zurücklegen und haben

29 hölzerne Lastentrage für den Rücken

dadurch einen großen Vorteil. Die dortigen Händler kommen regelmäßig mit ihren Wagen, auf denen sie verschiedene Getreide, Erbsen, Bohnen, Linsen, Flachs und verschiedenes Werkzeug mitbringen. Wir können die Dinge, die wir brauchen, mit ihnen gegen unseren Käse, unsere Butter und Schmalz tauschen, sobald wir so weit sind. Außerdem habe ich mich darüber gefreut, dass uns die Einheimischen inzwischen schlicht und einfach die ‚Walser' nennen."

Martin und Rosa

Noch am selben Abend teilte Martin seinen Geschwistern Hilde und Michl mit, dass er und Rosa gedenken, in ein paar Monaten zu heiraten. Hilde schaute ihn entgeistert an: „Ihr habt vor, in ein paar Monaten zu heiraten? Was denkt ihr euch nur dabei? Das könnt ihr nicht machen." Dabei zwinkerte sie mit einem Auge ihrem jüngeren Bruder Michl zu. Dieser wusste im Moment gar nicht, wie er sich verhalten sollte. Martin war enttäuscht, weil seine Schwester schon wieder so ablehnend reagierte. Ihm war schon klar, dass es nicht einfach werden würde, aber er hatte gehofft, dass sie inzwischen ihre Meinung Rosa gegenüber ein wenig geändert hätte. So begann er sich zu rechtfertigten: „Hilde, schau, ich habe Barbara wirklich geliebt, das weißt du am besten. Aber mein Leben muss doch jetzt ohne sie irgendwie weitergehen. Wir müssen hier eine neue Existenz aufbauen, und Rosa ist doch ein wunderbarer Mensch, wie du bestimmt auch schon bemerkt hast. Ich hab sie wirklich gern. Was spricht in unserer Notzeit dagegen, wenn ich das Trauerjahr nicht abwarte? Barbara würde es auch nichts bringen, wenn ich alleine bleibe." Hilde und Michl feixten auf einmal: „Martin, du hast mich nicht verstanden, so war das nicht gemeint. Ich dachte, wenn ihr beide vorhabt, heuer noch zu heiraten, dann muss es gleich in den nächsten Wochen sein. Denn wenn es in den Bergen Schnee gibt, könnt ihr nicht mehr nach Oberstdorf zum Pfarrer gehen! Und ich denke doch, dass ihr seinen Segen wollt?"

Fünf Tage später, Ende Oktober desselben Jahres, nahm Rosa ihr einziges gutes, schwarzes Sonntagsgewand aus der Truhe und packte es vorsichtig zusammen mit einer Haarbürste in ihren Gepäcksack. Am nächsten Mor-

gen sollte sie in aller Herrgottsfrühe zusammen mit Martin, ihren Trauzeugen Hilde und Daniel und selbstverständlich auch Michl über die Berge zum Oberstdorfer Pfarrer gehen, um sich von ihm trauen zu lassen. Als die kleine Wandergruppe kurz vor Loretto angekommen war, verschwand Rosa hinter einen großen alten Ahornbaum und zog ihr Festtagskleid an. Hilde nahm anschließend die Haarbürste, um ihrer zukünftigen Schwägerin die Hochzeitsfrisur zu fertigen. Dazu band sie ihr das Haar hinten zu einem dick geflochtenen Zopf, den sie am Hinterkopf zu einem Knoten hochsteckte. Dann nahm sie aus ihrer eigenen Tasche ein weißes samtenes Haarnetz und streifte es über Rosas Haare. „Das habe ich letzte Woche auf dem Markt gekauft." Als sie sicher war, dass Daniel sie nicht hören konnte, flüstere sie Rosa ins Ohr: „Ich wollte es eigentlich für meine eigene Hochzeit aufheben. Aber nun sollst du es tragen, das schenke ich dir." In diesem Moment kam Michl zu den beiden Frauen gelaufen und drückte Rosa eine duftende weiße Rose in die Hand. Er gestand: „Die habe ich soeben dort hinten heimlich an einem Bauernhaus gepflückt. Ich denke, wenn eine Braut diese gestohlene Blume trägt, dann wird es auch für den Besitzer eine Ehre sein." Hilde nahm Rosa die Blume aus der Hand und steckte sie ihr oben am Revers des Kleides fest. Als Martin seine strahlende, hübsche Braut stehen sah, sagte er ganz ergriffen: „Rosa, du siehst bezaubernd aus", nahm sie an der Hand und führte sie zusammen mit den anderen in die Kirche zum Gottesdienst. Erst anschließend an die allsonntägliche Andacht wollte der Hochwürdige Pfarrer Merlin die Trauung durchführen.

Martin wirkte so gelassen, als er seiner liebreizenden Braut den Silberring, den er kurz vor der Trauung in Oberstdorf besorgt hatte, an den Finger stecken wollte. Aber der Ring war ihm aus der Hand geglitten und auf den Steinboden gefallen. In der Kirche war es mucksmäuschenstill, und fast jeder Anwesende konnte das Aufschlagen und das rollende Geräusch des Ringes hören. Martin sprang dem Ring hinterher. Kurz vor den Gläubigen in der ersten Reihe erwischte er auf allen vieren den Ring gerade noch, bevor er unter den vielen Füßen verschwinden konnte.

Als er beim zweiten Versuch Rosa den Ring an den Finger steckte, bemerkte sie, dass er genauso aufgeregt war wie sie, denn seine Hände waren eiskalt und zitterten leicht. Erst nachdem Rosa den viel zu gro-

ßen Ehering an ihrem Finger trug, ließ Martin ihre Hand wieder los und lächelte ihr angespannt zu. Nach der kirchlichen Trauung luden sie Pfarrer Merlin zum Mittagessen ins Gasthaus neben der Kirche ein. Es gab einen deftigen Gemüseeintopf mit etwas Schweinernem. Unmittelbar nach dem Essen begaben sich die fünf wieder auf den schmalen Heimweg über den Fiderepass. Bei ihrem Fußmarsch schmunzelten sie immer noch gemeinsam über das kleine Missgeschick, das Martin in der Kirche widerfahren war.

Am Abend, als das frisch vermählte Paar todmüde von ihrem gemeinsamen Hochzeitsmarsch zurückgekehrt war, spendierte Jerg, der Gastwirt, als Hochzeitsgeschenk seine größte Gästekammer, damit, wie er betonte, Martin und Rosa ihre erste gemeinsame Nacht ungestört miteinander verbringen konnten.

Als die beiden nun als verheiratetes Paar nebeneinander im Bett lagen, musste Rosa gezwungen lachen. „Liebste Rose, sei still, und komm näher zu mir“, sagte Martin. Wenn du möchtest, können wir zuerst miteinander reden. Es muss ja nicht gleich sein, dass …, wir haben die ganze Nacht Zeit für uns.“

„Ja, Martin, das wäre wunderbar.“

„Ich weiß, du hast heute viel an deinen Mann und an Rupert denken müssen.“

Sie nickte, und dabei wurden ihre Augen feucht.

„Glaube mir, Rosa, ich habe während unserer Trauung auch an Barbara und meine erste Eheschließung gedacht. Da hatte ich meinen Kopf nicht ganz bei der Sache, und deshalb fiel mir der Ring aus der Hand.“ Sie holte tief Luft, sodass er einen Seufzer vernehmen konnte.

„Rosa, ich möchte nicht, dass du denkst, du darfst mit mir nicht über deinen früheren Mann reden. Und ich wünsche mir auch, dass ich dir manchmal etwas von Barbara erzählen darf, auch wenn wir jetzt miteinander verheiratet sind. Es wäre nicht recht, wenn wir unsere ehemaligen Ehepartner vergessen würden. Du hast mir ja erzählt, dass du deinen Mann geliebt hast, wie auch ich Barbara geliebt habe. Beide wären bestimmt gerne bei uns im Diesseits geblieben, aber es war ihnen nicht vergönnt. Trotzdem musst du wissen, wir dürfen kein schlechtes Gewissen

haben, wenn wir in Zukunft beieinander liegen und uns lieben. Ich bin mir ganz sicher, wenn unsere früheren Ehepartner uns wirklich geliebt haben, dann gönnen sie uns unser neues Glück miteinander." Martin strich Rosa liebevoll übers Haar und öffnete dabei ihren Haarknoten, sodass ihr wallendes Haar über die Schultern hinabfiel.

Martin nahm selbstsicher Rosas Kinn, zog sie leicht zu sich heran und küsste sanft ihre Lippen. Dabei löste er die Bänder an ihrer Bluse, strich mit seinen Fingern über ihre Schultern und berührte zaghaft ihre Brüste. Dann streichelte er den Rücken hinab, während er ihr liebevolle Worte ins Ohr flüsterte und sie noch näher an sich heranzog. Auch sie überhäufte ihn mit ihren Küssen und kam dabei völlig aus der Fassung. Während seine Hände ihren Körper entlang nach unten wanderten und den Unterrock nach oben schoben, klammerte sie ihre Arme um Martin und flehte: „Komm zu mir, ich brauche dich." Dann kam der Moment der Vereinigung, in der beide von einer tiefen Wonne der Befriedigung durchflutet wurden. So verbrachten sie leidenschaftliche Stunden miteinander.

Nach dieser erfüllenden Liebesnacht blieben die beiden, nackt wie sie waren, ruhig beieinander liegen, als fürchteten sie sich davor, sich wieder zu verlieren.

Als sie am nächsten Morgen vom Gezwitscher eines Vogelschwarmes geweckt wurden, lag Rosas Kopf immer noch auf seiner Brust, und Martin hielt seine Frau ruhig in seinen Armen. Er lächelte sie frohen Mutes an: „Guten Morgen, meine Rose, ich glaube, ich habe soeben den Klapperstorch klappern gehört."

Mit dem Hausbau ging es besser voran, als sie zuerst gedacht hatten.

Neue Siedler, die im Kleinen Walsertal sesshaft werden wollten, durften Bäume fällen und roden, wo immer sie wollten.

Sie bauten das erste Haus in der Weise, wie sie es von ihren Vätern im Wallis gelernt hatten. Es wurde ein einfaches viereckiges Haus, das einem Kasten gleichsah. Als Fenster ließen sie kleine Öffnungen, damit etwas Licht hereinkam und es dennoch warm bleiben würde. Glasscheiben wären viel zu teuer geworden, das konnten sie sich nicht leisten. Aber als es im

Herbst kälter wurde, mussten sie die Öffnungen mit Holz verschließen – anders war es nicht auszuhalten.

Schon bald hatte es sich im Kleinen Walsertal herumgesprochen, dass Rosa eine Heilerin sei, und wenn jemand verletzt oder krank war, kam der Patient zu ihr, um sie um Hilfe zu bitten. Auch Sabina vertraute sich Rosa an. „Ich habe schon, seit wir von daheim fortgegangen sind, keinen Monatsfluss mehr gehabt. Zuerst dachte ich, es käme von der Anstrengung und den weiten Fußmärschen. Aber inzwischen sind meine Brüste fest und mein Leib rundet sich ein wenig. Jetzt vermute ich, ich könnte schwanger sein.“ Rosa untersuchte sie behutsam, indem sie ihren Bauch abtastete und bestätigte ihren Verdacht: „Ja, Sabina, du bist wieder guter Hoffnung, und vermutlich wirst du deinen Säugling, noch bevor es Frühling wird, im Arm halten können.“ Darüber freute sich Rosa aufrichtig mit ihrer Freundin.

Immer mehr einheimische Kranke und Verletzte suchten Rat bei Rosa und waren froh, nun endlich Unterstützung bei verschiedenen Leiden zu haben. Ein Bürger aus Baad litt an einem hitzigen Reißen im Knie. Ihm legte Rosa einen Arnikaverband an. Ein weiterer Verletzter kam mit einer klaffenden Wunde, die er sich vor Tagen bei Holzarbeiten im Wald zugezogen hatte, und die bereits eiterte. Hier versorgte Rosa die Wunde erst mit Alkohol, und für die Heilung gab sie ihm ein Gläschen Johanniskraut-Öl mit.

Viktoria, die Frau, die sie am Tag ihrer Einwanderung mit ihrem behinderten Sohn kennengelernt hatten, kam mit einer Brandwunde zu ihr. Diese hatte sie sich am Herd mit der heißen Pfanne an ihrer Hand zugezogen. Rosa schenkte ihr ein wenig ihrer kostbaren Ringelblumensalbe, die sie erst kürzlich aus Murmelesfett hergestellt hatte. Allmählich waren selbst die Misstrauischen unter den Einwohnern dankbar, dass sie mit den Familien von Martin Berchtold, Felix Math, Daniel und Ulrich Wüstner aus Naters gute Nachbarn bekommen hatten.

Da die Walliser ihre Häuser ungefähr in der Mitte des lang gezogenen Tales erbauten, wurde ihre neue Heimat bald Mittelberg genannt.

Nun war es kurz vor Weihnachten. Felix, seine schwangere Frau Sabina und die Kinder Lorenz, Paulina und Balbina freuten sich auf das erste Fest im neuen Heim, auch wenn es noch an vielem fehlte. Vor allem bedauerte die Hausfrau Sabina, dass die Fensteröffnungen immer noch mit Holz verschlossen waren, denn selbst am Tag war es in der Küche so dämmrig, dass sie sich bei der täglichen Arbeit schwertat. Im Winter hatten sie jedoch genügend Zeit für den Innenausbau. Sie errichteten dieses erste Haus extra etwas größer, damit auch Martin mit seiner Frau Rosa, seine ledige Schwester Hilde und der jüngere Bruder Michl sowie Daniel und sein Bruder Ulrich dort vorübergehend mit wohnen konnten. Ihnen war bewusst, dass sie mindestens ein Jahr zu elft dort wohnen mussten, bis dann hoffentlich ein weiteres Haus fertig sein würde. Aber zum Glück war es ein milder Winter, sodass die Männer mit einigen Arbeiten gut vorankamen. Ulrich mauerte zwei Öfen mit Verbindung zwischen Küche und Stube. Miteinander isolierten sie die Innenräume, schreinerten die nötigsten Möbel und versuchten, für ein weiteres Haus ausreichend Holz zu fällen. Wenn dies wegen der Schneefälle nicht möglich war, setzte sich Felix an den Pschniedesel[30], um Schindeln herzustellen. Lorenz und Michl fertigten eine große Anzahl von Holznägeln, die sie für die weiteren Hausbauten brauchen würden. Und Martin fertigte zusammen mit Daniel Holzgestelle, um im nächsten Sommer das Heu zum Trocknen darüberhängen zu können. Darüber hinaus einen Båmmarschlitte[31], Millgschier und Wassrschiffle[32] und vieles andere, um im nächsten Jahr gleich nach Winterende mit der landwirtschaftlichen Arbeit beginnen zu können.

Sie hatten wenig zu essen, da sie nur zwei Kühe, die drei Ziegen und ein paar Hühner besaßen. Zudem hatten sie ja im vergangenen Jahr noch keine Vorräte erwirtschaften können. Nun wurde auch ihr weniges Erspartes immer knapper, und sie konnten sich kaum mehr etwas leisten. Die Männer gingen abwechselnd immer wieder auf die Jagd, um wenigstens etwas Fleisch herbeizuschaffen.

Da die Walliser, nun Walser genannt, keine Leibeigenen der Adeligen waren, war es ihnen nach eigenem Gutdünken erlaubt, auf die Jagd zu

30 Schnitzbock
31 Baumschlitten
32 Milchgeschirr und Wasserbehälter

gehen. Den Oberstdorfern selbst war das als Untertanen nicht gestattet – es wurde sogar als Wilddieberei schwer bestraft. Wenn Martin zusammen mit seinen Freunden, mit schönen Auerhahnfedern auf dem Hut, zur Kirchweihe nach Oberstdorf kamen, machten sie sich darüber ihren Spaß, den Neid der Oberstdorfer herauszufordern, denen das Jagen nicht gestattet war.

Rosa und Hilde war nicht entgangen, dass die schwangere Sabina nur sehr wenig aß und ebenso Hunger litt wie die anderen auch. Rosa machte sich schon Sorgen deswegen. Einige Male befahl Felix seiner Frau: „Du musst mehr essen, schon wegen des Kindes in deinem Bauch."

„Aber ich habe doch keinen Hunger", schwindelte Sabina. Allen am Tisch war klar, dass sie auf ihren Anteil Paulina oder der zarten Balbina zuliebe verzichten wollte.

Doch plötzlich wurde es Felix zu dumm, er schlug mit seiner Hand auf den Tisch und wurde lauter: „Wenn du selbst schon nichts essen willst, dann iss wenigsten für unser Kind. Ich will jetzt sehen, wie du deinen Teller leer isst!" Rosa war erleichtert, als sich Sabina dem strengen Befehl ihres Ehemanns fügte und endlich wieder etwas zu sich nahm.

Mitten in der darauffolgenden Nacht hörte Felix Sabina neben sich stöhnen. Er zündete eine Kerze an, und trotz des schwach flackernden Lichtes fiel ihm auf, dass sie kreidebleich im Gesicht war und die Augen geschlossen hielt. Dabei murmelte sie: „Felix, ich denke das Kind wird kommen."

Er erschrak: „Ist das wie bei Barbara nicht viel zu früh?"

„Nein, ich denke nicht, denn seit wir von daheim fort sind, habe ich nicht mehr geblutet."

Er lief gleich zu Rosa und dann zur Sicherheit auch noch zu Hilde, um beide zu wecken.

„Seit wann hast du Wehen?", frage Rosa Sabina.

„Frag nicht! Ich glaube, meine Presswehen beginnen."

„Hilde, lauf in die Küche, stell Wasser auf und bring Tücher herbei. Ich bleibe inzwischen hier bei Sabina sitzen", und schon begann sie der Gebärenden den Schweiß von der Stirn zu tupfen und stützte ihr während der Wehen den Rücken.

„Jetzt press, komm mach, und noch einmal, jaaa, so ist es gut", und schon kam das Köpfchen zum Vorschein. Rosa griff geschickt das Kind an den Schultern und zog es heraus. Gleich drehte sie den Säugling um, und sein kräftiges Schreien war im ganzen Haus zu hören. Da sagte sie erfreut zu Sabina: „Gratuliere, es ist ein kerngesundes, kräftiges Bieble[33]."

Felix stand, mit seinen Armen in der Hüfte gestemmt, im Türrahmen, und schon huschten Balbina und Paulina gebückt unter ihm vorbei und stürmten ans Bett ihrer Mutter: „Müetr, was isch es?"[34]

„Ein Bub, ihr habt einen Bruder bekommen."

Die beiden waren enttäuscht. „Oh je, einen Bruder wollten wir doch nicht."

Rosa nahm ihr scharfes Sichelmesser in die Hand und durchtrennte gekonnt die Nabelschnur.

Als sie den Kleinen in einer Schüssel mit vorgewärmtem Wasser aus dem Wasserschiffle[35] abwuschen, wurde er krebsrot und fuchtelte mit seinen Ärmchen um sich.

Danach legten sie Sabina ihr Neugeborenes auf den Bauch und deckten es mit einer von Hilde angewärmten Decke zu. Sofort hörte der Säugling auf zu schreien und begann an Sabinas Brust zu saugen.

„Ich befürchte, er wird ein kleiner Fresssack werden", bemerkte Hilde hingerissen. Dabei lächelten sich die im Raum Anwesenden zufrieden an. Felix entgegnete nüchtern: „Sabina, ich glaube, den kleinen Wurm werden wir auch noch groß kriegen."

Nach diesem Ereignis sagte Hilde zu Rosa: „Ich will alles von dir lernen, und irgendwann möchte ich Hebamme sein, so wie du."

Als die Männer Ende März mit dem Neubau für Martins Haus beginnen wollten, wurden sie von weiteren Schneefällen jäh unterbrochen. Ihren Freunden aus dem Wallis, die sie während ihrer Wanderschaft auf dem Weg hierher kennengelernt hatten, erging es ebenso. Diese erbauten noch weiter entfernt von Baad, einige Kilometer nördlich von Felix' Anwesen,

33 Bübchen
34 Mutter, was ist es?
35 Wasserbehälter im Herd

ihre eigene kleine Siedlung. Doch sie hatten einen wesentlich schwereren Stand und bekamen kaum Kontakt zu den Einheimischen, da sie nicht ihre unmittelbaren Nachbarn waren.

Daniel und Felix wollten ihnen behilflich sein und machten einen Vorschlag: „Veranstaltet doch ein Fest, zu dem ihr alle Talbewohner einladen könnt. Das wäre eine gute Gelegenheit, um euch vorzustellen und euch gegenseitig kennenzulernen. Wir gehen für euch auf die Jagd und bringen ein Hirschkalb mit, das ihr am Fest braten könnt. Die Getränke müsst ihr selbst besorgen, oder jeder Gast soll etwas zum Essen oder zum Trinken mitbringen. Dann wird es euch finanziell auch kaum belasten.“

Für diesen Ratschlag waren ihre Landsleute dankbar, und sie organisierten wirklich ein solches Zusammentreffen. Trotz ihrer Bedenken kamen viele Besucher, und vor allem die jüngere Generation aus Baad war stark vertreten. Unter den Gästen befanden sich auch Martin mit Rosa, Daniel, Hilde, Ulrich und Felix. Sabina blieb bei ihren vier Kindern und bei Michl daheim.

Rosa hatte Viktoria, seit sie sich verbrannt hatte, nicht mehr gesehen. Da kam sie aber zu ihnen an den Tisch und zeigte ihr eine kleine, helle Narbe, die von der Verbrennung zurückgeblieben war: „Danke, Rosa, die Salbe hat mir gut geholfen, ohne dich wäre es bestimmt viel schlimmer gewesen.“ Ulrich hörte den beiden eine Weile zu und fragte Viktoria schließlich interessiert: „Wo hast du denn heute deinen Buben, den …, ich glaube, Bartholomäus heißt er?“

„Du kannst dich noch an meinen Buben erinnern?“

„Klar, seid ihr mir in Erinnerung geblieben! Bist du seine Mutter?“

„Mein Name ist Viktoria, ja, Bartholomäus ist mein Sohn – auch wenn er, wie alle sagen, mir nicht ähnlich sieht.“

„Darf ich fragen, wer von den Männern ist dein Mann?“ Dabei sah Ulrich sich um. Dann sprach er weiter: „Ist er heute Abend nicht hier?“

„Nein, er ist gestorben, als ich schwanger war.“

„Dann bist du mit deinem Buben alleine unterwegs?“

„Wir leben hier in meiner bescheidenen Hütte, dort hinten in den Wäldern.“ Dabei zeigte sie mit einer Hand in Richtung Südosten. Mein Mann

und ich wollten uns in Baad ein Haus bauen, dabei kam er ums Leben. Seitdem wohne ich hier mit Bartholomäus alleine."

Viktoria war eine eigenwillige Frau und absolut keine Schönheit, aber wie Ulrich fand, war sie trotzdem eine liebenswerte Erscheinung.

Martin, Rosa, Hilde und Daniel saßen gemütlich beieinander am Tisch, und immer wieder setzten sich die Einheimischen wechselweise dazu, sodass es allen möglich war, sich kennenzulernen. An diesem Abend wurde es viel später, als geplant. Und als der Nachtwächter wie gewohnt um die paar wenigen Häuser zog, gingen die meisten zufrieden und mehr oder weniger beschwipst heim.

Ulrich und Viktoria

Schon ein paar Tage nach dem Fest besuchte Ulrich Viktoria und ihren Buben in ihrer einfachen Behausung im dichten Wald, ein gutes Stück entfernt von Baad mit seinen Einwohnern. Er wunderte sich, wie einsam das Haus in der Wildnis stand und fragte, ob sie sich dort alleine mit ihrem Buben nicht fürchten würde. Als Ulrich auf der schmalen Bank an ihrem rohen Küchentisch saß und einen Tee trank, ärgerte sich Bartholomäus. Er war unheimlich eifersüchtig, und plötzlich biss er Ulrich vor Wut in die Hand. Ulrich zeigte Verständnis und nahm ihn in Schutz: „Ich nehme an, er ist es nicht gewohnt, dass du einem Fremden etwas zu trinken anbietest." Beim nächsten Besuch brachte Ulrich dem Buben ein selbst geschnitztes Pferdchen mit. Seit diesem Tag akzeptierte und freute sich der Kleine, wenn Ulrich zu seiner Mutter auf Besuch kam. Doch am liebsten spielte er mit seiner Katze Molli, die vor wenigen Wochen drei Junge zur Welt gebracht hatte. Mit der Zeit trafen sich Ulrich und Viktoria immer öfters. Einen Tag vor Weihnachten bat Ulrich den Bartholomäus: „Würdest du mir eines deiner Kätzchen schenken? Denn ich habe zu Hause ein Mädchen, die Balbina, und sie wünscht sich vom Christkind nichts sehnlicher, als so ein Kätzchen zu bekommen." Bartholomäus lief sogleich zu seinen gestreiften kleinen Tigerkatzen und bot an: „Such dir aus, welches du haben willst."

„Du bist ein guter Junge, da wird sich Balbina aber freuen. Ich danke dir sehr dafür."

Einen Tag vor Heilig Abend war es kalt und feucht, die Eintönigkeit erstreckte sich übers gesamte Tal hoch ins Gebirge bis zum Himmel hinauf und vermischte sich mit grauen Nebelschwaden. In den Bergen lag kaum noch Schnee, was ungewöhnlich für diese Jahreszeit war, und deshalb entschieden einige Walser wie auch Martin, Rosa, Daniel und Hilde kurzfristig, dass sie in die Christmette nach Oberstdorf hinüberwollten, auch wenn das Wetter noch so ungemütlich war.

Auf dem anstrengenden Fußmarsch dorthin lastete die Stille des Winters. Von manchen Hängen gingen kleine Lawinenrutscher ab. Hilde und Rosa fürchteten sich: „Ist das nicht gefährlich? Hoffentlich werden wir nicht von einer Lawine begraben."

„Nein, wir würden doch kein Risiko eingehen, wenn es gefährlich wäre, dann wären wir daheimgeblieben. Als sie nach einem langen Fußmarsch endlich in Oberstdorf angekommen waren, dämmerte es bereits. Auf den Gassen war es fast unheimlich still, und sie trafen kaum jemanden an. Doch aus der Kirche durch das dicke Gemäuer drangen schon gedämpft feierliche Weihnachtsgesänge. Zur Begrüßung kam der Pfarrer auf seine auswärtigen Gläubigen zu und sagte: „Lasst euch Zeit, ihr seid noch früh genug dran, das was ihr hier hören könnt, sind unsere Sänger aus dem Ort, die noch ein wenig proben wollen, damit es nachher in der Christmette feierlich zugeht." Der Hochwürdige Pfarrer entdeckte erfreut Rosa, die er vor Kurzem getraut hatte, neben ihrem Ehemann stehen, und ging sofort auf sie zu. „Frau Rosa, mir ist zu Ohren gekommen, dass ihr kranke Menschen heilen könnt, ist das wahr?"

„Hochwürden, das kommt darauf an, um was für eine Krankheit es sich handelt."

„Bei mir im Haus ist Bruder Franz, ein Bettelmönch zu Besuch. Er setzte sich letzte Wochen versehentlich auf einen Dornenbusch. Seitdem kann er kaum mehr sitzen und hat fürchterliche Schmerzen. Ich glaube, seine Wunde eitert. Wenn Sie mit mir an sein Krankenbett kommen würden, könnten Sie sich seine Wunde ansehen."

Rosa sah zu Martin hinüber, und dieser nickte ihr zustimmend zu. Daraufhin bat sie ihn verunsichert: „Kommst du mit?"

„Wenn du es willst, dann werde ich euch begleiten."

Der Pfarrer ging voraus und die beiden folgten ihm in das einfache, ältere Haus, das gleich neben der Kirche stand. Beim Anblick des bärtigen, kräftigen Mannes im Bett erschrak Rosa und war heilfroh, dass Martin bei ihr war. Der Pfarrer sagte freundlich zu dem Kranken: „Bruder Franz, die junge Frau möchte sich deine Wunde ansehen, sie wird dir helfen können."

Der alte bärtige Mönch sah Rosa grimmig und zutiefst verärgert an und schrie mit seiner kraftvollen tiefen Stimme. „Was will die Quacksalberin? Meinen Allerwertesten will die sich ansehen! Das würde der so passen!" Rosa erschrak und sah verwirrt nach hinten zu Martin, der immer noch an der Türe stand. „Ihr glaubt doch nicht wirklich, dass ich, als ein Mann Gottes, mich vor diesem Weibsbild entblößen werde! Niemals, das wäre Unzucht, und so etwas lasse ich nicht zu."

Daraufhin erwiderte Martin mit einem unterdrückten Lächeln: „Komm Rosa, lass uns gehen, dann müssen ihm halt die Dornen aus seinem Allerwertesten herauseitern." Dabei drehte sich Rosa zuerst etwas zögerlich zu Martin um, und als sie gemeinsam die Schlafkammer des Mönches verließen, musste Rosa so laut lachen, dass sie sich eine Hand vor den Mund halten musste, damit der Pfarrer sie nicht hören konnte. Nun gingen sie gemeinsam mit dem Pfarrer zurück in die Kirche. Rosa konnte ihre spitze Zunge nicht im Zaum halten und bemerkte dem Pfarrer Merlin gegenüber: „Ihr Mönch hält wohl nichts von den Heilkünsten einer Frau?"

„Wir dürfen Bruder Franz keinen Vorwurf machen, er ist ein Mönch und hat Furcht davor, dass ihn eine Frau so sehen könnte, wie Gott ihn schuf. Lasst uns in die Kirche gehen, um zu beten." Nach der feierlichen Weihnachtsandacht ging Rosa nochmals zum Pfarrer und gab ihm eine kleine Flasche Alkohol. „Bitte versuchen Sie, dass Sie die Wunde ausdrücken, bis der Dorn heraus ist, und desinfizieren Sie die Wunde anschließend mit dem Inhalt dieses Fläschchens. Ich hoffe, dass er sich vor Ihnen nicht so zieren wird wie vor mir."

„Danke, Rosa, ich werde es versuchen. Ich wünsche euch allen frohe Weihnachten und morgen einen gute Nachhauseweg, Gott sei mit euch."

„In Ewigkeit Amen", entgegnete Rosa zum Abschied.

Währenddessen feierte Felix mit seiner Frau und ihren Kindern sowie Ulrich und Michl im Kleinen Walsertal Weihnachten. Ulrich hatte am Tag zuvor zusammen mit Michl und Lorenz Moos aus dem Wald geholt und in der Stube in eine Baumwurzel ausgelegt. Diese sollte als Krippe für die heilige Familie dienen. Doch nun fiel Sabina ein, dass sie hier im Breitachtal gar keine Krippenfiguren besaß. Felix lächete seine Frau an, griff in seinen dunklen Lederbeutel und holte die aus Holz geschnitzte Maria und das Jesuskind von früher im Wallis heraus. Sabinas verzweifelter Gesichtsausdrück wich einem freudigen Strahlen, bis sie endlich fragte: „Und der Joseph?"

„Tut mir leid, aber den musste ich daheim lassen, der wäre dann doch zu viel Gepäck geworden."

Neben die karge Krippe stellte sie eine Wachskerze als Symbol für Hoffnung auf mehr Licht und Helligkeit in der düsteren Winterzeit auf. Als ihre beiden Töchter Paulina und Balbina in die Stube kamen, waren sie enttäuscht, und die Kleinste fragte: „Was ist denn das für eine mickrige Krippe? Die ist nicht so schön, wie die im Wallis früher war. Ist das Christkind hier ärmer als daheim?"

Sabina sah Balbina nachdenklich an: „Was heißt mickrig? Ich jedenfalls bin dankbar, dass wir wenigstens Maria und das Jesuskind wieder bekommen haben. Und im nächsten Jahr wünsche ich mir dann vom Christkind einen neuen Joseph. Vielleicht könnt ihr euch dann die Hirten und die Schafe dazu wünschen."

„Au ja, Müetr, das mache ich", rief Paulina zufrieden.

Sabina und Felix hatte ihr Möglichstes getan, damit sich ihre Kinder wohlfühlen und hier einleben würden, aber sie spürte, dass die Kinder, genauso wie sie selbst, ihre wirkliche Heimat hier noch nicht gefunden hatten.

Da kam Ulrich mit dem kleinen süßen Kätzchen auf dem Arm in die Stube. Als Balbina dies sah, vergaß sie allen Kummer. „Siehst du, Müetr, das Christkind hat mir, wie ich es mir gewünscht habe, ein getigertes Kätzchen gebracht. Und dieses ist ja noch viel netter als meine Katze daheim im Wallis." Dabei schmiegte sie das kleine, langhaarige Tierchen liebevoll an ihre Brust.

Schon bald nach dem Essen verabschiedete sich Ulrich von den Seinen und ging zu Viktoria, damit sie an diesem Weihnachtsabend nicht wie in den letzten Jahren mit ihrem Buben allein verbringen musste. Im gesamten Kleinen Walsertal gab es weder einen Pfarrer noch eine Kirche, deshalb gab es nirgends eine Christmette, zu der sie hätten gehen können.

Wenn die gläubigen Walser einen Pfarrer brauchten, zum Beispiel, wenn ein Kind getauft oder eine Ehe geschlossen wurde, dann mussten sie den beschwerlichen Weg zuerst den Berg hinauf- und drüben auf der anderen Seite ins Tal nach Oberstdorf hinabgehen. Am schlimmsten war es, wenn eine Totensalbung anstand oder gar ein Todesfall zu beklagen war. Dann mussten die Verwandten, Nachbarn oder Freunde den Verstorbenen dort hinübertragen, damit dieser vom Oberstdorfer Pfarrer mit Gottes Segen in geweihter Erde beigesetzt werden konnte. Die Walser fürchteten sich davor, im Winter zu sterben, da es den Hinterbliebenen meist nicht möglich war, ihnen den letzten Wunsch zu erfüllen, ohne dass sie sich beim Transport des Leichnams über die Berge selbst in Lebensgefahr begeben mussten.

Ulrich brachte Bartholomäus zum Spielen ein selbst geschnitztes Holzmesser mit. Ulrich tat es gut, mit anzusehen, wie sich der Kleine über das einfache Geschenk freute. Viktoria bekam von ihm einen Hasen, den er für sie erlegt und schon abgezogen hatte. Sie bedankte sich mit den Worten: „Das wird ja ein wunderbarer Weihnachtsbraten." Als die drei gemütlich am Tisch saßen und aßen, fragte Bartholomäus. „Ulrich, bist du jetzt mein Vaddr?" Viktoria war rot geworden und sah verstohlen zu Ulrich hinüber und versuchte, sich aus dieser peinlichen Situation zu retten: „Nein, Bartl, dein Papa ist im Himmel, das weißt du doch, und jetzt wird es Zeit für dich ins Bett zu gehen. Sag Gute Nacht und bedanke dich für das Geschenk bei Ulrich." Danach ging Bartholomäus folgsam in sein Bett. Viktoria tat es gut, endlich wieder einmal einen Mann im Haus zu haben, mit dem sie sich unterhalten konnte. Als es nach zehn Uhr war, wollte sich Ulrich mit einem kleinen Abschiedskuss auf die Wange bei Viktoria bedanken. Doch genau in dem Moment drehte sie ihr Gesicht direkt zu ihm hin und küsste ihn voller Verlangen und Leidenschaft auf seine Lippen. Er konnte ihren Kuss zuerst gar nicht erwidern, weil er so irritiert von ihrer Handlung war. Als sie sich nach einer Weile von seinen Lippen löste und ihn fragend ansah, war es im Zimmer hell genug, sodass Viktoria im Kerzenschein ein zufriedenes Lächeln in seinem Gesicht erkennen konnte. Darüber war sie erleichtert, denn sie hatte sich schon den ganzen Tag über Gedanken gemacht, wie sie es anstellen könnte, ihn zu küssen, ohne dass er sie zurückweisen würde. Als sich Ulrich wieder gefangen hatte, nahm er seine Hände, zog Viktoria nochmals an sich und erwiderte ihren Kuss. Danach fragte er: „Sag mal, wo hast du so küssen gelernt?“

„Nun ja, seit mein Mann tot ist, hatte ich so manchmal die Gelegenheit dazu.“

„So etwas habe ich mir fast gedacht, denn ich habe schon mehrmals Frauen in meine Arme genommen, aber keine wusste so zu küssen wie du. Nun muss ich aber gehen, denn ich habe noch einen weiten Weg, bis ich daheim bin. Gute Nacht Viktoria, schlaf recht gut und danke für das wunderbare Essen.“

„Ulrich, wenn du möchtest, kannst du über Nacht hier bleiben.“

„Nein, Viktoria, es ist besser, wenn ich jetzt gehe.“

Als die vier Kirchgänger am nächsten Tag wieder gesund und wohlbehütet von der Christmette heimgekehrt waren, bekamen sie noch den restlichen Braten, ergänzt von einem Krautkopf als Beilage, den Rosa von Oberstdorf mitgebracht hatte. Als sie so am festlich gedeckten Mittagstisch beieinander saßen und vom Ausflug erzählten, klopfte es stürmisch an der Haustüre. „Wer mag das zur Essenszeit sein?“ Felix stand auf, um nachzusehen. Nun kam er wieder in die geheizte Stube zurück und sprach Rosa an: „Du sollst zum Jerg-Wirt kommen, vermutlich hat er einen Hexenschuss.“

Rosa wollte schon aufstehen, da fasste Martin sie am Arm und sagte: „Nein, du bleibst jetzt sitzen und isst in Ruhe mit uns zusammen fertig. So lange wird Jerg wohl noch warten können.“

„Du hast recht, so ein großartiges Essen bekomme ich nicht so schnell wieder. Außerdem bin ich von unserer Wanderung sehr müde, und jetzt muss ich noch zu Fuß bis nach Baad gehen."

„Rosa, ich verspreche dir, wenn wir eines Tages genug Geld haben, dann werde ich für uns ein Pferd kaufen. Aber weil heute Weihnachten ist, werde ich dich begleiten. Wir sollten einfach unsere Maulesel mitnehmen. Vielleicht können wir auf denen reiten."

„Das wäre mir sehr recht, und es würde genau zum heutigen Tag passen."

Als sie auf den Eseln saßen, musste Rosa so sehr lachen, dass sie gleich zu husten begann: „Jetzt kommt es mir vor, als wären wir Maria und Joseph aus dem Morgenland." Und so ritten die beiden auf dem schmalen Weg nach Baad zum Gasthof, was beiden nun doch Freude bereitete. Jerg lag auf seiner Bettstatt und stöhnte vor Schmerz. Er konnte sich kaum auf den Bauch drehen. Als Rosa mit kreisenden Bewegungen seinen Rücken lockerte, jammerte er weiter. Dann legte sie vorsichtig ihre Hände rechts und links der Wirbelsäule und begann, mit leichtem Druck vorsichtig von der Lendenwirbelsäule zur Brustwirbelsäule nach oben zu federn. Mehrmals konnte sie ein feines Knacken unter ihren Händen spüren. Plötzlich schrie er vor Schmerz auf. „Willst du mir mein Rückgrat brechen?"

Sie antwortete zufrieden: „Nein, das würde ich dir nie antun. Ich bin fertig, steh auf." Er war ganz still und versuchte auf die Beine zu kommen. Nach dieser Behandlung waren seine Schmerzen wie weggeflogen. Er war begeistert: „Rosa, was hast du gemacht? Du hast so starke, heilende Hände und viel Geschick. Ich danke dir, jetzt geht es mir wieder gut."

Im April 1291, als der Frühling Einzug hielt, und der alte Schnee fast weggeschmolzen war, begannen die Walliser ganz in der Nähe von Felix' Haus ein weiteres Wohngebäude mit Stall für Martin und seine Familie zu bauen. Das geschlagene Holz hatten sie schon im Winter mit ihrem Baumschlitten dorthin befördert, denn sie wollten ihre Häuser wie eine kleine Siedlung dicht beieinander bauen. Auch dieses Mal halfen Felix und alle anderen tatkräftig zusammen. Von keinem war während der Bauzeit zu hören: „Das ist mein Haus" oder „Das ist dein Haus". Nein, sie bauten gemeinsam wie auch beim letzten Mal. Aus den Fehlern, die ihnen beim ersten Haus unterlaufen waren, konnten sie einiges lernen und hofften, dass ihnen das zweite Haus besser gelingen würde. Diesmal sägten sie die Fensterausschnitte größer und verschlossen diese mit gegerbten Schweinehäuten gegen die Kälte. Sie erhofften sich dadurch, dass mehr Licht ins Hausinnere fluten konnte. Denn Glas war für sie noch immer unerschwinglich. Zur Haustüre führte ein hoher Schweller, um Wasser und Mäuse leichter fernzuhalten. Die Stube, in der sich der Lebensmittelpunkt der Familie abspielen sollte, war der unterste Raum neben dem Eingang, und im Flur befand sich die Küche mit Herdstelle. Als das zweite Haus bezugsfertig war, konnten Martin und Rosa in ihre eigene Schlafkammer gleich von der Stube aus gelangen. Michl und Hilde bekamen jeder im Obergeschoss zum ersten Mal im Leben eine eigene Kammer. Daniel mit Ulrich, als Gäste auf Zeit, bezogen vorübergehend, bis ihr eigenes Haus fertig sein würde, zusammen eine Schlafkammer gleich gegenüber von Michls. Rosa und Martin waren jetzt schon fast zwei Jahre verheiratet, aber eine Schwangerschaft hatte sich bisher nicht eingestellt. Rosa fürchtete die „Strafe Gottes", und dass sie keine Kinder mehr bekommen könnte, weil sie damals ihr ungeborenes Kind von Rupert abgetrieben hatte. Trotzdem hoffte sie inständig von Monat zu Monat wieder aufs Neue, dass ihr Kinderwunsch doch hoffentlich in Erfüllung gehen würde, und ihr Kind später einmal Daniels und Ulrichs Schlafkammer bewohnen könnte.

Für Rosa war es ganz wichtig, dass ihre Arzneibehältnisse einen guten trockenen Standort bekamen und sie schnell darauf Zugriff hatte. Martin schreinerte ihr neben der Speisekammer ein Holzregal, auf dem sie alle ihre flüssigen Heilmittel in Reih und Glied aufstellen konnte. Für die getrockneten Teeblüten nähte sie verschiedene Leinensäckchen, die sie an Haken unter das Holzregal hing, auf dem sämtliche Arzneimittelbehälter standen. Wenn ein Fremder das Haus betrat, konnte dieser sofort ihre Heilpflanzen und Kräuter riechen. Aber sie selbst und auch Martin hatten sich so sehr an den Geruch im Haus gewöhnt, dass sie ihn gar nicht mehr wahrnehmen konnten.

Dieser Sommer war für Felix, Martin, Ulrich und Daniel genauso anstrengend wie für ihre Frauen. Neben ihrer Arbeit waren sie gezwun-

gen, mehrmals nach Oberstdorf zu gehen, um verschiedene Gegenstände, die sie benötigten, zu besorgen. Sowohl die Landwirtschaft als auch die Viehzucht mussten in Gang gebracht werden. Alle halfen tatkräftig mit, selbst die Kleinsten spannte man mit ein, und war es nur, die Hühner zu füttern. Rosa, Hilde und Sabina jäteten das viele Unkraut, nachdem sie die Graswasen ausgestochen hatten. Dann pflanzten oder säten sie im Garten Gemüse und Beeren, das sie bis zur Ernte ständig gießen und pflegen mussten. Schließlich galt es, alles einzukochen, um damit Wintervorräte zu schaffen. Dabei mussten sie ausprobieren, was die Natur in dieser Höhenlage gedeihen ließ und was die Äcker hergaben. Sie pflanzten auf einer größeren Wiese Gerste und Flachs an, mit einem guten Ernteergebnis. Die Männer mussten neben ihrer Wald- und Bauarbeit am Haus nun auch noch die Wiesen und Hänge mähen. Außerdem kam hinzu, Zäune zuerst her- und dann aufzustellen, damit ihnen ihr Vieh nicht davonlaufen konnte. Morgens und abends mussten die Kühe gemolken und gefüttert werden, wobei auch Lorenz und Michl tatkräftig mithalfen. Einmal wöchentlich ging einer von den erwachsenen Männern gemeinsam mit einem Buben auf die Jagd. Wenn sie ein Tier erlegt hatten, wurde dies gleich an Ort und Stelle ausgenommen und abgezogen, damit die Frauen in der Küche den Braten zubereiten konnten.

Rosa und Martin fielen nach so einem anstrengenden Arbeitstag meist total erschöpft ins Bett. Trotzdem spürte Rosa, kurz vor dem Einschlafen, dass Martin von hinten an sie heranrückte und seine Hand auf ihre Taille legte. Dabei konnte sie seinen Atem in ihrem Nacken wahrnehmen. Dann flüsterte Martin: „Egal, wie viel ich gearbeitet habe und wie müde ich bin. Ich brauche dich. Rosa, was machst du mit mir? Hört das je auf, dass ich dich so sehr begehre?“

Die Männer nahmen sich auch weiterhin vor, trotz der kaum zu bewältigenden Arbeit nebenbei mit dem Hausbau für Daniel und Ulrich zu beginnen. Aber die Zeit lief ihnen davon – den Neubau konnten sie in diesem Jahr unmöglich mehr schaffen. Wie gut, dass Daniel und Ulrich bei Martin im Haus bestens untergebracht waren und für eine weitere Warte-

zeit Verständnis zeigten. Denn auch die beiden waren an ihrer Belastungsgrenze angelangt.

Hilde und Daniel

Nur Hilde wurde mit der Zeit ungeduldig und beklagte sich bei Rosa: „Ich wünsche mir schon, seit wir vom Wallis fort sind, dass Daniel mir endlich einen Heiratsantrag macht. Aber er zeigt kaum Interesse an mir. Manchmal glaube ich, dass er mich gar nicht mehr gern hat."

Rosa war erstaunt und antwortete zögerlich: „Martin hat mir einmal erzählt, dass ihr euch schon seit vielen Jahre versprochen seid."

„Schon, aber warum zeigt Daniel mir das dann nicht? Ich hätte es gern, wenn er sich auch um mich bemühen würde, so wie mein Bruder um dich geworben hat."

„Das ist etwas völlig anderes. Martin und ich, wir haben uns erst vor Kurzem kennengelernt."

„Sei mir nicht böse, aber ich denke, du bist für Daniel so selbstverständlich geworden. Ich meine, du bist einfach da, ohne dass er etwas tun oder sagen muss." Hilde war auf diese Worte hin völlig verstört.

„Aber, Rosa, was soll ich nur tun? Ich arbeite wie ein Tier und versuche alles zu tun, damit er es sieht und mich dafür lieb hat. Aber nichts kommt von ihm. Und jetzt sagst du auch noch, ich sei für ihn zur Gewohnheit geworden?"

„Doch, irgendwie glaube ich das. Du solltest dich auch mehr um ihn kümmern und ihm schöne Augen machen. Sollte es nötig sein, dann musst du ihn verführen."

Hilde wurde bis in die Haarspitzen feuerrot: „Aber, Rosa, was sagst du da? So etwas dürfen wir Frauen doch niemals tun. Nicht, bevor wir beim Pfarrer waren, und auch dann schickt es sich nicht."

„Hilde, hör mir zu, ich will dir als Freundin einen Rat geben. Du hast bisher gewartet und gewartet, und was hat es dir gebracht? Ich will es dir sagen. Nichts, gar nichts hast du damit erreicht! Manche Männer warten ein halbes Leben, bis sie sich eine Frau nehmen. Leider weiß auch Daniel sehr genau, dass du auf ihn warten wirst. Warum soll er sich dann anstrengen und sich um dich bemühen?"

Hilde war völlig irritiert und fand diesen Rat unbegreiflich: „Aber, Rosa, was würdest du an meiner Stelle tun?"

„Es gibt mehrere Möglichkeiten. Entweder du lässt es, wie es ist, und wartest ab und hoffst, dass dir keine andere zuvorkommt und ihn dir wegschnappt."

Hilde schüttelte ungläubig ihren Kopf und sagte: „Nein, das will ich nicht. Glaubst du, wenn eine andere Frau käme, dass er mir …"

„Vielleicht, wissen kann man so etwas nie. Eine weitere Möglichkeit wäre, du sprichst ihn direkt auf einen Hochzeitstermin an oder machst ihm selbst einen Antrag."

„Nein, das kann ich nicht, das ist Männersache. Niemals würde ich das tun. Gibt es noch eine weitere Möglichkeit?"

„Ja, du nimmst die Sache selbst in die Hand und verführst ihn, wie ich es dir vorhin schon geraten habe."

„Das würdest du tun?"

„Oh ja, da bin ich mir ganz sicher. Wenn ich ihn genug lieben würde, dann würde ich das tun!"

Einige Wochen später, als Hilde gerade in ihr Bett steigen wollte, konnte sie draußen vor dem Haus Schritte hören und sah aus dem Fenster. Sie beobachtete, wie Daniel an diesem Abend, ohne seinen Bruder, schon früher vom Gasthof heimgekehrt war. Daraufhin öffnete sie ihre Kammertüre sperrangelweit, sodass Daniel dies auffallen musste. Dann zog sie schnell ihr schönstes Unterkleid über und legte sich ins noch kalte Bett. Sie konnte hören, wie Daniel die Treppe heraufschlich, und dass er kurz vor ihrer geöffneten Türe innehielt. Nun wurde Hilde bewusst, dass er dort stand und sich überlegte, ob er eintreten oder in sein eigenes Bett gehen sollte. Ihr Herz klopfte bis zum Hals, aber sie stellte sich schlafend. Nun kam Daniel tatsächlich zu ihr in die Kammer geschlichen. Als er vor ihrem Bett stand und sie beobachtete, öffnete sie einen kleinen Spalt weit ihre Augen und konnte Daniels Umrisse erkennen. Sie dachte an Rosas Worte, und Daniels Erscheinen kam ihr wie gelegen. Nun war der Moment gekommen, jetzt musste sie handeln. Sie rückte auf ihrem schmalen Bett so weit wie möglich an die Wand und sagte: „Daniel, du bist es?"

„Hilde, habe ich dich erschreckt? Das tut mir leid."

„Ist schon gut, ich habe noch nicht richtig geschlafen." Und schon schlüpfte er zu ihr unter die Decke, ihm fehlten die Worte. Hilde wehrte ihn nicht ab, denn was er jetzt wollte, war für sie offensichtlich. Sie begann aus Furcht davor, was gleich geschehen würde, ein wenig zu zittern und ihr Atem kam ungleichmäßig. Nun konnte sie riechen, dass er einiges getrunken hatte, aber das machte ihr in dem Moment nichts aus. Er küsste sie, bis sie nicht mehr denken konnte. Seine Umarmungen verstärkten sich, und seine Lippen führte er zärtlich über ihren Hals zum Schlüsselbein bis hinunter zu ihren nackten Brüsten. Er setzte sich auf und zog hastig sein Hemd über den Kopf. Dann beugt er sich über sie und schob ihr Nachthemd bis zur Taille hoch. Seine Finger glitten über ihre Schenkel. Ihr Herz begann zur rasen, und sie wühlte mit ihren Hände in seinem Haar, als dürfte sie ihn nie wieder loslassen. Dann kam sein Atem heftig und seine pulsierenden Stöße raubten ihr die Sinne. Als es vorüber war, lag er schweißnass auf ihr und zog sich sanft zurück. Dabei lächelte er sie zufrieden an.

Am nächsten Morgen beim Frühstück konnte Rosa ein Strahlen in Hildes Augen erkennen. Ihr war klar, was in der vergangenen Nacht geschehen war. Als die beiden später alleine im Haus waren, fragte Hilde ängstlich: „Rosa, Daniel hat heute Nacht bei mir gelegen, bin ich jetzt schwanger?" Rosa musste über ihre Frage ein wenig schmunzeln. „Das weiß ich nicht, ist es zum Äußersten gekommen?" Hilde sah sie fragend an: „Was meinst du damit?"

„Hat er sich in dir ergossen?" Hilde errötete und versuchte ihn in Schutz zu nehmen: „Ich glaube, das war nur, weil Daniel und ich so … und er vorher zu viel getrunken hat. Ich bin selbst erschrocken, als ich die Feuchtigkeit gespürt habe. Ich denke, was Daniel und ich getan haben, war nicht normal – und trotzdem war es wunderbar."

„Oh doch, Kleine, was ihr getan habt, ist ganz normal, das tun verheiratete Paare häufig. Nun kannst du nur noch abwarten, ob du im nächsten Monat deinen Blutfluss bekommst."

„Und wenn nicht, was ist dann?", fragte Hilde hellhörig.

„Dann kannst du annehmen, dass du schwanger bist. Ich rate euch beiden, geht baldmöglichst zum Pfarrer, damit er euch traut. Nicht, dass du am Ende ein lediges Kind von Daniel bekommst."

Schon ein paar Tage später kam Daniel wieder zu Hilde in die Bettstatt gekrochen. Nun aber wies sie ihn zurück: „Daniel, hör zu, es war gefährlich, was wir letzte Woche getan haben, denn wenn ich schwanger bin, was soll dann werden?"

„Aber Hilde, das spielt doch keine Rolle, wir werden doch sowieso heiraten."

„Wann werden wir heiraten?"

„Wenn du es möchtest, von mir aus gleich morgen früh, aber sei jetzt bitte still."

Sie drehte ihm vor Freude ihr Gesicht zu und erwiderte seine Küsse. Und wieder presste er sich leidenschaftlich an sie. Sie schlang ihre Arme um Daniels Hals, und sie begannen sich gegenseitig zu streicheln und zu küssen, bis Hildes Verstand wieder aussetzte und sie nur noch nach seinen Berührungen verlangte. Dann flüsterte er ihr ganz ruhig ins Ohr. „Gut, dich wieder zu spüren, denn je mehr ich an dich denke, umso mehr will ich dich." Auch Hilde zog Daniel noch näher an sich heran und konnte die geschmeidige, warme Kraft von Daniel genießen, bis aus ihrer Kehle ein leichtes Stöhnen drang.

Seit jener Nacht kam Daniel immer häufiger in ihre Kammer geschlichen, und keiner außer Rosa bemerkte etwas davon. Hilde hasste die Küsse gegen Morgen, wenn Daniel sie nochmals in die Arme schloss, um sich von ihr zu verabschieden und dann leise zu seinem Bruder in die andere Kammer zu schleichen. Aber die Aussicht, dass sie bald heiraten würden, und sie in Zukunft immer mit ihm zusammen sein durfte, war einfach wunderbar.

Als dann endlich das dritte Haus fertig war, wollten Hilde und Daniel zum Pfarrer nach Oberstdorf gehen, um sich dort trauen zu lassen.

Als Ulrich dies hörte, sagte er zu seinem Bruder: „Daniel, warte noch ein paar Tage. Ich möchte Viktoria fragen, ob sie mich heiraten will, dann könnten wir eine Doppelhochzeit feiern." Daniel war überrascht und sah seinen Bruder fragend an: „Du willst Viktoria mitsamt ihrem behinderten Buben heiraten?“

„Ja, wir ergänzen uns gegenseitig. Sie braucht einen Mann, der ihr die schwere Arbeit tut, und ich brauche ein fleißiges und arbeitsames Weib. Ich denke, auch wenn sie keine Schönheit ist, wird sie mir eine gute und treue Ehefrau sein. Und ob du es glaubst oder nicht, den Buben hab ich inzwischen richtig gern. Ich glaube, es gibt viele gute Ehen, in denen die Liebe erst mit der Zeit gewachsen ist. Die mit viel weniger begonnen haben, als Viktoria und ich das tun.“

1918, Anna und Mathilde

Anna war erschöpft und unterbrach Mathilde mit einem herzhaften Gähnen beim Lesen. „Sei mir bitte nicht böse, aber ich bin jetzt wirklich müde. Können wir für heute Schluss machen?“

„Aber selbstverständlich! Entschuldige bitte, es war gerade so interessant, dass ich an nichts anderes gedacht habe“, erwiderte Mathilde ein wenig verlegen.

Daraufhin legte sie das Buch auf dem Tisch ab, und dann verabschiedeten sich die beiden mit einem herzlichen „Güet Nacht“[36].

Nach dem Krieg kamen die Oberallgäuer Alpinisten wieder zurück in die Heimat und eroberten voller Tatendrang nicht nur die Trettach und die Höfats, die schon lange zuvor bestiegen wurden, sondern auch neue Routen, eine nach der anderen. Die Erstbesteiger waren, um nur ein paar Namen zu nennen: Otto Huber, Ernst Metzger, Hermann Grosselfinger, Ambros Brand, Ludwig Merath … und viele bemerkenswerte Leistungen von Unbekannten, die sich im Stillen vollzogen haben.

Nachdem das Trauerjahr für Ludwig vorüber war, trat sein Bruder Johann mit Theresias Sohn Joseph Anton in den vor über 18 Jahren gegründeten Trachtenverein ein. Durch den Krieg waren dem Ver-

36 gute Nacht

ein einige heimatbegeisterte junge Männer genommen worden, und es herrschte dort ein „Feele-Überschuss". Volkstänze waren seit der heidnischen Zeit in der Alpenregion weit verbreitet. Schon recht bald fühlten sich die beiden in dem netten Haufen von jungen Trachtlern recht wohl.

Der Wilde-Mändle-Tanz wurde schon seit Jahrhunderten von jungen Oberstdorfer Burschen aufgeführt, und diese Ehre wurde von einer Generation zur nächsten vererbt. Die Jodler- und Gesangsgruppen sowie Zither- und Hausmusikgruppen waren im Laufe der vergangenen Jahrzehnte entstanden.

1919, bei der Landtagswahl, kam es zu einer für viele unverständlichen Neuerung, denn nun durften zum ersten Mal auch die weiblichen Bewohner zur Wahlurne schreiten. „Da merkt man gleich, dass sich die Welt verändert hat", schimpfte so mancher am Stammtisch. Der radikale Ministerpräsident Kurt Eisner bekam nur 2,5 % der Stimmen. Im gesamten deutschen Reich, darunter auch in Bayern, gab es seit dem Krieg keine Ordnung und keine politische Stabilität mehr.

Daraufhin wurde auch in Oberstdorf ein Bauern-, Bürger- und Arbeiterrat gegründet, der eher bürgerlich als revolutionär anzusehen war. Dieser Rat bestand aus fünf Landwirten und sieben Selbstständigen wie Karl Richter, Andreas Hofmann, Heinrich Brand, der in der Fabrik Garnausgeber war, und dem Vorwerksmeister Georg Buhl. Dem Rat gehörte auch Johann Haggenmiller an, der Bruder von Josef Haggenmiller, dem mit zu verdanken ist, dass es in Oberstdorf zu diesem Zeitpunkt politisch relativ ruhig blieb. Denn er verzichtete in diesem Rat auf die Amtsbezeichnung Soldaten, weil er seinen Aufgabenbereich in seiner ehrenvollen Stellung nicht als Revolutionär ansah, sondern sein Interesse der Arbeiterklasse galt.

Als 19 junge Oberstdorfer, die sich bisher noch in Gefangenschaft befanden, endlich heimkehrt waren, organisierte der Gemeindeausschuss eine Feier für sie. Ihnen zu Ehre wurden die Häuser zur Begrüßung bunt geschmückt und beflaggt. Die gesamte Dorfgemeinschaft freute sich, zusammen mit deren Angehörigen, über jeden einzelnen Kriegsheimkehrer.

Um 9 Uhr fand der Festgottesdienst mit Teilnahme des Veteranenvereins statt. Die Begrüßungsrede übernahm Ortspfleger Ludwig Brutscher und Bürgermeister Fritz Gschwender. Zu ihrer freudigen Überraschung bekamen die Feldzugsteilnehmer eine Geldgabe von 50 Mark geschenkt. Anschließend gab es für die Kriegsteilnehmer im Saal vom Trettachhotel und im Hotel Löwen ein einfaches Mittagessen mit einem Bier, das ausnahmsweise von der Gemeindekasse bezahlt wurde. Ab 20 Uhr fand in diesen Sälen ein geselliger Abend mit Musik und Tanz statt. Anna und Otto überlegten sich, ob sie auch dorthin gehen sollen, aber Anna hatte keine Lust, und Otto war froh darüber, weil ihm sein Bein immer mehr zu schaffen machte. Nur Vefa und Eduard waren nicht zu bremsen. Sie waren begeistert, was für ein netter Abend es gewesen war.

Um die Ernährung der Ortseinwohner zu sichern, hatte das Bezirksamt im Oktober 1919 verfügt, dass die Belegungsziffer nur 10 Prozent der bisherigen Bettenanzahl betragen durfte, also konnte anstelle von zehn Betten nur noch eines vermietet werden. Die Aufenthaltsdauer war im Normalfall auf drei Tage beschränkt, ansonsten musste eine Sondergenehmigung eingeholt werden. Die einzige Ausnahme galt für die Weihnachtszeit und zu Kur- und Erholungsaufenthalten, dann durften d‘ Hearelit[37] 14 Tage im Ort verbleiben. Wegen Nahrungsmittelknappheit durften Gaststätten mit Fremden[38] und Wintersportlern nicht überfüllt sein, damit die Versorgung der Einheimischen nicht gefährdet wurde. Auch die Landwirte durften nun neben der Viehhaltung nicht auch noch Fremde beherbergen.

Die normale Polizeistunde wurde auf 10 Uhr abends festgesetzt, Ausnahme galt für Tanzveranstaltungen, hier lag die Grenze bei 11 Uhr nachts. Deswegen begannen verschiedene Veranstaltungen häu-

37 ehrenwerte Feriengäste
38 Feriengästen

fig schon am Nachmittag um 4 Uhr, der Bürgerball im Trettachhotel sogar bereits um 3 Uhr.

Im darauffolgenden Jahr schien sich die Ernährungslage etwas gebessert zu haben. Dadurch wurde eine Belegung von 30 Prozent zugelassen.

Nun kehrten die letzten Soldaten aus der Gefangenschaft in Frankreich wieder zurück in die Heimat, nämlich: der Ökonom Josef Brutscher, der Küfer Gustl Seeweg, der Postsekretär Stiefenhofer und Lehrer Anton Henkel. Mit großer Freude empfingen die Bürger ihre vier Heimkehrer bei strahlendem Sonnenschein, mit Festgottesdienst und den Vereinsfahnen des Veteranenvereins, des Schützenvereins, des Trachtenvereins, der Feuerwehr und des Katholischen Gesellenvereins. Ein Bläserchoral trompetete am Kriegerdenkmal, und anschließend zogen alle mit einem Marsch zum Hotel Löwen hinüber. Die Menschen waren an diesem Tag durchwegs zufrieden und glücklich, denn dieses Fest war ein Zeichen, dass der Krieg nun durch die letzten Heimkehrer endgültig vorbei sein würde. Alle hofften inbrünstig, dass es nie wieder zu so einem schrecklichen Krieg kommen würde.

Zum neuen Bürgermeister wurde der einheimische Landwirt Ludwig Hochfeichter von Oberstdorf anstelle von Fritz Gschwender gewählt.

Am 28. Oktober 1920 heiratete Annas zweitälteste Tochter Vefa und zog zu ihrem Ehemann, Eduard Eberle, ins Stillachtal. Dort im abgelegenen kleinen Weiler Schwand befanden sich nur etwa fünf Anwesen. Auf einem dieser Bauernhöfe betrieb Eduard seine kleine Landwirtschaft mit drei Kühen, ein paar Rindern und Geißen.

Noch im selben Jahr wurde die Bergwacht im Alpenverein gegründet, die nun neben dem Naturschutz auch den Rettungsdienst bei Bergunfällen und beim Suchen nach Vermissten im Gebirge übernahm.

Die untere Mühle, genannt die Kochmühle, der Familie Blattner wurde zum Bedauern der meisten Einheimischen stillgelegt.

Der Krieg lag nun schon einige Zeit zurück, und die Gesellschaftsordnung änderte sich vollkommen. Dies bekam man auch in den Gebirgsdörfern von Oberstdorf zu spüren. In den Straßen und Gassen sowie in verschiedenen Cafés und Hotels sah man jetzt immer häufiger junge Damen in Hosenbekleidung, die es bisher nur bei den Männern zu sehen gab. Diese Hosen entsprachen weder vom Schnitt noch von der Farbe dem Anstand einer Frau. Solch ein Erscheinen wurde als der reine Hohn empfunden, da es auch nichts mit Sportausübung zu tun hatte. Frauen in Hosenkleidung rief Erregung bei der anständig gesinnten einheimischen Bevölkerung hervor. Laut Ortspolizeibehörde von 1920 kam daher eine Verordnung heraus:

„Das Hosentragen von fremden weiblichen Personen innerhalb des Ortes wird nicht weiter geduldet. Ausnahmen gelten, wenn die Damen beim Sport oder auf dem Wege dorthin, Beinkleider tragen. Wer sich nicht daran hält, wird des Ortes verwiesen."

Allerdings wurden alle Bestimmungen und Einschränkungen für Fremde ab März 1921 vom Bezirksamt aufgehoben.

Der bisher als wichtige Lebensader geltende Dorfbach, der als Viehtränke, zur Wasserversorgung der Bürger, zum Waschen der Wäsche und im Notfall bei Bränden als Löschwasser diente, wurde im Laufe der kommenden 40 Jahre etappenweise geschlossen. Lediglich die Feuerwehr kann ihn noch heute als Löschwasser nutzen.

Michel

Eines Tages schlich Michel, der als guter Redner bekannt war und in der Oberstdorfer Theatergruppe mitspielte, bedrückt zu seiner Mutter in die Küche und begann unbeholfen, nach geeigneten Worten zu suchen.

„Michel, sag schon, was willst du mir mitteilen?"

„Mutter, ich weiß nicht, wie ich es sagen soll, denn ich habe beschlossen, dass ich ins Kloster gehen werde."

„Was heißt, ins Kloster gehen, wie lange wirst du dort bleiben? Eine oder zwei Wochen?"

„Nein, Mutter, ich möchte nicht nur zu Exerzitien dorthin, sondern für immer."

Anna stockte der Atem, obwohl sie es längst geahnt hatte: „Ich verstehe. In welchen Orden oder welches Kloster gedenkst du, zu gehen?"

„Ich möchte es dem heiligen Franziskus gleichtun und ein Leben in Armut, in Stille zum Gebet, in Liebe und in Nähe zum armen einfachen Volk im Kloster führen. Ich möchte in deren Gemeinschaft als einer ihrer Brüder in den Kapuzinerorden beitreten." Diese Aussage traf Anna wie ein Schlag auf den Kopf, und es dauerte ein Weilchen, bis sie begriff, dass ihr Sohn diese Entscheidung womöglich schon im Krieg getroffen hatte. Denn seit seiner Heimkehr war er so verändert, fromm und gläubig geworden. Dass sein jüngster Bruder Otto inzwischen ebenfalls beim Vater in der Schuhmacherwerkstatt seine Lehre begonnen hatte, bekräftigte vermutlich seine Entscheidung noch. Als sie kein Wort erwiderte, nur stumm in ihren Gedanken versunken dasaß, sagte er:

„Mutter, versteh doch, ich will mein Leben in Armut und im Gebet mit Gott führen, und weil ich weiß, dass Otto unserem Vater in der Schusterwerkstatt beisteht, werde ich mit gutem Gewissen meiner Berufung folgen können." Anna nickte ihrem Sohn mehrmals zu und dachte gleichzeitig: „Vor vier Jahren sind Josef und Michel, mit Gottes Hilfe, wieder gesund aus dem Krieg heimgekehrt. Und nun wird Michel uns auf diese Weise verlassen. Aber um ihn brauche ich mir wenigstens keine Sorgen machen." Zum nächsten Ersten packte Michel einen kleinen Koffer zusammen. Er nahm mit, was er am Leib trug, ein Stück Seife, sein Zahnholz, seinen Kamm, ein paar Socken, einmal Wäsche zum Wechseln, außerdem sein Gebetsbuch, in dem er viel las, die Laudate und den Rosenkranz, den er von

Onkel Josef Buhl, seinem Taufpaten, zur Kommunion geschenkt bekommen hatte.

An einem frostigen klaren Tag, Anfang Dezember, machte sich Michel auf den Weg. Er wurde von seinen Eltern und Johann zum Bahnhof gebracht. Dort wollte ihm sein Vater noch einen Geldschein in die rechte Jackentasche stecken: „Bub, nimm das an dich, es soll dein Notgroschen sein, damit du jederzeit mit dem Zug heimkommen kannst."

„Danke, Vaddr, das ist gut von dir gemeint." Aber er nahm den Geldschein nicht an: „Behaltet es, ihr könnt es dringender brauchen. Ich hingegen müsste das Geld im Kloster abliefern. Es wird mir in Zukunft nicht mehr erlaubt sein, selbst etwas zu besitzen."

So verabschiedeten sie sich voneinander, und seine Eltern nahmen seine Entscheidung gezwungenermaßen an, dachten aber viel an Michel. Über ein halbes Jahr hatten sie nichts mehr von ihm gehört. Doch Anfang Mai 1922 kam Babett mit einem Brief zu ihrer Mutter in die Küche gelaufen und rief:

„Mutter, schau, der Michel hat geschrieben."

„Babett, schnell mach auf und lies – was schreibt er? Wie geht es ihm? Kommt er wieder heim?"

Babett war blass geworden: „Mutter, er tritt wirklich ein! Und wir sind alle herzlich zu seiner Ordensprofess eingeladen."

Am 17. Mai 1922 fuhren Michels Eltern zusammen mit den Geschwistern Josef, Maria, Babett, Johann und Otto bei schönstem Frühlingswetter mit dem Zug nach Laufen zur feierlichen Ordensprofess. Nur Josepha aus Kirchheim war verhindert, und Vefa stand kurz vor der Geburt ihres zweiten Kindes, sodass diese weite Reise für sie selbst und ihr ungeborenes Kind zu riskant gewesen wäre, obwohl sie bedauerte, dass sie nicht mitkommen konnte. Als die Familie nach stundenlanger Zugfahrt durchs grüne Allgäu mitsamt den rosa-weiß blühenden Obstbäumen und durch die beeindruckend große Stadt München in Laufen angekommen war, machten sie sich miteinander auf den direkten Weg zum Kloster. Es war ein riesengroßes

Gebäude, das all ihre Erwartungen übertraf. In der Klosterkirche waren die ersten Reihen von weit mehr als fünfzig Mönchen belegt, aber von Michel war nichts zu sehen. Als der Gottesdienst begann, und von der Orgel herab die ersten Töne zu hören waren, trat Michel mit zum Gebet gefalteten Händen in einer langen braunen Kapuzenkutte und einer weißen dicken Kordel um den Bauch gebunden aus der Sakristei. Neben ihm gingen weitere sechs Mönche in die Chorstühle vorne neben dem Altar und nahmen Platz. Michel trug inzwischen eine runde Metallbrille und hatte einen braunen Bart. Babett flüsterte Maria ins Ohr: „Schau, der Zweite von rechts ist Michel, und wie er aussieht – ich hätte ihn fast nicht mehr erkannt." Nach der Predigt kam ein älterer, gut aussehender Mönch mit einem dicken Buch auf die Ordensanwärter zu und sprach mit seiner dunklen, aber klaren Stimme: „Kling, Michel, von nun an soll dein Name ‚Bruder Deodat' lauten."

Und so ging er von einem zum anderen: „Dein Name soll von nun an Bruder Franziskus, Bruder Markus … lauten. Euer neuer Name bedeutet auch, Abschied vom alten Leben zu nehmen. Heute wollen wir denen danken, die euch das Leben geschenkt haben und auch den Freunden und Bekannten die sich hier mit euch in der feierlich geschmückten Klosterkirche eingefunden haben, um euch in Liebe in ein neues Dasein zu verabschieden." Anna war in dem Augenblick zwar stolz auf ihren Sohn, und trotzdem begann sie zu schluchzen. Otto legte fürsorglich seinen Arm um ihre Schultern und flüsterte: „Anna, dieses Gelübde ist Michels eigene Entscheidung, wir müssen unseren Buben loslassen. Und du wirst sehen, eine Türe geht zu, und eine andere öffnet sich." Anna nickte ihm mit Tränen in den Augen vertrauensvoll zu. „Ich weiß, früher als unsere Kinder noch klein waren, haben wir ja beschlossen, dass wir eines von ihnen ins Kloster geben werden. Aber heute, nachdem ich schon Ludwig verloren habe, denke ich anders darüber." Und schon begann die Orgel das Schlusslied „Großer Gott, wir loben dich" zu spielen, und die Gläubigen erhoben sich von ihren Bänken. „Glaub mir, dieses Leben im Kloster wird seine Bestimmung sein, denn Michel sagte, bevor er von daheim fortging, zu mir: ‚Wir müssen einfach nur glücklich sein, so will es Gott.' Und von da an wusste ich, dass sein Leben im Kloster der richtige Weg für ihn sein wird", sagte Otto mit klarem Gesichtsausdruck, während er neben Anna, hinter den sieben neu geweihten Kapuzinermönchen, die Kirche verließ.

Vor dem Tor stand Michel als frisch gebackener Bruder Deodat, und seine Angehörigen gratulierten ihm. Babett reichte ihm schmunzelnd ihre Hand und sagte: „Bisher warst du mein Bruder Michel, und jetzt sollst du für alle der Bruder Deodat sein. So ein komischer Name, hoffentlich kann ich mir den merken." Michel grinste seine Schwester schelmisch an und entgegnete schlagfertig wie immer: „Gut, wenn du dir meinen Namen nicht merken kannst, dann darfst du ausnahmsweise weiterhin Michel zu mir sagen." Dabei tippte er mit seinem Zeigefinger auf ihre Nasespitze. Sie drehte sich reflexartig nach hinten und schimpfte: „Lass dass, du weißt, ich mag das nicht!" Anna umarmte ihren Sohn herzlich, und dabei stieg ihr ein fremder undefinierbarer Geruch in die Nase. Als sie nochmals tief einatmete, konnte sie an Michels Kutte den Geruch von Mottenkugeln und Weihrauch feststellen. Aber sie erwähnte nichts darüber, sondern flüsterte ihrem Sohn ins Ohr: „Michel, wenn dieses Gelübde wirklich deine Bestimmung sein soll, dann wünsche ich dir, dass du glücklich wirst."

„Ja, Mutter, hier im Kloster fühle ich mich wohl. ‚Lasst den Besitz hinter euch, und folgt mir, so sagte schon Jesus.' "

„Ich weiß, mein Sohn, aber mein Herz fragt, und meine Vernunft antwortet mir. Friede sei mit Dir."

Nun unterbrach Josef das Gespräch und ging auf seinen Bruder zu und fasste ihn fest an seine Schulter: „Seit wann trägst du eine Brille? Du siehst ja aus wie ein Gelehrter."

Michel musste lächeln: „Als wir bei schlechter Beleuchtung in der Kapuzinerkapelle gesungen haben, konnte ich die Noten nicht mehr erkennen. Daraufhin hat mich der Prior zum Augenarzt geschickt, der mir dieses Gestell verpasste. Aber ich bin froh darüber, denn nun kann ich Dinge erkennen, die ich bisher gar nicht gesehen habe.

Manchmal vermute ich, ob meine Fehlsichtigkeit nicht von den Gasangriffen im Krieg stammen könnte?"

Anschließend wurden Michels Vater und seine Brüder ins Klosterinnere zum Mittagsmahl geladen. An der Klostereingangstüre befand sich eine kleine Holzklappe, die der Pförtner, ebenfalls ein Kapuzinermönch, öffnete und allen Frauen, – selbst den Müttern – ohne jegliche Ausnahme den Zutritt ins Klosterinnere verweigerte. Nicht einmal bis in den Klosterhof durften die weiblichen Verwandten eintreten. Anna war bitter enttäuscht darüber, und Maria und Babette schimpften fürchterlich, in was für einen Verein ihr Bruder da eingetreten sei. Anna rügte das Verhalten ihrer aufgebrachten Mädchen und versuchte sie zu besänftigen: „Kommt mit, dann gehen wir eben in die danebenliegende Gaststätte und gönnen uns auch etwas Gutes zum Mittagsmahl."

Otto gesellte sich nach dem Essen ins Gasthaus zu seinen Frauen, und Maria rief ihm entgegen: „Vater, erzähl, wie war es, und was habt ihr gegessen?"

Anna sah verwundert zur Türe und fragte: „Wo ist Michel und die anderen?"

„Die Buben warten draußen, aber Michel durfte nicht mehr mitkommen. Der Prior meinte, ihr hättet vorhin die Gelegenheit gehabt, euch voneinander zu verabschieden."

Anna holte tief Luft, denn es tat ihr im Herzen weh, dass sie nun, ohne sich nochmals von ihrem Buben verabschieden zu können, heimfahren musste.

Johann vermutete: „Ich glaube, ihr Frauen hattet das bessere Essen als wir im Kloster."

Spät am Abend, als sie müde von der anstrengenden Reise wieder daheim waren, sagte Anna zu Otto: „Weißt du, als die Buben im Krieg waren, hatte ich fürchterliche Angst um sie. Jetzt spüre ich keine Angst um Michel, aber irgendwie habe ich trotzdem ein ungutes Gefühl. Mir kam es vor, als ob wir ihn in einem Gefängnis oder gar einem großen Käfig zurücklassen mussten."

„Anna, so darfst du das nicht sehen. Wir wissen doch beide, dass er auf seinen eigenen Wunsch hin Gott folgen will, indem er dort im Kloster hinter verschlossenen Türen ein Leben in Enthaltsamkeit und Armut führt."

Kurze Zeit darauf kam ein Brief von Michel:

Geliebte Eltern,

bitte grämt euch nicht, denn ich lebe inzwischen nicht weit entfernt von euch in einem Kloster in der Nähe vom Bodensee und bin hier als Bettelmönch tätig. Jeden Morgen gleich nach dem Morgengebet gehe ich mit einem Novizen zusammen von Hof zu Hof und bitte die Bauern um Almosen fürs Kloster. Diese Spenden nehmen wir schweigend und dankbar entgegen, was immer sie uns auch geben können oder wollen. Ich habe erkannt, dass der Reichtum eines Menschen seine Gedanken im Herzen sind und nicht immer nur das Äußere, wie das liebe Geld. Außerdem darf ich in der Klosterschuhmacherei für meine lieben Mitbrüder Sandalen flicken, und bei Bedarf auch neue für sie herstellen. Aber das Wichtigste, was wir für die Menschheit tun können, sind unsere Gebete.

Es grüßt euch,
euer Sohn Michel
gez. Bruder Deodat

Anna legte den Brief in die Schublade zu den anderen Briefen und sagte zu Otto: „Ich hätte mir niemals träumen lassen, dass Michel in der Fremde ein Zuhause finden wird."

Man konnte es kaum glauben, man schrieb inzwischen das Jahr 1923, der Krieg war erst seit ein paar Jahren vorbei, und schon hatten die Menschen wieder Lust auf Faschingsbälle mit Bier, Wein und Tanzen. Aber nach den schlimmen Kriegsjahren brauchten sie anscheinend wieder Freude und Abwechslung vom Alltagsgeschehen und ihren Sorgen.

Zudem war das Geld kaum mehr etwas wert, und die Bevölkerung hatte Angst um ihr weniges Erspartes. Otto meinte zu Anna: „Das Geld geht weg, so schnell wie im Frühjahr der Schnee geschmolzen ist." Er trug es inzwischen bündelweise in seiner Hosentasche herum, weil es im Ledergeldbeutel keinen Platz mehr fand.

„Ein Pfund Brot kostet inzwischen zweitausend Reichsmark, und es wird bestimmt noch teurer werden", vermutete Anna. Und sie hatte recht behalten, denn im Hochsommer 1923 kam eine noch härtere Zeit auf die Bevölkerung zu.

Anna und Babett standen mit knurrendem Magen in der Warteschlange vor der Metzgerei in der Weststraße. Es blieb immer die bange Frage, ob es noch etwas zu kaufen geben würde, wenn sie endlich an die Reihe kämen. Aber sie mussten unbedingt ihr Geld gegen etwas Essbares eintauschen. Neben ihnen stand Theresia und murmelte Anna ins Ohr: „Stell dir vor, ein Stück Geräuchertes kostet heute schon 20 000 Mark, gestern waren es noch 10 000 Mark. Wer soll sich das noch leisten können?" Anna blickte ernst auf das wenige Fleisch und die Wurstwaren, die noch in der Auslage zu sehen waren, und antwortete: „Ich hab erst mal Angst, ob noch was da ist, bis wir drankommen."

Theresia nickte: „Und ich würde jetzt am liebsten ein Stück Leberkäse kaufen. Den haben Martin und ich immer so gerne gegessen, aber so etwas können wir uns nicht mehr leisten."

Babett harrte geduldig neben ihrer Mutter aus und bekam allmählich rote Wangen vor Anspannung. Von hinten drängelte die hochbetagte Paulina Schmid, „Lumpesars Paula". Anna und Babett ließen sich, ohne Widerstand zu leisten, nach vorne schieben. Da sagte die Alte: „Es ist alles so fürchterlich, das ist der Preis dafür, dass wir den Krieg verloren haben. Und ihr werdet sehen, so schnell erholen wir uns auch nicht wieder davon." Darauf Anna zu Theresia: „Die Schmidin hat recht, unser Geld ist hin, und wir haben nichts mehr zu essen."

Die Menschenschlange rückte wieder ein Stück weiter nach vorne, und je näher Anna an den Ladentisch kam, sorgte sie sich, ob sie noch ein Stück Fleisch ergattern konnte.

Schließlich hatte die Inflation das ganze Geld völlig entwertet. Deshalb versuchte die Bevölkerung, mit ihrem restlichen Geld Sachgegenstände zu kaufen, um nicht ihr gesamtes Vermögen zu verlieren. Die einheimischen Frauen waren bestürzt, dass selbst alteingesessene Geschäfte ihren Laden geschlossen hielten, um im Besitz ihrer Ware zu bleiben, als Geld dafür zu bekommen, das in rasendem Tempo an Wert verlor. Etliche Frauen waren nicht mehr in der Lage, das Lebensnotwendige zu besorgen. Josef zerriss ständig seine Hosen, und Anna hätte dringend Stopfgarn zum Flicken gebraucht. Aber auch Sina, bei der sie immer eingekauft hatte, verkaufte ihr trotz mehrmaligem Bitten keine einzige Fadenspule.

Um die Hyperinflation in den Griff zu bekommen, wurde 1923 eine neue Währung eingeführt, die Rentenmark: Eine Billion Mark entsprach nur noch dem Wert von einer Rentenmark. Man hoffte, dadurch würde sich die Währung wieder stabilisieren. Als sie dann 1924 wieder durch Gold gedeckt werden konnte, wurde die Reichsmark mit einem Verhältnis 1:1 mit der Rentenmark eingeführt. Die Einzigen, die dabei einen Vorteil hatten, waren diejenigen, die hoch verschuldet waren; denn sie mussten ihre Schulden nur in der neuen, niedrigen Währung an ihre Geldgeber zurückzahlen.

Pfarrer Schiebel gründete – nachdem es in Oberstdorf schon seit 1872 einen Verschönerungsverein gab – nun in Rubi, der kleinen, noch wenig veränderten Bergbauernsiedlung nördlich von Oberstdorf, den Schöllanger Verschönerungsverein.

Im Juni fand wie jedes Jahr die Fronleichnamsprozession durch den Ort statt. Der Pfarrer hielt seine Monstranz mit dem Allerheiligsten in seinen Händen und ging unter dem hell bestickten Baldachin hinter dem Kreuzträger und seinen Ministranten in den rot-weißen

Kutten her. Getragen wurde der Baldachin von sechs Feuerwehrmännern in dunklen Anzügen und Goldhelmen. Nach dem Pfarrer folgten zuerst die Kommunionkinder, dann die ledigen Jungfern. Anschließend erschien der älteste Verein des Ortes, mit seiner Fahnenabordnung der Königlich privilegierten Schützengesellschaft und ihrem Schützenkönig Augustin Metz. Begleitet wurde dieser von den Jungfrauen Annele und Kreszentia, deren Väter, Marte Vogler und Martin Waibel selbst auch im Schützenverein aktiv waren.

Weitere Vereine mit ihren Fahnen, darunter auch der Trachtenverein, zu dem Joseph Anton und Johann gehörten, folgten dem Zug. In der Mitte der Prozession befand sich die Musikkapelle. Zum Schluss kamen die restlichen gläubigen Bürger, zuerst die Männer, dann – im schönsten Festtagsgewand – die Witwen und die verheirateten Frauen wie Anna, Mathilde und Theresia.

Der gesamte Ort erschien festlich geschmückt. Die Straßen waren mit frischen Birkenästen und die Häuser mit Fahnen und Fliederbüschen verziert. Es war ein sehr feierlicher, kirchlicher Feiertag. Gegen Ende, als die Prozession wieder vor der Kirche angelangt war, wurde vom Pfarrer der Schlusssegen gespendet, und allesamt stimmten mit der Musikkapelle in das Schlusslied „Großer Gott, wir loben dich" ein. Manch einer war zu Tränen gerührt, welch Freude und Hoffnung in diesem Lied zu spüren war.

Anschließend teilten sich die Gläubigen in verschiedenen Gaststätten auf, um dort gemeinsam zu essen. Anna, Theresia und Mathilde trafen sich mit ihren Männern vom Schützen- und vom Trachtenverein im Gasthof Zum Hirschen. Theresia klagte, dass ihre Tochter Kreszentia in letzter Zeit häufig Herrenbesuch aus Hindelang bekam, was ihr keineswegs recht war. Anna sagte: „Du kannst es ihr nicht verbieten. Wenn es der Richtige ist, dann verlierst du durch deine Haltung noch deine Tochter."

„Aber ich bin mir sicher, dass er für Kreszentia nicht der rechte Umgang ist."

Anna schüttelte ihren Kopf: „Du meinst, zu wissen, dass er nicht der Richtige für sie ist. Vermutlich muss sie ihre eigene Erfahrung im Leben machen. Theresia, ich wäre so froh, wenn meine Maria nun endlich, nachdem Seppi schon über acht Jahre tot ist, endlich einen Burschen heimbringen würde. Aber sie wehrt sich mit eisernem Willen gegen unsere Ratschläge und meint, sie würde sich nie wieder binden."

Mathilde, die Jüngste unter ihnen, begann zu grinsen und neckte ihre Freudinnen: „Ich fürchte, eure Töchter haben es auch nicht immer leicht mit euch. Die eine will keinen Freund, die andere hat einen Freund, den die Mutter nicht will. Egal, wie eure Mädchen sich entscheiden, euch beiden können sie es sowieso nicht recht machen."

„Warte du erst mal ab, bis deine vier alt genug sind. Dann wirst du´s auch erleben", lachte Theresia schallend.

„Wollt ihr mir etwa Angst machen und drohen?"

„Aber nein, ich bin mir sicher, du wirst es früh genug erfahren. Darauf kannst du Gift nehmen", antwortete Anna verschmitzt und lächelte dabei.

Mathildes Gesichtsausdruck wurde ernster: „Aber Spaß beiseite, was ist eigentlich mit Babett und Josef, haben die noch keinen Freund bzw. eine Freundin?"

Anna schüttelte energisch ihren Kopf: „Ich denke nicht, es scheint ihnen gut bei uns daheim zu gefallen. Aber was mir neulich aufgefallen ist – ich weiß gar nicht, ob ich das erzählen soll?"

„Jetzt sag schon, Anna", drängten die beiden.

Anna sah geheimnisvoll zu Theresia hinüber. „Als dein Joseph Anton glaubte, dass er nicht beobachtet wurde", dabei drehte Anna ihren Kopf Mathilde zu, „flüsterte er deiner Tochter Annele etwas ins Ohr, und die beiden strahlten sich geradezu verliebt an. Dann nickte Annele zustimmend und schenkte ihm verstohlen ein Bussi auf seine Wange. Wahrscheinlich bahnt sich zwischen euren beiden Kindern etwas an, und ich finde, die beiden würden gut zusammenpassen."

Mathilde und Theresia glaubten in diesem Augenblick, dass sie von Anna auf den Arm genommen würden. Aber bald darauf bewahrheitete sich Annas Vermutung, denn Joseph Anton und Annele waren tatsächlich ineinander verliebt.

Ein Jahr später, am Fronleichnamstag, gebar zum Leidwesen ihrer Eltern Theresias unverheiratete Tochter Kreszentia ein Mädchen. Der Vater des Kindes, ein gebürtiger Hindelanger, heiratete die junge Mutter nicht, und das Kind wuchs im Haushalt vom Maale[39] Theresia und Drääne[40] Martin mit auf. Als die frisch gebackene Großmutter sich im Beisein von Otto über den Zustand in ihrer Familie bei ihrer Freundin Anna beklagte und sich schämte: „Was werden wohl die Leute über uns sagen?", mischte sich Otto in das Frauengespräch mit ein: „Darf ich euch dazu eine kleine Geschichte von Sokrates erzählen?"

Anna winkte ab und entgegnete ihrem Mann: „Aber nein, Otto, solche Sprüche interessieren Theresia doch nicht!"

Mit Blick auf diese gerichtet, fragte Otto aber noch einmal: „Darf ich sie dir erzählen?"

Theresia musste über seinen bittenden Gesichtsausdruck lächeln und meinte: „Fang ruhig an, ich bin gespannt darauf."

„In Ordnung, dann hört gut zu, denn es trug sich Folgendes zu:

Ein Freund zu Sokrates: ‚Hast du schon gehört, ich muss dir dringend erzählen …'

Sokrates unterbrach ihn sogleich: ‚Halt, mein Freund! Hast du dir schon die drei Fragen gestellt, bevor du sprichst?'

Sein Freund wunderte sich: ‚Welche drei Fragen, Sokrates?'

Er antwortete: ‚Die erste Frage: Ist es wahr, was du mir berichten willst?'

Sein Freund war irritiert: ‚Nun, ich habe es zwar nicht selbst gesehen, aber die Leute erzählen es sich!'

Sokrates: ‚Die zweite Frage: Ist es etwas Gutes?'

Der Freund daraufhin: ‚Nein, im Gegenteil. Aber das ist es ja gerade!'

---

39 Großmutter
40 Großvater

Sokrates: ‚Also, die dritte Frage: Ist es notwendig, mein Freund, dass du es mir berichtest?'

Sein Freund antwortete verunsichert: ‚Notwendig wohl nicht, Sokrates, aber es dürfte sehr unterhaltsam sein, es zu hören.'

Sokrates winkte ab: ‚Dann, mein Freund, lass uns schnell den Göttern Dank sagen, dass wir der Gefahr entronnen sind, unbekannte Fehler eines Nächsten ohne Not zu offenbaren oder zu vergrößern. Meinst du nicht auch?'"

Theresia blickte nachdenklich, aber gleichzeitig auch zufrieden zu Otto hinüber und dankte ihm für diese Geschichte. „Du und dein Sokrates haben schon recht. Die Menschen sollten sich nicht immer Gedanken über Mitmenschen machen, sondern lieber vor ihrer eigenen Haustüre kehren. Denn hinter jeder verschlossenen Türe gibt es eigene Probleme."

Über die Jahre entwickelte sich Theresias Enkelkind zu einem aufgeweckten, fröhlichen Mädchen, und insgeheim war dieses Kind Martins großer Stolz. Auch Theresia als s´Maale hatte viel Freude, denn die Kleine erinnerte sie sehr an ihr damals verstorbenes Mariele. Trotzdem war es für Kreszentia zu dieser Zeit absolut nicht leicht, ein uneheliches Kind ohne Ehemann großzuziehen.

Auch wenn Anna und Mathilde sich in der Zwischenzeit schon über ihre nächsten Generationen Gedanken machten, war es immer wieder spannend, mehr über ihre Vorfahren herauszubekommen. So nutzten sie die nächste Gelegenheit, eine gemeinsame Lesestunde abzuhalten. Noch bevor sie begannen, fragte Mathilde ganz ehrfürchtig: „Liebe Anna, hoffentlich schreibst du auch alles auf, was in unserer Zeit alles geschehen ist, damit auch wir später nicht ganz vergessen werden?"

Anna entgegnete ihr, ohne lange nachzudenken: „Aber selbstverständlich tue ich das. Das habe ich schließlich meiner lieben Schwiegermutter Genovefa versprochen, als sie damals das Buch für mich aufbewahrt hat. Ich erinnere mich, dass ich sie schon Jahre zuvor an einem wunderschönen Herbsttag gefragt habe, warum sie lieber so vieles aufschreibt, anstatt mit Ulrich ihre freie Zeit unter ihrem prachtvollen Apfelbaum zu genießen? Doch sie meinte: ‚Es darf nichts verloren gehen. Wenn man nichts aufschreibt, hat man höchstens den Überblick über hundert Jahre.' Und sie sprach von einem unsichtbaren Band, das die Ahnen aus vergangener Zeit mit uns verbindet. Schreibt man dagegen alles auf, ließe sich die Familiengeschichte wieder ganz einfach wie Puzzleteile aneinanderfügen und die Verbindung offenlegen, die zwischen Großeltern und Enkelkindern bestünde. Ohne das Aufgeschriebene wären schon Genovefas Eltern zu weit weg von Otto und mir, und ihr erginge es genauso mit meinen Kindern, wenn sie erst einmal verheiratet wären."

Mathilde schüttelte verwirrt ihren Kopf: „Ist das aber kompliziert. Dass du dir so etwas merken kannst? Komm, Anna, lass uns jetzt bitte lesen."

Als Anna nach unten gebeugt im Buch blätterte, um die Stelle zu finden, wo sie letztes Mal aufgehört hatten, meinte sie wenig begeistert und deutete mit dem Finger auf die verwaschene Schrift: „Sieh nur Mathilde, heute wird es vermutlich anstrengend. Denn schau nur, einige Seiten sind so unleserlich, dass wir sie vermutlich gar nicht mehr vollständig entziffern können", dabei beugten beide ihre Köpfe dicht darüber und begannen.

1296, Die Walliser Einwanderer haben sich eingelebt

Fünf Jahre waren vergangen, in denen sich die Jahreszeiten dem steten Wechsel der Natur unterzogen. Es kam immer wiederkehrend der goldene Herbst, in dem sich der Saft aus den Bäumen zurückzog und sich dadurch die Blätter so wunderbar bunt verfärbten. Anschließend zog der Winter ins Land, und die Kälte drang fühlbar bis in die Häuser vor. Die Landschaft, die Berge und ihre Täler wurden mit Schnee bedeckt. Wäre nicht die Gefahr der Lawinen gewesen, hätte diese Jahreszeit friedliche Ruhe verbreitet. Es schien beinahe, als wären die Menschen, die Tiere und selbst die Landschaft in einen friedlichen Winterschlaf versunken.

Danach kehrte unaufhaltsam der Frühling ein, der alles zu neuem Leben erweckte und sich in seiner wundervollsten Blütenpracht zeigte. Doch dann kam die wichtigste Jahreszeit für die Bauern, der Sommer, der den hiesigen Menschen eine Vielfalt von Arbeiten auferlegte. Wenn das Wetter es zuließ, mussten sie ohne Rast und Ruhe, an sieben Tagen in der Woche, die wertvolle Ernte in die Scheune und ins Haus einbringen. Sie war ihre Grundlage zum Überleben.

Erst sechs Jahre nach ihrer Eheschließung wurde Rosa endlich schwanger und gebar einen Sohn, dem sie den Namen Simon gaben. Ihre Schwägerin Hilde hatte inzwischen schon drei gesunden Kindern das Leben geschenkt.

In Mittelberg und in Riezlern wuchs nun schon eine neue Generation von Walsern heran. Inzwischen waren auch Michl und Lorenz erwachsen geworden, und Paulina war zu einem hübschen 18-jährigen Mädchen herangewachsen. Die Arbeit war in allen Familien in den letzten Jahren eher angewachsen, weil sich die Familien vergrößert hatten. Um alle ernähren zu können, erweiterten sie ihre Landwirtschaft und hatten dadurch mehr Felder zu bestellen. Das bedeutete, dass alle weiterhin tatkräftig zusammenhelfen mussten, um die viele Arbeit gemeinsam zu bewältigen.

Rosa liebte es, im Garten zu arbeiten. Neben ihrem eigenen Kräuter- und Gemüsegarten pflanzte sie noch in der hintersten Ecke des Gartens einen Holunderbusch. Vor dem Haus auf der Südseite rankte inzwischen eine wunderbare Heckenrose, die fast den ganzen Sommer über blühte. Ihre Freundin Sabina hatte nach Paulina, Balbina, Lorenz und dem Moritz, der gleich nach Einzug ins neue Heim geboren wurde, noch sechs weiteren Kindern das Leben geschenkt. Ulrich und Viktoria bekamen, nachdem Bartholomäus plötzlich, mit erst acht Jahren, gestorben war, weitere vier Kinder.

Mathilde blickte kurz vom Buch auf und sagte zu Anna, die soeben ihre Brille auf den Tisch abgelegt hatte: „Schade, dass wir die genaueren Umstände nicht mehr vollständig entziffern können."

„Ich habe dir schon vorher angekündigt, dass es heute nicht leicht werden wird.“ Mathilde nickte und erwiderte: „Aber wir werden uns durchkämpfen. Also machen wir uns wieder an die Arbeit.“

Manchmal ging Michl an den wenigen freien Tagen, die ihm sein Bruder Martin genehmigte, gemeinsam mit Lorenz an den Wasserfall unterhalb des Widdersteins. An diesem wunderschönen Sommertag bestand Lorenz' Mutter darauf, dass er seine beiden Schwestern Paulina und Balbina mitnehmen sollte. Obwohl ihm das ganz und gar ungelegen kam, widersetzte er sich nicht, denn Sabina war eine strenge Mutter, die keinen Widerspruch geduldet hätte. Als alle am Wasserfall angekommen waren, sprangen die beiden jungen Burschen gleich mitsamt ihrer Bekleidung ins Wasser, um sich zu erfrischen. Michl rief den beiden Mädchen zu: „Es ist traumhaft, kommt doch auch ins frische Wasser!“ Aber Balbina zog es vor, sich lieber an den Rand des Baches zu setzen und ihre nackten Füße hineinzustecken. Paulina, die Ältere der beiden, konnte sich nicht recht entscheiden. Sie ging vorsichtig in Richtung Wasserfall und sah ängstlich nach oben, ob sie sich überhaupt der rauschenden Gewalt des Wassers aussetzen wollte. Als sie so nachdenklich dastand, kam ein unerwarteter Wasserschwall auf Paulina zu und riss sie mit voller Gewalt um, sodass sie ins Wasser fiel. Nun war sie von Kopf bis Fuß pitschnass. Als Lorenz das entsetzte Gesicht seiner Schwester sah, musste er fürchterlich lachen. Nachdem Michl seinen ersten Schreck überwunden hatte, half er ihr besorgt aus dem Wasser heraus. Ihre Bluse klebte förmlich an ihrem Leib, sodass er Paulinas Körperformen, ihre Brustwarzen und sogar den Bauchnabel genau sehen konnte. Balbina stand sofort auf und lief ihrer Schwester entgegen: „Du bist ja ganz nass. Hier hast du ein Leinentuch, damit kannst du dich abtrocknen.“

„Was heißt abtrocken? Ich bin völlig nass und habe nichts Trockenes zum Anziehen dabei“, schrie sie ihre kleine Schwester zornig an. Lorenz war wie immer schadenfreudig: „Na und, Michl und ich sind auch nass, das wird schon trocknen. Stell dich halt in die Sonne.“ Michl sah verstohlen zu Paulina hinüber und wurde sich zum ersten Mal gewahr, dass aus Paulina inzwischen eine hübsche junge Frau geworden war. Und wie sie mit ihrer

aufrechten Haltung dastand, wie eine Göttin! Und ihre feuchten Haare schimmerten golden in der Sonne.

Im Juni, am Johannistag, gingen die erwachsenen Männer aus Mittelberg mit Paulina zusammen auf das Kirchweihfest nach Oberstdorf. Die Ehefrauen waren mit den Kindern beschäftigt – für sie war es kaum mehr möglich, ins Dorf zum Gottesdienst zu gehen.

Nach ihrer Ankunft ging Martin gleich mit Michl zum Pfarrer Merlin, um sich wegen der Taufe für seinen neu geborenen Sohn Simon zu erkundigen. Der Pfarrer fragte verwundert: „Wisst ihr das noch gar nicht? Ihr aus Mittelberg gehört nicht mehr zu unserem Pfarrbezirk Oberstdorf, sondern zur Pfarrpfründe nach Fischen."

„Und was ist mit unseren Freunden, die in Riezlern gebaut haben?", fragte Michl bekümmert.

„Die gehören weiterhin zu uns in die Pfarrei Oberstdorf. Aber euch darf ich in Zukunft keine heiligen Sakramente mehr spenden. Auch für die sonntäglichen Messen müsst ihr weiter bis nach Fischen gehen."

Es war eine ernüchternde Nachricht für Martin und Michl. „Dürfen wir dann wenigstens heute noch bei euch das Kirchweihfest in der Kirche mitfeiern? Und anschließend im Gasthaus von euch unseren Abschied begehen?", fragte Michl irritiert.

Pfarrer Merlin konnte den beiden ihre Enttäuschung ansehen: „Eigentlich müsstet ihr in die Pfarrkirche nach Fischen gehen. Aber der dortige Pfarrer und der Bischof in Augsburg müssen ja nichts davon erfahren. Also kommt ausnahmsweise noch mal hier in die Kirche. Falls jemand danach fragt, ich habe euch nicht gesehen. Aber Martin, deinen Simon musst du in Fischen taufen lassen, da kann ich nichts tun." Noch vor der kirchlichen Andacht berichteten sie die ungeheuerlichen Neuigkeiten, die sie soeben vom Hochwürdigen Pfarrer Merlin erfahren hatten, ihren Leidensgenossen Daniel, Felix, Ulrich, Lorenz und auch Paulina. Dies erregte auch ihre Gemüter, nicht nur, weil sie in Zukunft den beschwerlicheren, weiteren Weg gehen mussten, sondern auch, weil sie den Oberstdorfer Pfarrer Merlin sehr schätzten und ihm menschlich nahestanden. Und nicht zuletzt hatten sie hier inzwischen gute Freunde und Bekannte gefunden.

Nach diesem wehmütigen letzten Gottesdienst als eine Art Abschied von ihrer Pfarrgemeinde, gingen sie zusammen zur Dorfschenke, gleich neben der Kirche. Kaum hatten die Walser Platz genommen, kam der Wirt zu ihnen an den Tisch und fragte: „Wisst ihr mir eine ordentliche Bedienung? Meine Tochter ist krank, und ich weiß vor lauter Arbeit nicht mehr, wo mir der Kopf steht."

Felix sah zu seiner Tochter gegenüber am Tisch, überlegte kurz und antwortete: „Ich wüsste schon jemanden. Paulina, wäre das nichts für dich?"

Sie war im ersten Moment etwas unsicher und konnte auf die Schnelle keine klare Antwort geben: „Ich weiß nicht so recht? Schafft Mutter das mit den Kleinen alleine …?"

„Aber, Paulina, du bist jetzt 18 Jahre alt und solltest zuerst eine Weile von daheim fort sein, bevor du irgendwann heiratest. Einerseits kannst du in der Fremde Neues erlernen, und andererseits will ich nicht leugnen, dass wir deinen Verdienst dringend brauchen könnten."

Paulina reagierte entgegen Felix' Erwartungen sehr vernünftig: „Na gut, Vaddr, dann mache ich das. Dann habt ihr auch weiterhin einen Grund, nach Oberstdorf zu kommen – wenn nicht wegen der Kirche, dann wenigstens, um mich zu besuchen."

Michl war zuerst fassungslos über Paulinas schnelle Entscheidung und versuchte, sie noch umzustimmen: „Was, du willst wirklich hier bedienen? Überleg dir das genau, bevor du es bereust. Außerdem, ist das nicht zu gefährlich für dich, so alleine hier …, ich meine …?"

Martin wunderte sich über seinen Bruder, weshalb er sich auf einmal Sorgen um Paulina machte. Aber er verwarf diesen Gedanken sofort wieder, ohne ihm weitere Bedeutung zu schenken.

Nun mischte sich der Wirt wieder ein: „Was heißt gefährlich, ich bin schließlich auch noch da! Und Oberstdorf ist ja kein gefährlicher Ort oder gar ein sündiges Dorf." Dann sah er von Michl zu Paulina hinüber und sagte: „Ich finde, du bist ein passables Mädchen. Wenn du willst, kannst du gleich dableiben und mit der Arbeit beginnen."

Paulina schien dies doch zu schnell zu gehen, und ihr war auf einmal unwohl zumute: „Was jetzt gleich? Ich muss doch noch heim und meine Sachen holen."

Paulinas Vater sah sie scharf an: „Was für Sachen? Martin will nächste Woche in Fischen den Kleinen taufen lassen, dann kann er dir das Nötigste vorbeibringen. Außerdem ist die Tochter des Wirtes heute krank. Wer weiß, ob er sich nicht eine andere Arbeitskraft sucht, wenn du jetzt ablehnst."

Daraufhin stellte der Dorfwirt sechs Humpen mit einer weißen Schaumkrone auf den Tisch: „Hier, das geht aufs Haus, probiert mal."

Die Männer nahmen vorsichtig einen kleinen Schluck und waren gespannt, was der Wirt ihnen da anbot. Als Martin daran genippt hatte, nahm er gleich darauf einen größeren Schluck. „Was ist das?", fragte er neugierig und wischte sich mit seinem Handrücken den Schaum vom Mund. Auch den anderen schmeckte es, und sie lächelten hocherfreut.

Dann antwortete der Wirt stolz: „Das ist Bier!"

„Wo hast du dieses wunderbare Getränk her?"

„Zweimal im Jahr kommen Mönche aus einem Kloster bei München mit einem Fuhrwerk vorbei und bringen mir Holzfässer mit diesem köstlichen Gebräu. Einer von ihnen erzählte mir, dass die Mönche selbst im Kloster dieses gute Bier brauen, viel fasten, beten und schweigen würden."

Auf dem Heimweg wurde ihnen erst richtig bewusst, dass sie nun nicht mehr zur Pfarrei Oberstdorf gehörten. Felix besann sich: „Ich bin der Älteste von euch. Wenn ich eines Tages sterbe, müsst ihr mich bis nach Fischen tragen, damit ich dort in geweihter Erde auf dem Friedhof begraben werde." Michl berührte das gerade überhaupt nicht, er musste ständig an Paulina denken, die in Oberstdorf alleine zurückgeblieben war. Aber ihm blieb die Hoffnung, dass er Paulina in einer Woche wiedersehen konnte, wenn er als Pate seines kleinen Neffens Simon zu dessen Taufe nach Fischen gehen würde.

Paulina

Fünf Tage waren erst vergangen, seit Paulina in Oberstdorf als Bedienung arbeitete. Dabei hatte sie sich schon recht gut eingewöhnt, und der Wirt war mit ihrer Arbeit sehr zufrieden. Nun kehrte schon zum zweiten Mal ein ungepflegt wirkender Mann mittleren Alters ein, der Paulina irgendwie unheimlich war. Er saß dann im Gastraum vor seinem Bierkrug, und ihr blieb nicht verborgen, dass er sie heimlich beobachtete und sie ständig von oben nach unten musterte. In seiner Gegenwart fühlte sie sich ausgesprochen unwohl. Daraufhin fragte sie den Wirt: „Wer ist der Mann dort drüben in der Nische? Kennt ihr ihn?“

„Nein, den habe ich noch nie zuvor hier gesehen. Er muss wohl ein Fremder auf der Durchreise sein.“ Paulina war froh, als er die Gaststube endlich wieder verlassen hatte.

Am nächsten Abend, kurz vor Feierabend, als Paulina gerade sämtliche Stühle umgekehrt auf die Tische stellen wollte, kam der unheimliche Gast wieder vorbei. Paulina sagte zu ihm: „Tut mir leid, wir schließen gleich, außerdem muss ich noch den Fußboden schrubben.“

„Aber ein Bier wirst du mir wohl noch gönnen, bevor ich mich ins Bett lege.“

„Ein Bier, in Ordnung, aber ich werde trotzdem mit dem Aufräumen weitermachen.“

„Gut, mach das, und lass dich von mir nicht aus der Ruhe bringen.“ Dabei lächelte er Paulina lüstern an.

Sie spürte weiterhin seinen starren und widerwärtigen Blick auf ihrem Rücken. Sie bekam es mit der Angst zu tun, denn ihr war bewusst, dass der Wirt im Keller zu tun hatte und sie vollkommen alleine mit diesem Mann war. Als der Fremde sein Bier leer getrunken hatte, rief er: „Komm her, Täubchen, komm zu mir, ich will zahlen!“

Paulina nahm allen Mut zusammen und ging nervös mit ihrer Geldkatze an seinen Tisch. Aber sofort griff er nach ihr und zog sie fest an sich, sodass alle Münzen auf den Boden fielen. Er drückte das Mädchen gegen die Wand und presste seinen schweren Körper gegen sie: „Ich habe dich beobachtet, kleines Täubchen. Du gefällst mir, ich will dich!“

Paulina blieb wie gelähmt stehen und sträubte sich nicht gegen seine Angriffe. Dafür schrie sie ihn mit eisiger Stimme an: „Ich würde euch raten, schleunigst von hier zu verschwinden, denn der Wirt ist draußen in der Küche, er wird gleich kommen.“

Aber der Unbekannte blieb unbeeindruckt. Als er versuchte, sie zu küssen, konnte sie seinen üblen Atem riechen, sodass sie sich fast übergeben musste. Vor lauter Begierde nach Paulina versuchte er, ihr das Kleid vom Körper zu reißen. In einem günstigen Moment befreite sie sich mit einem gezielten Kniestoß gegen sein Geschlecht, worauf er sich vor Schmerz nach vorne krümmte. Zum Glück kam der Gastwirt aus dem Keller zurück und hatte gerade noch genug gehört, um den unangenehmen Besucher zu stellen und den Gerichtsdienern zu übergeben. Erst als sich Paulina in Sicherheit wusste, begannen ihre Zähne heftig zu klappern, und über ihren Rücken lief ein kalter Schauer. Als sie merkte, dass die Bedrohung endlich vorüber war, stand sie einfach nur da und weinte bitterlich. Der Gastwirt schaute sie hilflos an und versuchte, sie ein wenig zu trösten. Er fand es dann sinnvoller, Paulina hinauf ins Obergeschoss in die Schlafkammer zu seiner ähnlich alten Tochter Vreni zu bringen. Dieser erzählte sie, was ihr soeben Fürchterliches widerfahren war und stellte die Bitte: „Gleich morgen früh will ich wieder heim über die Berge zu meiner Familie gehen." Die beiden redeten die halbe Nacht, und Vreni war es wirklich gelungen, sie zu beruhigen. Sie hatte eingesehen, dass ihr doch nichts passiert war und sie dank des Wirtes noch Glück im Unglück hatte. Dann endlich gelang es Paulina, in Vrenis Zimmer erschöpft einzuschlafen. Am nächsten Vormittag kam der Gerichtsdiener vorbei und bedankte sich bei Paulina und dem Wirt: „Diesen üblen Strolch und mehrfachen Vergewaltiger suchen wir schon seit Wochen, mit eurer Hilfe wird er jetzt eingesperrt und dem Richter vorgeführt." Paulina war dankbar, dass ihr nicht mehr passiert und dass sie mit einem Schrecken davongekommen war.

Simon

Schon ein paar Tage nach diesem Vorfall begaben sich Martin, Rosa und Michl mit dem Taufkind auf den Weg in ihre neue Pfarrei nach Fischen. Dieser Pfad führte über die vordere Wiesalpe, die Kuhgehrenalpe bis zum 1800 Meter hohen Sattel, über den Zwerenalpengund nach Bierenwang, dann hinab wie bisher ins Birgsauer Tal und weiter wie gewohnt bis nach Oberstdorf. Von da aus führte ein ebener Weg an der Iller entlang bis nach Fischen. Als gläubige Bürger litten sie sehr darunter, dass sie in ihrem Heimatort Mittelberg die heiligen Sakramente nicht empfangen konnten und dieses ihnen nun auch in Oberstdorf verwehrt blieb. Der bisher unbekannte Pfarrer in Fischen machte auf Martin einen guten Eindruck. Trotzdem wäre er mit Simon lieber beim Hochwürdigen Herrn Pfarrer

Merlin geblieben. Auf dem Rückweg machten sie wie geplant in Oberstdorf bei der Dorfschenke halt, in der Paulina nun arbeitete. Hier nahmen sie für eine Nacht ein Zimmer, da der beschwerliche Heimweg über die Berge mit dem Säugling nicht mehr machbar war. Für Michl bedeutete das eine Gelegenheit, Paulina nach der Arbeit noch einmal alleine zu treffen.

Als sie an diesem Werktag in der gemütlichen Gaststube zu Abendbrot aßen, waren sie die einzigen Gäste, die Paulina momentan zu bedienen hatte. Deshalb setzte sie sich kurz mit an den Tisch. Michl fragte sie neugierig: „Wie gefällt es dir hier in Oberstdorf? Würdest du nicht viel lieber mit uns zusammen heimgehen?"

„Ich weiß nicht recht. Vorgestern Abend hatte ich große Sehnsucht nach daheim. Auf der anderen Seite habe ich immer auf so eine Gelegenheit gewartet, und mir gefällt die Arbeit hier recht gut. Ich muss zugeben, immer nur meine kleinen Geschwister zu versorgen, das verleidet mir schon längst. Und jetzt, wo Mutter vor acht Wochen schon wieder einen Säugling bekommen hat, bin ich froh, dass ich hier sein darf. Aber an das Dorfleben und die Menschen hier muss ich mich erst noch gewöhnen."

Am späten Abend, als Paulina ins Nebenhaus in ihr Zimmer gehen wollte, tauchte plötzlich aus der Dunkelheit ein Schatten auf, so dicht vor ihr, dass sie beinahe mit ihm zusammengestoßen wäre. Sie unterdrückte einen Schrei und versuchte, so schnell wie möglich davonzurennen. Doch schon packte sie eine Hand von hinten am Oberarm. „Ich bin's, der Michl."

„Oh Gott, hast du mich erschreckt." Jetzt erst bemerkte Paulina, wie sehr ihr noch die Erfahrung mit dem unheimlichen Mann in den Knochen steckte. Aber sie getraute sich nicht, von diesem Vorfall zu erzählen. Einerseits hatte sie Angst, dass man sie gleich nach Hause holen würde, andererseits fürchtete sie Vorwürfe, dass sie womöglich selbst schuld an dem Vorfall trug.

Michl wurde verlegen: „Es tut mir sehr leid, ich wollte dich nicht erschrecken."

„Ist schon gut, ich werde es überleben. Aber was willst du?"

„Ich wollte mich nur von dir verabschieden, weil wir uns morgen in aller Frühe auf den Weg machen werden. Da wirst du bestimmt noch

schlafen. Paulina mach's gut und pass auf dich auf! Und du sollst wissen, dass du bei jedem Kummer immer auf mich zählen kannst."

Dieses Versprechen von ihrem früheren Spielkameraden fand Paulina sehr hilfsbereit und nett, und auch sie verabschiedete sich höflich von Michl.

Schon seit über drei Jahren machten sich nun die Mittelberger Männer meist um den Vollmond herum auf den weiten Weg nach Fischen zum sonntäglichen Gottesdienst. Sie freuten sich immer darauf, und ein jeder trug stolz sein Sonntagsgewand und den besten Hut, geschmückt mit der schönsten Auerhahnfeder. Trotzdem konnten sie sich in der Pfarrpfründe Fischen nur schwerlich eingewöhnen und bekamen kaum Anschluss bei den Einheimischen. Leider war es so ganz anders als bisher in der Nachbargemeinde Oberstdorf. Im Anschluss an die heilige Messe gingen die Mittelberger zum Mittagessen und auf ein Bier zur Schenke hinüber. Als sie wieder einmal den Gastraum betraten, wurden sie von sechs Halbstarken angepöbelt. „Schaut mal, wie die sich rausgeputzt haben. Und die großkopfeten Auerhahnfedern, die sie tragen!" Martin gab seinen Freunden leise zu verstehen: „Tut so, als hättet ihr nichts gehört." Doch die Fischinger hörten nicht auf, zu lästern und zu spotten: „Für die Walser Wasserköpfe würde auch eine Rappenfeder reichen." Michl und Lorenz waren sehr aufgebracht und wollten sich schon zu ihnen an den Nachbartisch begeben. Aber Martin hielt seinen Bruder am Ärmel fest und befahl ihm: „Michl, hör auf."

„Lass mich los! Ich habe noch gar nicht angefangen. Wenn die nicht aufhören, dann …!"

„Nein, du bleibst jetzt sitzen, nicht dass es noch Streit mit denen gibt, das lohnt sich nicht." Daniel sagte währenddessen so laut, dass die Fischinger es hören konnten: „Versteht doch, wenn die da drüben", dabei zeigte er mit seinem Kinn zum Nachbartisch, „unsere wunderbaren Auerhahnfedern sehen, dann sind sie halt neidisch."

Martin lächelte verschmitzt und meinte: „Nun ja, die können einem schon leidtun, denn die Menschen hier werden als Leibeigene gehalten und dürfen nicht nach Belieben auf die Jagd gehen wie wir." Nun meldete sich auch Felix zu Wort: „Ihr habt recht, mit denen müssen wir nachsichtig sein, denn sie können nichts dafür."

Daniel gab noch eins drauf: „Wisst ihr, die werden fürs Jagen bestraft, und deshalb haben sie nur so mickrige Goggelar-[41] *oder manch einer gar keine Feder auf dem Hut."*

Michl freute sich insgeheim, als die Fischinger Burschen begannen, zornig zu werden, und fügte hinzu: „Manch einer geht heimlich wildern, nur weil er unbedingt auch so eine schöne Feder haben will. Aber anscheinend sind die Vögel schneller als sie." Daraufhin brach lautes Gelächter am Walsertisch aus.

Lorenz sah hinüber und rief: „Ihr da drüben, passt bloß auf, dass eure Herren euch nicht beim Wildern erwischen. Denn dann wird kurzer Prozess gemacht, und ihr werdet gehängt."

Plötzlich, schneller als erwartet, standen die Fischinger auf und kamen auf die Mittelberger zu. Es folgte eine lautstarke Auseinandersetzung, sodass Martin nur noch vereinzelte Wortfetzen wahrnahm: „… tut ihr doch mit Absicht, … uns zu ärgern, … seid wohl neidisch, … ihr Lumpenpack."

Und so entstand kurzerhand eine handfeste Schlägerei, in die auch Martin verwickelt wurde. Als der Wirt und der Pfarrer eingegriffen und sich die erhitzten Gemüter fürs Erste wieder etwas beruhigt hatten, stellten sie zumindest fest, dass zum Glück keiner schwer verletzt worden war. Martin hatte zwar Nasenbluten, Ulrich ein geschwollenes Auge und Daniel eine aufgeplatzte Lippe. Von den Jüngeren hatte Michl eine blutende Hand davongetragen, und Lorenz fehlte ein Schneidezahn. Felix, der Älteste von ihnen, versuchte während des Gerangels ständig, die Schlägerer zum Aufhören zu bewegen. Aber weder sein Sohn noch seine Freunde befolgten seinen Rat. Misslaunig beglichen sie ihre Rechnung beim Wirt und machten sich auf den Heimweg. In Oberstdorf angelangt tat ihnen doch mehr weh, als sie anfangs gedacht hatten. Deshalb beschlossen sie, hier im Gasthaus bei Paulina für eine Nacht zu bleiben. Als diese ihren verletzten Bruder Lorenz und seinen Freund Michl erblickte, wunderte sie sich sehr, dass sich die beiden geschlagen haben. „Was ist mit euch geschehen, warum habt ihr euch gesprügelt?"

---

41 Hahn

Lorenz wollte seine Schwester ärgern und sagte, so ernst er nur konnte: „Michl wollte mir meine Freundin ausspannen, da hab ich ihm eine auf die Nase gegeben."

Zunächst erschrak Paulina darüber, denn ganz tief in ihrem Innern hatte sie gehofft, dass Michl sie eines Tagen zum Traualtar führen würde. Dann stellte sie aber fest: „Aber Michl blutet nur an der Faust. Ich nehme deshalb an, dass du der Verlierer bist, weil dir vorne ein Zahn fehlt." Doch da kamen schon Martin, Daniel, Ulrich und ihr Vater um die Hausecke gebogen. Das Blut in Martins und in Daniels Gesicht war inzwischen verkrustet und sah gefährlich aus. Ulrichs Auge war ganz und gar zugeschwollen. Nun gestand Lorenz seiner Schwester, dass die Schlägerei nicht wegen eines Mädchens, sondern aus Neid geschah. Am Abend wusch und flickte Paulina gemeinsam mit ihrer Freundin Vreni die zerrissenen Hemden, wofür die Walser den Mädchen dankbar waren. Am nächsten Tag auf dem Heimweg war das Schlimmste für die Männer, dass die Schlägerei sichtbare Spuren hinterlassen hatte und sie so vor ihre Weiber treten müssten.

In den darauffolgenden Monaten waren die Mittelberger irgendwie sehr erleichtert, dass sie wegen des strengen Winters und den ständigen Schneefällen nicht nach Fischen zur Messe gehen konnten.

Michl und Paulina

Wieder waren drei Jahre vergangen, und nun erfüllte sich tatsächlich, was sich Martin auf dem Weg vom Wallis ins Kleinwalsertal für seinen jüngeren Bruder vorgestellt hatte. Der inzwischen 25-jährige Michl Berchtold heiratete, auf den Monat genau zehn Jahre nach ihrer Ankunft in der neuen Heimat, die vier Jahre jüngere Paulina Math.

Es kam ihnen vor, als würde die Zeit immer schneller voranschreiten, denn inzwischen waren aus den Kindern Erwachsene geworden, die selbst schon eigene Familien gründeten. Und aus den damals jungen Erwachsenen wurden Großeltern und Greise. Felix war im letzten Sommer bereits gestorben und wurde, wie er es sich gewünscht hatte, in Fischen beigesetzt.

Martins letzter Wunsch

Seit Beginn des Herbstes konnte Martin sein Bett nur noch mit größter Mühe und nur mithilfe von Rosa oder seinem Sohn Simon verlassen, um in der Stube auf seiner bequemen Gütsche[42] vor dem Kachelofen zu verweilen. Selbst Rosas gutes Zureden, ihre Salbenverbände, Tees und Kräuter änderten an dieser Tatsache nichts. Seine Beine hatten keine Kraft mehr, um ihn zu tragen. Kurz nachdem im tiefsten Winter wieder ein neues Jahr begonnen hatte, ist Martin bei vollem Bewusstsein im Kreise seiner Lieben verstorben. Simon war traurig und ratlos zugleich. Er wusste, dass Vaters letzter Wunsch bedeutete, auch wie Felix in Fischen in geheiligter Erde begraben zu werden. Simon ging bekümmert zu seinem Patenonkel Michl und fragte ihn um Rat: „Was soll ich nur tun? Vater hatte damals, als Felix gestorben ist, zu mir gesagt: ‚Der Felix hat gut daran getan, im Sommer zu sterben. Wenn es in meiner Macht steht, werde ich das auch tun, damit ihr mich nach Fischen bringen könnt.‘“ Michl besann sich kurz und antwortete dann spontan, wie er immer war:

„Ich weiß, Simon, das wünschte sich dein Vater schon immer, denn er war ein gläubiger Bürger. Mir würde da schon etwas einfallen, aber du musst mir vertrauen, so hat es bisher noch niemand gemacht.“ Michl ging zusammen mit Simon heim in die Stube, in der Martins Leichnam auf zwei Holzbrettern aufgebahrt lag. Die Fenster waren dunkel verschlossen, und nur eine kleine Holzklappe oben in der Zimmerecke stand offen, damit Martins Seele das Haus verlassen konnte. Rechts und links von Martin standen zwei Kerzen, und etliche Frauen knieten betend davor.

Als Michl eintrat, sagte er zu Rosa: „Schwägerin, du musst jetzt stark sein.“ Und schon trat er mit Simon zu dem Verstorbenen. Sie wickelten ihn in dicke Tücher ein und verschnürten ihn. Rosa begann zu weinen und flehte: „Ihr könnt ihn doch bei diesen Schneefällen nicht über den Berg bringen.“

Michl nickte kurz und sagte: „Ich weiß, Rosa, heute nicht. Wir werden ihn oben unterm Dach lagern und den richtigen Zeitpunkt abwarten, bis wir ihn nach Fischen zum Friedhof bringen können.“

---

42 Kanapee

Zuerst erschien dieses Vorgehen Rosa grausig, doch je mehr sie darüber nachdachte, umso mehr wollte sie es auch. Es stellte die einzige Möglichkeit dar, ihrem geliebten Martin diesen letzten Wunsch zu erfüllen.

Als Wochen später der Schnee weniger wurde, wartete Simon mit seinen Brüdern und Onkel Michl eine kalte, sternenklare Nacht ab. Dann stapften sie den zeitaufwendigen, aber am wenigsten gefährlichen Weg im tiefsten Schnee los. Dabei trugen sie abwechselnd die Bahre mit Martins Leichnam. Zuerst begaben sie sich taleinwärts, um dann steil bergauf zu stapfen, bis sie übers Wildental und den Fiderepass die eigentliche Richtung Norden nach Oberstdorf einschlagen konnten. Die Westseite des Walsertales war durch eine Schlucht des tief eingeschnittenen Laufes der Breitach nicht zu bewältigen. Also blieb ihnen nichts anderes übrig, als über den steilen Pass zuerst nach Oberstdorf und dann weiter nach Fischen zum Gottesacker zu gehen, damit Martin dort seine letzte Ruhestätte finden konnte.

Nur wenige von ihnen begleiteten den gefährlichen Leichenzug Martins. Nicht einmal seine geliebte Frau Rosa und seine Töchter konnten den beschwerlichen Weg bewältigen, um dem Verstorbenen diese letzte Ehre zu erweisen.

Als sie in Oberstdorf angekommen waren, ging Michl trotzdem zum Pfarrer Merlin: „Mein Bruder Martin ist gestorben. Ich möchte Euch, Hochwürdiger Herr Pfarrer, um einen großen Gefallen bitten. Könntet ihr nur dieses Mal eine Ausnahme machen, und meinen Bruder hier beerdigen? Ich meine, weil Ihr Martin gut gekannt und er hier in eurer Pfarrei geheiratet hat?"

„Michl, diesen Gefallen würde ich euch gerne erweisen, vor allem, weil ich Martin sehr gemocht habe. Aber zu meinem größten Bedauern darf ich es nicht, denn ich habe meine strengen Anweisung von oben, an die ich mich ohne Ausnahme halten muss."

Michl verabschiedete sich von Pfarrer Merlin, der großes Mitgefühl zeigte: „Ich habe große Achtung vor dir und Martins Söhnen, dass ihr diese Strapaze auf euch genommen und euch dadurch selbst in große Lebensgefahr begeben habt. Dies alles nur, damit Martin sein Seelenheil bekommen soll. Es ist eine Schande, dass ich euch nicht helfen darf. Geht in Frieden weiter, und passt auf euch auf. Gott wird euch eure Mühe vergelten."

Daraufhin trugen sie schon fast am Ende ihrer Kräfte Martins Leichnam zum Friedhof nach Fischen, damit er jetzt nach Wochen, endlich seine letzte Ruhe finden konnte.

Nach der Beisetzung kehrten sie wieder zurück nach Oberstdorf. Michl und Simon machten noch etliche Besorgungen, weil sie nicht wussten, wann sie das nächste Mal wieder ins Tal kommen würden. Inzwischen war es schon spät, und sie mussten über Nacht in der Herberge bei Loretto nächtigen. Ihren Rückweg planten sie für den frühen Morgen bei noch fest gefrorenem Schnee, weil dadurch weniger Lawinengefahr bestand.

Als sie dann am nächsten Tag erschöpft, ausgehungert und unterkühlt endlich daheim ankamen, begann es gerade wieder zu schneien. Die Frauen hatten sich schon fürchterliche Sorgen gemacht, weil ihre Männer erst einen Tag später als vereinbart zurückgekehrt waren. Als sich die Männer aufgewärmt und etwas gegessen hatten, gingen sie nochmals zusammen in die Stube, um dem Herrn und Gott zu danken, dass alles gut gegangen war und Martin acht Wochen nach seinem Tod nun seine verdiente Ruhestätte gefunden hatte.

Im Jahre 1351, nachdem die Auswanderer nun schon in der zweiten Generation in ihrer neuen Heimat sesshaft geworden waren, wurde Mittelberg, Oberstdorf, Gerstruben, Reichenbach, Schöllang, das Tannheimer Tal und Obermaiselstein von den Herren zu Rettenberg verkauft, weil die Grafen keine männlichen Nachkommen vorzuweisen hatten. Dieses großflächige Gebiet erwarben die Herren von Heimenhofen. Die bisher freien, eingewanderten Walliser blieben aber nach wie vor von deren Herrschaft verschont.

1930

Mathilde und Anna waren dieses Mal ein wenig verzweifelt beim Lesen. Sie versuchten, wenigstens die losen Blätter zu sortieren, und Mathilde seufzte: „Schade, hier fehlen etliche Seiten. Über Martins Familie finden wir für diese Zeit gar keine Aufschriebe mehr."

Auch Anna bedauerte dies zutiefst und antwortete ihrer Freundin: „Mich hätte schon interessiert, wie es mit seiner Familie weiterging. Aber die Schrift ist völlig verwischt. Ich schlage vor, ich mach uns erst mal einen heißen Holundertee. Dann überspringen wir ein paar Seiten und versuchen es weiter hinten, ungefähr 70 Jahre später noch mal." Nach dieser kurzen Erholungspause und trockenem Gebäck schlugen sie das Buch wieder neugierig auf und machten sich erneut an die Arbeit.

Das Leben der ehemaligen Einwanderer

Die Einwandererfamilien aus dem Wallis zeichneten sich, wie auch ihre Vorfahren, durch gesegneten Kinderreichtum aus. Somit kam es im Kleinen Walsertal innerhalb von zwei Generationen zu starkem Bevölkerungszuwachs. Ihre ursprünglichen Siedlungen vergrößerten sich mehr und mehr zu kleinen Ortschaften. Die Walser hatten im Laufe der Zeit immer mehr das Bedürfnis, eine bessere Verbindung zum nördlichen Illertal zu bekommen. Schon aus diesem Grund begannen sie, einen neuen Pfad anzulegen. Dieser ging nicht mehr wie bisher über die hohen Berge, sondern sie errichteten Behelfsbrücken über verschiedene Tobel (Schluchten) und Bäche, sozusagen einen direkten Weg nach Norden, über die Hinterenge nach Tiefenbach, dann weiter nach Sonderdorf und von dort in Richtung Osten in die Pfarrpfründe Fischen. Aber selbst der neu angelegte Pfad war zum Teil sehr schmal, steil und gefährlich, denn nach starken Regenfällen war er entweder schmierig und häufig verschüttet oder von Felsstürzen bedroht. Manchmal wurden sogar die Brücken mit fortgerissen, sodass die Walser diese in mühevoller und häufig lebensgefährlicher Arbeit erneuern mussten. Und vor allem blieb auch diese Wegstrecke während der Wintermonate für Menschen unpassierbar.

Die meisten Walser Bewohner, die wegen Tauschhandel und Wareneinkäufen nach Oberstdorf gelangen mussten, benutzten weiterhin den altbewährten und dennoch weiteren Weg über die Berge.

Zu allem Bedauern war es schwierig, ihre Säuglinge zu taufen, und Sterbenskranke bekamen nur selten ihre letzte Ölung. Gerade weil die Walser durchwegs gläubige Bürger waren, litten sie mehr und mehr dar-

unter, immer noch keine heiligen Sakramente in der Wahlheimat, weder in Riezlern noch in Mittelberg, empfangen zu können.

Die Walliser Ansiedler und ihre Nachkommen in Mittelberg waren trotz ihrer Armut zufriedene und stolze Menschen. Wenn ihnen etwas nicht passte, versuchten sie es zu ändern. Und so gelang es schließlich auch, dass die Enkelkinder von Felix, Martin, Ulrich, Daniel und Michl gemeinsam in eigener Schwerstarbeit innerhalb von mehreren Jahrzehnten die Pfarrkirche in Mittelberg erbauten. Das Bistum bzw. die Pfarrpfründe hatte sich kaum daran beteiligt, weder finanziell noch mit einer Arbeitsentschädigung. Somit bestritten die Mittelberger die Kosten für den Kirchenbau überwiegend aus ihrer eigenen Tasche.

Das Hochstift mitsamt der Kirchenpfründe hatte eine hohe Gerichtsbarkeit, und ihre Herren lebten feudal mit hohem Lebensstandard. Dafür benötigten sie immer mehr Geld und übten großen Druck auch auf die Menschen in Oberstdorf und Fischen aus. Die armen Leute wurden von ihnen bis aufs Blut ausgebeutet. Sie forderten ihren Jahreszehnt vom armen Volk ein, und für Taufen, Hochzeiten und selbst für Beerdigungen mussten die Gläubigen hohe Abgaben bezahlen. Da die Christenmenschen vor dem Fegefeuer große Furcht hatten, war es ein Leichtes von der Pfarrpfründe, nach einem Sterbefall den Ablass einzufordern. Diesen hatten die Hinterbliebenen zu entrichten, damit ihre lieben Verstorbenen nicht im Fegefeuer unendliche Qualen zu erleiden hatten. Obwohl die Walser freie Bürger waren, wurden auch von ihnen die kirchlichen Abgaben und Ablässe abverlangt.

Die Einwohner der Gemeinde Riezlern durften in der neuen Nachbarkirche in Mittelberg weder die heiligen Sakramente empfangen noch die allsonntäglichen Gottesdienste besuchen, da diese Kirche nicht ihrer eigenen Pfarrpfründe angeschlossen war. Aus diesem Grunde gingen sie weiterhin zur Mutterkirche nach Oberstdorf, aber einen neuen Weg über Seelr[43]*. Allmählich wurde die Kirche in Oberstdorf durch die vielen Besucher aus den umliegenden Gebieten zu klein. Deshalb wurde im Jahre*

43 heute Sölleralpe/Schrattenwang

1419 eine neue und größere Kirche fertiggestellt. Am 24. Juni wurde sie zu Ehren Johannes des Täufers eingeweiht.

Bereits seit der Karolinerzeit war Oberstdorf eine Pfarrei. Und der Gerichtsort der Herren von Heimenhofen gehörte schon damals mit seinem Hochland zu den bedeutendsten Orten des Alpenraums.

1433 wurde der Heimenhofische Amtmann Hans Schnaitter von den Brüdern Ernst, die in Oberstdorf sesshaft waren, erschlagen. Die beiden Geächteten wurden durch die Ritter Ulrich und Hans von Heimenhofen aufgespürt. Bei der Festnahme versuchten sie, die beiden Adeligen zu erstechen, was ihnen letztlich nicht gelungen war.

Im darauffolgenden Jahr erbauten die Walser ihren ersten Fahrweg nach Oberstdorf, damit sie endlich mit ihren Pferdegespannen oder Maultieren Waren transportieren konnten. Ihren Käse, Schmalz, Dörr- und Rauchfleisch sowie sonstige Lasten konnten sie jetzt nach Oberstdorf bringen. Und am Abend ging es dann mit Nahrungsmitteln wie Getreide, Erbsen, Bohnen, Kraut und Flachs sowie für ihre Arbeit notwendigem Handwerkszeug und Geräten ins Kleine Walsertal zurück.

Die Walliser waren überwiegend Selbstversorger. Sie pflanzten auch Flachs an und stellten ihre Stoffe für die Bekleidung selbst her. So wie sich die Sprache mit der Zeit veränderte, so veränderte sich auch allmählich ihre Bekleidung.

Die Buben trugen bis zu ihrem 18. Lebensjahr meist nur Hemden aus grobem Leinen, das ihnen ihre Mütter selbst herstellten. Ihre ersten Kniepluderhosen bekamen sie, wenn sie erwachsen waren.

Die gefältelten Röcke der Walliser Frauen waren zuerst aus grobem, ungefärbtem Leinen. Erst später entdeckten sie, dass sie die Stoffe mit Erlenrinde rot einfärben konnten. Sie trugen ihren Rock bis oberhalb der Brust mit dem Oberteil zusammengenäht, und um die Taille hatten sie einen schmalen Lederriemen, den sie in der Schwangerschaft entfernen konnten.

Über die langen Wintermonate waren die Frauen überwiegend damit beschäftigt, für ihre Lieben Kleidung zu fertigen. Die Männer machten Brennholz, werkelten, reparierten und stellten her, was gebraucht wurde. Sie versorgten das Vieh und schafften das Heu in den Stall heran, das sie seit dem Sommer beim Bergheuen oben in den Steilhängen gelagert hatten.

Nun richtete Anna mit geröteten Bäckchen ihren Oberkörper unter Stöhnen auf und meinte: „Mathilde, sei mir nicht böse, aber ich habe jetzt keine Geduld mehr zum Entziffern. Lass uns für heute damit aufhören. Mit ein bisschen Abstand bekommen wir bestimmt bald wieder Lust, und dann wird es uns vermutlich wieder leichter von der Hand gehen!"

„Du hast recht, mir geht's genauso. Ich kann mich gar nicht mehr recht konzentrieren. Schließlich haben wir keinen Zeitdruck, und es zwingt uns ja keiner dazu", meinte Mathilde erleichtert, während sie tief durchatmete und sich ihre Miene leicht zu entspannen begann.

Dritter Teil

Der beste Prüfstein für das Gewissen eines Menschen
ist vielleicht seine Bereitschaft,
Opfer für zukünftige Generationen zu bringen,
deren Dank ihn nie erreichen wird.

(unbekannt)

Das Wilde Mändle

In den 20er-Jahren gab es eine ganze Reihe von guten Bergführern, aber auch etliche eigenständige – und wie man sagte – „wilde Kletterer". Einige von ihnen machten Erstbegehungen auf verschiedene Gipfel und bezwangen neue Routen. Die autorisierten Bergführer hatten dies gar nicht gerne gesehen. Unter ihnen gab es zwei mit demselben Namen, die wegen der Verwechslungsgefahr Rietzler Johann I (vom Jachamer) und Rietzler Johann II genannt wurden. Rietzler Johann II wurde später auch „Bodenspengler" genannt, weil er nicht mehr aufs gääche Daach üüe[44] ging. Die jungen Spengler vom Mayer hatten schon länger einen Bikh[45] auf ihn. Deshalb planten sie, ihm wieder einen Bosse[46] zu spielen. Sie nahmen von Brandmaiers altem Fahrrad ein Rad und befestigten an der Radachse ein Eisenrohr. Zwischen die Speichen hängten sie weißblecherne Scheiben. Schon bei geringstem Wind drehte sich dieses Rad wie eine Windmühle. Und oben auf dem Rohr befestigte sein Kollege einen blechernen Goggelar[47].

Am 15. Juli 1923 stiegen die Oberstdorfer Bergführer, darunter auch die beiden Rietzler Johann auf den Westgipfel der Höfats und stellten dort ein neues Gipfelkreuz auf. Es war ein trüber nebliger Tag, was für das Vorhaben der Spengler hervorragend passte. Denn am selben Tag stiegen auch sie mit ihrem selbst gebastelten Gogge-

---

44 steile Dach hinauf
45 Groll, Rachsucht
46 Streich
47 Hahn

largestell auf die Rappenseehütte hinauf und stellten das Rad aufs Wilde Mändle[48]. Zur Befestigung bohrten sie ein Loch und zementierten das Rohr hinein.

„Auf oimal isch Zuunne kumme, und es isch hell schie Wedder worre. Und sgonz Dorf hot glueget und gfroget, was denn am Wilde Mändle dom los isch. Do domma hat es glitzget und gfunklet.“[49]

Doch bald waren sich die Bewohner im Klaren, dass die Spengler dem Rietzler wieder einen Streich gespielt haben. Die Bergsteiger, die von der Rappenseehütte auf den Heilbronner Weg unterwegs waren, konnten die Tafel am Weg unterm Wilde Mändle lesen:

„Rietzler Johann I und II gingen hier schon oft vorbei.
Hinaufgestiegen sind sie nie, drum schreit der Gockel kikeriki.“

Die verärgerten Bergführer schickten augenblicklich ihren jungen Anwärter Josef Müller mit dem Hausnamen Lixars Seppl[50], aufs Wilde Mändle hinauf. Dieser kletterte mit einer Eisensäge hinauf und versuchte, das Rohr abzusägen. Anschließend warf er das ganze Gestell mitsamt Rad und Goggelar ins Bacherloch in die Tiefe hinunter. Einen Vorteil hatte diese Aktion, denn der Seppl hatte das Rohr etwa 30 cm über dem Stein abgesägt. Und von diesem Tag an konnte man sich vom Wilde Mändle aus gut abseilen.

Um 1962 herum hatte aber der Blitz bei einem Schlagwetter ins Wilde Mändle eingeschlagen, und der 25 Meter hohe Felsenturm ist ins Bacherloch hinuntergestürzt. Seitdem gibt es in Oberstdorf das Wilde Mändle nicht mehr.

1925, Johann und Paula

Auf Empfehlung des Fürsten von Waldburg-Zeil kam seine 25-jährige Köchin Paula, die bisher bei ihm und seiner Familie im prächtigen Schloss in Dienst war, für zwei Jahre nach Oberstdorf, um dort

---

48 eine Felsnadel, die einem Wilde Mändle gleichsah

49 Auf einmal kam die Sonne durch, und das Wetter war gut. Die Bewohner im Dorf schauten und hatten sich gefragt, was denn oben am Wilde Mändle los sei, denn es hatte geglitzert und gefunkelt.

50 Lixars Seppl war in seinem späteren Leben 82-mal auf den Höfatsgipfeln traversiert

bei seinem Freund, dem Grafen von Thurn und Taxis und seiner Schwester, im Taxishaus, nord-östlich der Kirche, als erste Köchin auszuhelfen.

Paula war die zweitgeborene Tochter von Josef, einem Zimmermann und seiner Frau Gundula aus Gospoldshofen, die außer Paula noch fünf weitere Töchter hatten.

Die Gräfin von Thurn und Taxis schenkte Paula von der ersten Stunde an größtes Vertrauen, weil ihr Freund, Fürst von Waldburg-Zeil, die junge Köchin außerordentlich gelobt hatte, und sie dadurch beste Referenzen vorweisen konnte. Die Gräfin vertraute ihr das wöchentliche Haushaltsgeld an, mit dem sie eigenständig einkaufen und so gut wie möglich haushalten musste. Nach der Begrüßung wurde Paula von Marie Berktold, einer weiteren Angestellten, im Haus herumgeführt und bekam Hinweise, wie sie sich den Adeligen gegenüber zu benehmen hätte: „Eins will ich dir sagen, wenn du der Frau Gräfin oder ihrem Bruder im Flur begegnest, dann musst du eine tiefe Verbeugung machen und folgenden Spruch aufsagen: ‚Ich bitte höflichst, Ihre Durchlaucht Frau Gräfin, guten Morgen wünschen zu dürfen.'" Für Paula war dies etwas ganz Neues, denn im Schloss Zeil des Fürsten von Waldburg-Zeil wurde zwar Wert auf Etikette gelegt, aber hinter geschlossenen Türen ging es nicht gar so streng zu. Aber Marie fuhr fort: „Und wenn die Gräfin zur Toilette muss, wird die Zofe uns Angestellte anweisen, den Flur zu verlassen. Denn der gnädigen Frau Gräfin wäre es peinlich, wenn wir einfachen Leute sehen könnten, dass auch sie als Adelige zu diesem stillen Örtchen gehen muss."

Paula kicherte darüber: „Aber Marie, das ist doch albern, warum sollen die nicht auch aufs Klosett müssen? Das sind doch genauso Menschen wie wir."

„Glaub mir, die sind nicht wie wir. Sie haben blaues Blut. Wenn du hier bleiben möchtest, höre auf meinen Rat und frag nicht weiter nach, sondern halte dich an die Regeln." Daraufhin lachten die beiden vergnügt, und Paula wusste, dass sie in Marie eine Freundin gefunden hatte.

Darf ich dich etwas fragen: „Wie viele Bedienstete seid ihr hier im Haus des Grafen?“ Marie erwiderte, während sie mit ihren Fingern zu zählen begann: „Lass mich kurz überlegen. Ich glaube, wir sind zu sechst. Erstens, die persönliche Hausdame der Gräfin, vor der du dich in Acht nehmen musst, denn sie ist unsere direkte Vorgesetzte. Was sie sagt, gilt für uns alle. Dann du, als Köchin, und Resl, deine Küchenhilfe, die für dich den Abwasch besorgen wird. Ich selbst, als Dienstmädchen, bin für die Sauberkeit der Wohnung, der Zimmer und für die Wäsche zuständig. Dann unterstehen dem Grafen noch sein Chauffeur und der Gärtner.“

Schon am nächsten Morgen trafen sich Paula und Marie vor der großen Eingangstüre wieder, als sie versuchten, den Schnee von ihren dicken Winterstiefeln abzutreten. „Guten Morgen, Marie. Puh, was für ein grausiges Wetter, ständig wechseln sich Regen und Schnee ab. Man kann kaum auf der Straße gehen, weil diese fast nicht geräumt sind. So viel Schnee, das kenne ich von daheim gar nicht. Wenn der Winter nur endlich vorüber wäre. Schau nur, was für dicke Schneeklumpen an meinen Schuhen hängen.“

Marie lachte: „Guten Morgen, Paula, jetzt beruhige dich erst mal – wegen des bisschen Schnees, das ist noch gar nichts.“

Da konnten sie das Knarren der Holztreppe hören, und Marie wurde nervös und hielt die Luft an: „Komm, mach schnell, der Herr Graf ist schon auf den Beinen. Darf ich dich nachher in der Küche besuchen? Ich will dich etwas Privates fragen.“

„Freilich kannst du in die Küche kommen, ich freue mich, dann wird mir die Zeit nicht lang.“

„Wir müssen aufpassen, weißt, die Gräfin sieht das nicht gerne, wenn die Bediensteten rumstehen und ratschen. Aber sie will nachher zum Schuhmacher Schratt hinunter, um sich neue Schuhe anmessen zu lassen. Dann werde ich auf einen Schwikh[51] zu dir kommen.“

51 Augenblick, Moment

Mitten am Vormittag stand Paula am Küchentisch, um eine große Schüssel gekochter Kartoffeln zu schälen, als Marie leise in die Küche geschlichen kam: „Paula, weil du vermutlich hier im Ort noch niemanden kennst, wollte ich dir vorschlagen, mit mir heute Abend zum erst vor ein paar Jahren neu gegründeten Verein der Frauen und Dienstmädchen zu gehen." Paula freute sich über dieses Angebot: „Gerne komme ich mit, da habe ich eine gute Möglichkeit, hiesige Frauen kennenzulernen."

„Dazu wirst du in vier Wochen noch mehr Gelegenheit haben, denn wir vom Trachtenverein organisieren zusammen mit dem Gesellenverein seit 24 Jahren den alljährlich stattfindenden Faschingsball. Dann kannst du sogar anstelle von uns Weibern auch junge Männer kennenlernen. Und glaub mir, es sind ganz passable Burschen dabei, wirst selbst sehen." Darüber lachte Paula aus vollster Kehle. „Psst, nicht so laut! Der Graf, nicht dass der uns hört."

„Hast ja recht. Ich freue mich jedenfalls auf den Ballabend. Wird dort auch getanzt?"

„Selbstverständlich, dort spielt unsere Dorfmusik – so richtig zum Tanzen, und wir werden uns alle maskieren. Falls du ein Kostüm brauchst, kann ich dir gerne etwas von mir ausleihen."

Plötzlich erschraken die beiden jungen Frauen, da lautstark von außen an die Fensterscheibe geklopft wurde – und dies im ersten Obergeschoss! Paula lief augenblicklich ans Fenster, um zu öffnen. Dort auf einem Baugerüst stand ein großer schlanker Mann mit dunkelbraunem, gescheiteltem Haar in blauer Arbeitskleidung, und in seiner rechten Hand hielt er einen Hammer. Er war ebenfalls erschrocken, als er die beiden Frauen sah, und konnte zuerst gar nichts sagen. Paula hingegen fragte kokett: „Hallo, guten Morgen, was machen Sie am helllichten Tag an unserem Küchenfenster? Ich dachte bisher, das Fensterln sei nur ein Gerücht? Aber jetzt …" Marie zwinkerte Paula mit einem Auge zu und schmunzelte. Sie kannte natürlich Johann von der Trachtengruppe und spottete vergnügt mit: „Wollte der junge Mann, etwa bei der Frau Gräfin einsteigen?" Und schon wieder kicherten die beiden.

Nun hatte sich der Handwerker vom ersten Schock erholt und sagte: „Tut mir leid, dass ich euch beide enttäuschen muss, aber ich bin nur der Spengler. Würde eine von euch so gnädig sein, und mir den Herrn Grafen ans Fenster holen? Ich habe wegen der Windwearffe[52] eine Frage an ihn." Marie tat auf der Stelle, was ihr Plattlerfreund von ihr verlangte, und ließ Paula mit Johann alleine zurück. Er fühlte sich hilflos und wusste nicht, was er mit der jungen Frau reden sollte. Eine ganze Weile starrte er sie so an und entdeckte, wie ihr unter der weißen Kochhaube ein paar dunkle Haarsträhnen ins ovale etwas rundliche Gesicht fielen. Und dieser innige Blick aus ihren sanften blauen Augen hatte es ihm zugleich angetan. Paula hingegen hielt seinem Blick stand und lächelte ihm freundlich zu.

Der Graf kam ohne Marie in die Küche geeilt und lehnte sich aus dem Fenster, um die handwerkliche Sachlage zu besprechen. Auch während dieses Gesprächs blickte Johann immer wieder heimlich in die Küche zu Paula hinüber. Dabei konnte er seinen Blick nicht von ihr lassen, was selbst dem Grafen nicht verborgen blieb und darum sich verwundert nach Paula umdrehte. Sie hingegen tat so, als bemerke sie Johanns Blicke nicht und kochte währenddessen seelenruhig weiter.

Vor seiner Mittagspause beendete Johann die Arbeit im Haus des Grafen und ging in die Werkstatt zurück, um neue Windwearffe herzurichten. Doch die junge Frau und ihr Blick gingen ihm nicht mehr aus dem Kopf, und so dachte er sich einen Plan aus. Dazu wollte er am Abend erneut zum Haus des Grafen gehen, um unauffällig herauszufinden, wo die junge Frau wohnt. Vor Kälte zitternd stand er weit mehr als eine Stunde vor dem Taxishaus, aber Paula tauchte nicht auf. Er bedauerte zutiefst, dass er sie vermutlich nie wieder sehen würde.

Vier Wochen später, beim Faschingsball, verkleidete sich Paula als Zimmermädchen mit blau-weiß gestreifter Bluse und frisch gestärkter Schürze. Auf dem Kopf trug sie weiße Rüschen, und in

52 Windbrett

der Hand hielt sie einen hellen Staubwedel. Als sie mit Marie den Ballsaal betreten hatte, stürmte Marie vorneweg zu ihren Bekannten an den runden Tisch in der Nähe des Trios. Paula folgte ihr unauffällig. Bevor sie sich hinsetzten, stellte Marie ihre neue Freundin Paula vor. Zufällig fiel deren Blick zur Eingangstüre, wo sie gleich den jungen Spengler, dem sie schon einmal begegnet war, entdeckte. Und wie er dastand: groß, schlank in einem schwarzen Anzug und einem Faschingszylinder auf dem Kopf! Er hatte sich als Khämmekheerar[53] verkleidet und ging mit einer kleinen schwarzen Metallleiter unterm Arm zur Begrüßung auf seine Freunde zu. Als auch er Paula entdeckte, konnte man sein Erstaunen deutlich bemerken, und wieder konnte er seinen Blick nicht von ihr abwenden. Dieses Mal errötete Paula, als sich ihre Blicke trafen. Sie wandte sich scheu ab und sah auf den Tanzboden hinab. Aber Johann kam selbstbewusst an ihren Tisch und fragte freundlich in die Runde: „Sind bei euch noch zwei Plätze für meinen Bruder Otto und mich frei?"

Doch Maries Freund, der Hermann Berktold, verneinte, da er noch mit dem Kommen von Joseph Anton und seinem Bruder Ludwig rechnete. Paula bedauerte dies zutiefst, konnte aber als geladener Gast nichts erwidern. Immerhin nahm Johann am Nachbartisch Platz, und es kostete ihm wieder große Mühe, Paula nicht ständig anzustarren. Sein Herz klopfte heftig bis zum Hals. Doch nach seinem ersten Krug Bier fasste er Mut und schritt zum Nachbartisch. Dort bat er Paula um den Tanz. Die beiden unterhielten sich ausgesprochen angeregt. Paula erzählte, warum sie hier im Ort beim Grafen wohnte. Und dass ihre Mutter, mit insgesamt sieben Töchtern, nach der Geburt von Charlotte, der Jüngsten, ein Schreiben vom Kaiser Wilhelm II. bekam, in dem er sich als deren Pate ausgab und ihrer Mutter das Mutterkreuzzeichen verlieh. Angeblich, weil sie dem deutschen Vaterland sieben Kinder geschenkt hat, wobei ihm vermutlich nicht klar war, dass es lauter Mädchen waren.

53 Kaminfeger

„Haben deine Eltern oder später deine Schwester Charlotte den Kaiser irgendwann selbst kennengelernt?“, interessierte sich Johann.

„Ach was“, entgegnete Paula heftig, „erstens starb Charlotte schon als Säugling, und außerdem vermute ich, dass diese Ehre jeder Frau verliehen wird, die ihr siebtes Kind zur Welt gebracht hat. Denn außer dem Metallkreuz für Mutter kam nicht einmal ein Patengeschenk für die Kleine.“

Johann fragte neugierig: „Du hast eine komische Sprache. Ist das der schwäbische Dialekt, kommst du etwa aus Ulm?“ Paula lachte darüber: „Aus Ulm, ach wo, ich komm aus Gospoldshofen, das liegt bei Seybranz.“ Als sie seinen unsicheren Gesichtsausdruck bemerkte, fragte sie weiter: „Oder kennst du Bad Wurzach?“

Er schüttelt seinen Kopf: „Nein, kenn ich alles nicht. Diese Ortsnamen habe ich noch niemals zuvor gehört, hab wohl was versäumt.“

„Ist auch egal, denn schließlich bin ich hier. Sagen wir mal grob, Gospoldshofen liegt zwischen hier und dem Bodensee.“

„Bist du eigentlich katholisch oder evangelisch?“, fragte Johann übergangslos, während die beiden auf der völlig überfüllten Tanzfläche eng aneinander nahezu über den frisch gebohnerten Holzboden zu schweben schienen. „Katholisch, warum?“

„Nur so eine Frage. Meine Eltern sind nämlich streng religiös. Einer meiner Brüder ist vor ein paar Jahren Mönch geworden. Er lebt nun in einem Kloster in der Nähe vom Bodensee.“

Immer wieder tanzten die beiden miteinander. War eine Tanzrunde beendet, brachte Johann Paula höflich an ihren Tisch zurück. Doch sobald die Musik wieder zu spielen begann, holte er sie schnell, bevor ihm ein anderer zuvorkam.

Später setzte sich Johann mit an den Tisch mit dem Vorwand, als müsste er sich mit Maries Freund unterhalten. So bot sich für Paula und Johann ganz unauffällig die Gelegenheit, nebeneinander zu sitzen und an der angeregten Unterhaltung teilzuhaben. Manchmal berührten sie sich wie zufällig, und diese leichten Annäherungen riefen bei beiden einen wohligen Schauer hervor.

Marie war dies natürlich nicht entgangen und flüsterte Paula etwas ins Ohr, was Johann nicht verstehen konnte. Daraufhin kicherten die beiden verschmitzt. Zu später Stunde, als das Trio aufgehört und die Musikinstrumente eingepackt hatte, begleitete Johann Paula heim ins Taxishaus.

Einige Wochen später fand an der Schattenbergschanze das Eröffnungsskispringen statt. Joseph Anton und Johann waren als Zuschauer dort und entdeckten auf der gegenüberliegenden Seite des Auslaufes auch Paula und Marie. „Ist das dort drüben nicht die junge Frau, mit der du am Faschingsball ständig getanzt hast? Wenn du möchtest, können wir rübergehen." Doch als die jungen Männer diese Stelle erreicht hatten, war Johann zunächst enttäuscht, da weder von Paula noch von Marie etwas zu sehen war. Es schien, als wären sie vom Erdboden verschluckt. Erst nach Wochen ergab es sich, dass sich die beiden auf dem Marktplatz nach der heiligen Messe wieder trafen. Ohne Zögern lief Johann auf Paula zu: „Schön, dich wieder zu sehen. Hättest du nächsten Sonntag frei? ich würde dir gerne unsere Gegend zeigen."

Paula schüttelt sogleich ihren Kopf: „Tut mir leid, nächsten Samstag fahre ich für drei Tage heim, und die Woche drauf muss ich arbeiten, weil die Grafen Besuch bekommen. Erst in drei Wochen hätte ich Zeit." Johann war sichtlich enttäuscht: „Schade, ich könnte wetten, du warst noch niemals auf Gerstruben."

„Stimmt, du kennst mich schon recht gut", lächelte sie. „Aber ich will dich gleich vorwarnen, ich bin das weite Laufen nicht gewohnt."

„Dann ist Gerstruben genau das Richtige. Zieh dir festes Schuhwerk an, ich werde dich am Sonntag in drei Wochen, nach der Frühmesse um 10 Uhr, bei der Gräfin abholen."

„Aber bitte läute nicht an der Türe, ich werde draußen auf dich warten. Nicht dass die Grafen dich sehen", bat Paula eindringlich.

Auf dem Faschingsball blieb es Johanns Freunden und auch Joseph Anton nicht verborgen, dass er sich um Paula bemühte. Deshalb stichelten sie während der nächsten Trachtenprobe: „Du wirst doch mit einer Hergezogenen nichts anfangen!" Oder: „Wie kannst du dich nur mit einer Fremden, und noch dazu mit einer Schwäbin, verabreden wollen? In unserem Trachtenverein gibt's doch auch nette Feela". Johann ärgerte sich mächtig und wollte schnell heimgehen, da lief ihm Marie bis vor die Türe hinterher: „Paula lässt dir ausrichten, sie bekommt erst frei, wenn die Herrschaften diniert haben. Du sollst erst um 2 Uhr kommen."

„Ist recht, Marie, dank dir recht schön und grüße Paula von mir."

Johann und Paula fieberten dem gemeinsamen Treffen entgegen. Er änderte sein Vorhaben und lud sie anstatt nach Gerstruben ins Café Karatsbichl, zu Schädlers Liese ein, das nicht weit entfernt südwestlich vom Ort auf einer kleinen Anhöhe lag. Die Lokalität war brechend voll, doch sie hatten Glück, dass gerade der schönste Tisch mit der besten Aussicht frei wurde. Von hier aus sahen sie aufs Dorf mit der dahinterliegenden Bergkette, beginnend mit dem Nebelhorn über den Schattenberg weiter bis zum Himmelschrofen. Und direkt vor ihnen lagen die saftig grünen Wiesen, auf denen der dottergelbe Löwenzahn in der Frühlingssonne hell leuchtete. Darauf grasten etliche Kühe und zwei kleine Kälbchen. Paula stellte verwundert fest, dass die Kühe hier gar nicht gefleckt, sondern ganz anders aussahen, als bei ihr daheim. Johann erklärte: „Bei uns gibt es kaum gescheckte Kühe. Die Bauern hier haben durchwegs das Allgäuer Braunvieh. Denn diese Kühe sind angeblich eine gutmütige und robuste Rasse." Dann begann er zu schwärmen: „Diese Kühe gehören für mich mit zur Heimat. Wenn ich länger fort war, schlägt mein Herz bereits auf der Heimfahrt schon höher, sobald ich unser Braunvieh sehe. Diese Tiere sind für mich wie gute Freunde."

Johann war aufgefallen, dass Paula sich heute besonders hübsch gerichtet hatte – sie war wohl sogar seinetwegen beim Friseur gewesen. Ihr dunkles Haar war ordentlich zu einem Kranz um den Kopf geflochten. Paula spürte, wie er sie betrachtete, und erwiderte ihm daraufhin ein sanftes Lächeln. Die beiden fühlten sich recht wohl und plauderten gern miteinander.

Er bezahlte die Rechnung gut gelaunt und wehrte heftig ab, als Paula ihm ein paar Geldstücke zustecken wollte. „Ich werde dich wohl einladen dürfen! Oder glaubst du etwa, ich kann mir das nicht leisten?“

Als sie sich zufrieden auf den Heimweg begaben, nahm Johann ihre Hand in die seine, und so liefen sie bis zum Ortsanfang. Da bemerkte Paula, dass er immer noch ihre Hand festhielt, und ihr fuhr es durch den Kopf: „Eigentlich müsste ich ihm dies verbieten. Wenn die Frau Gräfin davon was erfährt! Ein anständiges Mädchen lässt das nicht zu. Aber ich habe heute keine Lust, anständig zu sein, sondern möchte mit ihm Händchen haltend durch den Ort schreiten und es genießen. Ich würde nicht einmal zögern, wenn er mich heute danach fragt, ob ich mit ihm ginge, um diese Nacht mit ihm zu verbringen.“

Aber Johann fragte nicht. Trotz des wunderschönen Tages, den er mit Paula verbracht hatte, kamen ihm an diesem Abend ein klein wenig Zweifel, und er dachte an die warnenden Worte seiner Freunde: „Die raten mir von dieser Verbindung ab, weil Paula nicht von hier ist. Aber mit ihr kann ich wunderbar reden, lachen und fühle mich in ihrer Nähe so wohl, wie niemals zuvor mit einem anderen Mädchen. Außerdem gefällt sie mir! Das sind ja alles Gründe, warum ich sie auf Anhieb so mochte.“

Schon am nächsten Morgen berichtete Marie während der Arbeit der nichtsahnenden Paula von den Gesprächen bei der Trachtenprobe: „Paula, denk nur mal, die vom Verein, aber überwiegend die von den ‚Wilde Mändle‘, haben den Johann richtig verspottet, weil du eine Fremde seist und zu allem auch noch einen schwäbischen Dialekt sprichst.“

Paula traten Tränen in die Augen: „Du kennst Johann doch. Glaubst du, dass er auch so denkt und er es beenden wird, noch bevor es richtig begonnen hat?“ Marie schüttelte ihren Kopf: „Ich weiß nicht, wie sehr er dich mag, und ob er sich von seinen Freunden beeinflussen lässt.“

„Weißt du, Marie, ich hab den Burschen irgendwie gern.“

„Wirst schon sehen, es kommt, wie es eben kommen muss! Hab einfach Geduld, die Zeit wird es mit sich bringen.“

Die Tage verflossen, und die beiden hatten sich nicht mehr getroffen. Doch eines Abends schlich Johann leise wie ein Dieb zum Taxishaus hinauf. Dort nahm er einen Kieselstein in die Hand und warf diesen gegen die Glasscheibe von Paulas Kammer im zweiten Obergeschoss. Sie öffnete sofort leise das Fenster und flüsterte ihm zu: „Ach, Johann, du bist´s. Was gibt´s?“

„Ich möchte gerne in zehn Tagen, am Samstag mit dir aufs Waldfest gehen. Zieh dein Dirndl an, ich werde meine Lederhosen tragen.“ Ihr Blick war wie versteinert, und sie antwortete ernst: „Aber ich besitze gar kein Dirndl.“

„Gut egal, dann ziehst du eben dein schönstes Kleid an.“

„Bist du sicher, dass du mich dorthin mitnehmen möchtest?“

„Aber warum denn nicht?“

„Das kann ich hier nicht sagen. Können wir uns drüben in der Wandelhalle im Kurpark treffen? Ich komme gleich runter, geh du schon mal vor.“

„Ja, gern, bis gleich.“ Geduldig wartend saß er dort auf der vordersten Bank und freute sich, als er Paula kommen sah.

Sie lief strammen Schrittes auf ihn zu: „Ich muss mit dir reden. Marie hat mir von der Trachtenprobe und von deinen Freunden erzählt, was die über mich gesagt haben.“

Wider Willen wurde Johann ganz rot im Gesicht, denn er fühlte sich wie ein ertappter Dieb: „Die haben, äh … nein. Es ist nur, weil du nicht von hier, sondern …“

Paula wurde ärgerlich: „Siehst du, ich hatte recht. Ihr Oberstdorfer seid schon ein seltsames Volk, wenn eine von auswärts kommt, ist sie für euch gleich eine Fremde. Euer Talkessel ist zwischen den hohen Bergen eng, und ihr seid hier eingesperrt. Ihr seid vom Denken her genauso, so kleinkariert. Und für euch beginnt anscheinend das ‚Unterland‘ schon an der Breitachbrücke.“ Paula sprang wütend auf und verließ, ohne auf seine Worte zu hören, die Wandelhalle und lief zurück in ihre Unterkunft.

Er rief ihr verzweifelt hinterher: „Paula, bitte warte, es war …“ Aber sie war schon verschwunden, ohne sich nochmals umzudrehen. Es vergingen mehrere Tage, in denen Paula ihm aus dem Weg ging. Doch nun hielt es Johann nicht mehr aus, denn er dachte bei Tag und bei Nacht nur noch an sie. Am Samstagmittag nach Feierabend machte er sich in seinem neuen, grün karierten Hemd und der dunklen ordentlichen Khnickebokar[54] auf den Weg zum Haus des Grafen. Vor lauter Aufregung hatte er nicht bedacht, dass die Herrschaften gerade dinierten, was ihm Marie mitteilte, als sie ihm die Haustüre geöffnete hatte. Aber schon kam die Gräfin selbst dazu: „Marie, wer kommt denn zu uns während der Mittagszeit?“

Johann lief purpurrot an und stammelte verlegen: „Griess Gott, Frau Gräfin, ich bitte Sie höflichst, für einen Moment, ihre Köchin, die Paula sprechen zu können.“

Sie war verwundert und musterte ihn von oben nach unten: „Seid Ihr nicht der Spengler Kling?“

„Ja, Frau Gräfin, der bin ich.“

„Na gut, dann machen wir eben eine Ausnahme. Ich will ja nicht so sein.“ Die Gräfin von Thurn und Taxis lächelte dem Handwerksburschen verhalten zu. Als Paula die Treppe herabgesprungen kam und Johann unter dem holzverzierten Türrahmen erblickte, reagierte sie ärgerlich: „Ach, du bist es. Warum kommst du, während die Herrschaften essen? Du weißt genau, dass ich hier keine Besuche empfangen darf.“

„Tut mir leid, wenn du meinetwegen Schwierigkeiten bekommst. Aber ich habe wirklich nicht daran gedacht.“ Dabei reichte er ihr zaghaft eine Schachtel Pralinen, die er extra für sie in der Konditorei Stempfle besorgt hatte. „Ich wollte mich bei dir entschuldigen und fragen, ob wir uns heute Abend treffen und aussprechen können?“

„Heute Abend? Von mir aus, das geht.“

54 Stoffkniebundhose

„Also um sieben Uhr, an unserem alten Treffpunkt."

Die Gräfin ließ später Paula zu sich ins Kaminzimmer kommen und fragte: „Was ist zwischen dir und dem Spengler?"

Paula wurde verlegen und stammelt verunsichert: „Es ist nichts, Frau Gräfin, ehrlich."

Zu Paulas Verwunderung äußerte die Gräfin: „Paula, ich habe mich über ihn erkundigt. Seine Familie ist sehr gläubig. Ich rate dir, spiel nicht mit diesem jungen Mann – er hat es nicht verdient."

Als Paula pünktlich beim Sieben-Uhr-Schlag im Kurpark auftauchte, bekam sie fast Mitleid mit ihm, wie er mit hängenden Schultern und einem unendlich traurigen Gesichtsausdruck vor ihr auf der Bank saß. Sie setzte sich neben ihn und wartete erst mal ab, was er ihr zu sagen hatte. Er versuchte, ehrlich und offen zu reden: „Paula, hör zu, dein Dialekt stört mich kein bisschen, auch wenn ich wegen dir von meinen Freunden gehänselt werde. In den letzten Tagen ist mir klar geworden, du bist mir wichtiger als die. Ich verspreche dir, ich will immer zu dir halten. Außerdem würden wahre Freunde mich nicht auslachen, sondern sich mit mir freuen. Glaub mir, meistens sind die schon in Ordnung, nur die Gruppendynamik und der Alkohol tun das Übrige. Dann reden sie blöd daher und merken oft gar nicht, wie sie andere damit verletzten. Sollen sie doch denken, was sie wollen! Ich hab dich auf jeden Fall ..."

„Jetzt bin ich aber froh, dass wir uns ausgesprochen haben. Was wolltest du eben sagen, du hast mich auf jeden Fall ...?"

„Ich hab dich auf jeden Fall gern", antwortete Johann ganz offen heraus.

Nun sah er ein paar Tränen über ihre runden Wangen hinabkullern, und sie schluchzte leise:

„Johann, ich hab dich auch vermisst." Er beugte sich zu ihr hinüber und küsste zärtlich ihren weichen Mund. „Ich werde niemals deinen Gesichtsausdruck vergessen, als ich dir oben auf dem Gerüst das Küchenfenster geöffnet habe und wir uns zum ersten Mal begegnet sind", lächelte Paula.

„Und ich werde nicht vergessen, als der Graf wieder fort war, und du mir einen Teller mit selbst gewalkten Schupfnudeln mit Röstkartoffeln und Zwiebeln aus dem Fenster aufs Baugerüst hinaus gereicht hast", entgegnete Johann. „Übrigens waren die wirklich gut, so etwas habe ich noch niemals zuvor gegessen. Außerdem habe ich bis dahin immer geglaubt, dass bei Grafen kein einfaches Essen wie etwa Schupfnudeln, sondern jeden Tag nur Fleisch auf den Tisch kommt."

„Aber, wo denkst du hin?", grinste Paula. „Das wäre doch ungesund. Außerdem würde das Haushaltsgeld, das die Gräfin mir zuteilt, in keiner Weise reichen." Daraufhin kramte Paula eilig in ihrer Manteltasche herum und zog einen kleinen Scharmizl[55] heraus. „Schau, ich habe dir zwei Pralinen mitgebracht, nicht dass die noch schmelzen. Probiere mal, ich finde die schmecken wunderbar süß."

„Aber die habe ich doch für dich gekauft."

Paula strich sich vergnügt über ihren Bauch und sagte: „Ich weiß, die meisten habe ich auch schon verputzt. Aber du siehst ja, ich werde davon immer dicker."

„Ach wo, das steht dir gut. Außerdem sieht man, dass du eine gute Köchin bist und dir dein Essen selber schmeckt."

Darüber lachten die beiden ausgelassen.

Gleichzeitig hatte Anna große Sorgen um ihren Mann, da die Schmerzen in Ottos Knie, das er in seiner Jugend bei einem dummen Unfall gebrochen hatte, immer unerträglicher wurden. Seit Tagen konnte er nicht mehr gehen, sondern lag nur noch im Bett oder saß auf der Ofenbank. Das Bein unterhalb des Knies war eiskalt und leicht verfärbt. Anna konnte ihn nur durch gutes Zureden zu einem Arztbesuch überreden. Im Krankenhaus bestätigte der dortige Doktor seine Befürchtung. Denn sein Bein würde niemals mehr heilen und musste oberhalb des Knies abgenommen werden.

Dort erfuhr Otto zu seinem weiteren Kummer, dass sein Freund, der erfahrene Oberstdorfer Bergführer Fritz Dünßer, im Alter von

55 Papiertüte

47 Jahren am Faulenbach vom Blitz getroffen wurde und auf dem Weg ins Krankenhaus gestorben sei.

Otto fühlte sich elend und vertraute seiner Frau an: „Mein Lebtag lang war ich immer ein Krüppel, aber jetzt bin ich wirklich gar nichts mehr wert."

„Oh doch, Otto, ich kann mich noch gut erinnern, als wir beide in jungen Jahren zusammen im Moorbad waren, da hast du so etwas Ähnliches geäußert. Auf jeden Fall habe ich dir damals schon erklärt, dass deine körperliche Einschränkung kein Grund ist, dich weniger zu mögen. Unsere Kinder sehen das genauso, und daran wird sich vermutlich nichts ändern. Du selbst musst stark sein und versuchen, damit klarzukommen. Und ich verspreche dir, ich werde dir beistehen, so gut ich kann." Trotz Annas Unterstützung belastete der Verlust seines Beines Ottos künftiges Leben schwer. Zunächst musste er abwarten, bis seine Beinstumpfwunde einigermaßen abgeheilt war – erst danach konnte er sich eine Holzprothese vom Schreiner fertigen lassen. Auch das Laufen mit Krücken musste er erst mühevoll erlernen, was für ihn aufgrund seines Alters nicht einfach war. Das neue Holzbein verursachte häufig eine offene, wunde Druckstelle. Und als er eines Nachts im Halbschlaf aus dem Bett steigen wollte und nicht mehr an das fehlende Bein gedacht hatte, stürzte er mit voller Wucht auf den harten Holzboden und brach sich dabei auch noch seinen rechten Arm. Das verlangte von ihm eine Zwangspause von drei Monaten, ehe er wieder mit seinen Krücken, die ihm bis unter die Achseln reichten, seine ersten Gehversuche machen konnte.

Wie vereinbart trafen sich Johann und Paula auf dem Waldfest, wobei sie anstelle eines Dirndls ein wunderschönes dunkelblaues, wadenlanges Taftkleid trug. Ums Handgelenk, im Vorderteil und um den Halsausschnitt besaß es einen perfekt abgestimmten, golden schimmernden Besatz. Zum ersten Mal fiel Johann auf, dass Paula nicht so mager wie die meisten Frauen zu dieser Zeit war, sondern etwas fülliger mit einem rundlich ovalen Gesicht, aber keinesfalls dick. Dies ließ Paula im Vergleich zu seinen hageren Schwestern Maria und

Babett wesentlich weiblicher wirken. An diesem Abend beichtete sie Johann, dass nun bald die beiden vereinbarten Jahre vorüber seien, und sie wieder zurück ins Schloss Zeil gehen werde. Er sah Paula zunächst fassungslos an: „Du willst wirklich zurückgehen?"

„Es war von Anfang an so ausgemacht, dass ich hier beim Grafen nur für zwei Jahr bleibe. Aber seit dem Tag, an dem ich dich getroffen habe, ist die Zeit wie im Flug zerronnen."

Da begann Johann, über die beengten Wohnverhältnissen zu Hause zu klagen, denn seine Mutter würde an Gäste vermieten, wodurch er eine kleine Kammer mit seinen Brüdern teilen musste. „Da wäre es wohl nicht das Schlechteste, wenn ich bald heiraten würde." Dabei zog eine leichte Röte über sein Gesicht. Dann sprach er verunsichert weiter: „Würdest du das an meiner Stelle in meinem Alter nicht auch tun?"

„Oh, doch, wenn mich der Richtige fragen würde", antwortete Paula mit einem verschämten Seitenblick auf Johann gerichtet.

„Könntest du dir vorstellen, für immer hier im Ort an meiner Seite zu bleiben?"

Paula musste sich beherrschen, ihm vor Glück nicht um den Hals zu fallen, und zögerte absichtlich. Erst nach einer Denkpause antwortete sie mit bewusst ehrfürchtigem Tonfall: „Wie lange, glaubst du, braucht ein Baum beim Verpflanzen, um Wurzeln zu schlagen?" Johann hatte eine solche Reaktion in keinster Weise von ihr erwartet und fühlte sich ziemlich durcheinander. Dann antwortete er mit hoffendem Tonfall: „Ein paar Wochen, ein paar Monate, ein paar Jahre? Aber immerhin bist du doch noch ein ganz junges zartes Pflänzchen – da geht das meistens schnell. Vielleicht auch nur ein paar Tage, wenn wir erst mal verheiratet sind, und ich mich bei Tag und bei Nacht um dich kümmern darf?"

„Gerne Johann, aber eines müssen wir bedenken. Ich selbst werde im Dorf bald Wurzeln schlagen, denn ich fühle mich jetzt schon recht wohl. Dennoch werde ich für die Einheimischen immer eine Fremde bleiben."

„Wenn du nur ja sagst, das andere kriegen wir gemeinsam hin." Sie sah ihm tief in die Augen und flüsterte: „Ja, ich will. Es ist wunderbar, ich liebe und werde geliebt." Dabei lächelte sie ihn zufrieden an, und sie küssten sich innig. Kurzentschlossen meinte Johann: „Weißt du was, ich will dich heute noch meinen Eltern vorstellen." Gleich nach dem Waldfest ging er mit Paula zusammen zu sich heim. Anna hatte von Babett und Marie schon vernommen, dass Johann, ihr Zweitjüngster, heimlich eine Freundin habe und war deshalb nicht ganz so überrascht wie Otto. Paula setzte sich neben Johann zu seinen Eltern und Geschwistern mit an den Tisch. Zur Feier des Tages öffnete Otto eine Flasche Wein, und sie redeten gemütlich miteinander. Anschließend begleitete Johann seine Freundin zu ihrer Unterkunft. Auf dem Weg gestand Paula: „Ich finde deine Eltern und vor allem deinen Bruder, den Otto, sehr nett."

Johann drückte ihre Hand ganz fest und sagte: „He, muss ich etwa eifersüchtig werden?"

„Nein, mach dir keine Sorgen. Ich stehe zwar auf jüngere Männer, aber Otto wäre mir dann doch zu jung."

„Was soll das heißen, wie alt bist du eigentlich?", wollte Johann wissen.

„Ich bin sechsundzwanzig, hab mich aber erkundigt und weiß, dass du erst vierundzwanzig Jahre alt bist."

„Stimmt, in unserer Familie stehen die Männer auf ältere Frauen, denn meine Mutter ist auch zwei Jahre älter als Vater." Nun waren die beiden vor der Haustüre am Taxishaus angekommen. Mit leicht gesenktem Kopf stand Johann da und sagte zu Paula, ohne aufzublicken: „Dann gehe ich jetzt."

Ohne auf seine Worte einzugehen, nahm Paula seine Hand. Johann sah verwundert auf aber Paula lächelte ihn an. „Ich wünsche, du würdest hier bei mir bleiben."

Mit einer unendlich zärtlichen Bewegung nahm Johann Paula in die Arme und flüsterte ihr dabei ins Ohr: „Ich könnte mir nichts Schöneres vorstellen, und trotzdem wollen wir bis zu unserer Hochzeit warten."

Als Johann wieder daheim war, saßen seine Eltern noch in der Stube, und es schien, als habe Mutter etwas ins Buch eingetragen, worüber sie sich nun mit Vater unterhielt. Dieser klopfte seine Pfeife auf dem schweren Aschenbecher aus, während er zu seinem Sohn sprach: „Johann, ich finde die junge Frau ganz in Ordnung, obgleich mir eine Einheimische lieber wäre."

Johann war richtig verärgert und rechtfertigte sich: „Aber was soll das Geschwätz? Sie ist wunderbar, und ich mag sie. Sie ist so fröhlich, mit ihr kann ich lachen, und außerdem ist sie Köchin beim Grafen. Keiner meiner Freunde hat eine Frau, die so gut kochen kann wie Paula. Da brauch ich mir mein Leben lang keine Sorgen ums Essen machen." Nun nahm auch Anna Paula vor ihrem Mann in Schutz: „Otto, was heißt, eine Einheimische wäre dir lieber? So pauschal darf man das doch gar nicht sagen. Unsere Josepha hat schließlich auch den Bernhard aus Kirchheim geheiratet. Mir tut es immer noch weh, dass sie mit ihm fortgegangen ist und ich unsere Enkelkinder kaum zu Gesicht bekomme. Aber ihre Ehe funktioniert anscheinend gut, sie haben inzwischen sieben Kinder zusammen. Josepha wird für die Kirchheimer immer eine Zugereiste bleiben. Aber fremd ist man nur dort, wo man sich fremd fühlt."

Dann blickte Anna zu ihrem Sohn, der sich inzwischen aufs Kanapee gesetzt hatte und mit seinem Rücken am Kachelofen lehnte: „Johann, ehrlich gesagt, ist es mir lieber, du bringst ein gutes und fleißiges Mädchen zu uns heim, als dass du irgendwann mit ihr in die Fremde fortgehst." Johann musste darüber schmunzeln.

„Mutter, darüber brauchst du dir bei mir keine Sorgen machen, dafür hab ich unsere Heimat viel zu gern und würde bestimmt sterben vor Heimweh. Manchmal habe ich das Gefühl, als wären durch unsere bereits im Allgäu ansässigen Vorfahren unsere Wurzeln so fest mit der Heimaterde verwachsen, dass ein Verpflanzen für unsereins fast nicht möglich ist. Ganz im Gegensatz zu jenen, die erst in den letzten Jahren hier sesshaft geworden sind. Denn die zugezogenen Neubürger würden vermutlich überall in der Fremde besser zurechtkommen als wir."

Insgesamt aber waren Otto und Anna mit den Heiratsplänen ihres Sohnes einverstanden; denn sie spürten, dass die beiden sich offenbar gern hatten.

Vier Wochen später fuhren Paula und Johann zusammen mit der Eisenbahn nach Unterzeil. Dort wurden sie von Paulas Vater mit dem Pferdegespann abgeholt und über holprige Feldwege heim nach Gospoldshofen gebracht. Paula wollte ihnen Johann vorstellen, und er gleichzeitig um die Hand ihrer Tochter anhalten. Josef, Paulas Vater, fragte besonnen Johann: „Bist du eigentlich im Krieg gewesen?" Er schüttelt seinen Kopf und antwortete: „Nein, als der Krieg aus war, war ich erst sechzehn Jahre alt."

„Da hast du aber Glück gehabt."

Johann versuchte zu lächeln, was ihm aber ganz und gar nicht gelang. „Ich hatte einen Bruder namens Ludwig, der in den letzten Wochen noch gefallen ist."

Josef sprach weiter, ohne auf Ludwigs Tod einzugehen: „Ich habe bei jeder Geburt meiner Kinder auf einen Stammhalter gehofft, und siebenmal wurde ich bitter enttäuscht, dass es nur Mädchen waren. Doch glaub mir, im Krieg war ich heilfroh darüber, denn ich habe keines meiner Kinder dadurch verloren. Es muss schrecklich gewesen sein, was die Männer dort erlebt haben. Ich kenne einige, die in ihr früheres Leben nicht mehr zurückgefunden haben. Einer ist zum Trinker geworden, nur um zu vergessen, und ein anderer ist durch den Verlust eines Beines fast immer an sein Bett gefesselt."

„Mein Vater hat auch ein Bein verloren, aber nicht durch den Krieg, sondern weil er als Kind aus dem oberen Stockwerk auf einen harten Boden gestürzt ist." Nach diesem Gespräch sah sich Johann interessiert auf dem Hof um und dachte sich: „Dieses kleine Nest besteht nur aus wenigen Häusern, die weit voneinander entfernt liegen. Und neben dem relativ kleinen Häuschen von Paulas Eltern steht nur eine kleine Kapelle, in der höchstens sechzig Personen Platz finden.

Gegenüber befindet sich eine Käserei, der einzige Laden in weitem Umkreis. Dies alles soll bisher Paulas Welt gewesen sein? Die Wiesen bestehen nur aus ebenen Flächen, und weit und breit sind keine Berge in Sicht. So eine kleine überschaubare Gegend. Ich würde hier nicht wohnen wollen." Vor ihrem Elternhaus lag ein Gewürzgarten, und dahinter standen etliche Apfel-, Birnen-, Zwetschgen- und Kirschbäume. Nachdem Johann während des Essens bei seinem zukünftigen Schwiegervater um die Hand seiner Tochter angehalten hatte, bekam er von ihm weder ein klares Ja noch ein Nein zur Antwort. Später fuhr Johann unzufrieden, aber wie geplant ohne Paula weiter, um seinen Bruder Michel im nahe gelegenen Kloster zu besuchen. Auch ihm wollte er von seinen Heiratsplänen erzählen. Dabei konnte sich Michel sofort an Paulas Elternhaus erinnern, weil er Tage zuvor dort war, um Almosen fürs Kloster zu erbitten. Und er erinnerte sich, dass die Hausherrin, vermutlich Paulas Mutter, ihm Kartoffeln und ein paar Eier geschenkt hatte. Auf Johanns Heimfahrt mit dem Zug stieg Paula, wie zuvor besprochen, in Unterzeil wieder zu, und die beiden fuhren gemeinsam nach Oberstdorf zurück. Johann sah sie erwartungsvoll an: „Und?"

„Und was?", fragte Paula, indem sie sich absichtlich dumm stellte.

„Ja, was wohl, was haben deine Eltern über mich und zu unseren Hochzeitsplänen gesagt?"

„Sie sagten, sie seien einer Verbindung mit dir und deiner Familie nicht abgeneigt. Und als sie dachten, dass ich nichts hören kann, äußerte meine Mutter dem Vater gegenüber, dass sie dich nett fände und froh darüber wäre, schon vier ihrer ‚Mädele' unter der Haube zu haben. Gottseidank wären dann nur noch Josefine und Maria daheim."

„Und was hast du dann gesagt?"

„Nichts, ich habe so getan, als hätte ich es nicht gehört. Aber dieses Verhalten ist so typisch für meine Mutter."

„Und was hat sie sonst noch gesagt?"

„Zu mir sagte sie noch, sie könne sich ein Leben als Hausfrau in Oberstdorf für mich schon vorstellen. Denn eine Bäuerin bei ihnen daheim wäre für mich und mein schwaches Herz nichts, da diese Arbeit viel zu anstrengend für mich wäre."

„Was heißt dein schwaches Herz?", fragte Johann besorgt.

„Früher als Kind hatte ich häufig blasse Lippen und war schlapp. Die Ärzte vermuteten, ich hätte einen Herzfehler. Deshalb machten sich meine Eltern Sorgen, und ich wurde im Gegensatz zu meinen Schwestern eher geschont und durfte anstatt der schweren Arbeit in der Landwirtschaft eine Kochlehre beginnen."

„Hast du Beeinträchtigungen wegen deines Herzens?"

„Ach wo, ich merk nichts mehr davon, obgleich die Ärzte und meine Mutter sagen, ich müsse auf mich aufpassen."

„Und was ist mit heiraten?", bohrte Johann ungeduldig weiter.

„Ach ja, auch meine Eltern sind einverstanden, ihren Segen haben wir. Und stell dir vor, mein Vater schreinert extra für uns zur Hochzeit dieselben Schlafzimmermöbel wie vor drei Jahren für meine Schwester Anna und im letzten Jahr für Resi und Margaretha", verkündigte Paula voller Freude.

Am Heiligen Abend wollte Marie während der Arbeit beim Grafen von Paula wissen: „Als ich dich neulich mit Johann gesehen habe, war ich verwundert, dass du dich immer noch mit ihm triffst. Glaubst du, dass er der Richtige für dich sein wird?" Paula schmunzelte und nickte: „Ich denke schon, und stell dir vor, wir werden im März heiraten."

„Was, er hat dir einen Antrag gemacht! Und was hast du geantwortet?"

„Natürlich, ja! Was denn sonst."

„Habt ihr schon …? Du weißt schon, was ich meine", dabei lächelte Marie verlegen.

„Nein, wir haben vor, am 14. März zu heiraten, und bis dahin werden wir warten."

„Bin ich auch zur Hochzeit eingeladen?"

„Aber, natürlich Marie, du bist schließlich meine beste Kollegin bei Thurn und Taxis."

„Wo werdet ihr dann wohnen?"

„Wir haben in der Nebelhornstraße eine kleine Wohnung für uns gefunden.[56] Doch meine zukünftigen Schwiegereltern haben in der Weststraße, südlich vor ihrem Haus, ein erschlossenes Baugrundstück. Wenn alles gut geht, und wir weiter sparsam leben, wollen wir dort in ein paar Jahren für uns ein eigenes Häuschen bauen."

Am 14. März 1927 fand in der Pfarrkirche in Oberstdorf ihre Hochzeit statt.

Paulas Eltern Gundula und Josef nächtigten zuvor bei Anna und Otto in ihrem bescheidenen Gästezimmer, und Paulas Schwestern Margaretha, Theresia und Anna kamen mit ihren Männern in den Nachbarhäusern bei Engelbert Schraudolf und im Haus Silesia bei Adolf Math unter.

Paula blieb am Abend vor ihrer Hochzeit im Hause des Grafen wohnen. Als morgens die Kirchenglocken feierlich erklangen, holte Johann seine junge Braut, trotz des starken Schneegestöbers, zu Fuß ab. Sie trug ein schlichtes, knielanges, dunkles Kostüm, das ihr die hiesige Schneiderin, Fräulein Franzi Deiser, genäht hatte, und sie würde es auch weiterhin an Sonn- und Festtagen tragen können. Johann ließ sich von seinem Freund, Georg Vogler, einen neuen Anzug nähen und trug dazu, zum ersten Mal überhaupt in seinem Leben, eine gestreifte Krawatte. Er nahm seine junge Braut freudestrahlend bei der Hand und stapfte mit ihr gemeinsam durch den tiefen Schnee zur Pfarrkirche in die Sakristei. Dort wurden sie bereits von ihren Vätern Otto und Josef erwartet, denn diese waren, wie es üblich war, bei ihrem Nachwuchs Trauzeuge. Ganz vorne in der Kirche, in den ersten Reihen, saßen bereits die nächsten Angehörigen der Braut wie ihre Mutter Gundula, die Schwestern Theresia mit Sepp Kräutle, Anna und Gebhard, Margaretha und Rudolf sowie die beiden unverheirateten Schwestern Maria und Josefine. Und daneben Johanns Familie, seine Mutter Anna, die auswärtigen Angehörigen

56 heute Koch, Alte Mühle

wie Josepha mit Bernhard aus Kirchheim und Michel, der Kapuzinermönch, die alle eigens wegen der Hochzeit angereist waren. Hier saßen auch sein ältester Bruder Josef sowie Maria, Babett und Otto, die allesamt noch ledig waren. Seine Schwester Vefa mit Eduard und ihren Kindern waren nicht aus Missstimmung der Trauung ferngeblieben, sondern weil Vefa vier Wochen zuvor ihr sechstes Kind, ein kleines zartes Mädchen entbunden hatte. Denn die Hebamme hatte gleich festgestellt, dass die kleine Vefi vermutlich während der Geburt Sauerstoffmangel hatte und daher vermutlich zeitlebens behindert sein würde. Der Kummer um dieses kranke Enkelkind drückte die Stimmung von Anna und Otto, aber auch die der anderen Hochzeitsgäste, denn auch sie machten sich darüber ihre Gedanken. Nach der kirchlichen Trauung waren die beiden Trauzeugen die Ersten, die im Anschluss an Pfarrer Isidor Kohl dem strahlenden Brautpaar gratulierten. Eine Handvoll neugieriger Ortsbewohner hatten sich vor der Kirche versammelt und wünschten den Frischvermählten ebenfalls Glück. Da es den ganzen Tag über heftig geschneit hatte, lief die Hochzeitsgesellschaft nach der kirchlichen Trauung rasch zur anschließenden Feier in den Gasthof zum Löwen hinüber. Geladene Gäste waren außerdem etliche Nachbarn wie die Familien von Adolf und Liese Math, Engelbert und Franz Schraudolf sowie Medardus Rohrmoser. Marte Vogler mit Mathilde, geb. Übelhör und ihre beiden Töchter Annele und Luise und Martin Waibel mit Theresia, geb. Hindelang samt den Söhnen Kaspar und Joseph Anton gehörten auch dazu. Mit von der Partie waren Arbeitskollegen vom Spengler Mayer, und von den Grafen von Thurn und Taxis Frau Fink und Marie Berktold, die inzwischen von allen liebevoll Thaxis Marie genannt wurde. Johanns Freunde vom Trachtenverein waren auch anwesend und führten nach dem ausgiebigen Abendessen, das aus Schweinsbraten mit Blaukraut und Kartoffelknödeln und einer deftigen dunklen Biersoße bestand, im Gasthof, einen Huigaarte[57] auf. Es war Tradition, dabei das Brautpaar vor allen auf den Arm zu neh-

57 Aufführung

men. Natürlich wurde wieder einmal das leidige Thema aufgegriffen, dass Paula eben keine Einheimische, sondern bedauerlicherweise eine Ringgschmekhte[58] sei. Johann und Paula machten gute Miene zum bösen Spiel. Die Bedienung kam anschließend an alle Tische: „Wer von euch möchte noch einen Verdauungsschnaps bestellen?" Die jungen Männer waren hellauf begeistert, aber die Mädchen zierten sich ein wenig. Schließlich bestellten allesamt einen Enzian, mit Ausnahme einiger junger Frauen, was unter den Festgästen gleich zu Spekulationen über mögliche Schwangerschaften führte. Nun stieß die Hochzeitsgesellschaft nochmals vergnügt auf das junge Brautpaar an. Bei dieser Feier tanzte Annele häufig mit Joseph Anton. Als wieder einmal die Musik verstummt war, hielt Joseph Anton sie immer noch fest umschlungen, was Annele in diesem Augenblick sehr peinlich war. Als sie versuchte, sich aus seinem festen Griff zu befreien, lockerte er seine Hände ein wenig, ließ sie aber dennoch nicht los. Dabei konnte sie sein Gesicht genauer betrachten. Er hatte für diese Jahreszeit eine kräftige Hautfarbe, und seine dunkelbraunen Haare waren vorne an den Schläfen schon etwas licht, hinten gingen sie ihm aber fast bis zum Nacken hinab. In seinen braunen Augen entdeckte sie ein strahlendes Lächeln, das vermutlich ihr galt. Auf einmal blieben ihre Blicke fest aneinandergeheftet, und es schien, als gäbe es auf der Tanzfläche nur noch sie beide. Nicht einmal die danebensitzenden, fröhlich lachenden Bekannten wurden ihnen gewahr. Irgendwann erschrak Annele, sie hatte keine Ahnung, wie lange sie so auf dem Präsentierteller standen und wer sie dabei beobachtet hatte. Dabei machte sich auf ihren sonst blassen Wangen eine zarte Röte breit, was aber vorteilhaft wirkte. Als hätte Joseph Anton ihre Unsicherheit bemerkt, nahm er ganz selbstverständlich Anneles Hand, zog sie mit sich in den Flur des Gasthauses hinaus und schlug vor: „Komm, lass uns irgendwohin gehen, wo es ruhiger ist."

58 Fremde, Zugereiste

Annele löste sich von seinem festen Griff und bat: „Nein, Joseph Anton, die Musik beginnt gerade einen Schneewalzer zu spielen, ich möchte lieber hierbleiben und mit dir tanzen."

„Schade, aber wenn es dir Freude macht, dann lass uns eben tanzen." Als sich das Brautpaar um Mitternacht von der Hochzeitsgesellschaft verabschiedete, bedankte sich Johann bei allen Gästen und ging mit Paula zum ersten Mal zu ihrer eigenen Wohnung in die Nebelhornstraße. Paula machte kein Geheimnis daraus und gestand ihrem frisch Angetrauten, dass sie sich so schnell wie möglich sechs Kinder wünschte. Paula gefiel das Leben in diesem schön gelegenen Ort zwischen den Bergen so gut, dass sie sich relativ schnell in ihrer neuen Rolle als Hausfrau eingelebt hatte.

Genau neun Monate nach der Hochzeitsnacht, Mitte Dezember 1927, erwachte Paula mitten in der Nacht, weil ihre Wehen einsetzten. Sie weckte Johann auf und forderte, keine Zeit zu verlieren und rasch die Hebamme zu holen. Bereits fünf Stunden später konnte sie ihren lauthals schreienden Erstgeborenen stolz in die Arme nehmen. Als sie ihr Kind liebevoll ansah, fragte sie ihren Mann: „Was hältst du davon, wenn wir ihn Hans, nach dir und dem heiligen Johannes dem Täufer nennen?" Johann freute sich darüber und strich vorsichtig über die rosigen Wangen seines ersten Sohnes.

Sonntags ging Johann stets in die Frühmesse und hernach ins Wirtshaus zum Löwirt, um dort mit seinen Freunden Schååfkopf[59] zu spielen.

Paula sagte manchmal zum Scherz: „Aus jeder Familie sollte mindestens einer einmal wöchentlich zum Gottesdienst gehen, damit dieser dann daheim die strengen Ermahnungen des Pfarrers über Sitte, Anstand und Moral weitergeben kann."

Paula hingegen blieb beim kleinen Hans daheim und kochte den Sonntagsbraten. Eine Ausnahme galt am Fronleichnamstag – da ging auch sie in ihrem Kostüm hinter dem Pfarrer mit seinen Minis-

59 Kartenspiel

tranten, den Vereinen in ihren Trachten, den Kommunionkindern, der Musikkapelle in letzter Reihe, mit anderen Gläubigen in einer stattlichen Prozession durch den Ort.

1927, Das Kirchendach

Die Marktgemeinde Oberstdorf und die Kirchenverwaltung beschlossen, dass die Kirche mitsamt Turm neu verputzt und mit Kupfer eingedeckt werden sollte. Schließlich waren die Schieferplatten kaputt, und innen tropfte schon das Wasser durch. Den Auftrag, das Gerüst zu erstellen, bekam die Firma Weißputzerei Bucher, die in der Nähe des Bahnhofs ihr Lager hatte. Dazu musste der Turm bis auf 66 Meter Höhe hinauf mit Holzstangen eingerüstet werden. Aus diesem Grund hatte der Gerüstbauer Bucher die bestehenden Schieferplatten und Turmsparren zum Teil entfernt und das Gerüst mit Spachteln am Turmdachstuhl befestigt. Diese Arbeit erledigte er tadellos und den Folgeauftrag für die Dachdeckarbeiten bekam die Spenglerei Mayer, die bisher zehn Arbeiter, darunter auch Johann beschäftigt hatte. Wegen der Größe des Auftrags und weil der Inhaber nur die besten und schwindelfreien seiner Mitarbeiter auf den hohen Turm hinaufschicken konnte, bestellte er seinen ehemaligen Meister, Bernhard Graf, hinzu, der inzwischen der Schwager von Johann war. Von ihm wusste er, dass er und ein paar seiner Leute, aus Kirchheim, die besten Voraussetzungen hatten, ihm beim Eindecken des Kirchendaches zu helfen. Somit war auch gewährleistet, dass ständig einige Spengler am Turm arbeiten konnten, während die übrigen Arbeiter für die bisherigen Stammkunden zur Verfügung standen und deren Aufträge weiterhin zu ihrer Zufriedenheit erfüllen konnten.

Johann, Bernhard Graf, Michl Rees, Georg Regensburger, Johann Rietzler II, Karl Brandmair und etliche auswärtige Spengler sowie Karl Mayer selbst stiegen gleich am ersten Tag gemeinsam innen im Kirchturm bis zum Glockenstuhl hinauf. Nun mussten sie aufs Holzgerüst hinaussteigen und kletterten von dort außen bis zur Turmspitze hinauf. Als der hiesige Spengler und Bergführer, Johann

Rietzler, von den Schalllöchern oben auf den Marktplatz hinabsah, wurde er kreidebleich, umklammerte krampfhaft das schwingende Gerüst und schlich augenblicklich zurück in den Turm. Dann stammelte er qualvoll: „Da draußen kann ich nicht arbeiten, das ist mir viel zu hoch. Ich kann nicht mal runterschauen.“ Karl Mayer sah seinen Arbeiter fassungslos an: „Aber du bist doch Bergführer! Dort in den Bergen geht es doch viel weiter hinunter als hier am Turm.“

„Ich weiß selbst nicht, in den Bergen, das ist etwas ganz anderes. Bitte Meister, darf ich runtergehen? Ich kann hier nicht länger bleiben.“

„Von mir aus, bevor noch etwas passiert. Dann bleibst du halt am Boden und richtest zusammen mit Eugen Schaara[60] für uns her.“

„Danke, Meister“, zittrig und dennoch erleichtert stieg er zuerst die Leitern und dann die Treppenstufen hinab. Er war heilfroh, als er wieder festen Boden unter sich spürte. Dann half er seinem Kollegen, der bereits an der Südseite des Kirchturms neben dem ehemaligen Buihüüs[61], der späteren Kriegergedächtniskapelle, Schaara herrichtete. Es gab damals nur zwei Meter Kupfertafeln. Diese mussten sie nach den Maßangaben der Mitarbeiter auf dem Turm zuschneiden und zusammenklopfen. Anschließend wurde das fertige Material mit dem danebenstehenden Aufzug auf den Kirchturm hinaufgezogen. Seitdem wurde Rietzler Johann II, der bei Aumanns am Frohmarkt wohnte, in Fachkreisen und bei seinen Freunden nur noch „dr Bodenspengler“ genannt. Als die Spengler Tage später mit der Eindeckung des Kupfers weiter von der Turmspitze nach unten an die Befestigungen des Gerüstes gelangten, waren ihnen die Spachteln vom Bucher hinderlich. Die Arbeiter entfernten seine Befestigung wie selbstverständlich und befestigten die neuen Kupferbahnen am Dach. So gingen sie Bahn für Bahn vor. Natürlich konnten sie an den bereits eingedeckten Stellen die Spachteln nicht mehr anbringen. Jeden Morgen stand der Bucher unten vor dem Mohrenwirt, gegenüber der Kirche, und beobachtete das Geschehen am Turm.

60 Blechbahnen
61 Seelenkapelle

Plötzlich konnte er beobachten, wie sich das Gerüst gelöst hatte und sich um den Turm zu drehen begann. Er stieg hasenwild auf den Turm hinauf und schrie: „Hört sofort auf! Kommt in den Turm! Die Arbeit ist eingestellt!" Auf seinen Befehl hin mussten die Spengler eine Kupferbahn entfernen und die Spachteln dort wieder befestigen. So war das Gerüst erneut verankert, und die Spengler durften ihre Arbeit wieder aufnehmen. Aber der Johann Rietzler stieg nie mehr auf den Kirchturm hinauf.

Während dieses Jahres brannte in Oberstdorf wieder ein Haus vollkommen ab, obwohl die Feuerwehr schnell zu Hilfe kam, und der Küfer Math mit dem Feuerwehrfahrrad, das sie seit 1902 besaßen, in die Nachbargemeinde fuhr, um von dort Verstärkung anzufordern. Aber für die 31-jährige taubstumme Rosina Huber, „Beandlars Hanse Feel" kam jede Hilfe zu spät. Dieses Mädchen konnte nicht mehr gerettet werden, sie kam in der lodernden Feuersbrunst um.

Im Jahre 1928 wurde seit Jahren wieder einmal der Wilde-Mändles-Tânz, ein Brauch aus keltischen Vorzeiten, draußen am Gschlief unter freiem Himmel aufgeführt. Dieses Ereignis war für alle eine große Attraktion. Der Tanz handelt vom Kampf des Guten gegen das Böse und erzählt von den vier Jahreszeiten, vom Lauf der Sonne, von den Mächten der Natur und vom Ringen des Lichtes gegen die Dunkelheit – er war einst dem germanischen Gott Thor gewidmet. Die zwölf wilden Männer waren von Kopf bis Fuß in Tannenbart gekleidet und trugen denselben langen Bart. Um die Hüften schlangen sie einen Gürtel aus Tannenzweigen, und auf dem Kopf hatten sie einen Kranz aus Blättern des Schteachholdrs[62]. Diesem grünen Kostüm aus der Natur wurde nachgesagt, dass es Dämonen, Geister und Blitze abhalten und aufgrund der ätherischen Öle darüber hinaus den Männern magische Kräfte verleihen würde.

Weil das gesamte Tanzspiel körperliche Gewandtheit und einen großen Kraftakt erfordert, gebührte anstelle des über 50-jährigen

62 Stechpalme

Martin Waibel, nun seinem Sohn Joseph Anton, die Ehre beim Wilde-Mändles-Tånz mitzuwirken. Dieses Privileg stand nur männlichen Angehörigen alteingesessener Oberstdorfer Geschlechtern zu. Die musikalische Tanzbegleitung wurde von der Musikkapelle Oberstdorf übernommen. Annele und Luise überredeten Paula, dass sie und Johann beim diesjährigen Wilde-Mändles-Tånz mit zuschauen sollten. Paula erschienen diese Männer in ihren Naturkostümen, inmitten des dämmrigen Waldes, mit ihren großen Holzkeulen und Trinkkrügen ein wenig unheimlich. Johann hingegen bedauerte in diesem Moment, dass er wegen der strengen Regel nicht mitmachen durfte. Aber seine Mutter war schließlich keine Ortsansässige, denn sie stammte aus Reichenbach.

Am Sonntag nach dem Gottesdienst gingen die ortsansässigen jungen Männer wie meist an den Stammtisch zum Löwirt. Dort hatte ein jeder seinen eigenen Bierkrug, mit oder ohne Zinndeckel. Unter den gefüllten Krug legte die Bedienung Walli einen Bierfilz, auf dem der hiesige Kirchturm, von der Kirchstraße aus, abgebildet war. Für jedes Bier, das Walli brachte, machte sie einen Stich auf den Bierfilz, damit sie am Schluss die getrunkene Menge vom Gast abkassieren konnte. Als Rietzler Johann II zum Austreten aufs WC ging, machten ihm seine Kollegen aus lauter Übermut einen zusätzlichen Strich auf seinen Bierfilz. Es war ein üblicher Scherz, nicht wohlwollend, aber auch nicht böse gemeint. Als Rietzler dies bemerkte, fragte er: „Wer von euch hat mir meinen Bierfilz so verschmiert?“ Seine Freunde lachten: „Was heißt da verschmiert? So weit bist du hinauf auf den Turm und nicht weiter.“ Da wurde Johann Rietzler blüetsnarret[63] und verließ, ohne ein Wort zu sagen, die heitere Männerrunde und lief heim.

Beim nächsten Mal setzte er sich wieder mit an den Stammtisch, als wäre nichts geschehen. Ungewöhnlicherweise kam Hans Ausberger, der sonst Stammgast beim Fischer, dem Bahnhofswirt war,

63 zornig

dazu. Nun befürchtete Johann Rietzler, seine Kollegen würden ihm in Abwesenheit wieder einen Strich auf seinen Bierdeckel malen, und nahm diesen vorsorglich mit auf die Toilette. Seine Kollegen bemerkten dies und lachten darüber, denn gemein und boshaft waren sie schon. Als Johann Rietzler wieder zurück war, wurde eine hitzige Diskussion vor allem gegen ihn als Bergführer entfacht, um ihn erneut zu ärgern. Auch der Ausberger hatte früher angestrebt, Bergführer zu werden, war aber von den amtierenden Bergführern mit folgenden Worten abgelehnt worden: „Der Ausberger, der ist ein Unterländer, den können wir nicht brauchen.“ Seitdem war dieser verständlicherweise nicht gut auf die Bergführer zu sprechen und mischte bei der Debatte darum heftig mit.

In der darauffolgenden Woche waren Honoratioren wie der Schwendinger, der Henze, der Ausberger und der Bahnhofswirt Fischer mit am Stammtisch dabei. Die vier hatten schon mehrmals mit dem einzigen hiesigen Polizisten Franz Schonath Schwierigkeiten. Denn er war ein Mann mit zielbewusstem Auftreten. Bei besonderen Anlässen in Amt und Würde erschien er stets mit Helm und Säbel und stand in seiner Uniform samt seinem Bäuchlein stramm. Am Stammtisch beschlossen sie mit den Spenglern gemeinsam, dem Polizisten Schonath einen Streich zu spielen. Allen war bekannt, dass er im Rathaus nord-östlich, also vorne links an der Ecke, sein Büro hatte und von dort aus gut den ganzen Marktplatz überblicken konnte. Denn stets, wenn die Spengler in der Früh zur Arbeit kamen, sah er ihnen von seinem Fenster aus zu. Am darauffolgenden Morgen nahmen sie, wie vereinbart, eine ausgestopfte Strohpuppe, zogen dieser eine blaue Hose, eine blaue Jacke und eine Detschkhappe[64] wie einen Spengler an. In den Brustkorb steckten sie eine mit Blut befüllte Saublase. In aller Frühe, noch bevor der Schonath in seinem Büro war, trugen sie gemeinsam diese Puppe auf den Kirchturm hinauf. Alle, bis auf zwei der Männer, stiegen wieder herab. Sie warteten, bis der Schonath im Rathaus war, dann taten die Arbeiter, als kämen sie

64 Mütze

wie sonst an jedem normalen Morgen zur Arbeit. Als sie den Schonath am Fenster erblickten, gab einer ein Zeichen nach oben. Das war der Augenblick, in dem die beiden oben Gebliebenen die Strohpuppe vom Kirchturm herabwarfen. Mit voller Wucht schlug sie auf dem Kirchenvorplatz auf, sodass die Saublase vor Schonaths Augen aufplatzte und das viele Blut nur so spritzte. Er rannte vor Entsetzen, in der Annahme ein Spengler sei vom Kirchturm gestürzt, auf den Marktplatz und schrie: „Hilfe, Hilfe, holt einen Arzt!"

Genau in diesem Moment war die Sieben-Uhr-Frühmesse zu Ende, und die Gläubigen traten aus der Kirche heraus. Die umstehenden Menschen und alle Kirchenbesucher mussten über diesen üblen Scherz schmunzeln, nur dem Schonath war das Lachen vergangen. Er schrie vor Zorn, mit hochrotem Kopf: „Das wird ein Nachspiel haben, darauf könnt ihr euch verlassen!" Der Polizist Schonath verfasste sofort eine Anzeige nach Sonthofen. Aber alle Beschuldigten hielten zusammen, und es kam nie ans Licht, wer von ihnen die Übeltäter waren und die Puppe letztendlich herabgeworfen hatten.

Die Ortsgemeinde überließ dem Schützenverein das Grundstück östlich der Nebelhornbahn-Baustelle, auf dem bereits ihr bisheriges altes Schützenhaus stand, das einer Scheune gleichsah. Als Gegenleistung verpflichtete sich die Schützengesellschaft, ein gleichwertiges Grundstück im Tausch für die Ortsgemeinde zu beschaffen. Um dieses Versprechen gegenüber der Ortsgemeinde zu begleichen, verzichtete das langjährige Mitglied Karl Richter auf sein eigenes Gemeinde- und Weiderecht an der Meyersoywiese Teil 75 und 76. Damit waren der erste Schützenmeister Magnus Haas und seine 190 Vereinsmitbrüder in der Lage, das alte Schützenhaus am Faltenbach abzureißen und in vielen freiwilligen und ehrenamtlichen Arbeitsstunden am bisherigen Standort ein neues Schützenhaus mit Kegelbahnen zu erbauen. Zur Finanzierung dieser hohen Kosten verkauften sie an ihre Mitglieder Pfandbriefe, die über Jahrzehnte im Losverfahren an den Berechtigten zurückbezahlt wurden. Als das

Haus und die Schießanlage fertig waren, organisierte die Königlich privilegierte Schützengesellschaft Oberstdorf ein Eröffnungsschießen auf dem 130 Meter langen Stand, eingeteilt in acht Stände. Zu dieser Oktoberfestfeier stellten sie auf ihrer eigenen, davorliegenden Schützenwiese ein großes Zelt auf. Noch im selben Jahr wurde beschlossen, dass in Zukunft am Fronleichnamstag sowie bei Beerdigungen der Fahnenabordnung pro Mann 1 Liter Bier vom Verein spendiert wird.

Als Hans geboren war, zogen Paula und Johann von der Nebelhornstraße in die Zollstraße um. Genau ein Jahr später kam im selben Monat schon das nächste Kind, wieder ein Stammhalter, nämlich Meinhard, zur Welt. Er schlug vom Aussehen her in das Oberstdorfer Geschlecht des Vaters, denn er war groß und hatte schmale lange Finger und Füße. Da die beiden Buben altersmäßig nicht weit auseinanderlagen, wuchsen sie fast wie Zwillinge auf. Nun waren sie zu viert, und die Wohnung wurde erneut zu eng. Deshalb bot Otto seinem Sohn nochmals das Baugrundstück vor seinem eigenen Haus an, worauf Johann erfreut einwilligte. Mit Hingabe und Freude versorgte die junge Paula ihre beiden Kinder, führte den Haushalt und packte tüchtig beim Hausbau für ihr neues Heim mit an. Johann war sehr angetan von seiner Ehefrau und wusste genau, dass er keine Bessere als Paula hätte finden können. Weil Paulas Vater von Beruf Zimmermann war, schenkte er der jungen Familie das Holz für den Dachstuhl und richtete diesen mit Freunden zusammen nach dem Plan des Architekten Willi Huber auch auf. Das Haus war eines der ersten Häuser, die ein Hochparterre hatten, mit dem Hauseingang an der Straßenseite von Norden aus. Gleich rechts daneben befanden sich ein Wasserklosett und eine Treppe, die ins Obergeschoss führte. Hier lagen das Elternschlafzimmer, ein Gästezimmer, eine große Stube und daneben die Wohnküche. Wieder ein halbes Stockwerk die Treppe hinauf gelangte man ins Badezimmer. Von da ging es weiter ins zweite Obergeschoss mit drei weiteren Gäste-, bzw. Kinderzimmern. Im Keller gab es noch Zimmer, die von der eigenen Familie genutzt werden konnten.

Als die ganzen Bauarbeiten abgeschlossen waren, konnte die junge Familie ihr neues Heim in Besitz nehmen. Auch der Umzug verlief reibungslos, denn fast alle von Johanns Geschwistern packten tatkräftig mit an, worüber er sich aufrichtig freute. Paulas Eltern ließen es sich nicht nehmen, mit Theresia und Anna aus Gospoldshofen zu Besuch zu kommen, und alle waren von dem neuen Haus begeistert. Auch ihre Mutter war überwältigt, was sich ihre Tochter hier in der Fremde mit aufgebaut hatte und meinte: „Paula, dass du einmal so ein wunderschönes Anwesen haben wirst, hätte ich nie gedacht."

Stets am Samstag war großer Badetag, und sowohl Eltern als auch Kinder genossen diesen Luxus sehr. Paula ließ das Wasser einlaufen, wonach zuerst die Kinder, dann die Mutter und anschließend Vater ins Wasser steigen durften, um ein Bad zu nehmen.

Nicht weit entfernt ihres Hauses, in Richtung Dorfmitte, legte der Verkehrsverein[65] in der Fuggerstraße eine Tennisplatzanlage auf dem gepachteten Grundstück von Dr. Otto Reh an. Allerdings kam von einem Gemeinderatsmitglied eine ablehnende Meinung, als es um einen Zuschuss für diese Anlage ging: „Wiidr so a nuis Zuig, die Beattlar solled schaffe, anstatt die wiisse Bolla ummånand jeeche!"[66]

Zwei Wochen nach Meinhards Geburt heiratete Johanns Freund Joseph Anton seine langjährige Freundin Annele Vogler. Die junge Braut zog aus ihrem Elternhaus von der Trettachstraße in die Oststraße zu ihren Schwiegereltern Martin und Theresia sowie ihrer Schwägerin Kreszentia, deren Kind inzwischen vier Jahre alt war.

Am 14. Juni 1929 wurde Annas Nachbarin, die 60-jährige Rosa Köcheler, „Lonzers Rosa", aus dem Haus Nr. 301 als letzte Verstorbene auf dem alten Friedhof neben der Pfarrkirche beigesetzt. Ein

65 der heutige Verschönerungsverein
66 „Wieder so etwas Neumodisches, die Gäste sollen arbeiten, anstatt die weißen Bälle umherzujagen."

jeder Bürger war sich bewusst, dass keiner mehr neben Rosa beerdigt werden würde, sondern im noch leeren, neuen Waldfriedhof bei der Trettach. Dieser Erste, der dort beigesetzt wurde, war der ehemalige Traubenwirt, Paul Huber, der gleich am darauffolgenden Tag gestorben war.

Am 22. Juni 1929 wurde der 40-jährige Säger, Michel Hiesinger, auf seinem Heimweg erstochen. Manch einer im Ort vermutete, dass der Täter Blattner Thadde vom Kühberg war. Genaueres wurde aber nie ermittelt, und daher galt er als unschuldig.

Die Menschen hofften, dass die Weltwirtschaftskrise vorbei sei, und es nun einen Aufwärtstrend geben würde. Gleichzeitig gewann der Nationalsozialismus immer mehr an Einfluss und Macht, und manch einer behauptete: „Ihr werdet sehen, der Hitler wird unsere Probleme lösen, denn wenn dies einer schafft, dann er."

„Oh nein, das glaube ich nicht, von ihm befürchte ich Schlimmes", entgegnete ein anderer. So widersprüchlich waren die Meinungen unter dem Volk. Aber die Nationalsozialisten erzielten bald die Mehrheit, und die Bevölkerung unterwarf sich teilweise freiwillig. Andere sahen keinen Ausweg und mussten ihnen widerwillig folgen.

Am 10. Juni 1930 fand die Einweihung der Nebelhornbahn statt. Königin Wilhelmine und Kronprinzessin Juliane von der Niederlande hatten Quartier im Wittelsbacher Hof bezogen und fuhren ebenfalls mit der neuen Bahn aufs Nebelhorn. In dieser Zeit strebte man viele Neuerungen für die Gäste an, so war auch die Badeanstalt am Moorweiher nicht mehr zeitgemäß und wurde erneuert. Darüber hinaus wurde die Postkraftwagenlinie zwischen Oberstdorf und Mittelberg eingeführt.

Ende Juli 1930 kam Joseph Antons und Anneles erstes Kind zur Welt, ein Mädchen namens Aloisia, und schon zwei Wochen später erfüllte sich auch Paulas lang ersehnter Wunsch nach einem Mädchen, die Renata. Johann lief freudig und aufgeregt zu seiner Mutter über die Straße und brachte ihr die freudige Nachricht: „Unser

Säugling ist wunderschön und hat sogar schon einen dunklen Flaum auf seinem kleinen Köpfchen. Paula geht es auch den Umständen entsprechend gut."

„Gratuliere! Da bin ich aber beruhigt, denn es ist nicht selbstverständlich, dass die Frauen ihre Entbindungen immer gut überstehen und die Säuglinge gesund sind. Unsere Vorfahren hatten dabei großes Leid. Meiner Mutter waren von zehn Kindern nur meine drei Brüder und ich geblieben. Und bei meiner Großmutter hatten von vierzehn Kindern nur vier überlebt. Ihre nächste Schwangerschaft endete mit einer Fehlgeburt, und sie selbst ist daran gestorben. Deshalb müssen wir sehr dankbar sein, dass es Paula wieder gut überstanden hat. Und vergesst nicht, die Kleine sollte bald getauft werden."

„Mutter, wo denkst du hin? Renata ist schließlich unser drittes Kind – wir sind doch erfahrene Eltern!"

Als Anna beim Einkaufen zufällig ihre Freundin Mathilde traf, klagte sie ihr voller Sorge, dass sich Otto momentan gar nicht wohlfühlte und sie ihn deswegen ungern alleine daheim lässt. Sie fragte Mathilde: „Aber hättest du mal wieder Lust, mit mir in unserem alten Buch zu lesen? Ich denke, wir haben jetzt genügend Abstand, damit uns das Entziffern wieder leichter fällt. "

Mathilde war erfreut und begann zu strahlen: „Oh ja, gerne, ich würde mich riesig freuen! Wenn es dir passt, komme ich gleich heute Nachmittag bei dir vorbei, denn mein Mann ist mit Joseph Anton oben auf der Alpe."

„Gut, dann bis später, ich mach uns noch einen feinen Apfelkuchen."

„Ich liebe Apfelkuchen, aber mach dir keine Umstände wegen mir."

„Ist schon in Ordnung, dann bis später", und sie winkte ihrer Freundin zufrieden nach.

Als die beiden äußerst gespannt noch rasch ihren Muckefuck-Kaffee tranken, drängte Mathilde ungeduldig: „Komm Anna, ich bin so neugierig. Lass uns bitte anfangen, damit wir mit dem Lesen ein gutes Stück weiterkommen." Inzwischen blätterte Anna im Buch und suchte die Stelle, wo sie das letzte Mal aufgehört hatten zu lesen. Dann zeigte sie mit ihrem Finger auf einen bestimmten Fleck und meinte: „Ich glaube, auf dieser Seite geht es weiter."

Im fünfzehnten Jahrhundert

Im Jahre 1440 gehörte Conrad Stoeckhlin als Untertan zum Ritter Jörg von Heimenhofen, seine Familie galt als alteingesessenes Geschlecht in Oberstdorf. Zu dieser Zeit wurden die Hälfte der Oberstdorfer, Rubinger und Burgegger Leibeigenen mitsamt Jagd-Fischerei und Waldrecht von den Heimenhofenern an den Kardinal Bischof Peter von Augsburg verkauft.

Schon vor Jahren wurde eine kleine Walser Siedlung südöstlich von Oberstdorf mit Namen Gerstruben gegründet. Erst im Jahre 1447 nahm Haintzen Kappeler, um sein Anwesen auf Gerstruben neu zu erbauen, von einem Herrn Hitzlinberg aus Berghofen ein Darlehen auf. Kurz nach der Fertigstellung seines Hauses heiratete er. Die Eheleute Kappeler bekamen zwei Söhne, den Hanns und den Oswald.

1448 hatte es der Untertane des Heimerhoferischen Adels Conrad Stoeckhlin tatsächlich geschafft, sich selbst, seine Frau Auffren Ursellerin und all seine Kinder von der Leibeigenschaft freizukaufen und dadurch den Stand der freien Bürgerschaft zu erreichen.

Sein ältester Sohn und Namensträger, ebenfalls auf den Namen Conrad getauft, wurde später, als er erwachsen war, Schuhmacher und bürgerlicher Handwerker in Oberstdorf.

Die Herren von Heimenhofen, die im Dienste der italienischen Stadt Pisa zu Kapital gekommen waren und in der Mitte des 14. Jahrhunderts den alten Besitz der Herren von Rettenberg aufgekauft hatten, wurden im ausgehenden Mittelalter von mächtigeren Feudalherren überflügelt und verloren 1453 das Kleine Walsertal an Österreich.

24 Jahre später fielen die restlichen Oberstdorfer Besitzungen an den Bischof Johann von Augsburg.

Im Jahre 1463 wurde die Mittelberger Pfarrkirche mitsamt Fresken fertiggestellt. Diese Bilder waren sozusagen die Bibel der armen Leute, die des Lesens und Schreibens nicht mächtig waren. In der neuen Pfarrkirche wurde jedes einzelne Bild der Schöpfungsgeschichte von wohlhabenden Walsern, unter anderem von Martin Berchtolds Nachkommen, gestiftet. Ob sie ihre Spende als Ablass ansahen, um ihr Gewissen zu erleichtern, in der Hoffnung um Vergebung ihrer eigenen oder der Sünden ihrer verstorbenen Altvorderen, darüber war nichts bekannt.

Ein Jahr später wurde der Ritter Hans von Rechberg von einem Oberstdorfer Bauern erschossen, was in der Gemeinde für Aufregung sorgte.

Im Jahre 1469 rebellierte die Oberstdorfer Bürgerschaft und schloss sich mit den Oberallgäuer Bauern zusammen. Gemeinsam plünderten sie das Burgstallschlössle aus, das sich im Besitz des Ritters Hans von Heimenhofen befand.

Im ganzen Land war Unzufriedenheit zu spüren, und zwei Jahre später kauften sich auch die Walser Männer eine größere Menge von dem erst vor Kurzem erfundenen Schwarzpulver. Die Gewehre wie auch Hellebarde und Spieße besorgten sie sich in Oberstdorf. Daraufhin drohten sie den Adeligen von Montfortern mit Waffengewalt, dass sie ihnen in Zukunft keine Abgaben mehr entrichten würden. Schließlich hätten sie ihre versprochene, auf Gegenseitigkeit geschlossene Vereinbarung nicht eingehalten, ihnen im Kriegsfall Hilfe zu gewähren und sie vor dem Erzherzog Siegmund zu schützen. Sie selbst hätten aber ihre Steuern entrichtet.

Tief bewegt nahmen die Oberstdorfer Anteil, als sechs Jahre später Hans Köberlin, der ein unehelicher Sohn des Ritters Hans von Heimenhofen war, während eines Streites bei einer Rauferei in Oberstdorf erschlagen wurde.

1476 erbauten die Oberstdorfer ein Tanzhaus, in dem auch das Dorfgericht und Gemeindeversammlungen abgehalten werden konnten. Sie besaßen weitgehend ein Selbstverwaltungsrecht und konnten es sich leisten, mehrere Gemeindebedienstete, darunter auch verschiedene Hirten, einzustellen. Im Dorf gab es neben Bauern und den üblichen Handwerkern weitere Berufe wie: Flachsbau, Holz- und Forstwirtschaft, Leinenweber, Bleicher, Bierbrauer, Bildhauer, Geiger, Schlüsseldreher, Hafner, Kessler, Nagelschmiede. Darüber hinaus Gastwirte, Pfarrer, Vermittler des Seelenheils und ein Agent der bischöflichen Verwaltung.

Ungefähr um 1480 heiratete Kappeler, Hanns, der Sohn von Haintzen aus Gerstruben, die freie Walserin, Hildegart Kesslerin, eine Urenkelin von Martin Berchtold, also eine Enkeltochter von Simon. Die Braut folgte ihrem Mann und siedelte zu ihm nach Gerstruben um. Mit ihren Kindern wurden die Walser Bewohner ab 1487 nun Gerstruber. Hanns Kappeler und sein Bruder Oswald waren beide sehr früh verstorben.

Im Jahre 1495 wurde Oberstdorf durch König Maximilian zum Markt erhoben und dem Augsburger Bischof zu Lehen übertragen.

Der Augsburger Bischof erhob nun auch Oberstdorf zum Sitz eines bischöflichen Hochgerichts, was aber tatsächlich weiterhin Sonthofen mit dem Sitz des Pflegers und des Landammans, damit Sitz der Kriminalgerichtsbarkeit der bischöflich-augsburgischen Pflege Rettenberg blieb. Sonthofen nahm als Ort mit nur 600 Einwohnern aber mit wichtigem Vieh- und Leinwandmarkt mit Abstand die bedeutendste Stelle im bischöflichen Gericht Rettenberg ein.

Wie auch Oberstdorf wurde es niemals mit einer Mauer gesichert, sondern nur durch einen Zaun vom Umland abgegrenzt. Oberstdorf besaß zwar ein Befestigungsrecht, aber aufgrund seiner geschützten Lage war ein Mauerbau unnötig, obwohl man hier immerhin 227 Häuser mit geschätzten 1925 Einwohnern zählte.

Über das Marktrecht waren auch die Walser erfreut, denn nun konnten auch sie viele nützliche Gegenstände auf dem Markt unter der Linde erwerben.

Der Müller verkaufte das Mehl, der Bäcker das Brot, der Metzger das Fleisch, der Fischer seine Fische, der Drechsler seine Holzarbeit, der Nagelschmied Nägel, der Gerber sein Leder, der Küfer Fässer und der Kessler seine Kessel und Kochtöpfe. Der Bienenhonig kam aus Immenstadt. Am teuersten war das Salz. Es wurde das weiße Gold genannt und kam von weit her – über die Salzstraße von Hall aus Tirol.

Die Walser hatten von eh und je schon einen guten, freundschaftlichen Kontakt zu den Oberstdorfern und kamen stets gerne zur Kirchweih und anschließend zum Kirchweihtanz ins Wirtshaus neben der Pfarrkirche. Sie sahen allesamt nicht schlecht aus, da sie in ihrem besten Gewand erschienen. Dies bestand aus groben Leinenhemden, die ihre Frauen und Mütter selbst gewoben hatten, einer schafwollenen halb langen Hose, die oben gebunden und unterm Knie zusammengefasst war. Die meisten trugen einen Ledergurt mit Metallverzierung und der Geldkatze um den Körper. Der schwarze Schafwollüberrock war weit geschnitten und reichte ihnen bis über die Hose. Auf dem Kopf trugen die männlichen Besucher vom Walsertal einen hohen Hut, wie er auch im Allgäu getragen wurde. Die meisten Männer hatten schulterlanges Haar und durchwegs einen Bart, denn er war das Zeichen des freien Mannes.

Die Frauen trugen wadenlange gefaltete Röcke, die sie zum Teil mit Erlenrinde weinrot färbten. Darunter entweder Schafwoll- oder Leinenröcke, je nach Temperatur. Der Rock war an das Leibchen angenäht. Die weiße Leinenbluse hatte bauschige, weite Ärmel und wurde vorne geschnürt. Da der Ausschnitt zu gewagt und das Dekolleté sichtbar wurde, trugen sie selbst gestickte Tücher darüber. An kühlen Tagen zogen sie ihr Schälkle[67] *an, oder sie trugen ein gehäkeltes oder gestricktes Umhängetuch über die Schultern. Die Haare trugen die meisten Frauen zu Zöpfen geflochten, zum Kranz um den Kopf gelegt. Die ledigen Jungfern ließen es einfach offen herabhängen.*

Männer sowie auch ihre Frauen trugen Schafwollstrümpfe und grobe Lederschuhe.

Auf diesen Festen lernten die jungen Walser ihre ersten Reigentänze und Lieder von den Oberstdorfern kennen. Denn das Tanzen und Singen ihrer

---

67 kurzes, eng anliegendes Stoffjäckchen

eigenen Landsleute aus dem Wallis waren über mehrere Generationen kaum überliefert und fast in Vergessenheit geraten.

Im 15. bis 16. Jahrhundert waren die Menschen insgesamt sehr aufbrausend und streitsüchtig. Selbst die Allgäuer, die ansonsten als ruhiges Volk bekannt waren, erlebten eine beträchtliche Anzahl von Bluttaten. Der Hochwürdige Pfarrer Berchtold Rott wurde bei der Schöllanger Burg vor seinem Haus erschossen. Bald darauf ereilte das gleiche Schicksal den Oberstdorfer Hochwürdigen Pfarrer Conrad. Auch er wurde umgebracht. Die meisten Motive dieser grauenvollen Taten waren zuerst das Geld, dann aus Eifersucht der Frauen wegen, dann aus verletztem Rechtsgefühl und nur selten aus Hunger, Not und Armut heraus.

Auf verschiedene Malefizverbrechen stand die Todesstrafe. Den meisten Verurteilten wurde mit dem Richtschwert der Kopf abgeschlagen, oder sie wurden durch Erhängen mit dem Strick hingerichtet. Die schlimmste Art der Hinrichtung war das Richten mit dem Rad, bei dem der Betroffene mit ausgestreckten Armen und Beinen auf den Boden gebunden und seine Glieder und Knochen mit einem schweren Rad gebrochen wurden. Zuletzt stieß man dem zum Tode Verurteilten den Brustkorb ein. Diese Leichen wurden dann auf ein Rad geflochten und den Vögeln zum Fraß vorgelegt. Auch der bereits eingetretene Tod eines Verbrechers hinderte den Scharfrichter nicht, ihm anschließend den Kopf abzuschlagen. In der Reichsstadt Kempten ließ man Verbrecher manchmal am Leben, dafür stach man ihnen die Augen aus.

Die weiblichen Verurteilten wurden in der Regel auf dem Scheiterhaufen verbrannt. Diese Hinrichtungen waren öffentlich und ein Riesenschauspiel, das große Menschenmengen anzog. In Oberstdorf stand zwar ein Galgen, aber hier fanden nie Hinrichtungen statt. Die Verurteilten wurden nach Sonthofen überführt und dort hingerichtet.

Die Reformation von Martin Luther war zu Beginn nicht bis ins Illertal und auch nicht bis ins Kleine Walsertal vorgedrungen. Kaum einer zweifelte die guten Werke und die göttliche Herkunft des Papsttums und die Unfehlbarkeit der Konzile an. Später, als die Menschen neugierig wurden und sich interessiert dem neuen Glauben gegenüber öffnen wollten, wurde der Protestantismus in Österreich von Staatswegen verboten.

Wegen Warenhandel oder in der Freizeit zu Musik und Tanz kamen die ehemaligen Walliser häufig aus dem Kleinen Walsertal nach Oberstdorf. Dadurch war es nicht selten, dass sich entweder ein junger Bursche oder ein Mädchen in einen Einheimischen verliebte. Wenn diese eigenständigen Männer, wie die Nachkommen von Martin und seinen Freunden aus dem Wallis, eine leibeigene Frau des Adelsgeschlechts Heimenhofen ehelichten und nach Oberstdorf ziehen wollten, blieben sie trotzdem freie Bürger, aber ihre zukünftigen Söhne wurden zu deren Untertanen. Wenn aber ein freier Walser eine leibeigene Oberstdorferin heiratete, und diese zu ihm ins Kleine Walsertal umsiedeln wollte, dann musste er sie aus der Leibeigenschaft freikaufen und ihren Besitz mit Bargeld ablösen. Ansonsten hätte dies Frauenraub bedeutet. Mit aus diesem Grund warnten die Walser Väter ihre Söhne und hielten sie an, sich vor diesen Frauen in Acht zu nehmen. Wenn möglich, sollten sich die jungen Männer nur freie Walserinnen aus einer anderen Siedlung, also aus einem anderen Familienstamm zur Frau nehmen.

Trotz aller strengen Verordnungen und Empfehlungen siedelten zu dieser Zeit ganze Familien vom Walsertal ins Allgäu um.

Durch eine neue Erhebung an Österreich waren auch die freien Walser ab 1511 verpflichtet, ihre Leute im wehrpflichtigen Alter zum Kriegsdienst abzustellen. Die Tannberger und Mittelberger stellten zusammen 170 Mann „Miliz“ unter Amman Jörg Hilbrand ab. Mittlerweile wurden die Häuser fortschrittlicher mit größeren Sprossenfenstern samt Verglasungen und Fensterläden gebaut. Der Boden wurde ausgehoben, um einen Keller anzulegen, damit Nahrungsmittel länger haltbar blieben.

In Oberstdorf fand wieder das alljährliche große Schützenfest statt, zu diesem auch Freunde aus dem Kleinen Walsertal und dem Illertal geladen wurden. Es gab Musik, Tanz und viel Bier, was sich immer wieder förder-

lich für die Freundschaft und fürs Kennenlernen der unterschiedlichsten Familienstrukturen herausstellte.

1523 begann ein Bauernkrieg zu Kempten. Das Volk, wie Bauern und Untertanen, waren mit ihrer Lage mehr als unzufrieden und lehnten sich gegen ihre Herren auf. Sie stürmten ihre eigenen Klöster und zerstörten sozusagen ihre eigenen Kirchen. Ein aus dem südlichen Allgäu stammender Bauer hatte dabei einer Muttergottesfigur den Kopf abgesägt, um ihn zusammen mit anderen heiligen Gegenständen zu rauben.

Ein Jahr später kam es im Bauernkrieg wieder zu Kämpfen, wobei einige Oberstdorfer, Tiefenbacher und Fischinger Bürger flüchteten und Schutz bei den Walsern suchten.

In dieser Zeit erbauten auch die Bürger der Gemeinde Riezlern im Kleinen Walsertal eine eigene Kapelle und einen Friedhof, damit auch sie endlich die sonntägliche Messe feiern und ihre Toten im eigenen Tal beisetzen konnten.

Schon im Jahre 1540 besaßen in Oberstdorf 76 Männer ein eigenes Feuergewehr. Bereits zehn Jahre später wurden in Kornau bei Oberstdorf Jacob Mutter, Stefan Zweng und Bernhard Kappeler als Schützen auf einer Urkunde vermerkt. Die Oberstdorfer Schützen, darunter auch Hans Stoeckhlin, ein Nachkomme des bürgerlichen Schuhmachers Stoeckhlin, gingen zu einem Freundschaftsschießen nach Sonthofen.

Bald darauf wurde aus Sicherheitsgründen allen Männern unter 60 Jahren verboten, eine Waffe zu tragen. Nur den Älteren war es erlaubt, entweder einen Dolch oder ein Messer auf öffentlichen Straßen und Gassen bei sich zu haben. Selbst Wein durfte privat nicht mehr ausgeschenkt werden. Bei besonderen Anlässen wie Hochzeiten musste dafür eigens eine Genehmigung des Ammans eingeholt werden.

Jeder getaufte Bürger hatte die Pflicht, dem Läuten der Kirchenglocken zu folgen und sich in die Kirche zu begeben. Es war niemandem erlaubt, den Gottesdienst vorzeitig zu verlassen, sondern die Gläubigen mussten bis zum Ende in der Kirche ausharren. Falls jemand dem Läuten nicht Folge leistete, wurde er beim Ammann angezeigt und dieser verlangte, eine Strafe von fünf Schilling[68].

Die Gemeinde Oberstdorf gehörte im 16. Jahrhundert dem Pfleggericht Rettenberg an und war der südlichste von sechzehn Verwaltungsbezirken des Hochstifts Augsburg, das dem geistlichen Fürsten, dem Bischof von Augsburg unterstand.

Anna und Mathilde waren so vertieft mit dem Sortieren und Entziffern der Daten, dass sie doch tatsächlich ihren Apfelkuchen vergessen hatten. Anna schob das Buch ein Stück von sich weg und setzte sich aufrecht auf den Stuhl, um eine kleine Pause einzulegen. Da erinnerte sie sich an den Kuchen, lief sogleich in die Küche und kam mit zwei weißen Tellern zurück. Nun gönnte sich jede ein herrliches Kuchenstück mit Sahne. Anna meinte beiläufig, während sie das erste abgestochene Kuchenstückchen auf der Gabel kritisch betrachtete, ob er ihr wohl gelungen war: „Heute war es uns nicht möglich, so ohne Probleme und lückenlos zu lesen, wie wir es sonst gewohnt waren.“ Doch Mathilde blätterte schon während des Essens mit der linken Hand ein Stück weiter und war erleichtert: „Schau, es geht weiter über einen Conrad Stoeckhlin, und das Folgende scheint leichter lesbar zu sein.“

1549, Conrad Stoeckhlin, Oberstdorf

In einer stürmischen Winternacht, als heftiges Schneetreiben tobte, gebar die rothaarige, gebürtige Oberstdorferin Ursula Schedlerin in ihrem kleinen Häuschen süd-östlich vom Ort, in Gruben bei der Trettach gelegen, ihrem Ehegemahl Hans Stoeckhlin nach Margreta und Brigitta den schon sehnlichst erwarteten Stammhalter, den sie nach seinem Großvater Conrad nannten. Bald darauf war Ursula wieder schwanger und schon im darauffolgenden Winter bekam Conrad einen kleinen Bruder, den Jerg. Die Kinder verstanden sich gut und wuchsen fast wie Zwillinge zu lebhaften

68 Währung im Mittelalter

Buben heran. Aber Conrads bester und treuester Freund war ein kleiner Mischlingshund, den er Jockl nannte. Dieser sah aus wie eine Kreuzung zwischen einem Schäferhund und einem Wolf. Conrad hatte den Hund eines Tages auf dem Weg nach Oberstdorf auf einsamer Straße entdeckt und durfte ihn behalten, solange er sauber war und nicht zu viel fraß. Es stellte sich bald heraus, dass der Hund für die Familie ein Glücksfall war, denn er entwickelte sich zu einem guten Wachhund. Er vertrieb sämtliche Füchse, noch bevor sie sich an die Hühner heranmachen konnten. Auch wenn sich ein Wolf ums Haus herumschlich, schlug der Hund an und bellte so lange, bis Conrads Vater aufgestanden war und das Tier mit lautem Gebrüll und durch Steinewerfen vertrieben hatte.

Während der Schneeschmelze war die Trettach die ungefähr 200 Meter östlich von Stoeckhlins Haus floss, wild und ungestüm. Mutter hatte ihren Lausbuben Jerg und Conrad, die inzwischen fünf und sechs Jahre alt waren, strengstens verboten, an den reißenden Fluss zu gehen. Die beiden spielten vergnügt mit Holzfiguren, die ihr Vater ihnen als Weihnachtsgeschenk vom Christkind geschnitzt hatte, unter dem frei dastehenden Apfelbaum vor ihrem Haus. Jerg hatte während des Spielens einen Einfall. „Komm, lass uns in den Wald gehen und Tannenzapfen sammeln. Die können wir dann als Kühe in unseren Bauernhof stellen.“ Conrad sprang begeistert hinter seinem Bruder her und nahm noch Mutters Weidekorb mit, indem sie üblicherweise Kräuter sammelte. Als die beiden schon über ein Dutzend Zapfen im Korb hatten, sagte Conrad zum jüngeren Bruder: „Komm, wir holen noch ein paar Steine am Bachbett, dann können wir einen Zaun um unseren Bauernhof aufstellen.“ Keiner der beiden verschwendete auch nur einen Gedanken an die Gefahr und sie vergaßen vor lauter Übermut Mutters warnende Worte. Plötzlich rief Jerg: „Schau Conrad, da ist eine Forelle!“ Dabei deutete er ins Wasser. „Ich mach es wie ‚d Vaddr‘ und fang sie. Was denkst du, wie sich Mutter darüber freuen wird!“ Und schon im selben Moment erfasste ihn das wilde Wasser und riss Jerg um.

Jockl bellte und lief rasch zu Hans, dem Vater der Buben, der zufällig ganz in der Nähe bei seinen Rössern auf der Weide stand. Geistesgegenwärtig sprang er auf den Rücken eines Pferdes und ritt dem bellenden Hund nach, als ob er gespürt hätte, dass mit den Buben etwas nicht stimmte. Er sah schon von Weitem Conrad alleine flussabwärts fuchtelnd am Flussufer stehen und schreien: „Vaddr, der Jerg …"

Ohne darüber nachzudenken, packte Hans seinen Sohn am Kragen und zog ihn aus dem Wasser. Der Bub hustete und keuchte heftig, sodass ihm Wasser aus dem Mund quoll. „Mensch Bub, könnt ihr niemals folgsam sein und auf Mutter hören? Heute hast du noch mal Glück gehabt. Ohne den Jockl wärst du wohl ertrunken."

„Bitte, sag der Mutter nichts", bat Conrad seinen Vater.

„Gut, wir werden es für uns behalten, aber nur wenn ihr mir versprecht, in Zukunft besser auf euch aufzupassen und Mutter und mir zu gehorchen. Außerdem will ich eure Mutter nicht beunruhigen, weil sie bald wieder ein Buzele erwartet."

Die Augen der Buben leuchteten, und beide sagten wie im Chor: „Danke, Vaddr."

Meist um den Vollmond herum kam Hans' Schwester, die von den Kindern stets Tante Luzin genannt wurde. Dieses Mal brachte sie ihre gemeinsame Freundin Anna Enzensberger, die Hebamme von Oberstdorf, mit nach Gruben, um Ursula zu besuchen. Die drei Frauen gingen an diesem Nachmittag zum Kräutersammeln in den Wald und wollten anschließend bei einem Kräutertee ihre Erfahrungen mit ihrer Heilkunst bei Kranken oder bei Geburten austauschen.

Der kleine Conrad konnte mit anhören, wie seine Mutter den beiden Frauen erzählte, dass sie den wundgelegenen Hans Hindelang mit ihrer selbst gemachten Heilsalbe aus Entenfett und verschiedenen Kräutertees versorgt hatte. Daraufhin habe sich der Allgemeinzustand des jungen Mannes wieder stabilisiert, und er war zum Erstaunen aller sehr schnell wieder genesen.

Ursula die Heilkundige

Eines Tages wurde Conrads Mutter Ursula zu Jörg Schraudolfs Weib gerufen, der angeblich der Doktor nicht mehr helfen konnte. Conrad durfte ausnahmsweise seine Mutter begleiten, um ihr die Tasche zu tragen. Er setzte sich neben das Bett der Kranken und spielte einstweilen mit seinem

Holzpferdchen. Nebenbei beobachtete er, wie Mutter eine Hand auf die Stirn der unruhigen Kranken legte und die andere Hand an ihren Nacken. Währenddessen murmelte sie etwas für Conrad Unverständliches vor sich hin, die Kranke wurde dadurch ganz ruhig und schlief ein. Mutter sagte an der Haustür ganz selbstsicher zum Hausherrn: „Wirst sehen, Schraudolf, dein Weib schläft jetzt, ja, sie schläft sich dabei gesund." Der Schraudolf bezahlte für die Behandlung ein paar Münzen und bedankte sich bei ihr. Auf dem Heimweg sah Mutter zufrieden aus und lächelte Conrad mit folgenden Worten an: „Diese schwer kranke Frau konnten wir mit Gottes Hilfe dem Tod entreißen. Es ist wirklich eine große Freude, dass in der Natur gegen jede Krankheit ein Kraut gewachsen ist. Manch einer glaubt das heute immer noch nicht und stirbt lieber, als die Hilfe von uns Frauen anzunehmen."

Conrad auf der Alpe

Da Conrad der älteste Sohn war, musste er schon früh seinem Vater helfen und mit ihm zusammen auf die Berge zum Pferdehüten gehen. Eines Abends saß Conrad mit seinem Vater und Jockl wieder einmal oben am Seealpsee. Die Sonne war gerade am Untergehen. Im Abendrot und der aufziehenden Dämmerung erschienen die Berggipfel so geheimnisvoll und reglos und spiegelten sich im dunklen See. Conrad liebte es, mit seinem Vater alleine zu sein, denn da fühlte er sich wohl und kam sich schon ein wenig erwachsen vor. Vater erzählte seinem wissbegierigen Buben so manche Geschichte und unterbreitete ihm seine Gedanken. Als sie den tobenden Wasserfall hören konnten, wie er mit voller Kraft hinunter ins Oytal stürzte, sagte er zu seinem Sohn: „Conrad vergiss niemals: Wasser ist für uns Menschen und auch für die Natur wichtiger als unser tägliches Brot."

Eines Tages war Conrad verwundert darüber, dass seinen Vater und ihn nun auch seine Schwester Brigitta begleiten sollte. Die drei begaben sich mit etwas über zwei Dutzend Pferden über Gerstruben ins Dietersbacher Tal. Conrad fand Brigittas Begleitung gar nicht so übel, weil sie sich ums Essen kümmern musste. Sie stellte aus dem mitgebrachten Mehl, den Eiern und der Milch einen Teig her und goss diesen in die Pfanne. Dann schabte sie so lange in der Pfanne, bis das Khrazat[69] *ganz fein war. Heute schmeckte es Conrad besonders gut, weil er sehr hungrig war. Bei Einbruch der Dämmerung ließen sich Conrad und Brigitta auf einer Decke nieder, um sich zur Ruhe zu legen. Noch bevor sie richtig eingeschlafen waren, sagte ihr Vater kurz entschlossen, aber ernst: „Ihr beide wart mir heute eine große Hilfe. Ich bin mir deshalb ganz sicher, dass ihr morgen ohne mich mit den Pferden zurechtkommen werdet. Mutter hat daheim so viel Arbeit, und außerdem sollten wir morgen unbedingt den längst überfälligen Honig schleudern. Übermorgen komm ich wieder hierher zu euch." Conrad brachte vor Müdigkeit nur ein gleichgültiges Nicken zustande, obwohl er Bedenken hatte, ob sie sich nicht fürchten würden. Vater entging dieser nachdenkliche Gesichtsausdruck nicht, sprach aber Mut zu: „Ihr habt ja den Jockl als Wachhund, der wird schon auf euch aufpassen." Weil Conrad so müde war, fielen ihm sogleich seine Augen zu und er schlief selig wieder ein. Als Hans unerwartet bei seiner Frau auftauchte und mitteilte, dass er Conrad und Brigitta für zwei Nächte allein mit den Pferden oben in den Bergen zurückgelassen habe, war Ursula voller Sorge. Denn sie befürchtete, dass ein Bär oder ein Wolf kommen oder sonst ein Unglück geschehen könnte, und zweifelte: „Vielleicht haben die beiden ja fürchterliche Angst oder sie könnten mit den Pferden überfordert sein?" Hans widersprach energisch: „Papperlapapp, wir dürfen sie nicht so verweichlichen. Der Conrad ist jetzt alt genug und muss sich langsam an das Erwachsenwerden gewöhnen, außerdem ist der Hund bei ihnen." Am Morgen wachte Conrad als Erster auf und weckte Brigitta. Die beiden bereiteten sich aus dem mitgebrachten Brot und den gesammelten roten Beeren ein gutes Morgenessen. Anschließend gingen sie zu den Pferden, um nachzusehen, ob alles in Ordnung war. Insgesamt verbrachten sie einen schönen Tag zusammen, und waren auch ein wenig stolz auf sich. Erst gegen Abend zogen dicke schwarze Wolken auf. Brigitta war besorgt und fragte ihren Bruder: „Meinst du, dass ein Gewitter kommt?"*

„Ich glaube eigentlich nicht, und wenn schon, so schlimm wird es schon nicht werden."

69 Mehlsüßspeise, feiner Kaiserschmarren

Der Himmel verfinsterte sich immer mehr, dann fing es heftig zu winden an, und der Regen prasselte regelrecht herab. Anschließend leuchteten die ersten Blitze grell auf, denen ein unheimliches Donnergrollen folgte, das durch die umliegenden Berge hallte. Es schien, als ob die Erde ein wenig beben würde. Sie zogen ihre große Decke über den Kopf, aber das Gewitter wurde immer stärker. Brigitta fürchtete sich, begann zu weinen und klagte: „Das tut ja, als ob die Welt untergeht." Conrad ermunterte seine Schwester: „Komm mit mir, wir müssen dort hinten unter den Baum flüchten, er wird uns mehr Schutz geben." Als die beiden Geschwister dort eng zusammengekauert saßen, versuchte Conrad, seine Schwester nicht anmerken zu lassen, dass es ihn auch mehr als fürchtete: „Hab keine Angst, Brigitta, ich bin bei dir. Glaub mir, es ist gleich vorüber, und hinterher werden wir darüber lachen." Das Wasser lief inzwischen an den beiden Kindern nur so herab. Währenddessen stiegen die Eltern aus dem Bett und beobachteten von daheim, von Gruben aus, mit einem unguten Gefühl dieses furchterregende Naturschauspiel. Die Berge waren ganz dunkel, und die Blitze schossen geradewegs vom Himmel herab. „Hoffentlich konnten sich die Kinder in Sicherheit bringen", klagte ihre Mutter besorgt.

Auf einmal blitzte es so grell, dass die Kinder nur noch die Augen zukniffen, gefolgt von einem grollenden Donnerschlag, der sich in ein lautes Krachen verwandelte. Conrad rief: „Der Blitz hat in den Baum eingeschlagen, wir müssen hier weg. Brigitta komm." Er versuchte sie an der Hand zu fassen. Aber Brigitta brach in diesem Augenblick vor seinen Augen in sich zusammen. Der Blitz hatte sie getroffen – sie war auf der Stelle tot. Er kauerte sich neben sie, legte ihren Kopf auf seinen Schoß und wartete zitternd vor Angst das Ende des Gewitters ab. Endlich hörte das Getöse auf, und bis auf den immer noch prasselnden Regen wurde es unheimlich still. Conrad saß nur noch schluchzend da und bebte und zitterte die halbe Nacht, bis er vor Erschöpfung eingeschlafen war. In den frühen Morgenstunden war der Spuk vorüber und die Sonne kam unschuldig über der Höfats hervor, als ob nichts gewesen wäre. Er betrachtete lange seine tote Schwester, die immer noch auf seinem Schoß lag, und konnte oben auf dem Scheitelpunkt und unten an der Fußsohle jeweils ein schwarz verbranntes Loch vom Blitzschlag entdecken. In aller Herrgottsfrühe kam der besorgte Vater nach

Dietersbach geeilt. Er hatte befürchtet, dass die Pferde bei diesem Gewitter unruhig geworden waren. Aber es schien alles ruhig und friedlich zu sein. Auch von seinen Kindern war nichts zu sehen. Doch plötzlich konnte er von Weitem neben einem Felsvorsprung unter einem Baum Conrads Umrisse erkennen. Was lag dort auf seinem Schoss? Es würde doch nicht etwa Brigitta sein, war sie etwa verletzt? Hans rannte so schnell er nur konnte zu den beiden. Und dann sah er, was in dieser grausigen Nacht geschehen war. Conrad konnte seinen Vater nicht anblicken und stammelte, als hätte er Schuld daran: „Brigitta ist tot."

Sein Vater nickte nur und fragte: „Ist mit dir alles in Ordnung?"

„Ja, Vaddr."

Anschließend legte Hans Stoeckhlin den Leichnam seiner erst elf Jahre alten Tochter, auf den Rücken seines Pferdes, um sie heim zu bringen. Die Mutter kam ihnen schon voller Sorge entgegengelaufen und schrie: „Brigitta, heute Nacht um zwei Uhr habe ich deine Hilferufe gehört. Da habe ich gewusst, dass du, mein kleines unschuldiges Mädchen, gestorben bist."

Conrad machte sich ungeheure Vorwürfe, warum er mit seiner Schwester unter den Baum geflüchtet war. Hätte er anders entschieden, wäre sie vermutlich noch am Leben. Aber darüber redete er niemals mit jemandem. Selbst Jahre nach diesem schrecklichen Ereignis trug Conrad diese Schuldgefühle mit sich herum, und immer wieder tauchte vor seinen Augen der leblose Körper seiner Schwester auf. Er war überzeugt, dass er diesen schrecklichen Unfall sein ganzes Leben lang nie vergessen würde.

Im darauffolgenden Sommer war Conrad wieder mit seinem Vater und den Pferden für vier Wochen oben am Seealpsee. Auf dem steilen Heimweg über die Seewände hinab ins Tal, bemerkte Conrad zum ersten Mal zutiefst besorgt, dass sich sein Vater nicht mehr so sicher wie bisher im Gebirge bewegte, sondern an diesem Tag unsicher und wacklig auf seinen Beinen war. Er fragte ihn verwundert: „Vaddr, was ist mit dir?"

„Conrad, ich weiß nicht so recht, aber ich kann in letzter Zeit kaum mehr etwas sehen. Ich denke, dass ich ohne deine Unterstützung meine Arbeit bald nicht mehr bewältigen kann. In der Gemeinde dürfen sie über meine bevorstehende Blindheit nichts erfahren, denn sonst stellen sie gleich

einen gesunden Rosshirten ein. Und was soll dann aus uns werden, wenn ich keinen Lohn bekomme? Conrad, mein größter Wunsch ist, dass du eines Tages an meiner Stelle die ehrenvolle Arbeit als Rosshirte übernehmen wirst."

„Ja, Vaddr, so lange, bis ich alt genug bin, werde ich dir beistehen, dass es keiner merkt."

Mutter freute sich bei ihrer Rückkehr, weil die beiden eine erlegte Ente mit heimgebracht hatten. Sie schürte Feuer im Kamin und setzte einen Kessel mit Wasser auf, dem sie das Fleisch und Gemüse für einen Eintopf beigab. Nach dem Essen reinigte sie den Kochtopf und kochte das Entenfett aus, um mit verschiedenen Kräutern daraus eine Heilcreme zu machen. Conrad war nicht überzeugt von dem was seine Mutter da immer köchelte. Denn er hasste den Geruch von heißem Entenfett, der sich anschließend durchs ganze Haus zog. Aber diese Salben und Kräuter waren eine rentable Nebeneinkunft für die Familie, genauso wie Mutters Krankenbesuche, zu denen sie als Heilkundige gerufen wurde.

Mit 18 Jahren ging Conrad zum ersten Mal in die Schenke Zum Hirschen, um sich mit seinen Freunden zu treffen. Er betrat den von Ruß geschwärzten und dämmrigen Gastraum und wunderte sich über die niedrige Holzdecke. Die Luft war muffig, zum Schneiden dick. Diesen Raum durchströmte der Geruch aus verbranntem Holz, gekochtem Sauerkraut und dem Schweißgeruch der anwesenden Menschen. Er war erstaunt, dass unter der Woche an einem gewöhnlichen Aftrmäätag[70] der Raum überfüllt war und so ein lebhafter Betrieb herrschte. Konnte er überhaupt noch einen Sitzplatz ergattern? Nachdem sich seine Augen an das Dämmerlicht gewöhnt hatten, entdeckte er in der hintersten Ecke seine beiden Freunde, den Ochsenknecht Jacob Walch und Felix Berchtold vom Trauchberg[71]. Auf ihr Winken hin ging er zu ihnen hinüber und nahm gleichzeitig die mit tiefem Ausschnitt beherzte Bedienung Kresenz wahr, die hinter der Theke stand und frisches Bier zapfte. Conrad klopfte Jacob brüderlich auf die Schulter und sagte: „Griess dena." Dann setzte er sich zu ihnen

70 Dienstag
71 heute Traufberg

an den klebrigen, verschmutzten Holztisch dazu. Die beiden sahen Conrads Gesichtsausdruck amüsiert an, zogen ihre Würfel aus der Tasche und begannen ein Spiel.

Im Kleinen Walsertal

Vor den meisten Walser Häusern blühte im Frühsommer ein Apfel- oder Kirschbaum, und an einigen Anwesen wuchs Hopfen, den die Frauen benötigten, um Sauerteig fürs Brot zu bereiten. In den Gewürzgärten waren Rosmarinsträucher, die man als Küchengewürz und auch für Brautsträuße verwenden konnte. Ebenso fand man die kleinen Nelken, Kraut und Rüben, Obstbäume und Holunderbüsche sowie Hanf und Flachs auf dem Feld. Die Walser Frauen stellten aus dem Flachs Leinöl und vom Knochenfett ihrer geschlachteten Tiere Seife her. Vor fast allen Bauernhäusern konnte man Bienenkörbe entdecken. Zum einen waren die Bienen für die Bestäubung der Obstbäume wichtig, zum anderen lieferten sie den Bewohnern einen wunderbar goldgelben Honig zum Süßen der Speisen.

Um 1561 herum wurde von Walser Bewohnern Tausende von uralten Tannenbäumen gefällt. Mit ihren Äxten schlugen sie ganze Waldstriche kahl, damit sie Holz für ihre Häuser, Dachstühle, Möbel, Zäune und zum Heizen hatten. Allmählich wurde man sich der dadurch entstandenen Gefahr von Lawinenabgängen bewusst und man erkannte, wie wichtig es war, den Bergwald zu schützen. Dafür wurde eine neue und strengere Holzverordnung geschaffen, in der es hieß: „Es dürfen keine Bäume mehr an Lawinen-, Steinmuren-, und wildwassergefährdeten Stellen geschlagen und der Boden urbar gemacht werden, sondern es müssen zuerst schon liegende Bäume und Gehölz verarbeitet werden. Ansonsten wird eine Sondergenehmigung notwendig.“ Der natürliche Bewuchs musste durch Neuanpflanzung wiederhergestellt werden, damit in Zukunft keine Lawinen mehr abgehen und dadurch ihre Häuser nicht mehr zerstört würden. Zudem wurde auch verlangt, dass die Häuser der Gemeindebürger nahe beieinander gebaut werden.

Bedrohung für die Einwanderer

Die Nachkommen von Martin Berchtold, Felix Math, Daniel und Ulrich Wüstner, der ehemals eingewanderten Walliser, lebten nun schon seit über 250 Jahren in Mittelberg in den Häusern ihrer Altvorderen. Es hatte sich im Laufe der Jahrhunderte eine mittelgroße Siedlung gebildet.

Die Lawine

Im Winter 1570 kam es zu extremen Schneebedingungen, denn es hatte seit Tagen ununterbrochen geschneit. Hannes Berchtold war vollkommen klar, dass wieder einmal große Lawinengefahr drohen würde, wie es schon in den letzten Jahren der Fall war. Seine Frau Josepha Hindelang packte auf seine Anweisung hin mit ihrem Sohn einige wenige Habseligkeiten zusammen, um zur Sicherheit ihr Anwesen verlassen zu können. Hannes nagelte noch hinterm Haus die Fenster mit Holz zu, um diese gegen einen eventuellen Lawinenabgang zu sichern. Plötzlich hörten sie ein unheimliches Geräusch, ein Donnern und Dröhnen. Hannes lief ein kalter Schauer über den Rücken, und sein Herz begann ihm bis zum Hals zu schlagen. Ihm schoss es durch den Kopf: „Die Lawine kommt!" Sofort ließ er alles liegen und stehen und rannte so schnell, wie es ihm im Schnee möglich war, zur Haustüre. Josepha öffnete und zog ihren weiß verschneiten Mann am Hemdsärmel ins Haus. Er schrie: „Josepha, wir müssen augenblicklich fort! Gerade hat uns eine Lawine knapp verfehlt, doch die nächste kommt bestimmt. Habt ihr alles gepackt?"

„Nein, wir sind noch nicht fertig."

„Das ist jetzt egal, macht schon." Im gleichen Moment schwang er einige gepackte Gegenstände, die Josepha bereits neben die Türe gestellt hatte, auf seinen Rücken.

„Hannes, ich habe Angst. Glaubst du, dass wir draußen sicherer sind?"

„Ich weiß es nicht, Josepha. Wir müssen so schnell wie möglich in die Kirche, um uns dort in Sicherheit zu bringen. Ich hoffe, bis dahin wird die Lawine nicht kommen."

Nun verhallte das tosende Geräusch, und es wurde unheimlich still. „Kommt jetzt, macht, wir müssen gehen, bevor die nächste Lawine kommt."

Josepha ging schnell noch zum Weihwasserkessel, der an der Wand neben der Haustüre hing, und machte ihrem Mann und jedem ihrer Kinder das Kreuzzeichen auf die Stirn. „Herr Gott, steh uns bei.“ Ihr Mann stand im Flur und gab seinem Buben Andreas ein vom Gewicht her angemessenes Bündel Proviant in die Hand. Josepha nahm zuletzt die kleine schlafende Bärbel auf ihren Arm. Hannes ging voraus und spurte einen Stapfweg durch den tiefen Schnee in Richtung Kirche. Knapp hinter ihm folgte sein etwa vierjähriger Bub. Als Letzte ging Josepha, damit Andreas in der Dunkelheit und dem Schneetreiben nicht verloren ging. Niemand wagte ein Wort zu sagen, selbst dem Buben war in diesem Moment klar, dass sie in Lebensgefahr schwebten. Diese unheimliche Stille in den Bergen war für Hannes mehr als trügerisch. Als sie vom Schneetreiben durchnässt und wegen der Eile völlig außer Atem in der Kirche angekommen waren, trafen sie auch ihre Freunde, die Wüstners, Maths und Geigers an.

Hans Wüstner freute sich, Hannes und Josepha mit den Kinder wohlauf zu sehen und sagte: „Hannes, ich glaube, wir sollten das Vieh in unseren Ställen freilassen.“ Seine Frau Brigit mischte sich unberechtigterweise ein: „Aber doch nicht im Winter, die Tiere werden erfrieren oder verhungern.“ Wüstner sah seine Frau strafend an und meinte zu seinem Freund Hannes: „Aber wenn wir sie im Stall lassen, und die Lawine unsere Häuser mit fortreißt, wären die Tiere verloren. Ich denke, in so einer Nacht, wird es fürs Vieh draußen allemal sicherer sein als im Stall. Sollte, was ich sehr hoffe, nichts passieren, denn kommen die Tiere morgen vermutlich von selbst wieder in den Stall zurück.“

Agnes, die Frau von Johann Math, saß mit ihren Jüngsten stumm und angsterfüllt auf dem Boden in der verdeckten Kirchenecke. Als sie die Männer so beraten hörte, wurde sie ganz unruhig. Daraufhin fragte Josepha: „Wo ist denn dein Johann mit den Buben? Ich kann sie nirgendwo entdecken.“

„Mein Mann wollte mit Maxi und Leo zusammen noch die Kuh melken, damit unsere Kleine, die vor lauter Hunger seit Stunden geschrien hat, etwas Milch bekommt. Zum Glück ist sie jetzt vor lauter Erschöpfung eingeschlafen. Außerdem wollten sie unsere Tiere füttern. Johann versprach,

dass sie sich beeilen und danach sofort zu uns hierher kommen. Ich soll mir um sie keine Sorgen machen."

Hannes Berchtold wurde richtig wütend, als er dies hörte: „Ich hab ihm doch zu verstehen gegeben dass sich unsere Häuser genau in der gefährlichen Lawinenschneise befinden. Was denkt er sich nur dabei? Die Vierbeinigen sind jetzt nicht so wichtig wie er selbst und deine Buben."

Agnes sah Hannes angstvoll an und sprach mit monotoner Stimme: „Glaubst du wirklich, dass die große Lawine heute Nacht abgehen wird und sie uns alle umbringen könnte?"

„Ich denke schon, denn die Grashalden sind so steil, und die noch nicht verdichteten Neuschneemassen werden ins Rutschen kommen. Wir hatten doch heute Nachmittag schon einige Vorboten mit kleineren Lawinenrutschern. Aber glaub mir Agnes, ich hoffe inständig für uns alle, dass ich mich täusche."

Rudolf Geiger, Sebastian Müller, Hans Wüstner, Hannes Berchtold sowie Stefan, der Bruder des vorausgegangenen Johann Math, zogen ihre dicken Jacken und Khozemåntl[72] *an. Als sie am Kirchenausgang waren, rief ihnen Theres, die Freundin von Rudolf, flehend hinterher: „Rudolf, Rudolf, bleib hier, du darfst nicht gehen, bitte lass mich nicht alleine. Ich brauche dich, denn …"*

Aber die Helfer gingen, ohne sich nochmals umzudrehen hinaus, nahmen ihre Schneeschaufeln an sich und verschwanden in der dunklen, stürmischen Nacht. Als die schwere Holztür mit einem lauten Knall ins Schloss gefallen war, beendete Theres gerade ihren Satz: „denn … ich bekomme im Sommer ein Kind von dir." Der Hilfsmannschaft war vollkommen klar, dass sie keine Zeit verlieren dürften. Denn sie mussten so schnell wie möglich Johann und seine halbwüchsen Buben in Sicherheit bringen. Auf dem Weg zu ihren Häusern beschlossen sie: „Wenn wir schon oben bei unseren Ställen sind, dann lassen wir auch unsere eigenen Tiere frei."

Währenddessen begannen ihre Frauen und Kinder in der Kirche zu beten. Als sie die Hälfte des Rosenkranzes hinter sich hatten, hörten sie wieder dieses unheimliche Donnergrollen und Dröhnen vom Berg herab.

---

72 Wetterumhang aus festem Stoff

Doch dieses Mal war es noch lauter und unheimlicher. Sie spürten, dass der Boden erzitterte, was sie nachmittags bei den ersten Lawinen noch nicht vernommen hatten. Johann mit seinen Buben Leo und Maxi sowie auch die Hilfsmannschaft waren immer noch nicht zurück. In der Kirche brach Panik aus. Die Kinder fingen zu schreien an, und die Mütter zogen ihre Kleinsten an sich und versuchten ihre eigene Angst vor ihnen zu verbergen. Im selben Moment kam eine Druckwelle, und die teuren Glasfenster an der Westseite der Kirche zersprangen. Es dauerte eine ganze Ewigkeit, dann wurde es auf einmal unheimlich still.

Kaum waren ein paar Minuten vergangen, wurde plötzlich die schwere Kirchentüre geöffnet und Stefan Math stürzte völlig verstört herein und schrie: „Kommt mit, ich glaube, die Lawine hat die anderen erwischt!" Während sich die Frauen eiligst ihre Mäntel überzogen, berichtete Stefan bestürzt: „Der staubige feine Schnee kam donnernd ins Tal. Wir konnten gar nichts dagegen tun. Es sah zuerst aus, als wären es rauchige Massen, dann folgte ein solcher Luftdruck, und ich musste mit ansehen, wie unsere Häuser wie aus Papier weggeschoben, zerdrückt und zerrissen wurden. Der feine Schneestaub blies mir in meine Nase und in meinem Mund, sodass ich fast keine Luft mehr bekam. Gerade hatte ich Johann mit den Buben entdeckt, und wir waren schon auf dem Weg zu euch." Stefan hörte für einen Moment zu sprechen auf, weil seine Stimme so sehr bebte und er mehrmals dabei schlucken musste. „Ich glaube, mein Bruder ist tot!" Dabei wurden seine Augen feucht, aber er sprach trotzdem weiter. „Er wurde nicht von der Lawine erfasst, sondern der feine Schneestaub hat schon ausgereicht. Ich konnte ihm nicht mehr helfen, ich glaube, er ist erstickt."

Agnes schrie: „Was ist mit Maxi und Leo? Wo sind sie?"

„Die Buben habe ich dann nicht mehr gesehen."

Josepha schüttelte Stefan an den Schultern und schrie: „Wo sind die anderen?"

„Ich weiß es nicht, ich nehme an, die waren im Stall", sagte Stefan zutiefst betroffen.

„Glaubst du, dass sie noch am Leben sind?"

„Ich habe gesehen, wie unsere Häuser zusammengefallen sind. Ich weiß nicht, ob sie diese Wucht überlebt haben. Jetzt macht schon und nehmt eure

Schaufeln mit, wir müssen schnell machen. Vielleicht können wir sie noch retten. Aber lasst die Kinder hier, nicht dass noch mehr passiert."

Josepha sagte zu der schwangeren Theres: „Würdest du bitte bei unseren Kindern bleiben und aufpassen, damit keiner von ihnen die Kirche verlässt?"

„Ja, das mache ich. Bitte bringt mir Rudolf zurück! Er weiß noch gar nicht, dass er Vater wird."

Josepha nickte ihr zu und verließ, ohne ein Wort zu sagen, hinter den anderen die Kirche. Draußen fragte sie: „Stefan, wo sollen wir anfangen?"

In dieser Nacht konnten die Helfer kaum etwas ausrichten. Erst im Morgengrauen, kurz nach sieben Uhr, konnten sie erkennen, dass alle vier Häuser fortgerissen waren. Der Schneestaub war bis auf die gegenüberliegende Seite des Tales geschleudert worden. Nun kamen auch Männer aus Baad und Riezlern, um in der Lawine nach Verschütteten zu suchen und diese hoffentlich noch lebend bergen zu können. Insgeheim wussten alle, dass dies aussichtlos schien. Während den Bergungsarbeiten fanden sie Hannes Berchtold einen Meter unter der Schneedecke. Sein Körper war total verdreht, und er musste wohl sein Genick gebrochen haben. Dann entdeckten sie Hans Wüstner und gleich neben ihm die beiden Buben, den Maxi und den Leo Math. Sie waren äußerlich unverletzt und sahen aus, als würden sie schlafen, aber jede Hilfe kam zu spät – sie waren bereits tot. Nun fehlten nur noch Rudolf und Sebastian. Als zwei Helfer aus Riezlern einen großen Holzbalken wegzogen, sahen sie eine Hand aus dem tiefen Schnee hervorblicken. Sie gruben geschwind, und Sebastian kam zum Vorschein. Die Männer riefen: „Schnell, helft uns, hier ist der Bestle." Sie gruben ihn weiter aus. Plötzlich schrie jemand neben ihnen: „Der Bestle lebt." Sie trugen den bewusstlosen jungen Mann in die Kirche und legten ihn auf eine ausgebreitete Decke. In dem Moment schlug Sebastian seine Augen auf. Es grenzt an ein Wunder, dass er so lange überlebt hat. Bestle erzählte mit schwacher Stimme: „Ich war eine ganze Weile wach und dachte, dass meine Stunde gekommen sei. Zuerst wusste ich gar nicht, wo oben und unten war. Dann ließ ich ein wenig Spucke aus meinem Mund laufen, damit ich mich orientieren konnte. Zum Glück war meine linke Hand ganz in der Nähe meines Gesichtes, sodass ich ein wenig graben und eine Art Luftblase vor Mund und Nase bilden konnte. Vermutlich hatte ich dadurch Luft zum Atmen. Theres kam auf Sebastian zu: „Bestle, wo ist Rudolf?“

„Wir waren zusammen in meinem Stall, da habe ich gesehen, wie die Balkendecke auf ihn gestürzt ist. Das hat er wahrscheinlich nicht überlebt.“

Hannes Berchtold, der Urenkel von Martin aus dem Wallis, Hans Wüstner, Rudolf Geiger, Johann Math und seine zwei Kinder Leo und Maxi waren nicht mehr zu retten, für sie kam jede Hilfe zu spät. Sie fanden in Ahorn bei Mittelberg durch diese grauenvolle Schneelawine den Tod. Schon am nächsten Tag war die Beisetzung der sechs verstorbenen Lawinenopfer. Zu diesem traurigen Anlass wurde die neue große Kirchenglocke vom Kirchturm zu Mittelberg zum ersten Mal geläutet.

Als Stefan einige Wochen später erfahren hatte, dass Theres ein Kind von seinem besten, nun verstorbenen Freund Rudolf erwartete, ging er zu ihr und bat sie: „Bitte, Theres, heirate an der Stelle von Rudolf mich. Ich verspreche dir, ich werde mich um das Kind kümmern, als wäre es mein eigenes.“ Theres bedankte sich und nahm aus Verzweiflung, weil sie unverheiratet ein Kind unter ihrem Herzen trug, seinen Heiratsantrag an.

Alle vier Familien wurden durch diese Naturgewalt obdachlos. Diese große Lawine im Jahre 1570 hatte auch einen großen Waldstrich an Bäumen und Erdreich weggerissen. Daher wäre es in Zukunft noch gefährlicher, an dieser Stelle wieder neue Wohngebäude zu erbauen. Die Geschädigten waren sich einig, an diesem gefährlichen Standort ihre Siedlung nicht mehr zu errichten.

Nach diesem tragischen Lawinenunglück und der Zerstörung ihres gesamten Hab und Gutes siedelten die überlebenden Hinterbliebenen nach Gerstruben, in ein Seitental bei Oberstdorf, um.

Das waren Christian Wüstner mit seiner Familie sowie seine Schwägerin, Brigit Wüstner, die nun Witwe geworden war.

Auch Stefan Math, der das Lawinenunglück nur knapp überlebt hatte und dabei seinen Bruder und seine beiden Neffen Maxi und Leo verlor, erbaute auf Gerstruben ein neues Haus für seine zukünftige Frau Theres und ihr ungeborenes Kind. Mit ihnen zog auch die Witwe seines verstorbenen Bruders Johann, die Agnes und ihre Kinder mit um. Noch bevor Theres ihre Tochter Anna geboren hatte, heiratete sie Stefan. Für ihn gab es außer der Lawinengefahr noch einen weiteren Grund, seine Heimat zu verlassen, denn dort in Mittelberg wusste jeder, dass er seine Frau nicht aus Liebe, sondern aus reinem Pflichtgefühl heraus geheiratet hatte. Und dass das Ungeborene, das sie unter ihrem Herzen trug, nicht sein Kind, sondern das seines verstorbenen Freundes Rudolf war. Ihm war sein Lebtag lang nicht wohl bei dem Gedanken, dass Anna, dieses ihm liebgewordene kleine Mädchen irgendwann erfahren würde, dass er nicht ihr leiblicher Vater sei. Allerdings wurde er von seinen Freunden gerade wegen seiner Selbstlosigkeit, dass er Theres nicht mit ihrem ledigen Kind allein gelassen hatte, hoch geschätzt und geachtet.

Josepha, Hannes Berchtolds Witwe, zog vorerst mit den beiden Kindern Andreas und Bärbel und ihrer ledigen, jungen Schwägerin Anna Rosa nach Gerstruben zu ihrem Bruder Conrad Hindelang, der schon seit etlichen Jahren sein Gietle[73] *dort hatte.*

Im darauffolgenden Winter starben zu allem Leid auch noch Josephas Kinder an einer fiebrigen Krankheit, zuerst der Andreas und dann auch noch die kleine geschwächte Bärbel. Die Kinder waren das Einzige, was ihr von ihrem verstorbenen Mann noch geblieben waren. So musste Josepha auch noch ihre Kinder begraben, und sie fühlte sich sehr einsam und verlassen auf dieser Welt. Conrad Hindelang und seine Frau standen ihr in dieser leidvollen Zeit bei, wo immer es ihnen möglich erschien. Aber sie konnten natürlich nicht ihre Lieben ersetzen.

---

73 Anwesen

Enderle Berchtold, Spielmannsau

Bald nach dem Sterben von Josephas Kindern kam Enderle Berchtold, Anna Rosas und Hannes Cousin aus der Spielmannsau nach Gerstruben hinauf, um Josepha seine Hilfe anzubieten. Als sie Enderle nach vielen Jahren zum ersten Mal wieder sah, erschrak sie fast ein wenig, wie sehr er mit seinem lang gelockten Haar und seinen strahlend blauen Augen ihrem verstorbenen Mann ähnlich sah. Ihr fiel bald auf, dass Enderle ein umsichtiger Mann und ein guter Zuhörer war. Er war dadurch in der Lage, Josepha in ihrer Not ein wenig Trost zu spenden. Dabei ähnelte er Hannes nicht nur vom Aussehen, sondern auch vom Charakter her. Mit der Zeit sehnte sie sich ständig nach den Verabredungen mit Enderle. Dabei nahm sie den weiten Weg von Gerstruben bis hinunter in die Spielmannsau in Kauf, nur um ihn zu sehen. So kam Josepha an einem trüben, verregneten Sonntagnachmittag überraschend in der Spielmannsau an und klopfte stürmisch an der Haustüre. Enderle öffnete verwundert und sah sie völlig durchnässt vor sich stehen: „Ich hätte nicht gedacht, dass du bei diesem Sauwetter herunterkommst.“ Erst jetzt erkannte er, dass sie nicht nur vom Regen nass war, sondern ihr Tränen über die Wangen hinabliefen. Er fragte besorgt: „Josepha, was ist los, was ist geschehen?“

„Nichts, ich bin nur so traurig, mein Mann Hannes, Andreas und meine kleine allerliebste Bärbel fehlen mir so sehr, und ich habe schrecklich Heimweh nach Mittelberg. Enderle, was habe ich nur verbrochen, dass Gott mir alle meine Lieben genommen hat? Ich komm zu dir, weil du es immer wieder schaffst, mich ein bisschen aufzuheitern, wenn es mir so schlecht wie jetzt geht. Und deshalb bin ich trotz des Regens zu dir gekommen.“

„Ist schon recht, jetzt mach ich dir erst mal einen Brombeertee. Und du ziehst dir inzwischen deine nassen Sachen aus.“ Er reichte ihr seine braune Schafwolldecke. „Hier, nimm sie, die kannst du dir umhängen.“

Dabei begannen ihre Augen, wieder etwas frischer zu wirken, und sie folgte seinem Rat. Anschließend hängte sie ihre triefnasse Kleidung über die Ofenstange. Nun nahm sie vor dem gemauerten, wärmenden Ofen Platz und rief: „Enderle, ich bin fertig, hab vielen Dank.“ Als er mit einer Tasse heißen Tee aus der Küche kam und sich zu ihr hinabbeugte, um ihr das Getränk hinzustellen, sahen sich die beiden innig tief in die Augen.

Dabei kam Enderle ihrem Gesicht ein Stück näher und flüsterte ihr leise, aber verunsichert zu: „Josepha, ich weiß nicht, wie ich es dir sagen soll. Seit ich dich vor ein paar Wochen zum ersten Mal wieder gesehen habe, wurde mir bewusst, dass ich mir immer eine Frau gewünscht habe, die sowohl stark ist, als auch so gut aussieht wie du. Ich dachte eigentlich immer, dass es solch eine Frau heute gar nicht mehr geben würde. Doch dann traf ich dich. Ich weiß, was du im letzten Jahr alles durchleiden musstest, und dass du Hannes und deine Kinder sehr geliebt hast. Nachts lag ich so manches Mal wach und habe Hannes fast beneidet um die Liebe, die du ihm noch immer schenkst. Es tut mir unendlich leid, dass er so tragisch sterben musste. Aber ich habe auch die Trauer in deinen Augen gesehen und die vielen Tränen, die du um ihn vergossen hast. Aber jetzt ist Hannes nicht mehr da. Und ich liebe dich und will dich für mich haben!"

Josepha brachte erst einmal kein einziges Wort heraus, und ihre Gedanken überschlugen sich: „Ist es möglich, dass wir uns beide auf den ersten Blick ineinander verliebt haben? Ich habe meine Gefühle zu Enderle gar nicht wahrnehmen wollen. Erst jetzt, in diesem Moment, wird mir klar, wie ich unter dem Verlust meiner Heimat, dem Verlust von Hannes und meinen Kinder litt. Und dennoch glaube ich, sehne ich mich nach Enderle und einem zweiten Leben an seiner Seite. Was er mir soeben offenbart hat, sind in derselben Weise auch meine Gefühle ihm gegenüber. Denn auch ich wünsche mir heute, nach dem Tod meiner lieben Familie, nichts sehnlicher als seine Nähe."

Nun nickte Josepha ihm mit einem stummen Blick zu. Er hatte den Eindruck, als könne er in ihre Seele hineinschauen und sagte liebevoll zu ihr: „Du brauchst jetzt nichts zu erwidern und du brauchst dich auch nicht für deine Gedanken gerade schämen. Denn ich weiß, dass du Hannes immer noch liebst und vermutlich es immer tun wirst." Enderle hatte ihr somit die Antwort erspart, und ihr fiel ein Stein vom Herzen. Josepha hoffte inbrünstig, dass nun, dank Enderle, alles gut werden würde. Es war sehr wohltuend, dass er genau wusste, was sie bedrückte und welche Gedanken sie hatte. Und er hatte es geschafft, dass sie sich nicht mehr schämen musste, auch wenn sie mit ihm eine neue Verbindung einginge. Sie ergriff seine Hand und zog ihn zu sich uff Gütsche[74] *herab.*

Schon bevor das Trauerjahr vorüber war, heirateten die beiden, und Josepha zog zu ihrem frisch angetrauten Ehemann Enderle in die Spielmannsau. Auch Josephas Schwägerin Anna Rosa siedelte mit zu ihrem Cousin um. In ihrer zweiten Ehe bekam Josepha weitere Kinder. Doch zu aller Leidweisen haben nur zwei davon überlebt, nämlich das Töchterlein Barbara und als einziger Sohn, Martin.

Gerstruben

Die Furcht vor Lawinen steckte in den zugewanderten Walsern so tief, dass sie bis in Gerstruben bestehen blieb. Aber das ging auch den Familien Kappeler und Hindelang so, die schon länger oben auf Gerstruben ansässig waren. Lawinen verursachten nicht nur große Schäden in der Natur, sondern stellten für die Bewohner eine große Gefahr für ihr Leben und eine Bedrohung ihrer Tiere samt ihrer Häuser dar, was ihre gesamte Existenzgrundlage war.

Im 1600 Jahrhundert war Gerstruben fast eine reine Walsergemeinde, weshalb über dem Eingang der neu erbauten Kapelle als Walliser Zeichen ein Sechsstern ins Mauerwerk eingelassen wurde. Solch ein Motiv fand man vorwiegend in Schweizer Kirchen, vor allem in der Gegend um Graubünden herum.

Wollte jemand von ihnen nach Oberstdorf umsiedeln, so musste dieser dort eine Hofstätte kaufen und dazuhin eine beträchtliche Summe Einzugsgeld bezahlen. Außerdem mussten auch Arbeiten des öffentlichen Interesses mitverrichtet werden. Wer keine Hofstatt besaß, wurde in Oberstdorf nur als „ein Bei- oder Insasse" geduldet.

In Oberstdorf ging nach dem elterlichen Tod die Hofstatt nach herrschendem Recht an den jüngsten Sohn über. Ganz im Gegensatz zu den Einwohnern im Walsertal, denn dort war es genau umgekehrt. Hier ging der Besitz der Hofstatt an den ältesten Sohn über. Das schuf für die neu

74 schmale Liege in der Stube

angesiedelten Väter in Gerstruben keine eindeutige Lage, wie sie es nach ihrem Tod festlegen sollten.

Im Allgäu galten die Pferde als die wertvollsten Tiere, deren Pflege die größte Sorgfalt erforderte und deshalb nur qualifizierte Kräfte hierfür infrage kamen. Das Amt der Rosshirten stand in der Hierarchie der Hirten an oberster Stelle, vor den Hirten für Ochsen, Kühe, Ziegen, Schafe und Gänse. Wer den verantwortungsvollen Posten des Rosshirten innehatte, versuchte diesen wie einen Handwerksberuf an seine Nachkommen weiterzuvererben.

So war es auch bei Stoeckhlins. Sein Vater Hans war fast dreißig Jahre lang von 1539 bis 1567 Rossknecht in Oberstdorf gewesen.

Die Pferdezucht war eine Spezialität der Allgäuer, und der Eigenbedarf an Pferden war mehr als gedeckt. Trotzdem wurde weitergezüchtet, und die übrigen Tiere wurden zum Verkauf und für den Export aufgezogen. Abnehmer dieser beliebten Allgäuer Pferdezucht waren überwiegend die Graubündner, die Italiener, aber auch Tiroler, Württemberger und ebenso der Graf Markus Fugger, Besitzer eines Gestüts im nahe gelegenen Ort Hindelang.

Im Gemeindegebiet von Oberstdorf gab es ausgesprochene Pferdealpen wie: die Rossgundalpe hinten im Warmatsgundtal; am Rossbichl; Rossgehren am Rubihorn und Rossgund. Die Pferdhufe stellen für die Hochalpen wegen der Verdichtung des Humusbodens eine Gefahr dar.

Deshalb kamen im 16. Jahrhundert Alpverordnungen heraus, auf denen die genaue Anzahl an Rössern pro Alpe vorgegeben wurde. Dadurch überwogen seit dieser Zeit in der Gegend um Oberstdorf herum die Mischalpen, auf denen gleichzeitig Pferde und Rinder gehalten wurden.

Diese waren die Alpen: Einödsberg an den Hängen der Trettach; Seealpe; Gutenalp; s'Mädele; Ringatsgund; Schlappold; Sölleralpe; Warmatsgund; Bierenwang; Taufersberg; Rossgund; Linggersalp; Rappenalp; Biberalpe und die Haldenwanger Alp.

Dennoch waren die Bauern im Allgäu immer noch unzufrieden mit ihrer Lebenssituation, denn sie wollten keine Herren mehr über sich dulden, die sie ständig drangsalierten und ausbeuteten. Aus diesem Grunde lehnten sie sich auf, und es rumorte immer wieder unter dem Volk. Die Gerstruber, als ehemalige freie Walser, konnten die leibeigenen Oberallgäuer gut verstehen, dass sie begannen, sich gegen ihre Herrscher aufzulehnen.

1571, Conrad Stoeckhlins Mutter Ursula

Kurz nachdem das neue Jahr seinen Anfang genommen hatte, bekam Conrad Stoeckhlins Mutter Ursula selbst plötzlich fürchterliche Bauchkoliken. Sie bat ihren ältesten Buben Conrad, zu ihrer Freundin und besten Vertrauten Anna Enzensberger zu laufen, um sie zu holen. Denn Anna hatte vieles von Ursula gelernt, und ihr eilte inzwischen selbst der Ruf als gute Heilerin und Hebamme voraus. Diese erschrak, als sie Ursula mit vor Schmerz verzerrtem Gesicht im Bett liegen sah. Sogleich begann sie, diese zu untersuchen, tastete sorgfältig deren Bauch ab und schüttelte dann doch sorgenvoll den Kopf. Sie deckte Ursula mit ihrer warmen Decke wieder zu und brühte in der Küche einen selbst gemachten Kräutertee auf, der ihre Schmerzen lindern sollte. Dann bat sie Conrad ziemlich befehlshaberisch: „Bitte lass mich für einem Augenblick mit deiner Mutter im Schlafzimmer alleine.“ Die beiden Frauen unterhielten sich eine ganze Weile, wobei Conrad draußen vor der Türe nur ein Stimmengemurmel vernehmen konnte. Schließlich packte die Enzensbergerin ihre Heilkräuter ein und verließ mit ihrer schweren Tasche das Haus. An der Haustüre versicherte sich Anna, dass ihre Freundin sie nicht mehr hören konnte, und wandte sich noch einmal Conrad zu: „Hör zu, deine Mutter ist sehr krank, ihre Tage sind gezählt. Ich rate dir, such du dir ein fleißiges Weib und heirate bald.“ Conrad war einerseits zutiefst betroffen über die grausame Todesvorhersage, andererseits ärgerte es ihn, dass sich Mutters Freundin anmaßte, dies ihm gegenüber so kaltherzig zu äußern. Er entgegnete barsch. „Was fällt dir ein, so etwas Ungeheuerliches zu behaupten? Wenn ein Mensch sterben muss, weiß nur Gott allein. Mutter hat auch Kräuter, die ihr helfen werden, wirst sehen.“

„Nein, Conrad, deine Mutter wird nicht wieder gesund. Ihr helfen keine Kräuter und auch sonst nichts mehr. Du willst es nur nicht wahrhaben, du kannst höchstens noch für ihr Seelenheil beten.“

Conrad war tief betroffen und hatte sich weder bei der Enzensbergerin verabschiedet noch für ihr Kommen bedankt. Als er sich einigermaßen beruhigt hatte, ging er ans Krankenbett zu seiner Mutter. Sie bat ihn, doch bald den Pfarrer zu holen. „Ja, Mutter, morgen werde ich nach Oberstdorf gehen und, wie du es dir wünscht, den Pfarrer für dich holen."

Sie nickte ihrem Sohn zustimmend und dankbar zugleich zu, und er dachte, sie sei damit einverstanden. Als sie den inzwischen nur noch lauwarmen Tee ausgetrunken hatte, ließen ihre Koliken nach und sie konnte endlich schlafen. Als Conrad am nächsten Morgen aufwachte, wunderte er sich selbst, dass er durchgeschlafen und nicht nach der Mutter gesehen hatte. Er lief noch schlaftrunken in ihre Schlafkammer und beugte sich übers mütterliche Gesicht. Doch plötzlich zuckte er zusammen. Er sah, dass ihre Augen weit geöffnet ins Leere starrten. Ihm war gleich klar, dass sie tot war. Aber er traute sich nicht, sie zu berühren, um ihre Augen zu schließen. Sie war erschreckend bleich und ihr Mund war ein wenig geöffnet, ihre Gesichtszüge wirkten entspannt, aber schlaff.

Unbehaglich betrachtete Conrad eine Weile seine tote Mutter, und dabei lief ihm ein kalter Schauer über den Rücken, denn er war alleine mit ihr im Haus. Er fürchtete sich, dass Mutters Seele immer noch im Raum sein könnte, denn er hatte schon vor Jahren unbeabsichtigt in einem Gespräch zwischen seiner Mutter und der Enzensbergerin mitangehört, dass angeblich die Seelen der Menschen nach ihrem Sterben noch eine ganze Zeit lang beim Toten verbleiben würden. Er lief sofort zu der kleinen Holzklappe in der Ecke des Schlafzimmers und öffnete diese, damit die Seele seiner Mutter das Zimmer verlassen konnte. Anschließend setzte er sich neben sie und schloss ihre Augen. Nun gingen ihm so mancherlei Gedanken durch den Kopf. Die Enzensbergerin hatte recht mit ihrer Aussage, dass Mutter bald sterben würde. Oder hat sie ihr gar einen Todestrunk verabreicht, um sie zu töten? Warum ist sie so schnell und ruhig eingeschlafen? Er bemühte sich, diese Möglichkeit nicht zuzulassen. Und schon kehrten seine Gedanken von der Enzensbergerin wieder zu seiner Mutter zurück. Conrad war tief traurig und darüber hinaus auch von schlechtem Gewissen geplagt, weil er auf Mutters Bitte hin den Pfarrer nicht mehr rechtszeitig geholt hatte. Dadurch war ihr eine letzte Ölung versagt geblieben." Er ging durch ein Wechselbad der Gefühle zwischen Trauer, Einsamkeit, Wut auf die Enzensbergerin und sich selbst, weil er ihrer Prophezeiung keinen Glauben schenken wollte. Wie hätte er ahnen sollen, dass Mutter tatsächlich so schnell sterben würde? Vor zwei Tagen hatte sie noch für ihn gekocht. In seiner Verzweiflung beschloss er, dass er in Zukunft mit der Enzenbergerin nichts mehr zu schaffen haben wollte.

Nachdem schon ein Jahr zuvor sein inzwischen vollständig erblindeter Vater als Pflegefall ins Spital nach Sonthofen überführt werden musste, war jetzt auch noch seine Mutter plötzlich und unerwartet gestorben. Conrad und seine Geschwister waren untröstlich, denn ihre Mutter hatte so viel Gutes für andere, auch fremde Menschen getan. Aber ihrem eigenen blinden Mann und sich selbst konnte sie nicht helfen.

Conrad und seine Geschwister beschlossen, dem sowieso schon sehr angeschlagenen kranken und alten Vater nichts über den Tod seiner Ursula zu erzählen. Denn er kam mit seiner Hilflosigkeit wegen der Erblindung, seiner körperlichen Schwäche und dem fast unerträglichen Heimweh nach Oberstdorf ohnehin kaum zurecht.

Es waren fünf Monate vergangen, seit Mutter gestorben war, und nun lebte Conrad Stoeckhlin alleine und uischichtig[75] *im inzwischen leeren Elternhaus. Seine vier Jahre ältere Schwester Margreta war inzwischen verheiratet, Brigitta verunglückte durch einen Blitzschlag, was seine Eltern und auch Conrad nie richtig überwinden konnten. Und vor ein paar Wochen waren die beiden jüngeren Brüder Jerg und Oswald zum Arbeiten ins Unterland abgewandert. Zum Glück kam von Zeit zu Zeit seine gute Tante Luzin, und bekochte ihn. „Damit er zwischendurch auch mal etwas Vernünftiges zwischen die Rippen bekam", wie Tante Luzin es nannte.*

Conrad war mehr als zufrieden, dass er von der Gemeinde als Rosshirte übernommen wurde und er in seinem kleinen Anwesen bleiben konnte. Im Haus war noch Platz genug, um eine Kuh zu halten und diese daheim zu überwintern. Die Kuh war ein lebenswichtiger Lieferant von Milch, Käse und Molke, selbst den Kuhmist konnten sie im Frühjahr als Dung für den

75 alleinstehend

Garten nutzen, beziehungsweise aus den frisch getrockneten Kuhfladen einen Tee gegen Entzündungen und Fieber zubereiten. Conrad Stoeckhlin hatte zwar ein einfaches, aber erträgliches Leben.

Fast hätte er richtig glücklich sein können. Aber im Grunde seines Herzens spürte er das Verlangen, dass er sich nichts sehnlicher wünschte, als eine Frau an seiner Seite, mit der er sein Leben gemeinsam gestalten konnte. Und war er nicht schließlich auch ein kleines Rädchen im Lauf der Geschichte, der mit eigenen Nachfahren zum Fortbestand des Lebens beitragen sollte?

1930, Anna und Mathilde

Anna sah vom Buch auf und sagte zu Mathilde betrübt: „Weißt du was, Conrad Stoeckhlin hin oder her, ich muss jetzt aufhören, denn ich will nach Otto sehen. Sein Gesundheitszustand gefällt mir in letzter Zeit ganz und gar nicht mehr, und ich finde, dass er auch richtig alt geworden ist, seit man ihm sein Bein abgenommen hat. Aber er klagt niemals über Schmerzen."

„Selbstverständlich, dann hören wir jetzt auf zu lesen, denn Otto ist schließlich wichtiger! Und das Buch ist schon so alt, dass es auf ein paar Wochen nicht ankommt, wann wir weiterlesen", meinte Mathilde verständnisvoll.

Otto

Ein paar Tage später, am Morgen des 17. Mai 1931, noch vor dem Aufstehen, sagte Otto mit belegter Stimme zu seiner Frau: „Ich weiß gar nicht, was los ist. Ich fühle mich heute nicht wohl. Drum bleib ich noch eine Weile im Bett liegen."

„Ist schon recht, Otto, ich gehe inzwischen in die Küche, mach schon mal Feuer im Herd und richte für uns das Essen her."

Als Anna bereits mit Josef, Babett und Maria am Küchentisch saß, wunderten sie sich, dass ihr Mann immer noch nicht aufgestanden war. Daraufhin ging sie nochmals zu ihm ins Schlafzimmer. Dort lag Otto immer noch im Bett und starrte sie nachdenklich an.

„Otto, was ist mit dir? Magst du immer noch nicht aufstehen? Geht es dir nicht gut, soll ich den Doktor holen?"

„Nein, bitte setz dich für einen Augenblick zu mir." Anna war erstaunt und nahm, während sie sich zu ihm auf die Bettkante setzte, seine Hand, und er begann mit schwacher Stimme zu sprechen:

„Anna, wenn ich auf mein Leben zurückblicke, hatte ich doch ein recht erfülltes Leben mit dir und unseren Kindern zusammen." Dabei konnte Anna einen Hauch von Lächeln auf seinen Lippen erkennen. Otto sprach indessen langsam und bedächtig weiter: „Du bist und warst immer meine große Liebe, ja, du warst wie geschaffen für mich."

„Aber, Otto, warum sagst du mir das heute, ausgerechnet jetzt, wo du dich nicht wohl fühlst?"

„Pssst, Anna, ich will mich bei dir für unsere gemeinsamen Jahre bedanken. Denn das große Glück, einen Partner zu finden, den man aufrichtig liebt, und von dem man geliebt wird, ist nicht allen Menschen vergönnt. Nun ist es Zeit für mich, und ich habe die Hoffnung und den Glauben daran, unseren Ludwig, meine gute Mutter und Vater bald wieder zu sehen."

Anna sah ihn wie erstarrt an und wollte ihm wiedersprechen: „Aber Otto, du ..."

„Doch, lass gut sein, ich kann es deutlich spüren und möchte dir noch so vieles sagen. Weißt du noch damals, in Reichenbach, als es zwischen uns begann, weil du beim Pfarrer nachgefragt hast, ob wir überhaupt zusammensein dürfen?"

„Und ob ich das noch weiß, das werde ich mein Lebtag lang nie vergessen! Dafür schäme ich mich noch heute." Dabei beugte sie sich zu ihrem Mann hinab, schlang ihre Arme um seinen Hals und vergrub ihr Gesicht in seinem noch immer fülligen Haar. Dann flüsterte er mit seinem warmen Atem in ihr Ohr: „Oh, was für ein wunderbares Gefühl. Wenn du wüsstest, wie sehr ich deine Umarmungen liebe und mich stets danach gesehnt habe." Sie küsste zaghaft seine Stirn, seine Augen und seine Wangen.

„Ich würde es auf jeden Fall wieder tun und habe es niemals bereut“, sagte Anna.

„Glaub mir, ich war damals so glücklich, weil ich zuerst dachte, ich muss dich für immer vergessen“, lächelte er sie selig an.

„Otto, ich hab es dir niemals gestanden, aber deine Mutter hat mich überhaupt erst auf den Gedanken gebracht, den damaligen Pfarrer wegen unserer Dispens zu fragen, weil wir als Verwandte eigentlich nicht heiraten dürften.“

Otto blickte eine Weile schweigend durchs geschlossene Fenster und sprach schließlich bedächtig weiter: „Du hast unsere Kinder zu wunderbaren Menschen erzogen, auf die ich durchwegs stolz war. Trotz allem haben wir, vor allem du, auch schwere Zeiten durchgemacht. Dabei hast du dich stets so stark gezeigt und dich niemals bei mir beklagt. Du bist so wunderbar. Darf ich dich jetzt um einen Gefallen bitten?“

„Selbstverständlich, was kann ich für dich tun?“

„Anna, ich bitte dich, schick nach dem Pfarrer Kohl.“

„Aber Otto, du glaubst doch nicht etwa, dass du …?“ Anna war blass geworden, sie saß wie versteinert da und konnte ihm nichts erwidern.

„Doch, Anna, es tut mir leid, aber wir müssen Abschied voneinander nehmen, weil meine Zeit und meine Kraft zu Ende geht. Aber sei zuversichtlich und trauere nicht allzu viel, denn wir beide brauchen den Tod nicht fürchten.“

Erst nach einer Weile nickte sie, stand schwerfällig auf und sagte: „Ich schicke Babett zum Pfarrer, bin gleich wieder bei dir.“

Der Geistliche ließ augenblicklich seine Büroarbeit liegen und kam mit seinem Fahrrad zu Otto, den er gut kannte, weil er ein treuer Kirchenbesucher und gelegentlich als Ersatz-Orgelspieler eingesprungen war. Maria führte den Geistlichen Isidor Kohl ins Elternschlafzimmer. Anna stand augenblicklich auf, begrüßte den Hochwürdigen Pfarrer und verließ mit verweinten Augen das Zimmer. Dann schloss sie die Türe von außen, sodass die beiden alleine reden könnten. Kohl nahm dort den Holzschemel, der am Fußende des Bettes stand, stellte diesen neben das Kopfteil des Kranken und setzte sich. Die beiden redeten eine ganze Zeit lang miteinander, und anschließend legte Otto seine Beichte ab – das konnte Anna unten in der Küche vernehmen. Anschließend rief der Geistliche Ottos Familie zu sich.

Im selben Augenblick kamen auch Johann und Otto, die sie inzwischen gerufen hatten, zur Haustüre herein. Der Pfarrer legte sich seine schmale Stola um den Hals, nahm das Öl für die Salbung, das Weihwasser, sein Silberkreuz und den Rosenkranz aus Holzperlen. Im Beisein von Anna und den Kindern spendete er dem Sterbenden das Sakrament der letzten Ölung und anschließend reichte er ihm und den Anwesenden die heilige Kommunion.

Anna blieb den ganzen Vormittag am Bett ihres todkranken Mannes sitzen. Sie spürte, wie ihm von Stunde zu Stunde das Atmen schwerer fiel. Er lag in seinem weiß bezogenen Bett, und seine fahlgraue Gesichtsfarbe und die dunklen Augenhöhlen verstärkten sich. Das Sprechen schien ihm immer schwerer zu fallen, und er versuchte, seine Lippen zu einem „Komm …“ zu formen. Anna hielt liebevoll seine Hand in der ihren. Sie konnte ein schwaches Lächeln in seinen Gesichtszügen erkennen, und wieder versuchte er ihr etwas zu sagen. Doch sie konnte nur zaghaft „Anna, du … Danke“ verstehen. Sie fasste ihn an der Schulter und sagte: „Otto, bitte, streng dich nicht an, alles wird gut. Ich weiß, was du mir sagen möchtest.“ Dabei sah sie ihn mitfühlend an, obwohl ihr eher zum Weinen zumute gewesen wäre. „Otto, wir haben doch unser Lebtag lang stets gewusst, was der andere denkt, und unsere Bedürfnisse konnten wir doch immer gegenseitig spüren.“

Noch ist Zeit, hatte Anna in diesem Augenblick geglaubt: „Otto, versuch ein wenig zu schlafen, ich gehe kurz in die Küche, um etwas zu essen. Ich lass aber die Türe einen Spalt offen. Wenn etwas ist, werde ich dich hören. Bin gleich wieder bei dir“, dabei zog sie ihm fürsorglich seine Bettdecke ein Stück höher, damit ihm nicht kalt wurde.

„Danke, Anna.“

Als sie nach ein paar Minuten wieder ins Schlafzimmer zurückkam, lag er völlig verändert da. Seine Augen waren geschlossen, seine Gesichtszüge schienen gelöst, seine Nase stach optisch mehr hervor und seine Lippen waren fast verschwunden. Über seine Wangenknochen spannte sich die Haut, blass und leblos. Sie ahnte sofort, Otto, ihr geliebter Mann, war tot. Sie rief die Kinder zu sich. Nachdem Anna später ihren verstorbenen Mann zusammen mit den Töchtern Maria und Babett gewaschen und hergerichtet hatte, stellten sie zwei Tische zusammen und bahrten den Toten in der Stube auf. Anna sah ihren verstorbenen Mann eine ganze Weile nachdenklich an: „Wie Otto so daliegt, er sieht so friedlich und gelöst aus." Schließlich ging Anna an ihre Truhe und holte die Versehgarnitur, die sie als junge Frau bei der Aussteuer mit in die Ehe gebracht hatte. In die beiden Metallleuchter steckte sie je eine weiße Kerze und stellte eine rechts, die andere links neben Ottos Leichnam auf. Dann legte sie seine, zum Gebet gefalteten Hände auf seinen Bauch und wickelte ihm seinen geweihten Rosenkranz, den Michel ihm einst vom Kloster Altötting mitgebracht hatte, darum.

In der ersten Nacht hielten sie abwechselnd Nachtwache bei Otto. Nur Babett war es unheimlich, und sie wollte nicht mit einem Toten, auch wenn es der eigene Vater war, alleine im Zimmer bleiben. Denn sie fürchtete sich ein wenig.

Josef hatte Verständnis dafür und sagte: „Dann lass es sein, ich bleibe dafür länger bei Vater sitzen. Denn ich habe schon viele Tote gesehen, mir macht es nichts aus. Trotzdem man wird niemals immun dagegen."

Erst am nächsten Tag wurde Johann nach Schwand geschickt, um auch Vefa die Todesnachricht zu überbringen. Maria schrieb indessen an Michel im Kloster und an Josepha nach Kirchheim, dass ihr Vater, am 17. Mai 1931 mit 66 Jahren, mittags um 12 Uhr, nachdem er die Sterbesakramente durch Pfarrer Isidor Kohl erhalten hatte, verstorben war.

Die Nachricht über Kling Ottos „Büüre Ottos" Sterben verbreitete sich in Windeseile unter der Dorfgemeinschaft. Über den Tag verteilt kam eine größere Anzahl von Verwandten, Nachbarn und Freunden, die von Otto Abschied nehme wollten. Sie beteten zusammen den Rosenkranz. Auch Ottos Enkelkinder Hans und Meinhard sowie Tochter Vefa kam mit fünf ihrer Kinder vom Schwand. Eduard, ihr Mann, musste daheim bei Vefi bleiben.

Ottos Wunsch war stets, dass er später einmal ins Grab seiner Eltern Ulrich und Genovefa gelegt würde. Aber da vor zwei Jahren der alte Friedhof neben der Kirche aufgelöst wurde, bedauerte Anna zuerst, dass sie Otto diesen letzten Wunsch nicht mehr erfüllen konnte. Sie musste ihn in ein neu aufgemachtes Familiengrab auf den neuen Friedhof überführen. Andererseits war sie erleichtert, dass nichts im Wege stand, dass sie selbst eines Tages mit Otto dort im selben Grab im Waldfriedhof inmitten der Friedhofmauer bestattet werden würde. Dies war nun manch anderen Ehepaaren nicht mehr möglich.

Als Ottos Sarg ins Grab hinabgelassen wurde, schluchzte Anna auf. Die Vorstellung, dass nun Otto in der feucht modrigen Erde ruhen sollte, kam ihr schwer an. Obwohl sie im Gegensatz zu ihrem gefallenen Sohn Ludwig wenigstens dieses Mal ein Grab hatte, um hier zu trauern. Johann trat zu seiner Mutter und strich ihr mit seiner Hand fürsorglich am Oberarm entlang. Dies schien ihr Kraft zu geben, denn ihr Schluchzen verstummte und die Tränen liefen ihr nur lautlos übers Gesicht. Josef, ihr Erstgeborener, ergriff entschlossen die andere Hand seiner Mutter, und mit einem Mal wurde er sich der Verantwortung bewusst, die nun nach Vaters Tod auf seinen Schultern lastete. Am Abend nach der Beisetzung ging Anna nochmals alleine ans Grab, blieb eine ganze Weile nachdenklich dort stehen, wobei ihr auch die vielen Blumen von Freunden und Bekannten in den Blick fielen, und sie führte in Gedanken ein Zwiegespräch mit Otto: „Ich kann mir ein Leben ohne dich noch gar nicht vorstellen. Nie mehr werde ich deine Stimme hören und dich nicht mehr um Rat fragen können. Auch schöne Momente können wir nicht mehr teilen. Otto, du warst nach deiner Mutter der einzige Mensch, mit dem ich über all meine Sorgen und Kümmernisse reden konnte. Wie hast du früher immer gesagt? In jedem Neugeborenen liegt schon die Saat für sein späteres Sterben – und dass der Tod zum Leben gehöre wie die Geburt. Und dass niemand, egal ob Reich oder Arm, dem Tod entrinnen kann. Und als ich dir meine eigene Furcht davor gestanden habe, hast du mir stets versucht, meine Angst zu nehmen und mir erklärt, dass Angst vor dem Tod sinnlos, und deiner Meinung nach, reine Energieverschwendung wäre. Man dürfe sich nicht dagegen wehren. Je früher man den Tod als natürlichen Teil des Lebens annimmt, anstatt ihn zu fürchten und zu verdrängen, umso besser wird man leben und anschließend sterben können. Ja, mein geliebter Otto, du bist jetzt dort angekommen und weißt, wie es im Jenseits ist. Das ist der Ort, an dem wir alle irgendwann sein werden. Ich, im Gegensatz zu dir, habe mein Sterben noch vor mir. Aber ich werde es auch irgendwann schaffen und hoffe, dass du mir dann in meiner schweren Stunde beistehen können wirst."

Am Tag nach der Beerdigung besuchte Theresia ihre Freundin, um zu fragen, wie es ihr ergeht, und ob sie etwas für sie tun könne. „Nein, es ist alles gut. Ich bin dankbar, dass ich in meinem Leben viel Zeit mit Otto verbringen konnte. Zudem habe ich das Glück, weiter bei meinen Kindern wohnen zu dürfen."

„Es wird sicher eine Zeit lang dauern, um über Ottos Tod hinwegzukommen", sagte Theresia mitfühlend.

„Darüber hinwegkommen? Ich weiß nicht, ob ich das überhaupt will." Anna verharrte in ihren Gedanken. „Wie soll ich es ausdrücken? Wenn wir über etwas hinwegkommen, bedeutet dies, dass wir weitergehen und etwas hinter uns lassen. Lassen wir einen lieben Verstorbenen hinter uns, oder nehmen wir ihn mit?"

Theresia überlegte, was ihre Freundin damit meinte und was sie ihr darauf antworten sollte: „Ich denke, wir bewahren die Toten in unseren Gedanken, dann begleiten sie uns noch immer."

„Stimmt, die verstorbenen Seelen bleiben bei uns, nur in einer anderen Form. Auch wenn der Tod meinem Otto ein Ende seines Erdendaseins bereitet hat, so hoffe ich, beendet dies nicht meine Beziehung zu ihm. Ich muss lernen, mit ihm und seinem Tod zu leben. So wie ich heute im Guten auf Ludwigs Leben zurückblicken darf. Denn als ich nach Jahren mit Ottos Hilfe begriff, dass ich meinen Sohn nicht verloren habe, ging es mir bald besser. Und dennoch denke ich tagtäglich an ihn. Denn ich glaube inzwischen, dass der Tod nicht das Ende des Lebens, sondern dass er ein Teil davon ist."

Erst in der darauffolgenden Woche kam Anna der Gedanke, auch Ottos Sterben ins Ahnenbuch einzutragen. Und als sie so alleine und nachdenklich in ihrer gemütlichen Stube saß, dachte sie an die gemeinsamen Jahre, als sie jung waren, zurück.

Noch an seinem letzten Tag hatte Otto meine Hand gehalten und mich gefragt, ob ich jemals bereut habe, dass ich damals eigenmächtig beim Bischof in Augsburg die Erlaubnis für unsere Eheschließung geholt hatte. Bei diesem Gedanken musste sie sogar schmunzeln. „Nein", habe ich ihm aus tiefster Überzeugung geantwortet, „es ist alles gut, und ich würde dich wieder heiraten."

„Oh ja, mein geliebter Otto, du wirst mir sehr fehlen, und dennoch ist es für mich ein großer Trost, dass dir das Sterben nicht allzu schwer gefallen ist und du es überstanden hast." Dann kam ihr Ottos Spruch, den er ihr vor etlichen Jahren kurz nach seiner Beinamputation aus dem Büchlein von Sokrates vorgelesen hatte, in den Sinn: „Niemand kennt den Tod. Es weiß auch keiner, ob er nicht vielleicht das größte Geschenk für den Menschen ist."

Nach dem Verlust ihres Mannes hat es Anna sehr geholfen, ihre vielen fröhlichen Enkelkinder um sich zu haben. Ganz vorsichtig keimte in ihr das Verlangen, dass sie auch diese Generation noch auf einem Stück ihres Lebens begleiten durfte und was sie dann wohl ins Buch der Ahnen eintragen konnte.

Ende

Du bist nicht mehr da, wo du warst,
aber du bist überall, wo wir sind.

(Victor Hugo)

Verstehen kann man das Leben nur rückwärts,
leben muss man es vorwärts.

(Sören Kierkegaard)

Stammbaum

Berchtold Anderl oo 1263 **Agnes**
wh. Oberwallis

Anton / Maria/ **Martin** / Kaspar/ Jacobus/ **Hilde** / Pius / **Michl**/ Elisabeth/Joseph/ Ludwig insg. 17 Kinder
*1263 *1264 *1266 *1267 *1268 *1270 *1272 *1274 *1285 *1287 *1290
vh. Elsa Kloster +Krieg vh.Daniel Mönch

Wüstner Daniel / **Ulrich**

Berchtold Martin oo 1. Ehe. Barbara +
oo 2. Ehe **Rosa**
ihre 1. Ehe Louis
Simon / Martha weitere 6 Kinder
*1297 *1299

Berchtold Michl oo **Paulina**
13 Kinder

Wüster Daniel oo **Hilde**
9 Kinder

Wüstner Ulrich oo **Viktoria**
aus ihrer 1. Ehe Bartholomäus
11 Kinder,
9 Mädchen, 2 Buben

Math Felix oo **Sabina**
Lorenz/ Paulina / Balbina / Moritz/ und 7 Kinder
*1276 *1279 *1283 *1291

Generationen später:

Stoeckhlin Hans oo **Schedler Ursula**
+ blind im Spital Sonthofen +1571

Stoeckhlin Margreta/ Brigitta / **Conrad** / Jerg / Oswald
*1545 *1548 *1549 *1550 *1557
+1622 +1559 +1587 + 1634 +1622
Blitzschl. Hexenpr.

Geiger Jerg (Gastwirt)

Berchtold Hannes 1.oo Josepha
+ 1570 Lawine
2. Ehe
Berchtold Enderle oo Josepha
Spielmannsau + Kindsbett

Kinder aus 1. Ehe: Andreas / Bärbel
1566 *1569
+1570 +1570

Kinder aus 2. Ehe: **Bärbel / Martin**
Hexenv.
+1587

Berchtold Anna Rosa oo **Stoeckhlin Conrad**
Stoeckhlin Fehlgeburt/ Jerg / NN / NN / Brigit / Paul / Margret / Totgeburt / Oswald
*1575 + + +6Mon. +Wochen *1583 *1584 *1587

Wüstner Hans oo Brigit
+ 1570 Lawine

Geiger Rudolf oo **Theres** nv **Math Stefan**
+ 1570 Lawine
unehel.Kind

Anna oo Kling Jakob
*1570 *1569
Kling Uotz

Math Johann oo Agnes
+Lawine
Maxi / Leo
+1570 Lawine

Worterklärungen zur Oberstdorfer Mundart

Aftrmäätag	Dienstag
Bååne	Heuboden
Båmmarschlitte	Baumschlitten
Biibele	Küken
Bikh	Groll und Rachsucht
blüetsnarret	sehr zornig
Bosse	Streich
Büe, Büebe/Bieble	Bub, Buben/Bübchen
Buihüüs	Beinhaus
Buijazl-üff	Geschicklichkeitsspiel
Bussi	Kuss
Büür	Bauer
Buzele	Säugling
Daidda	Vater
Detschkhappe	Kappe/Mütze
Dettle	Pate
Drääne	Großvater
Feel(a), (Meidle)	Mädchen
Fremde	Feriengäste
gääche Daach üüe	steile Dach hinauf
Gaade	Schlafkammer
Goggelar	Hahn
Griess Gott, griess dii/ griess de/griess dena	Begrüßung einer/mehrerer Personen
(Griess reacht schii vu mier)	Grüß recht schön von mir
gschmused	schmusen
güet Nacht	Gute Nacht
Gietle	Anwesen
Gütsche	schmale Liege in der Stube
Gütscher	Rössler, Kutscher
Hearelit	ehrenwerte Feriengäste
Hiertebieble	Hirtenjunge
Huigaarte	Unterhaltung, Aufführung
Khämmekheerar	Kaminkehrer

Khappl	Kapelle
Khnickebokar	Kniebundhose
Khozemåntl, Khoze	Wetterumhang aus festem Stoff
Khrazat	Mehlsüßspeise, feiner Kaiserschmarren
Låndrtaach	Dach mit Legschindeln gedeckt
lüege, gugge	schauen
Maale	Großmutter
Millgschier	Milchgeschirr
Müetr	Mutter
Müetr, was isch es?	Mutter, was ist es?
Muli	Esel/Maultiere
pfiette/pfietti/pfiettena, pfiegott	Abschiedsgruß
Pschniedesel	Schnitzbock
Reaf	Rückentragegestell aus Holz
Ringgschmekhte	Zugereiste
Sabing	Werkzeug zum Bewegen von Baumstämmen
Schååfkopf	Kartenspiel
Schaara	Blechbahnen
Schälkle	kurzes, eng anliegendes Stoffjäckchen
Scharmizl	Papiertüte
Schilling	Pfennige
Schopf	Schuppen
Schteachholder	Stechpalme
Schtrikh	kurzes dünnes Seil
Schwikh	Augenblick, Moment
Treascht Gott s'Leid	Beileidsbezeugung nach Trauerfall
uischichtig	alleinstehend
Vaddr	Vater
vrganted (isch -)	war Pleite
Wassrschiffle	Wasserbehälter im Herd
Wiise	zur Geburt gratulieren und beschenken
Wilde-Mändles-Tånz	ursprünglicher alter Tanz der wilden Männer mit Tannenbart bekleidet
Wildes Mändle	Steinfigur, die einem wilden Mann gleichsah

Quellen- und Literaturverzeichnis

> Allgäuer Anzeigeblatt

> Behringer, Wolfgang: Chonrad Stoekhlin und die Nachtschar. Piper Verlag 1994.

> Berktold, Anton/Huber, Leo/Kappeler, Mathias: Gerstruben. Buchdruckerei Karl Hofmann, Oberstdorf 1977.

> Fink, J. Pfarrer/Dr. v. Klenze, H.: Der Mittelberg. Verlag des Ortsvereins, Mittelberg 1891.

> Geiger, Anna begann ab 1850 Sterbedaten in Oberstdorf aufzuschreiben. Dieses Buch wurde bis heute ununterbrochen in meiner Familie weitergeführt.

> Kirchenbücher in Stein b. Immenstadt, Bistum Augsburg usw.

> Kling, Meinhard: Private Erzählungen und Chroniken.

> Klingler, H.: Heimat und Fremdenblatt Nr. 20 zbd 30, 1926.

> Math, Joseph Ignaz: 1834, überarbeitet und ergänzt von Wilhelm Math, Chronik.

> Oberstdorfer Kriegschronik, 1914/18 – Oktober 1928. Otto, Rees/ Franz Alois, Schratt, Herausgeber und Verleger Veteranen- und Kriegerverein, Oberstdorf.

> Sahlmann, Diedrich: Oberstdorfer Kirchenbücher, herausgegeben von der Katholischen Pfarrgemeinde, St. Johannes Baptist in Oberstdorf, 1999.

> Schöllanger Chronik: Oberallgäuer Heimatblatt-Beilage zum Allg. Anzeigeblatt, 1930. v. H. Meggle Sonthofen.

> Patel, Angelika: Ein Dorf im Spiegel seiner Zeit, Geschichte des Marktes Oberstdorf Band 5. Herausgeber Markt Oberstdorf 2010.

> Steiner, Thaddäus: Allgäuer Bergnamen, Kunstverlag Josef Fink.

> Verschönerungsverein Oberstdorf: Unser Oberstdorf. Blätter zur Oberstdorfer Heimatgeschichte.

> Wörterbuch der Oberstdorfer Mundart, „So seit ba bn iis“. Verein Heimatmuseum Oberstdorf e.V. 2003.

> Geschichte des Marktes Oberstdorf, Teil 1, Zirkel Heinrich Bernhard, 1978.

> Geschichte des Marktes Oberstdorf, Teil 2, Zirkel, Heinrich Bernhard, 1974.

> Geschichte des Marktes Oberstdorf, Teil 3, Zirkel, Heinrich Bernhard/Grundmann, Werner 1976.
> Geschichte des Marktes Oberstdorf, Teil 4, Zirkel, Heinrich Bernhard/Grundmann, Werner, 1979.
> Schwendiger, Irmin: Der Große Widderstein erzählt. Verlag für Heimatpflege, Kempten 1983.
> Zirkel George, Regine – unsere Heimatbeilage.

Sollte ich eine Quelle vergessen haben, so geschah dies unabsichtlich.

Über die Autorin

Margitta Raps,
geb. Kling, Jahrgang 1958, lebt mit ihrer Familie in Oberstdorf/Allgäu, dort wo sie aufgewachsen ist.

Durch Erzählungen ihrer Großeltern und Eltern sowie durch ihre damalige Arbeit im Einwohnermeldeamt hat sie sich schon früh mit der Familientradition, Ahnenforschung und dem Brauchtum ihrer Heimat beschäftigt.

Sie war schon als Kind im Trachtenverein aktiv und ist Mitglied im Heimatmuseumsverein. Für die „Kgl. priv. Schützengesellschaft Oberstdorf 1557", in der sie fast 40 Jahre Mitglied ist, hat sie bereits zum 450. Vereinsjubiläum eine umfangreiche Chronik verfasst.

Durch ihre Ahnenforschung und das daraus entstandene Bestreben, mehr über ihre Altvorderen im Allgäu zu erfahren, entstand die Idee zu ihrem ersten Buch „Abseits des Himmels", das im Oktober 2014 erschienen ist. Nun wird dieses durch den weiteren Band „Weg der Hoffnung" ergänzt. Um die Trilogie einer Familiensaga abzuschließen, befindet sich bereits der dritte Band in Vorbereitung.

Die Autorin hat unter anderem auch die Wurzeln ihrer eigenen Familie, die schon seit vielen Jahrhunderten in Oberstdorf sesshaft ist, zurückverfolgt.

**Menschen die mir geholfen haben,
dieses Buch zu schreiben**

Danken möchte ich meinem Vater Meinhard Kling für seine Briefe, Chroniken und sonstige Unterlagen, die er mir jederzeit zur Verfügung gestellt hat. Er vermittelte mir sein großes Wissen über unsere Heimat, erläuterte mir die geografischen Bezeichnungen und geschichtlichen Abläufe rund um Oberstdorf und erklärte mir die Bedeutung vieler Dialektworte. Unterstützend mitgewirkt hat auch Alfred Spötzl, der mich beim Korrekturlesen auf Unstimmigkeiten hingewiesen und zahlreiche Anregungen gegeben hat.

Der gleiche Dank gilt auch meinem Sohn Hannes Raps für seine stets spontane Hilfe am Computer sowie der Ausarbeitung für das Titelbild.

Ein großes Dankeschön möchte ich Frau Karin Haller für ihre stets freundliche und geduldige Überarbeitung beim Lektorat aussprechen.

Und nicht vergessen möchte ich meinen Mann Christian für seinen immer wieder notwendigen Zuspruch.

Abseits des Himmels
von Margitta Raps
447 Seiten
ISBN 978-3-86389-019-3

Diese historische, spannende Familiensaga schildert die Entwicklung des Allgäus anhand der Lebensgeschichten und Schicksalen von zehn Generationen, die von 1587 bis 1903 im südlichen Allgäu gelebt haben.
Ihren Anfang nimmt die Geschichte im späten 16. Jahrhundert, als drei junge Oberstdorfer Frauen der Hexenverfolgung zum Opfer fielen.
Die Pest, Kriege aber auch die Willkür der Kirchenfürsten und des Adels brachten weiteres unsagbares Leid über die Menschen.
Die Lektüre charakterisiert darüber hinaus diese von Sittlichkeit und Moral geprägte Zeit, in der sich Liebe und Erotik „im Dunklen" abspielten, und die Unterwürfigkeit der Frauen. Die daraus entstandenen Nöte ließen oftmals mit Schatten behaftete Familiengeheimnisse entstehen, die mehrere Generationen überdauerten.

www.Brack-Verlag.de